KB044154

Ken Liu Anthology

신들은 죽임당하지
않을 것이다

# KEN LIU: Anthology

켄 리우 소설
장성주 엮고 옮김

# 신들은
## 죽임당하지
## 않을 것이다

Ken Liu Anthology

황금가지

# 차례

In the Loop

# 루프 속에서

아빠가 괴물로 변했을 때, 카이라는 아홉 살이었다.

하루아침에 일어난 일은 아니었다. 아빠는 늘 그랬듯이 아침이면 출근을 했고, 저녁이 되면 집에 돌아왔다. 그렇게 귀가한 아빠에게 카이라는 캐치볼을 하자고 했다. 카이라는 그때가 하루 중 가장 좋아하는 시간이었다. 그러나 '그래, 하자'라는 대답은 갈수록 뜸해졌고, 결국에는 아예 끊기고 말았다.

아빠는 저녁 식탁 앞에 앉아 멍하니 앞만 바라봤다. 카이라가 이런저런 질문을 해도 대답하지 않았다. 전에는 어떤 것을 물어봐도 늘 재미난 대답을 들려줬기 때문에 카이라는 아빠에게서 들은 농담을 친구들에게 써먹곤 했고, 그럴 때마다 세상에서 제일 영리한 사람은 바로 아빠라고 생각했다.

카이라는 아빠에게서 망치질을 제대로 하는 법과 줄자 쓰는 법, 톱질과 끌질의 요령 같은 것들을 배울 때가 정말로 즐거웠다. 딸이 나중에 커서 집 짓는 목수가 되고 싶다고 하면 아빠는 고개를 끄덕이며 좋은 생각이라고 맞장구쳤다. 그러나 아빠는 어느 시점부터 창고에 있는 작업장에 카이라를 데리고 가지 않았고, 왜 그러는지 설명해 주지도 않았다.

그러던 아빠가 저녁에 외출을 하기 시작했다. 처음에 엄마는 아빠에게 언제 돌아올 거냐고 물었다. 아빠는 그런 엄마를 마치 모르는 사람을 보듯 쳐다보고는 문을 닫고 떠났다. 아빠가 귀가할 무렵이면 카이라와 동생들은 이미 잠자리에 든 후였지만, 카이라에게는 고함 소리가 들렸고 가끔은 뭔가 깨지는 소리도 들렸다.

아빠를 보는 엄마의 눈빛에서 두려워하는 기색이 보이기 시작하자 카이라는 엄마를 도와 동생들을 재웠고, 엄마가 시키지 않아도 알아서 침대를 정리했고, 음식 투정을 하지 않고 저녁을 깨끗이 먹어치웠고, 그 밖의 모든 일을 완벽하게 해냈다. 그렇게 하면 현실이 바뀔 거라고, 예전으로 돌아갈 거라고 믿으면서. 그러나 아빠는 카이라에게도 동생들에게도 전혀 관심이 없는 것처럼 보였다.

그러던 어느 날, 아빠가 엄마를 벽에 밀쳤다. 카이라는 그 일이 일어난 부엌에 서 있다가 집이 통째로 흔들리는 느낌을 받았다. 어떻게 해야 좋을지 알 수가 없었다. 아빠는 뒤로 돌아서다가 그곳에 있는 카이라를 발견했고, 표정이 일그러졌다. 아빠의 그 표정은 꼭 카이라를, 카이라 엄마를, 누구보다 아빠 자신을 증오하는 것처럼 보였다. 그러고 나서 아빠는 한마디도 더 하지 않고 도망치듯 집을 나섰다.

엄마는 여행 가방에 짐을 꾸려 카이라와 동생들을 데리고 그날 저녁 할머니 댁으로 가서는, 그곳에서 다 함께 한 달 동안 지냈다.

카이라는 아빠에게 전화를 걸어 볼까 하고 생각했지만 무슨 말을 해야 좋을지 알 수가 없었다. 전화선 저 멀리 반대편에 있는 남자에게 이렇게 묻는 자신의 모습이 떠올랐다. 우리 아빠를 어떻게 한 거예요?

경찰관이 할머니 댁에 찾아와 엄마가 집에 있냐고 물었다. 카이라는 경찰관이 무슨 얘기를 하는지 엿들으려고 복도에 숨었다. 남의 손에 목숨을 잃은 것 같지는 않습니다. 카이라는 아빠가 죽었다는 사실을 그렇게 알게 되었다. 그때는 눈물이 나지 않았고, 울음이 터진 것은 한참 나중의 일이었다.

카이라네 식구들이 돌아온 집에는 산더미 같은 할 일이 기다리고 있었다. 아빠의 군복은 개서 창고에 넣고, 아빠가 입던 평상복은 포장해서 기부할 준비를 하고, 집은 깨끗이 청소해서 팔려고 내놓아야 했다. 다시는 돌아오지 않을 생각으로 준비하는 이사였다. 카이라는 반짝반짝 닦아서 상자에 가지런히 정리한 아빠의 훈장과 배지들을 살며시 만져보다가, 결국 눈물을 터뜨렸다.

아빠가 쓰던 옷장 서랍의 바닥에서 서류가 한 장 나왔다.

"그게 뭐예요?" 카이라가 엄마에게 물었다.

엄마는 그 서류를 훑어보았다.

"아빠의 지휘관이 보낸 거야. 육군에 근무하는." 엄마의 손이 떨렸다. "아빠가 죽인 사람이 몇 명인지 적혀 있어."

엄마는 카이라에게 그 숫자를 보여 주었다. 1251명이었다.

그 숫자가 카이라의 머릿속을 맴돌았다. 마치 그 숫자가 아빠의 삶에 의미를 부여하는 것처럼. 그 숫자가 아빠와 카이라네 식구들이 어떤 사람인지 정의하는 것처럼.

차가운 늦가을 바람에 맞서 코트 앞자락을 바짝 여미며, 카이라
는 걸음을 서둘렀다.

카이라는 대학 4학년이었고, 이 무렵 학교에서는 취업 설명회가
한창이었다. 카이라가 다니는 대학교는 역사가 오래돼서 붉은 벽돌
건물이 사방에 가득했고 그런 건물의 이름에는 이 나라가 세워지기
도 전부터 부와 권세를 누린 여러 가문의 성이 들어갔는데, 이는 곧
고용주들이 이 학교 학생을 선호하는 이유였다.

이날 카이라는 요즘 졸업 예정자들에게서 좋은 반응을 얻는 뉴욕
소재 소규모 알고리즘 트레이딩 회사의 파티에 갔다가 자취방이 있
는 아파트로 돌아가는 길이었다. 경영 컨설팅이나 금융 서비스 업
계의 기업들, 실리콘 밸리에 있는 기술 기업 등은 학교 근처 호텔에
방을 빌려 놓고 매일 밤 파티를 열어 앞날이 유망해 보이는 취업 지
원자들을 초대했고, 컴퓨터 과학을 전공한 카이라는 자신도 모르는
새에 인기 있는 구직자가 돼 있었다. 이날 저녁 카이라는 지원 대상
회사를 몇 군데로 좁힐 작정이었다. 가장 인기 있는 회사들의 면접
기회를 따내기란 복권 당첨만큼이나 힘들기 때문에, 시도나마 해
보려면 전략을 치밀하게 세워야 했다.

"잠시만요." 젊은 남자가 카이라의 앞길을 막아섰다. "저희 청원
에 서명 좀 해 주시겠어요?"

카이라는 남자가 내민 클립보드의 선전물을 내려다보았다.

전쟁을 멈춥시다.

엄밀히 말하면, 미국은 전쟁을 하고 있지 않았다. 의회는 선전포고를 한 적이 없고, 단지 대통령만 자기 직위의 고유한 권한을 행사하고 있을 뿐이었다. 그러나 어찌 보면 전쟁은 한시도 중단되지 않은 셈이었다. 미국은 전쟁터를 떠났다가, 다시 돌아갔다가, 언젠가 다시 떠나겠다고 약속했다. 그렇게 10년이 흘렀다. 아득히 먼 곳에서는 사람들이 계속 죽어갔다.

"미안해요." 카이라는 남자의 시선을 피하며 말했다. "난 못해요."

"전쟁에 찬성하는 쪽이세요?" 남자의 목소리에서 지친 기색이 느껴졌다. 믿기 힘들어 하는 표정은 거의 연기 같았다. 남자가 이 저녁에 혼자 서명을 받고 있는 까닭은 아무도 관심이 없기 때문이었다. 목숨을 잃는 미국인이 하도 적다 보니 '분쟁'이라는 말은 실감이 나지 않았다.

자신은 전쟁의 정당성을 믿지 않는다고, 전쟁과 어떤 식으로도 관련되고 싶지 않다고, 그럼에도 남자가 내민 청원에 서명했다가는 자신이 기억 속의 아버지를 배신하는 느낌이 들 거라는, 아버지가 한 일은 잘못됐다는 선언처럼 느껴질 거라는 설명을, 카이라가 무슨 수로 그 남자에게 할 수 있었을까?

그래서 카이라는 이렇게만 말했다. "정치에는 관심 없어요."

아파트로 돌아온 카이라는 코트를 벗고 텔레비전을 켰다.

……미국 대사관 앞에서 벌어진 시위로는 역대 최대 규모입니다. 시위대는 미국에 드론 공습을 멈춰 달라고 요구합니다. 올해 들어 이러한 유형의 공격으로 이 나라에서 300명 이상이 목숨을 잃었으며 시위대에 따르면 사망자

대부분은 무고한 민간인입니다. 미국 대사는……

카이라는 텔레비전을 껐다. 기분이 엉망이었고, 그래서 면접 순위를 조정하는 일에 집중할 수가 없었다. 카이라는 심란해진 나머지 집 청소를 시작했다. 머릿속에 떠오른 이미지들을 지워 버리려고 개수대를 힘껏 닦았다.

나이를 먹어 가는 동안 카이라는 외상 후 스트레스 장애(PTSD)에 시달리는 드론 조종사들의 면담 자료를 모조리 찾아서 읽거나 시청했다. 그러면서 거기 나오는 남자들의 얼굴에 혹시 아버지의 흔적이 있는지 찾아보았다.

저는 에어컨 덕분에 시원하게 유지되는 사무실에 앉아 모니터를 통해 원격 조종 카메라가 찍은 영상을 보면서, 조이스틱으로 드론을 조종했습니다. 적으로 의심되는 사람이 있으면 공격 여부를 결정하고 방아쇠를 당긴 다음, 카메라의 확대 기능을 이용해 표적의 여러 신체 부위가 사방으로 날아가고 아직 온전한 부위에서는 피가 흐르는 스크린 속 광경을 지켜봤습니다. 표적의 몸이 차게 식어서 더 이상 적외선 카메라의 영상으로 표시되지 않을 때까지요.

카이라는 수도꼭지를 돌려 뜨거운 물을 틀고 거기에 두 손을 갖다 댔다. 그렇게 하면 저녁마다 똑같은 모습으로 귀가하던 기억 속의 아버지가 지워지기라도 하는 것처럼. 조용하던, 퉁명스럽던, 그러다 차츰 모르는 사람으로 변해 갔던 아버지가.

매번 같은 고민을 합니다. 내가 엉뚱한 사람을 죽이진 않았겠지? 그 남자가 멘 가방에 든 게 폭탄이었을까, 아니면 그냥 고깃덩이였을까? 아까 그 남자들 셋은 매복 중이었을까, 아니면 그냥 피곤해서 길가 바위의 그늘에 앉아 잠깐 쉰 걸까? 내가 죽인 사람은 수백 명, 수천 명인데, 이미 죽이고 나서 표적을 잘못 고른 걸 알 때도 있습니다. 그마저도 매번 알진 못하고요.

"아빠는 영웅이었어요." 카이라는 젖은 손으로 얼굴을 닦았다. 마침 얼굴에 묻은 물이 뜨거웠기 때문에 뺨이 축축한 까닭은 다 수돗물 때문이라고 스스로를 속이는 일이 가능했다.

아니요. 그건 몰라서 하시는 말씀입니다. 누가 나를 쏠 때, 그러니까 상대가 나를 쏴 죽이려고 할 때 나도 상대에게 총으로 반격하는 것하고는 달라요. 달랑 버튼 하나 눌러서 사람을 죽이는 걸로 의기양양한 기분을 느끼지는 못합니다. 군복도 안 입은 사람들, 친구 집에 놀러가는 것처럼 보이는 사람들을 수천 킬로미터나 떨어진 곳에서 카메라로 지켜보다가 죽이는 걸로요. 그건 비디오 게임 같은 게 아닙니다. 그런데 한편으로는 비디오 게임이기도 하지요. 그런 걸로 영웅이 된 기분을 느끼지는 못합니다.

"보고 싶어요, 아빠. 내가 아빠를 이해했으면 좋았을 텐데."

날마다, 사람을 죽이는 일을 다 마치면, 당신은 자리에서 일어나 사무실을 나와서 집으로 돌아갑니다. 집까지 가는 길에 머리 위에서는 새가 지저귀는 소리가 들리고 길가에는 십대 아이들이 걸어갑니다. 낄낄 웃는 아이도 있고

맥이 빠져서 축 처진 아이도 있고, 다들 누에고치처럼 안전한 현실 속에 깊숙이 틀어박힌 것처럼 보이는데, 당신은 어느새 집 현관문을 열고 들어섭니다. 배우자는 짜증스러운 자기 직장 상사를 흉보고 싶어 하고 아이들은 당신이 숙제를 봐주기를 기다리는데, 당신은 오늘 무슨 일을 했는지 식구들한테 입도 뻥긋할 수가 없는 겁니다.

당신은 아마 미쳐 버릴 겁니다. 아니면 이미 미쳤거나.


카이라는 어머니가 다락에 치워 둔 상자의 맨 밑에 감춰진 그 서류 속의 숫자에 의해 아버지가 어떤 사람이었는지 결정되도록 놔두고 싶지 않았다.

"그 숫자는 틀렸어요, 아빠." 카이라는 혼자서 중얼거렸다. "죽은 사람이 한 명 더 있잖아요."


카이라는 맥 빠진 걸음으로 복도를 걸었다. 이날의 마지막 면접이 끝난 참이었다. 지원한 곳은 한창 화제인 실리콘 밸리의 스타트업 기업이었다. 카이라는 긴장했고, 딴생각에 빠졌고, 그래서 까다로운 질문에 제대로 대답하지 못했다. 힘든 하루였던 데다 마침 전날 밤에 잠도 제대로 자지 못했기 때문이었다.

승강기 앞에 거의 다 도착했을 때, 승강기 바로 옆의 강의실 문에 붙은 에이더블유에스(AWS) 시스템스라는 회사의 면접 일정표가 눈에 들어왔다. 빈칸이 아직 남아 있었다. 맨 아래 줄의 지원자 성명란에 빈자리가 몇 군데 보였다. 이는 보통 인기가 없는 회사라는 뜻이었다.

카이라는 모집 포스터를 더 자세히 들여다봤다. 로봇 공학과 관련된 일을 하는 회사였다. 사진 속에는 조경이 잘된 현대적인 회사 부지를 배경으로 사무용 건물이 몇 동 찍혀 있었다. 강조 기호가 붙은 곳에는 남부럽지 않은 급여와 복지 혜택이 적혀 있었다. 호화로운 수준은 아니었지만, 그 정도면 솔깃했다. 그런데 사람들은 왜 관심을 갖지 않을까?

포스터를 더 읽어 보니 그 이유가 드러났다. '지원자는 기밀 취급 인가 목적의 신원 조회를 통과해야 합니다.' 카이라의 동기들 가운데 미국 시민권자가 아닌 친구 여럿은 그 문구에 나가떨어졌을 터였다. 정부 용역이 주요 업무인 회사일 가능성도 있었다. 십중팔구 방위 산업 쪽의. 카이라는 진저리가 나서 몸이 다 떨렸다. 식구들 모두 전쟁이라면 겪을 만큼 겪었으므로.

포스터 앞을 떠나기 직전, 마지막 강조 기호 아래의 문구가 카이라의 눈길을 붙잡았다.

'우리 영웅들이 겪는 PTSD의 피해를 경감시킵니다.'

카이라는 면접 일정표의 맨 아래 빈칸에 이름을 적고 문 옆의 긴 의자에 앉아 기다렸다.

"자격 요건이 훌륭하군요." 남자 면접관의 말이었다. "사실, 오늘 온 지원자들 중에 최고예요. 앞으로 더 많은 얘기를 나누게 될 거라는 예감이 벌써부터 드는데요. 혹시 저희 회사에 궁금한 점 있습니까?"

카이라가 처음부터 내내 기다려 온 순간이었다.

"사람이 조종하는 드론 대신 로봇을 사용하는 무기 체계를 개발하시지 않나요? 전쟁에 쓸 목적으로요."

그 말에 면접관은 빙그레 웃었다. "저희 회사를 「터미네이터」에 나오는 사이버다인 시스템스 같은 곳으로 여기시는군요."

카이라는 웃지 않았다. "제 아버지가 드론 조종사였어요."

남자의 표정이 진지해졌다. "기밀 정보는 조금도 공개할 수 없습니다. 그러니까 제가 지금부터 하는 얘기는 다 가정입니다. 가정에 따르면, 인간이 조종하는 무기보다 자율 로봇 무기 체계를 사용하는 쪽이 더 장점이 많습니다."

"예를 들면요? 안전상의 이유 때문일 수는 없죠. 드론 조종사도 이곳 본토에 있는 이상 더없이 안전하니까요. 기계가 인간보다 더 잘 싸울 거라고 생각하시나요?"

"아니요, 피도 눈물도 없는 살상 로봇을 만드는 건 저희 관심사가 아닙니다. 하지만 그렇다고 해서 기계가 해야 할 일을 사람이 하도록 놔둬도 되는 건 아니지요."

카이라는 심장 박동이 빨라졌다. "더 자세히 말씀해 주세요."

"기계가 인간보다 더 나은 군인인 이유는 여러 가지가 있습니다. 인간 조종사는 아주 한정적인 정보를 토대로 결정을 내려야 하지요. 게다가 중계 영상에 보이는 것만 가지고서 그렇게 해야 합니다. 가끔은 정보 보고서도 제공되지만요. 흔들리는 카메라에 찍힌 영상과 앞뒤가 안 맞아서 헷갈리는 보고서만 보고 쏴야 할지 말아야 할지 결정하는 건, 인간이 잘하는 유형의 사고가 아니에요. 오류를 저지를 빈틈이 너무 많거든요. 조종사는 너무 오래 망설이는 바람에 무고한 사람을 위험에 빠뜨리기도 하고, 방아쇠를 너무 성급하게 당겨서 교전 수칙을 위반하기도 합니다. 각기 다른 조종사들이 내리는 갖가지 결정의 토대는 직감과 감정인데, 그것들은 서로 충돌하곤 하지요. 변덕스럽고 비효율적인 겁니다. 그런 일은 기계가 더 잘할 수 있어요."

*가장 끔찍한 건.* 카이라는 속으로 생각했다. *인간은 결정해야 하는 부담을 겪는 것만으로 망가져 버리기도 한다는 거지.*

"만약 사람들에게서 그런 결정을 면제해 준다면, 그래서 개개인이 의사 결정의 루프에서 벗어난다면 말입니다. 결과적으로 우리는 '부수적 피해'를 줄일 뿐 아니라 틀림없이 더 인간적이고 더 문명화된 형태의 전쟁을 수행할 겁니다."

그러나 카이라의 머릿속에는 한 가지 생각뿐이었다. *우리 아빠가 했던 일을 다른 사람이 또 하게 놔둬선 안 돼.*

기밀 취급 인가를 받기까지는 시간이 꽤 걸렸다. 어머니는 카이라가 전화해서 정부 조사관들이 뭔가 물어보러 올지도 모른다고 알렸을 때 깜짝 놀라는 눈치였지만, 카이라는 훨씬 더 좋은 조건을 제안한 회사들이 있었는데도 이 회사에 들어가기로 한 이유를 제대로 설명할 자신이 없었다. 그래서 이렇게만 말했다. "참전 용사랑 군인들을 돕는 회사야."

어머니의 목소리에서 조심스러워하는 기색이 느껴졌다.

"네 아빠가 알았으면 자랑스러워했겠구나."

한편 회사는 카이라를 민간 장비 응용 부문, 즉 공장 및 병원용 로봇을 만드는 부서로 발령 냈다. 카이라는 열심히 일하면서 규칙이란 규칙은 모두 준수했다. 정말로 하고 싶은 일을 하기 전에 경력을 망치는 짓은 저지르고 싶지 않아서였다. 카이라는 맡은 일을 훌륭하게 해내면서 아무쪼록 회사도 그 사실을 알아줬으면 했다.

그러던 어느 날, 수석 로봇 과학자인 스토버 박사가 아침부터 카이라에게 전화를 걸어 회의실에서 보자고 했다.

회의실까지 걸어가는 사이에 카이라는 심장이 두근거리다 못해 입 밖으로 튀어나올 것만 같았다. 회사에서 잘리는 걸까? 아버지에게 그런 일이 있었으니 카이라를 신뢰할 수 없다는 결론이 나온 걸까? 정서적으로 불안정할지도 모른다는 이유로? 카이라는 이때껏 스토버 박사가 마음에 들었다. 좋은 선배 같아서였다. 그러나 박사와 함께 일한 경험은 없었다.

"우리 팀에 들어온 걸 환영하네." 스토버 박사는 빙그레 웃으며 그렇게 말했다. 회의실에는 카이라 말고 다른 프로그래머가 다섯 명 더 있었다. "오늘 아침에 자네의 기밀 취급 인가증이 도착했어. 그것만 있으면 자넬 곧바로 우리 팀에 데려올 작정이었지. 이 팀이야말로 지금 우리 회사에서 제일 흥미진진한 프로젝트일걸."

다른 프로그래머들이 웃으며 박수를 쳤다. 카이라는 그들이 내민 손을 잡고 악수하며 한 사람 한 사람에게 쑥스러운 듯 웃어 보였다. 모두 회사 안에서 잘 알려진 스타급 직원들이었다.

"자네는 에이더블유(AW)-1 가디언을 개발할 거야. 우리 비밀 프로젝트 중 하나지."

스토버 박사의 말이 끝나자 알렉스라는 젊은 남자 프로그래머가 끼어들었다. "이건 우리가 이미 개발한 야전 수송용 사족보행 로봇이나 원격 감시 항공기 같은 거하곤 달라. 가디언은 기관총하고 미사일로 무장한 소형 트럭 크기의 무인 자율 비행 장치야."

카이라는 알렉스가 그 무기 체계 때문에 진심으로 들떠 있다는 것을 알아차렸다.

"그런 무기는 전에도 우리 회사에서 만들었던 걸로 아는데요."

"엄밀히 말하면 그렇지 않아." 스토버 박사가 카이라의 말을 바로잡아 주었다. "우리 회사의 다른 전투 무기 체계는 원거리 정밀 타격이 목적이거나 최전방 전투 로봇의 원형으로 쓰려고 개발한 거라서, 기본적으로 움직이는 물체는 무조건 다 쏘게 돼 있어. 하지만 가디언의 용도는 인구 밀도가 높은 시가지에서 평화 유지 임무를 수행하는 거야. 특히 서양인이나 현지 협력 인원 같이 보호해야 할 대상이 많은 곳에서 말이지. 그건 지금 당장은 인간 조종사에게 의지할 수밖에 없는 임무야."

알렉스는 일부러 꾸며낸 진지한 목소리로 말했다. "부수적 피해를 걱정할 필요가 없어지면 임무 수행이 훨씬 더 쉬워지지."

스토버 박사는 카이라가 그 말을 듣고 웃지 않는 것을 눈치채고 알렉스에게 농담을 그만하라고 손짓했다. "비꼬는 건 그쯤 해둬. 우리 군대가 한 국가를 점령하는 한 현지인들 중에는 우리한테 협력하는 게 이익이 된다고 생각하는 사람도 있고, 우리가 떠나기를 바라는 사람도 있어. 그런 역학 관계는 근 5000년 동안 변하지 않았을 거야. 우리는 협력하기를 원하는 사람들을 그렇지 않은 사람들에게서 보호해야 해. 안 그러면 모든 게 물거품이 되니까. 그리고 현지에서 재건 사업을 추진하는 서양인들한테 장벽으로 보호받는 전용 거주 단지에만 틀어박혀 있으라고 할 수도 없는 노릇이야. 그 사람들은 현지인들과 섞여야 해."

"누가 적인지 판단하기 힘들 때도 있잖아요." 카이라가 말했다.

"바로 그게 문제의 핵심이야. 보통은 인구의 대부분이 양면성을 띠니까. 만약 우리를 돕는 게 안전하다고 생각되면 그렇게 하고, 무장 세력을 돕는 게 더 적절한 선택이라고 생각되면 그쪽에 붙는 식이지."

"현지인들이 무장 세력을 숨겨 주는 쪽을 택했다면 우리가 굳이 조심조심 공격할 필요가 있느냐 하는 게 내 지론이야. 먼저 적대 행위를 시작한 건 그쪽이니까." 알렉스의 말이었다.

"교전 수칙을 어떻게 해석하느냐에 따라 자네 말이 옳을 수도 있겠지. 하지만 우리는 지금 새로운 방식의 전쟁을 치르는 중이라고 세상 사람들에게 선전하고 있어. 깨끗한 전쟁, 우리 스스로 더 높은 기준을 지향하는 전쟁을 말이야. 요즘은 우리가 처신하는 방식이 사람들에게 어떻게 비치는지도 중요해."

"그런 전쟁을 무슨 수로 하는데요?" 카이라는 알렉스가 대화의 맥락을 그 이상 흩트리지 못하도록 냉큼 박사에게 물었다.

"우리가 만들 소프트웨어의 관건은 원격 드론 조종사들이 지금 하는 일을 똑같이 따라 하되, 인간 조종사들보다 더 잘해야 한다는 거야. 정부는 거의 10년 동안의 드론 작전에서 얻은 수천 시간 분량의 영상을 우리에게 제공했어. 그중에는 악당들을 때려잡는 영상도 있고, 엉뚱한 사람들을 공격한 영상도 있지. 우리는 그걸 보고 드론 조종사들의 의사 결정 과정을 파악한 다음, 시가지 환경에서 무장 세력을 파악하고 조준하는 정식 교범으로 정제해야 해. 이로써 오류를 제거하고, 그 교범을 새로운 상황에서 반복 적용해도 되게끔 만드는 거지. 그다음엔 드론 조종사 개개인은 축적도 이용도 못 할 규모의 빅 데이터를 활용해 성능을 개선하는 거고."

그 코드로 우리 아빠와 아빠 같은 사람들의 의식을 구현하는 거야. 그러면 아무도 그 사람들이 한 일을 반복하지 않아도 되고, 그 사람들이 견뎌야 했던 고통을 견디지 않아도 돼.

"식은 죽 먹기네요." 알렉스가 말했다. 그 말에 회의실에 모인 사람들이 왁자하게 웃었다. 카이라와 스토버 박사만 빼놓고서.

카이라는 일에 몰두했다. 이른바 '윤리 제어 장치'라는 모듈을 만드는 작업이었다. 로봇이 용의자에게 사격을 개시할 때 부수적 피해를 최소화할 책임이 있는 장치였다. 그렇게 카이라는 살상 로봇에게 양심을 만들어 주는 일을 했다.

카이라는 주말에도 출근해서 늦게까지 일했고, 가끔은 사무실에서 잘 때도 있었다. 그런 일이 대단한 희생으로 여겨지지는 않았다. 몇 안 되는 친구들에게는 자신이 하는 일을 밝히지 못했지만, 그렇다고 알렉스 같은 사람들과 사무실 바깥에서 어울리며 시간을 더 보내고 싶은 마음은 없었다.

카이라는 드론 공습 영상을 보고 또 보았다. 그중에 아버지가 맡아서 수행한 임무도 있을지 궁금했다. 카이라는 이해가 갔다. 조종사가 느끼는 혼란도, 카메라를 통해 자신이 이제 막 죽이려 하는 상대를 지켜보며 경험하는 권능과 무력감의 기묘한 결합도, 결정을 내려야 한다는 압박감도.

그렇게 이해한 내용을 컴퓨터가 이해하는 코드로 번역하는 일이 가장 힘들었다. 컴퓨터는 정확성을 요구했고, 이 때문에 막연한 직감을 구체화하려다 보면 인간 의식 속의 모호한 구석에 숨어 있곤 하는 추악함과 어쩔 수 없이 직면할 때도 있었다.

로봇이 일으키는 부수적 피해를 최소화하려면, 카이라는 혼잡한 시가지에서 위험에 처하는 사람 한 명 한 명의 목숨에 값을 매기는 수밖에 없었다. 이를 위한 가장 효율적인 방법은, 적어도 시뮬레이션 단계에서는, 알고 보니 가장 노골적인 방법이기도 했다. 바로 대상의 정보를 모아 특정 유형을 선별하는 '프로파일링'이었다. 알고리즘이 인종적 특성과 언어 및 복장에 나타나는 단서를 변환하여 내놓은 숫자에는 삶과 죽음을 가르는 힘이 있었다. 카이라는 자신이 하는 일의 중압감 때문에 몸이 마비되는 느낌이 들었다.

"잘돼 가?" 스토버 박사가 물었다.

키보드를 내려다보던 카이라가 고개를 들었다. 사무실 불은 꺼져 있었다. 바깥은 컴컴했다. 카이라는 사무실이 있는 건물에서 마지막으로 퇴근하는 직원인 날이 많았다.

"일을 참 열심히 하던데."

"할 게 많아서요."

"자네의 접속 이력을 검토해 봤어. 안면 인식 소프트웨어를 이용해 인종 판별 확률을 높이는 단계에서 막힌 것 같더군."

카이라는 사무실 문간에 보이는 스토버 박사의 실루엣을 가만히 바라보았다. 등 뒤 복도의 불빛이 환했다.

"그 단계에 적용할 응용 프로그램 인터페이스가 없어서요."

"나도 알아. 하지만 스스로 만들어서 해결하면 될 텐데, 자넨 그러지 않고 버티는 중이잖아."

"그게…… 옳지 않은 것 같아서요."

스토버 박사는 사무실로 들어와 카이라의 책상 건너편 의자에 앉았다.

"내가 최근 들어 재미있는 걸 하나 알게 됐는데 말이야. 제2차 세계 대전 당시에 미 육군이 개를 전투에 쓰려고 훈련시켰다고 해. 평소에는 보초나 경비 용도로 활용하고, 도서 지역 상륙 작전에서는 아예 돌격 부대로 투입하려고."

카이라는 박사를 건너다보며 다음 말을 기다렸다.

"그 개들은 연합군과 적군을 구별하도록 훈련시켜야 했어. 그래서 육군은 일본계 미국인 지원자들을 이용해 개들에게 가르친 거야. 특정한 유형의 얼굴을 지닌 사람을 선별해서, 공격하라고. 난 그 지원자들은 어떤 심정이었을까 하는 생각이 머릿속을 떠나질 않아. 그건 불쾌하지만 꼭 필요한 일이었어."

"아마 독일계 미국인이나 이탈리아계 미국인 지원자는 활용하지 않았겠죠?"

"맞아, 내가 아는 한은 없었어. 내가 자네한테 이 얘길 하는 건 자네가 하는 일의 복잡한 성격을 무시하라는 뜻이 아니야. 오히려 자네가 풀어야 할 문제가 완전히 새로운 게 아니라는 뜻이지. 전쟁의 요점은 한 집단의 목숨을 다른 집단의 목숨보다 먼저 생각하는 거야. 그러니까 모든 사람의 머릿속을 다 읽을 여유가 없다면, 직감과 경험칙을 통해 누가 죽고 누가 살아야 하는지 결정하고 다음으로 넘어가는 수밖에 없어."

카이라는 그 말을 곰곰이 생각했다. 자신 역시 스토버 박사의 논리에서 예외가 아니기 때문이었다. 어쨌거나 자신은 오랫동안 아버지의 죽음을 애도했을 뿐, 아버지가 죽인 1000명이 넘는 사람들을 위해서는 눈물 한 방울 흘리지 않았기 때문이었다. 그들 가운데 무고한 사람이 몇 명이나 있었는지는 중요하지 않았다. 카이라에게는 아버지의 목숨이 죽은 사람 모두의 목숨을 합친 것보다 더 소중했다. 아버지의 고통이 더 중요했다. 카이라가 이곳에 있는 이유가 바로 그것이었다.

"우리가 만든 로봇은 사람보다 훨씬 더 나아. 외모와 언어와 얼굴 표정 같은 건 입력 정보의 일부에 지나지 않아. 자네의 알고리즘을 이용하면 서로 다른 카메라 수천 대가 찍은 도시 전체의 감시 영상과 전화 통화 및 지인 간의 왕래에서 얻은 메타 데이터, 한 사람이 처리하기에는 너무나 방대한 데이터에서 추출한 개인화된 추정까지, 그 모두를 통합하는 게 가능해. 일단 프로그래밍을 완료하면 로봇은 일관되게 결정을 내릴 거야. 편향 없이, 늘 증거에 기반해서."

카이라는 스토버 교수의 말에 고개를 끄덕였다. 로봇과 더불어 싸운다면 아무도 살인에 대해 책임을 느낄 필요가 없었다.

카이라는 자신이 만드는 알고리즘에 관하여 정확하고 상세한 설명서를 작성한 다음 정부에 제출해 승인을 받아야 했다. 그렇게 제

출한 설명서는 가끔 질문과 수정 방안이 추가되어 회사로 되돌아오
곤 했다.

카이라는 어느 장군이(아마도 법무 장교 몇 명에게 자문을 받으며) 자신
이 보낸 모의 코드를 한 줄 한 줄 검토하는 광경을 상상해 보았다.

표적이 지닌 여러 특성은 평가를 거쳐 점수로 바뀌었다. 표적이
남자인가? 용의자 점수 30점 가점. 표적이 아동인가? 용의자 점수
25점 감점. 저항 세력 후보군 가운데 표적과 최소 50퍼센트 확률로
얼굴이 일치하는 자가 단 한 명이라도 있는가? 용의자 점수 500점
가점.

그다음은 표적 주변에서 발생할지도 모르는 부수적 피해에 값을
매길 차례였다. 미국인으로 확인된 사람 또는 미국인일 확률이 상
당히 높은 사람에게 가장 큰 값이 매겨졌다. 그다음은 미군에 협력
하는 현지 민병대 및 무장 세력, 그리고 현지인 고급 인력이었다. 가
난한 하층민으로 보이는 이들은 가장 적은 값을 부여받았다. 알고
리즘은 언론 보도 및 정치적 공세가 불러올 것으로 예상되는 후폭
풍까지 고려 사항으로 포함해야 했다.

카이라는 그 과정에 차츰 익숙해졌다. 설명서가 몇 차례 오고 간
후에는, 일이 전처럼 어렵게 느껴지지 않았다.


카이라는 수표에 적힌 숫자를 빤히 보았다. 액수가 너무 컸다.

"수고한 자네에게 회사가 보이는 자그마한 성의야." 스토버 박사
의 말이었다. "난 자네가 이때껏 얼마나 열심히 일했는지 알아. 오
늘 정부 측에서 시험 운용 기간에 대한 공식 평가가 나왔어. 매우

만족한다더군. 가디언을 운용한 다음부터 부수적 피해가 80퍼센트 넘게 줄었거든. 잘못 식별한 표적은 하나도 없고."

카이라는 고개를 끄덕였다. 그 80퍼센트라는 수치를 산출한 기준이 사망자 수인지, 아니면 개개인의 목숨에 부여한 점수의 총합인지 알지 못했기 때문이었다. 그 생각을 골똘히 하고 싶은지 어떤지도 잘 알 수가 없었다. 결정은 이미 내려졌으므로.

"퇴근 후에 우리 팀 축하 회식이라도 해야겠어."

그리하여 몇 달 만에 처음으로, 카이라는 다른 팀원들과 함께 저녁 시간을 보냈다. 고급 식당에서 저녁을 먹었고, 멋진 술집에서 술도 마셨고, 노래방에도 갔다. 그리고 카이라는 알렉스가 자랑삼아 늘어놓는 전쟁 게임 이야기를 들으며 즐겁게 웃었다.


"저는 처벌을 받게 되나요?" 카이라가 물었다.

"아니, 그렇지 않아, 당연히 그럴 리 없지." 스토버 박사는 시선을 피하며 그렇게 말했다. "그냥 직권 휴직일 뿐이야…… 조사가 끝날 때까지만. 급여는 그대로 2주에 한 번씩 입금되고, 의료 보험도 당연히 그대로야. 자네를 희생양으로 삼는 거라고 생각하지 않으면 좋겠군. 윤리 제어 장치를 사실상 자네가 다 만들다시피 했기 때문에 그런 것뿐이야. 상원 군사 위원회가 우리 개발 과정에 대해 청문회에서 단단히 추궁할 거야. 듣자 하니 소환장은 다음 주부터 날아오기 시작할 거라더군. 자네까지 불려가진 않겠지만, 그래도 우리로서는 자네 이름을 대는 수밖에 없을 거야."

카이라는 그 영상을 딱 한 번 보았다. 그리고 한 번이면 충분했다.

누군가 시장에 있던 사람이 휴대전화로 찍은 영상이어서 흔들리고 흐릿했다. 가디언이 찍은 영상은 훨씬 더 선명할 테지만, 카이라는 볼 일이 없었다. 기밀로 분류될 것이므로.

시장은 사람들로 붐볐다. 북적이는 인파는 아침의 시원한 공기를 만끽하러 나온 사람들이었다. 눈을 살짝 가늘게 뜨고 자세히 보면 그곳은 카이라가 이따금 식재료를 사러 가는 농산물 직판장과 비슷해 보였다. 젊은 미국인 남자가, 주로 현지에 사는 재건 자문단 직원이나 기술자가 입는 방탄조끼 차림을 하고서, 시장 상인과 무슨 말다툼을 하는 중이었다. 어쩌면 과일을 사려다 가격 때문에 실랑이가 벌어졌는지도 몰랐다.

나중에 기자들과 인터뷰할 때 그 남자는 이렇게 말했다. 카이라는 그 남자의 말이 머릿속에서 자꾸만 메아리쳤다. "시장을 순찰하던 가디언의 모터 소리가 갑자기 바뀌었어요. 내 머리 위에 멈춰서 제자리를 빙빙 도는데, 뭔가 잘못됐다 싶더군요."

영상 속에서 그 남자 주변에 있던 사람들은 서로 밀고 또 밀리며 그 자리를 피해 뿔뿔이 흩어졌다. 영상을 촬영한 사람도 함께 달아났기 때문에 화면은 엉망으로 흐릿해졌다.

화면이 다시 안정됐을 때, 영상의 시점은 훨씬 더 먼 곳에 가 있었다. 소형 트럭만 한 검은색 드론 로봇 두 대가 가게 상공에 둥둥 떠 있었다. 꼭 사냥에 나선 맹금류처럼 보였다. 금속으로 된 괴물처럼.

휴대전화로 찍은 영상이었는데도, 로봇이 스피커를 통해 현지 언어로 내보내는 녹음된 경고 음성은 파악할 수 있었다. 카이라는 그 경고가 무슨 뜻인지는 알지 못했다.

어린 남자아이 하나가, 머리 위 하늘에 떠 있는 드론 로봇을 못 보았는지, 미국인 남자 쪽으로 뛰어가고 있었다. 까르르 웃으며 소리를 지르는 데다 두 팔을 활짝 벌린 모습이 그 남자를 안아 주려는 것처럼 보였다.

"저는 그대로 얼어붙었습니다. 속으로 이렇게 생각하면서요. 아아, 맙소사, 난 이렇게 죽는구나. 이 꼬마가 폭탄을 매고 달려들어서 죽는 거야."

무장 세력은 드론 로봇을 제어하는 알고리즘에 적응하려고 해당 알고리즘의 특정한 약점을 파고들었다. 아동은 부수적 피해의 대상으로는 큰 값이 주어졌지만 표적 대상으로는 작은 값이 주어졌기 때문에, 무장 세력은 임무 수행에 아이들을 점점 더 많이 투입했다. 카이라는 이처럼 새로운 전술에 맞추어 알고리즘과 대상 평가 기준을 수정해야 했다.

"자네가 수정한 사항은 모두 육군이 요청하고 승인한 것들이야." 스토버 박사의 말이었다. "자네가 프로그램을 만들 때 기준으로 삼은 개정판 교전 수칙과 야전 관행은 실제 군인들이 준수하는 것들이고. 자네는 아무것도 잘못하지 않았어. 상원의 조사 활동은 그냥 형식적인 거야."

영상 속에서 그 남자아이는 미국인을 향해 계속 달려갔다. 상공에 떠 있는 가디언의 경고음이 바뀌며 소리가 더 커졌다. 그래도 아이는 멈추지 않았다.

남자아이와 여자아이 몇 명이, 몇몇은 아주 어리고 몇몇은 그보다 조금 나이가 많은 아이들이, 인파가 물러간 빈자리에 나타났다. 그 아이들은 앞서 달려간 남자아이의 뒤를 황급히 쫓아가며 뭐라고 외쳤다.

무장 세력이 개발한 대(對)드론 전술도 가끔은 효력을 발휘했다. 먼저 1차 자살 폭탄 공격자를 한 명만 보내서 드론의 사격을 그쪽으로 집중시켰다. 드론 조종사가 1차 공격자에 정신이 팔린 탓에 드론들이 그쪽에 사격을 퍼붓고 있으면, 그 틈을 타 2차 폭탄 공격자 여럿이 표적을 향해 돌격하는 식이었다.

그러나 로봇은 딴 데 정신을 파는 법이 없었다. 그런 식의 전술에 대처하도록 카이라가 프로그램을 짰기 때문이었다.

그 남자아이는 이제 외로이 서 있는 미국인의 몇 걸음 앞까지 와 있었다. 오른편 위쪽에 맴돌던 가디언이 총을 한 발 발사했다. 카이라는 영상에서 나는 소리에 움찔했다.

"총소리가 진짜 컸어요." 젊은 미국인 남자는 인터뷰에서 그렇게 말했다. "가디언의 총소리는 전에도 들은 적이 있었지만, 그때는 거리가 멀었거든요. 그 소리를 코앞에서 듣는 건 완전히 다른 경험이더군요. 그 소리는 제 뼛속을 울렸어요. 귓속이 아니라요."

아이는 즉시 땅바닥에 허물어지듯 쓰러졌다. 머리가 있던 자리는, 이제 빈자리뿐이었다. 가디언은 군중을 상대로 작전을 할 때 효율적으로 움직여야 했다. 깔끔하게.

영상에서는 커다란 총소리가 몇 차례 더 울렸고, 카이라는 자신도 모르게 의자에서 펄쩍 일어섰다. 휴대전화 주인이 전화기를 좌우로 천천히 돌리자 땅바닥에 봉긋하게 솟은 피투성이 옷 무더기 몇 개가 눈에 들어왔다. 다른 아이들이었다.

군중은 멀찍이 떨어진 곳에 머물렀지만, 남자들 몇 명은 공터가 된 가게 앞으로 슬금슬금 돌아왔다. 그들은 조금씩 걸음을 옮기며, 조금씩 목소리를 높였다. 그러나 놀라서 꼼짝도 못 하는 젊은 미국 인에게 너무 가까이 다가가지는 않았다. 가디언 두 대가 여전히 상 공에서 맴돌았기 때문이었다. 실제 미군 병사들이 현지 경찰과 함 께 현장에 나타나 사람들을 모조리 쫓아내기까지는 몇 분이 더 걸 렸다. 영상은 거기서 끝났다.

"흙바닥에 쓰러져 있는 그 죽은 아이를 봤을 때 제가 느낀 건 오로지 안 도감뿐이었어요. 그건 압도적인 기쁨이었죠. 그 애는 저를 죽이려고 했지 만, 저는 목숨을 구했으니까요. 우리 로봇 덕분에요."

나중에, 폭발물 제거 로봇이 시신을 수색했을 때, 폭탄은 단 한 개 도 나오지 않았다.

첫 번째로 죽은 아이의 부모가 나섰다. 그들은 자기네 아들이 머 리에 문제가 있는 아이였다고 해명했다. 평소에는 바깥에 나가지 못하도록 가둬 놓았는데, 이날은 어찌된 영문인지 집 바깥에 나와 돌아다녔다고 했다. 아이가 미국인을 향해 달려간 이유는 아무도 알지 못했다. 어쩌면 그 남자의 외모가 다른 사람들과 달라서 신기 해 보였는지도 몰랐다.

이웃들 모두 그 아이는 위험한 애가 아니었다고 당국에 꿋꿋이 항의했다. 누구에게도 해를 끼친 적이 없다면서. 뒤쫓아 간 아이들 은 그 아이의 형제자매와 친구들이었다. 아이가 말썽에 휘말릴까 봐 멈춰 세우려고.

아이 부모는 인터뷰 하는 내내 엉엉 울었다. 인터뷰 영상에 달린 덧글 중에는 아이 부모가 카메라 앞이라서 우는 척한다고, 미국 정부로부터 보상금을 더 많이 타낼 속셈으로 하는 짓이라고 적은 것도 있었다. 다른 작성자들은 격분했다. 그들은 정교한 논리를 세워 덧글란에서 서로를 공격하며 말의 전쟁을 벌였고, 이로써 상대편을 끽소리도 못 하게 누르려 했다. 몇몇 작성자는, 새삼스럽게, 뉴스 덧글란에 관리자를 두어 표현 수위를 조정해야 한다고 주장했다.

카이라는 프로그램에 수정 사항을 입력했던 날의 기억을 더듬어 보았다. 그날은 날씨가 더워서 내내 프라페를 홀짝였다. 카이라는 그날 아동의 생명에 부여된 기존 값을 삭제하고 새 값을 입력했던 것이 기억났다. 일상적인 작업, 이미 입력한 수백 가지 수정 사항과 다를 바 없는 변경일 뿐이었다. 이프(IF) 조건문 한 줄을 삭제하고 다른 조건문을 추가했던 것, 그리하여 적을 격퇴하도록 제어 흐름을 바꾸었던 것도 기억났다. 프로그램 속에 중첩된 논리 흐름을 깔끔하게 정리할 방법을 찾았다는 생각에 기분이 짜릿했던 것도 기억났다. 육군이 요청한 것은 다름 아닌 그 정리 방법이었고, 카이라는 군의 요구를 충실히 수행하기로 마음 먹은 상태였다.

"실수는 일어나게 마련이야." 스토버 박사가 말했다. "언론의 난리법석도 결국엔 잠잠해질 테고, 걱정하는 목소리도 다 잦아들 거야. 뉴스에는 유통 기한이 있기 때문에 뭔가 새로운 게 나와서 이 뉴스를 다 덮어 버릴 거거든. 우린 그냥 다 끝날 때까지 기다리기만 하면 돼. 다음번엔 더 잘 돌아가는 시스템을 만들 방법을 찾을 거야. 지금도 잘하고 있어. 이게 바로 전쟁의 미래니까."

카이라의 머릿속에 흐느껴 울던 아이 부모가 떠올랐다. 처음에 죽은 그 아이가, 나중에 죽은 아이들이 떠올랐다. 스토버 박사가 인용했던 80퍼센트라는 수치가 떠올랐다. 아버지의 점수표에 적혀 있던 숫자가, 그 숫자 뒤에 있을 부모와 아이와 형제자매들이 떠올랐다. 퇴근하고 집에 온 아버지의 모습이 떠올랐다.

카이라는 사무실에서 나가려고 일어섰다.

"이거 하나는 명심하게." 스토버 박사가 등 뒤에서 말했다. "자네는 잘못한 게 없어."

카이라는 말이 없었다.

카이라는 도로가 한창 막힐 시간대에 버스에서 내려 집까지 걸어 갔다. 차도는 차로 가득했고 보도는 사람으로 혼잡했다. 식당의 빈자리가 빠르게 채워져 가는 동안 종업원은 손님에게 농담 섞인 인사를 건넸고, 상점 앞에 서 있는 남자들과 여자들은 진열창 안의 물건을 멍하니 바라보고 있었다.

카이라는 그들 대부분이 전쟁 뉴스에 질렸을 거라고 확신했다. 이제 시체 운반용 주머니에 담긴 채 고향으로 돌아오는 군인은 한 명도 없었다. 전쟁은 깔끔했다. 문명국이 살기 좋다는 이유가 바로 이런 것이 아니던가? 전쟁을 생각하지 않아도 괜찮다는 것. 누군가 다른 이가, 무언가 다른 것이, 나를 대신하여 생각해 줄 테니까.

카이라는 자신을 향해 미소 짓는 웨이트리스 곁을 지나, 자신의 이름을 모르는 식당 손님들 사이를 지나 성큼성큼 걸어갔다. 보도를 가득 메운 인파 속으로, 자신들 바로 곁에 걸어가는 괴물의 존재를 망각한 채로, 수천 킬로미터 떨어진 곳에서 다음번에는 누구를 죽일지 결정하는 기계가 있다는 것을 모르는 채로, 웃고, 음악을 듣고, 말다툼하고, 소리 지르는, 사람들 속으로.

The Gods Will Not Be Chained

# 신들은 목줄을 차지 않을 것이다

포스트휴먼 3부작

매디는 학교에서 집에 돌아와 컴퓨터를 켜는 순간이 싫었다.

한때는 그 큼지막한 구닥다리 노트북 컴퓨터를 끔찍이 아끼던 시절도 있었다. 하도 오래 써서 자판이 다 닳은 탓에 남은 글자가 상형 문자처럼 보이는 그 노트북 컴퓨터는 아빠에게서 물려받은 유품으로서, 매디가 꼼꼼히 업그레이드를 하는 덕분에 근근이 돌아갔다. 매디는 그 컴퓨터로 멀리 사는 친구들과 우정을 이어 갔고, 나날의 삶이라는 좁은 범위 너머에 훨씬 더 크고 넓은 세상이 있다는 것도 배웠다. 아빠는 줄줄이 이어진 기호를 입력함으로써 믿음직한 기계에게 말을 걸어 이런저런 일을 시키거나 사람의 의지를 따르게끔 하는 방법을 매디에게 가르쳐 주었다. 컴퓨터 언어를 능수능란하게 다루는 딸의 재능이 너무나 자랑스럽다는 말을 아빠의 입으로 들을 때마다 매디는 세상에서 제일 똑똑한 아이가 된 기분이었다. 둘은 컴퓨터를 자유자재로 다루는 만족감을 공유하는 사이였다. 일찍이 매디는 나중에 자라면 컴퓨터 엔지니어가 되고 싶다는 꿈을 품었고, 닮고 싶었던 사람은 다름 아닌……

매디는 머릿속에서 아빠 생각을 지워 버렸다. 그 생각을 하면 아직도 가슴이 너무 아팠다.

이메일과 채팅 앱의 아이콘이 폴짝폴짝 뛰며 매디에게 새 메시지가 왔다고 알려 주었다. 불길한 예감에 가슴이 철렁했다.

매디는 숨을 깊이 들이마시고 이메일 앱의 아이콘을 클릭했다. 그런 다음 이메일 제목들을 재빨리 훑어보았다. 한 통은 할머니가 보낸 편지, 두 통은 온라인 쇼핑몰에서 보낸 세일 안내문이었다. 뉴스 요약 서비스의 이메일도 한 통 있었다. 두 사람의 공통 관심사에 관한 뉴스를 놓치는 일이 없도록 아빠가 설정해 준 기능이었다. 아빠는 이미 세상을 떴지만, 매디는 그 기능을 삭제할 용기가 차마 나지 않았다.

오늘의 헤드라인은 이런 것들이었다.

* 주식 시장의 이상 상황은 고속 거래 알고리즘 때문으로 추정
* 미 국방성, 무인 드론이 인간 조종사를 능가하리라고 예측
* 싱귤래리티 연구소가 불로불사 실현 일정표를 공표
* 연구자들, 미지의 컴퓨터 바이러스가 스피커에서 마이크까지 폭넓게 확산할 가능성 우려

……

천천히, 매디는 참았던 숨을 토했다. 그 애들에게서는…… 아무 소식도 없었다.

매디는 할머니가 보낸 이메일을 열었다. 할머니네 집 텃밭에서 찍은 사진이 몇 장 보였다. 모이통에 앉아 물을 마시는 벌새 사진. 옥을 깎아 만든 구슬처럼 생긴, 덩굴에 맨 처음 맺힌 조그마한 초록 색 토마토 사진. 차고 진입로 끄트머리에 서 있는 할머니네 개 바질 사진. 바질의 꼬리는 하도 흔들어 대서 흐릿하게 찍혀 있었고, 차도 에 지나가는 차를 바라보는 눈은 간절해 보였다.

*내 하루는 이렇게 지나가는 중이란다. 너도 새 학교에서 즐거운 날 보내렴.*

매디는 빙그레 웃었지만, 이내 눈시울이 따뜻해지면서 물기가 어 렸다. 매디는 재빨리 눈물을 닦고 답장을 쓰기 시작했다.

*보고 싶어요, 할머니.*

매디는 펜실베이니아주 어느 소도시의 변두리에 있는 할머니네 집으로 돌아가고 싶었다. 그곳의 학교는 규모도 작고 학습 난이도 역시 매디에게는 너무 쉬운 편이었지만, 그래도 늘 안전한 느낌이 들었다. 중학교 2학년으로 살기가 이렇게 힘들 줄 누가 상상이나 했을까?

*학교에 저를 힘들게 하는 애들이 좀 있어요.*

매디가 새 학교에 출석한 첫날부터 시작된 일이었다. 예쁘고 인 정사정없이 드센 수지가 온 학교 아이들을 다 들쑤셔서 매디를 적 대하게끔 조종하는 듯싶었다. 매디는 수지와 잘 지내고 싶었기에 자신이 대관절 무슨 짓을 해서 학생들의 우두머리인 수지의 기분을 그토록 거슬렀는지 알아내려 했지만, 그런 식의 노력은 오히려 긁 어 부스럼 같았다. 옷을 이렇게 입었다느니, 말을 저렇게 한다느니,

너무 많이 웃는다느니, 남들만큼 웃지 않는다느니…… 모든 것이 놀리고 비웃을 건수였다. 이제 매디는 폭군들이 다 그렇듯이 수지 또한 딱히 합리적으로 설명할 만한 이유가 있어서 자신을 싫어하는 것이 아닌지도 모른다는 생각이 들었다. 매디를 괴롭히는 데서 즐거움을 얻을 수 있다면, 심지어 다른 아이들마저 매디의 불행에 일조함으로써 자신에게 아첨하려 한다면, 수지로서는 그걸로 충분하기 때문이었다. 매디는 학교에 있는 동안 꼬박 몇 시간을 피해망상 때문에 허비하곤 했다. 친구들의 미소가, 또는 다른 어떤 식의 친근한 몸짓도 실은 그저 자신을 방심시켜 더 깊은 상처를 안기려는 함정이 아닐까 싶어 불안했기 때문이었다.

우리가 할머니랑 같이 살면 좋겠어요.

그러나 엄마는 이곳에서 일자리를, 그것도 보수가 두둑한 일자리를 얻었다. 그 일자리를 버리는 게 가능하기는 할까? 아빠가 세상을 떠난 것은 이미 2년 전 일이었다. 엄마와 매디가 할머니네 집에 영영 얹혀살 수는 없었다.

매디는 이메일에 적은 내용을 지웠다. 그런 걸 써 봤자 할머니를 걱정시킬 뿐이었고, 걱정한 할머니는 엄마에게 전화를 할 것이며, 그 전화를 받은 엄마는 학교 선생님들에게 상담을 할 텐데 그렇게 되면 지금의 상황이 얼마나 더 악화될지 상상조차 가지 않았다. 남들의 참견은 아무런 도움도 되지 않는 상황에서 굳이 슬픈 소식을 널리 알릴 필요가 있을까?

학교는 다 괜찮아요. 전 여기서 진짜 잘 지내고 있어요.

거짓말을 하자 기운이 솟았다. 다른 사람을 보호할 목적으로 거짓말을 하는 것이야말로 성장하고 있다는 가장 확실한 증거가 아니던가?

매디는 그 이메일을 다 적어서 보낸 다음, 수신함에 새 이메일이 도착해 있는 것을 발견했다. 보낸 사람 이름은 '진실_전달자02(truth_teller02)'였고, 제목은 '완전 겁먹음?'이었다.

심장이 쿵쾅거리기 시작했다. 그 이메일을 열어 보고 싶은 마음은 없었다. 하지만 읽지도 않고 삭제해 버린다면, 그 애들이 옳다는 뜻이 되지 않을까? 자신이 약해 빠졌다는 뜻이 아닐까? 그렇다면 그 애들이 이긴 셈이 아닐까?

매디는 그 이메일을 클릭했다.

*너 왜 그렇게 못생김? 보나마나 자살 생각뿐일 듯. 적극 추천.*

이메일에는 사진도 첨부되어 있었다. 매디를 찍은 휴대전화 사진이었다. 사진 속의 매디는 쉬는 시간에 학교 복도를 뛰어가는 중이었다. 크게 뜬 두 눈에는 긴장한 빛이 보였고, 아랫입술을 깨물고 있었다. 그때 기분이 어땠는지가 떠올랐다. 외로웠고, 가슴속에 뭔가 똬리를 튼 것처럼 아릿했다.

사진은 포토샵으로 수정한 것이어서, 사진 속 매디의 얼굴에는 돼지의 코와 귀가 붙어 있었다.

매디는 얼굴이 불붙은 것처럼 화끈거렸다. 그래도 마음을 굳게 먹고 눈물이 잦아들 때까지 울음을 참았다. 매디는 자신이 과체중이라는 사실을 심하게 의식했고, 아이들은 그 점을 정확히 꿰뚫어 보았다. 이렇게 유치한 수법이 얼마나 효과적인지, 생각해 보면 놀라웠다.

매디는 여자애들 가운데 누가 이 이메일을 보냈는지 짐작이 가지 않았다. 수지의 부하들 중 한 명이 바친 이 최신 제물을 보고 있으려니, 경멸하듯 냉정하게 웃는 두목 수지의 얼굴이 머릿속에 그려졌다. 돼지 초상화치고는 꽤 잘 그렸네.

매디는 끊이지 않고 쏟아지는 조롱 때문에 SNS를 끊은 상태였다. 덧글 한 개를 삭제하면 아이들은 오히려 자극을 받아 두 개를 새로 달았다. 만약 누구를 차단하기라도 하면 아이들은 자기네가 이겼다고, 그것이야말로 매디가 약해 빠졌다는 증거라고 여길 듯싶었다. 매디는 참고 견디는 수밖에 없었다.

몽둥이와 돌이 사람을 상처 입히는 현실은 야만적이었다. 그러나 디지털 세계는, 비트와 전자의 세계, 말과 이미지의 세계인 그곳은…… 매디에게 크나큰 즐거움이었고, 친숙하다 못해 자신의 일부로 여겨질 정도였다. 그런데 그 세계가 이제 매디에게 상처를 주고 있었다.

매디는 이불 속으로 파고들어 울다가 지쳐 잠들었다.


✉ 🐷 ?

매디는 영문을 모르는 채로 모니터 화면을 바라보았다.

화면에 새 채팅 창이 떠 있었다. 창 안에 매디가 아는 계정의 이름은 하나도 보이지 않았다. 사실, 그 채팅 창에는 아이디가 아예 떠 있지 않았다. 매디는 그런 채팅 창을 전에 본 적이 있었는지 기억나지 않았다.

그 애들이 원하는 게 뭘까? 그 이메일을 건수로 매디를 더 괴롭히는 것? 아무 말 않고 가만히 있으면, 그 또한 스스로가 약해 빠졌다고 인정하는 셈일까? 매디는 자판을 달각달각 눌렀다. 내키지 않는 손을 움직여서, 마치 부리로 콕콕 쪼듯이.

그래, 이메일 읽었어. 용건이 뭐야?

매디는 눈살을 찡그렸다. 너도 속상하다는 거야? 글로 채팅할 수 있는 상태는 아니고? 알았어, 나도 너한테 맞춰 줄게.

정체를 알 수 없는 채팅 상대는 문장 부호와 기호를 조합해 만든 이모티콘이 아니라 표정과 얼굴이 담긴 그림 문자를 사용했고, 매디는 그 점이 마음에 들어 이 기묘한 대화를 이어 나갔다. 줄지어 떠 있는 조그맣고 우스꽝스러운 그림 문자에 특별한 정서적 유대를 느꼈기 때문이었다. 예전 매디와 아빠는 그림을 그려 단어의 뜻을 설명하고 무슨 단어인지 알아맞히는 '픽셔너리' 게임을 하곤 했다. 다만 둘 사이의 규칙은 그림을 그리지 않고 휴대전화로 상대에게 그림 문자를 보내어 단어의 뜻을 설명하는 것이었다.

매디는 그림 문자 목록을 보며 필요한 문자를 골랐다.

정체 모를 채팅 상대가 입력한 답장이 화면에 나타났다. 매디는 그 상대가 누구든 '그리미'로 부르겠다고 마음먹었다.

매디는 글자 대신 나타난 괴물의 얼굴을 가만히 바라봤지만, 무슨 뜻인지 짐작이 가지 않았다. 화면에 그림 문자가 한 개 더 나타났다.

매디는 웃음을 터뜨렸다. 그랬다, 그리미는 이쪽에 호의를 품고 있었다.

정말이지, 앞서 받은 이메일 때문에 매디는 개똥을 밟은 기분이 었다.

매디가 입력한 메시지에 대한 답장은 아래와 같았다.

말이야 쉽지. 매디는 속으로 중얼거렸다. 나도 흔들리지 않고 남들이 하는 말을 그냥 흘려보내고 싶어. 그럼 꺼져 가는 불씨가 바위에 부딪혀 힘없이 사그라지는 것처럼 그 말들도 사라져 버릴 테니까. 매디는 그림 문자판을 다시 열어 답글을 입력했다.

답장은 이러했다.

매디는 그 그림 문자의 의미가 무엇일지 골똘히 생각했다. 빗속의 우산이라. 날 보호해 주겠다는 건가? 그리미, 너 지금 무슨 말을 하는 거야?

그리미가 답장을 보냈다.

매디는 왠지 수상쩍다는 느낌이 들었다. 너 누구야?

?
그 질문의 답은 몇 초가 지나서야 돌아왔다.

👻

이튿날, 학교에서 본 수지는 겁을 먹은 듯 쭈뼛거리며 좀처럼 집중하지 못하는 눈치였다. 그러면서 휴대전화가 부르르 진동할 때마다 가방에서 전화기를 꺼내어 조심스레 화면을 건드렸다. 수지의 얼굴은 붉게 물들어 있었고 표정은 두려움과 분노 사이를 빙빙 맴돌았다.

매디에게는 몹시 익숙한 표정이었다.

"너 괜찮아?" 단짝 친구인 에린이 수지에게 물었다.

수지는 뭔가 의심하는 눈빛으로 에린을 사납게 쏘아보더니, 입을 꾹 다문 채 휙 돌아섰다.

4교시가 되자 매디를 괴롭히던 여자애들 대다수는 얼굴에 걱정이 가득한 그 표정, 그러니까 모두가날미워해아무도날안좋아해라는 표정을 띠고 있었다. 비난과 맞비난이 매섭게 오고갔다. 쉬는 시간이면 여럿이 끼리끼리 모여 소곤소곤 이야기를 나누다가 깍깍거리며 흩어졌다. 어떤 여자애들은 울어서 빨개진 눈을 하고 화장실에서 나왔다.

이날 하루 종일, 아이들은 매디의 털끝조차 건드리지 않았다.

매디는 웃음이 터졌다. 그림 문자 채팅 메시지 속의 춤추는 여자

애 둘이 실제로 수지와 에린을 조금 닮았기 때문이었다. 등 뒤에서 칼로 찌르는 것처럼 비겁하게 모함하는 수법도. 서로 손가락질하는 모습도.

매디는 메시지의 의미를 깨닫고 고개를 끄덕였다. 만약 그리미가 초대도 받지 않고 매디의 모니터 스크린에 갑자기 나타나는 능력을 지녔다면, 그 전날 매디에게 이메일을 보낸 패거리가 누구인지 알아내어 매디에게 한 것과 똑같은 수법으로 괴롭혀 줄 수도 있기 때문이었다. 그리미가 할 일은 매디가 받을 이메일의 수신인을 다른 아이들로 재설정하는 것뿐이었다. 그다음은 아이들의 피해망상과 불안증이 알아서 할 차례였다. 그런 패거리를 하나로 잇는 연약한 거미줄은 자칫하면 헝클어지기 일쑤였다.

매디는 고맙고 흐뭇한 기분을 느꼈다.

답장이 왔다.

근데 왜 나를 도와주는 거지? 그 질문의 답은 여전히 물음표로 남아 있었다. 그래서 매디는 질문을 입력했다.

답장은 이러했다.

매디는 무슨 뜻인지 짐작이 가지 않았다.

잠시 뜸을 들이는가 싶더니, 이내 답장이 왔다.

여자애가 한 명, 그다음은 어른 여자가 한 명.

"너 우리 엄마를 알아?" 매디는 너무나 경악한 나머지 자신도 모르게 소리 내어 중얼거렸다.

"무슨 일이야?" 매디의 등 뒤에서 쾌활하고 다정한 목소리가 들려왔다. "날 아는 사람이 누구지?"

매디는 의자에 앉은 채로 뒤를 돌아보았다. 방문 앞에 엄마가 서 있었다.

"일찍 퇴근했네." 그렇게 한 이유가 궁금해서 건넨 말이었다.

"사무실 컴퓨터가 죄다 고장 났지 뭐야. 일을 할 수 있는 사람이 한 명도 없어서, 그냥 퇴근하기로 했지." 엄마는 방으로 걸어 들어와 매디의 침대에 앉았다. "누구랑 얘기하는 거야?"

"별거 아냐. 그냥 채팅이야."

"누구랑?"

"몰라…… 그냥…… 나를 좀 도와준 사람이야."

그것이야말로 엄마 머릿속에서 경보를 울릴 대답이었지만, 매디는 미처 이를 짐작하지 못했다. 엄마는 뭐라고 항의할 틈도 주지 않고서 매디를 의자에서 일으켜 세우고는 자신이 직접 자판 앞에 앉았다.

너 누구야 지금 우리 딸한테 이게 무슨 개수작이야?

한참을 기다려도 답장이 오지 않는다는 사실 자체가 엄마의 가장 끔찍한 공포를 뒷받침하는 증거 같았다.

"엄마, 바보같이 왜 이래. 나 이상한 짓은 하나도 안 했어, 진짜야."

"이상한 짓은 하나도 안 했다고?" 엄마는 모니터 화면을 손끝으로 가리켰다. "그럼 왜 이…… 조그만 그림 같은 것들만 입력하고 있는 건데?"

"그건 그림 문자야, 우린 지금 게임을……"

"넌 인터넷이 얼마나 위험한지 하나도……"

두 사람이 서로에게 퍼붓던 고함 소리가 뚝 그쳤다. 엄마는 모니터 화면을 뚫어져라 바라봤다. 그러다가 자판을 두드렸다.

*어쩌라고?*

"저쪽은 그림 문자를 쓰지 않으면 답장을 안 해."

딱딱하게 굳은 표정으로, 엄마는 마우스를 움직여 그림 문자를 클릭했다.

**⁉**

앞서보다 더 오래 반응이 없다가, 이내 그림 문자 한 줄이 화면에 가로로 길게 나타났다.

"이런 염병할……." 엄마가 중얼거렸다. 뒤이어 엄마의 표정은 충격에서 슬픔을 거쳐 불신과 분노로 바뀌어 갔고, 그러는 동안 입에서는 쌍욕이 흘러나왔다. 매디는 자기 눈앞에서 욕을 지껄이는 엄마를 본 적이 한 손으로 꼽을 만큼 적었다. 뭔가 단단히 잘못됐다는 뜻이었다.

엄마 어깨 너머로 모니터 화면을 보면서, 매디는 그림 문자 메시지의 뜻을 엄마에게 해석해 주려고 했다. "저건 '입술은 뭐지?'라는 뜻인가…… 그리고 '남자의 입술'……."

그러나 엄마는 뜻밖의 말을 꺼냈다. "아니, 저 메시지는 '내 입술이 어느 입술에 포개졌는지, 어디서, 왜 그랬는지'라는 뜻이야……."

떨리는 손으로, 엄마는 그림 문자 하나를 클릭했다.

채팅 창은 휙 사라졌고, 화면에는 아무것도 보이지 않았다.

엄마는 우두커니 앉아 있었다. 손가락도 까딱하지 않고서.

"왜 그래?" 매디는 그렇게 물으며 엄마의 어깨를 조심스레 밀어 보았다.

"어떻게 이럴 수가." 엄마가 말했다. 매디가 아니라 스스로에게 하는 말처럼 보였다. "이건 말도 안 돼. 말도 안 돼."


매디는 까치발을 하고서 안방 문 앞으로 살금살금 다가갔다. 엄마는 한 시간 전에 그 문을 쾅 닫고 방에 들어가 줄곧 틀어박혀 있었다. 잠깐 동안 방문 안쪽에서 흐느끼는 울음소리가 들려오다가 이내 차츰 잦아들었다.

매디는 방문에 귀를 갖다 댔다.

"피터 왁스먼 박사님 계시면 부탁합니다." 엄마 목소리가 어렴풋이 들려왔다. 잠시 침묵이 흘렀다. "엘런 윈이라고 전해 주세요. 아주 급한 일이라는 말도 같이요."

왁스먼 박사님이라면 아빠가 로고리즘스에 다닐 때 상사였던 사람이잖아. 왜 이제 와서 엄마가 그 사람한테 전화를 하지?

"그 사람 아직 살아 있는 거죠." 엄마가 말했다. "맞죠?"

뭐라고? 매디는 속으로 생각했다. 엄마가 지금 무슨 얘길 하는 거야?

"내 앞에서 그딴 소리로 넘어갈 생각 마요. 그 사람이 나한테 연락했어요, 피터. 나도 이제 안다고요."

우리 둘이 병원에서 아빠의 시신을 봤잖아. 매디는 몸이 뻣뻣하게 굳는 느낌이 들었다. 아빠 관이 땅속으로 내려지는 걸 내 눈으로 직접 봤는데.

"아뇨, 당신이나 내 말 잘 들어요." 엄마가 목소리를 높였다. "들으라고요! 당신 얘기 거짓말인 거 다 알아요. 당신들, 내 남편을 어떻게 한 거예요?"


둘은 경찰서에 가서 실종 신고를 했다. 형사는 매디와 엄마가 들려주는 이야기를 가만히 귀 기울여 들었다. 매디는 그 남자의 얼굴에 연이어 스쳐가는 몇몇 표정을 유심히 지켜보았다. 흥미, 감탄, 재미, 싫증 순이었다.

"정신 나간 얘기처럼 들린다는 건 알지만요." 엄마가 말했다.

형사는 아무 말도 하지 않았지만, 그의 표정이 모든 얘기를 들려주었다.

"그래요, 그이 시체를 확인했다고 제가 얘기했죠. 하지만 그이는 안 죽었어요. 안 죽었다고요!"

"왜냐면 남편 분이 무덤 속에서 문자 메시지를 보냈기 때문에 그렇다는 말씀이죠."

"아뇨, 문자 메시지가 아니에요. 제 남편은 매디하고 저한테 채팅으로 연락했어요."

형사는 한숨을 쉬었다.

"따님을 괴롭히는 아이들이 새로운 방식으로 벌인 장난이라는 생각은 안 해 보셨나요?"

"아니에요." 매디가 말했다. 마음 같아서는 형사의 양쪽 귀를 붙잡고 머리를 한바탕 흔들어 주고 싶었다. "그 메시지는 그림 문자를 사용해서 만든 거였어요. 그건 아빠하고 저, 둘만 아는 게임이었다고요."

"그건 시였어요." 엄마는 웬 시집을 꺼내어 훌훌 넘기다가 한쪽을 짚더니, 펼쳐서 형사의 눈앞에 들이댔다. "에드나 세인트 빈센트 밀레이가 쓴 소네트의 첫 행이죠. 제가 제일 좋아하는 시예요. 예전에 데이비드한테 가끔 읽어 주곤 했어요. 저희 둘 다 아직 고등학생이던 시절에."

형사는 책상 위에 양 팔꿈치를 짚고 손끝으로 양쪽 관자놀이를 문질렀다.

"원 부인, 경찰서에는 해결할 사건이 아주 많습니다. 부군께서 돌아가시고 나서 얼마나 상심이 크셨을지, 또 따님이 집단 따돌림을 당하는 바람에 얼마나 속이 상하실지 잘 압니다. 이런 경우는 학교에 계신 선생님들하고 상담하시는 게 좋습니다. 제가 전문가를 소개해 드릴 테니까……"

"내. 정신은. 아주. 멀쩡해요." 엄마는 이를 바득바득 갈았다. "저희 집에 와서 애 컴퓨터를 확인해 보세요. 네트워크 접속을 추적하면 그이가 어디 있는지 알 거 아니에요. 이게 어떻게 가능한지는 저도 모르지만, 그이는 분명 살아 있어요. 그리고…… 분명히 무슨 곤경에 처했을 거예요. 그래서 그림 문자로밖에 얘기를 못 하는 거라고요."

"얄궂은 농담이란 건 저도 압니다만, '사기는 당하는 사람 잘못이 절반'이라는 말은 바로 이런 경우에 쓰는 겁니다."

집으로 돌아온 후에 엄마는 곧장 침대에 누워 이불을 뒤집어썼다. 매디는 침대 가장자리에 앉아 잠시 엄마의 손을 잡고 있었다. 매디가 아주 어렸을 적에 혼자 잠들지 못할 때 엄마가 손을 잡아 주었던 것처럼.

엄마는 한참 후에야 잠들었다. 얼굴이 눈물에 젖은 채로.


인터넷은 드넓고 신기한 세계여서, 더없이 황당무계한 이야기를 신봉하는 사람들이 이 구석 저 구석에 모여 있곤 했다. 외계인과 지구인이 만난 사건을 정부가 은폐한다느니, 거대 기업이 사람들을 노예로 만들려 한다느니, '일루미나티'라는 비밀 조직이 세계를 지배한다느니, 아무튼 세상이 끝장나는 방식은 많고도 많았다.

매디는 그런 사이트 가운데 한 곳에 등록한 다음, 토론 게시판에 자기 이야기를 적었다. 꾸미는 말은 덧붙이지 않고 사실만 나열할 생각이었다. 그래서 그림 문자 채팅의 내용을 그대로 옮겨 적었고,

하드드라이브의 스와프 파일을 이용하여 그 이상하게 생긴 채팅 창을 복원했으며, '그리미'의 네트워크 접속 기록도 힘닿는 데까지 추적하여 첨부했다. 다시 말해 사이트 이용자들 대다수에 비해 훨씬 더 확실한 자료를 제공하여 자신의 이야기를 뒷받침했다. 그러면서 로고리즘스 사는 모든 것을 부인했고 경찰과 정부 당국자들은 자신의 이야기를 믿어 주지 않는다고 적었다.

어떤 이들이 보기에는 그런 식으로 부인하는 당국의 행태야말로 매디의 주장을 무엇보다 확실하게 뒷받침하는 증거였다.

이윽고 토론 게시판의 단골 이용자들이 자기네 나름의 추리를 시작했다. 그들은 매디의 사연을 자신들이 평소에 주장하던 음모론의 증거로 여겼다. 누구는 거대 검색 엔진 기업인 센틸리언이 검열을 벌이는 거라고 했고, 또 누구는 로고리즘스가 국제 연합을 위해 군사용 인공 지능을 개발하는 중이라고 했으며, 국가안보국이 국민들의 컴퓨터 하드드라이브를 스캔한다고 주장하는 사람도 있었다. 매디가 시작한 글 타래는 덧글이 폭발적으로 늘어나면서 내용 또한 점점 더 부풀려졌다.

물론 매디는 그 글 타래가 아무리 길게 이어지더라도 대다수 보통 사람들의 눈에는 결코 띄지 않으리라는 것을 잘 알았다. 이러한 사이트들은 신뢰하기 힘들다는 낙인이 찍힌 까닭에, 거대 검색 엔진의 경우 이런 곳에서 얻은 검색 결과는 그대로 묻히도록 일찍부터 알고리즘을 조작해 놓았던 것이다.

그러나 매디의 목적은 사람들을 설득하는 것이 아니었다.

'그리미'는, 그러니까 매디의 아빠는, 자신이 기계 속의 유령이라고 주장했다. 그렇다면 분명 그런 존재가 매디 아빠 말고 또 있지 않을까?

이름도, 아바타도 없었다. 그저 채팅 창뿐이었다. 운영 체계의 일부처럼 보이는.

매디는 실망했다. 상대는 아빠가 아니었다. 그래도 아무도 오지 않는 것보다는 나았다.

매디는 답장의 뜻을 분석하다가 빙그레 웃었다. 우리는 클라우드에서 왔다. 세상 모든 곳에서. 그림 문자의 뜻을 알아차린 매디가 응답을 입력했다.

너도 우리 아빠가 어디 있는지 모르는구나. 매디는 속으로 중얼거렸다. 그치만 날 도와줄 순 있을지도?

답장은 빠르고 분명하게 도착했다.

기다려, 우리가 엄청 큰 파도를 일으켜서 다 무너뜨려 버릴 거니까.


노크 소리가 들려온 때는 일요일 아침이었다.

엄마가 현관문을 열자 문 앞에 서 있는 왁스먼 박사가 매디의 눈에 들어왔다.

"네 질문에 답을 들려주러 왔다." 왁스먼 박사는 인사도 건네지 않고 싸늘한 목소리로 그렇게 말했다.

매디는 별로 놀라지 않았다. 지난 금요일에 로고리즘스의 주가가 폭락했다는 뉴스를 봤기 때문이었다. 주가가 하도 많이 떨어져서 아예 거래가 중지될 정도였다. 인공 지능 주식 거래 시스템이 또다시 비난의 표적이 되었지만, 개중에는 그 사태를 주가 조작의 결과로 보는 이들도 있었다.

"몇 년 만이네요." 엄마가 말했다. "난 박사님이 우리 친구인 줄 알았어요. 그런데 데이비드가 세상을 뜨니까 전화 한 통 안 하시더군요."

매디는 로고리즘스 사무실에서 열린 파티에서 왁스먼 박사를 마지막으로 만났다. 그때 박사는 기분이 들뜬 상태로 호들갑을 떨었고, 매디에게 자신과 아빠가 얼마나 친한 사이이며 아빠가 회사에서 얼마나 중요한 인재인지 얘기해 주었다.

"그동안 바빠서 그만." 왁스먼 박사는 매디 엄마의 눈을 똑바로 보지 못했다.

엄마는 옆으로 비켜서서 박사를 집 안으로 들였다. 그러고는 매디와 나란히 소파에 앉아 박사가 맞은편 의자에 앉기를 기다렸다. 박사는 거실 탁자에 자기 서류 가방을 내려놓은 다음, 그 가방에서 노트북 컴퓨터를 꺼냈다. 그러고는 컴퓨터를 켜고 자판을 두드리기 시작했다.

매디의 인내심이 마침내 바닥을 드러냈다. "지금 뭐 하세요?"

"로고리즘스의 보안 전산 센터에 암호화 연결을 설정하는 중이야." 왁스먼 박사는 화가 난 듯 뚝뚝 끊어지는 말투로 중얼거렸다. 마치 입에서 나오는 한마디 한마디가 자신의 의지를 거스른 말인 것처럼.

이윽고 박사가 노트북 컴퓨터의 모니터를 두 사람 쪽으로 돌렸다. "언어 처리 유닛을 설치해 놨어요. 차단해 봤자 소용없다는 게 다 밝혀졌는데, 안 쓸 이유가 없잖아요? 이 카메라를 통해 데이비드한테 얘기하면 돼요. 그 친구는 글로 답장할 거예요…… 어째선지 지금도 그림 문자를 선호하는 것 같긴 하지만. 인공적으로 합성한 음성은 지금으로선 두 사람이 가장 듣기 싫어할 소리일 테니까.

소리가 지지직거리고 뭉개지는 부분이 조금 있을 거예요. 언어 처리 목적의 신경 패턴 시뮬레이션이 신형이라 아직 불안정해서 그래요."


"데이비드?"

이 모두가 당신 얼굴 — 순간순간의 당신 얼굴. 나에게는 영영 질리지 않을 얼굴. 나는 그 모든 순간을 빠짐없이 온전하게 간직해. 늦게까지 머

무는 9월 오후의 햇살. 팝콘과 핫도그의 냄새. 안절부절못하는 마음. 해 줄래 해 주지 않을래? 나와 같은 이야기 속에서 살아가겠다는 약속을. 그 러고 나서 나는 당신을 봐. 망설이고 마음 졸이며 의심하는 눈빛은 이제 보이지 않아. 부드러운 느낌이 내 안으로 돌돌 말려 들어와서는, 있어야 할 곳을 빠짐없이 찾아가 꼭 맞게 자리를 잡아. 완전해. 따뜻해. 다정해. 그래 할게 그래 할게.

"아빠!"

조그만 손가락들, 길게 뻗어서 늘어나서 한때 떠다니던 캄캄한 바다에 닿은 가녀린, 갈래갈래 나뉜 촉수들. 태양 1000개의 열을 합한 것처럼 따 뜻한 웃음.

나는 너를 안지 못해. 너는 없는 존재, 의지라는 혀가 도무지 건드리기 를 멈추지 못하는 내 마음이라는 입의 안쪽에 난 상처. 우리 딸, 나는 언제 나 네가 보고 싶고 보고 싶고 보고 싶었단다.

"이 사람 도대체 어떻게 된 거예요?"

"데이비드는 죽었어요. 당신이 직접 봤잖아요, 엘런. 그 자리에 있 었잖아요."

"그럼 이건 뭐예요?"

"아마도 '뜻밖의 결과'가 뭔지 보여 주는 하나의 사례라고 할 수 있을 것 같군요."

"이제부턴 말이 되는 얘기를 해 보는 게 좋을걸요."

화면에 더 많은 문장이 나타났다.

배치와 경로 지정의 통합. NP 완전. 3차원 레이아웃. 휴리스틱(복잡한 문제를 해결할 때 경험이나 직관에 의지하는 의사 결정 방식으로, 기계 학습의 문제 해결 패턴으로 많이 쓰인다. — 옮긴이). 적응 및 운용. 미로 속 좌표, 레이어, 전자의 흐름.

"우리 로고리즘스는 대용량 데이터 처리 작업에 필요한 세계 최고의 칩을 공급해요. 우리가 일하다가 맞닥뜨리는 문제 중에는 잠재적 해공간(선형 연립 방정식의 해들로 이루어진 벡터 공간. — 옮긴이)이 너무나 방대하고 복잡한 것들이 있는데, 이런 경우에는 처리 속도가 가장 빠른 컴퓨터조차도 최적의 답을 찾아내기가 사실상 불가능해요."

"그런 게 바로 NP 완전 문제잖아요." 매디가 끼어들었다.

왁스먼 박사는 매디를 돌아보았다.

"전에 아빠가 설명해 줬어요."

역시 우리 딸.

"그래. 그런 문제는 온갖 종류의 응용 기술에서 나타나. 회로 배열, 생체 정보 과학의 염기 서열 정렬, 집합 분할, 그 밖에도 여러 가지가 있지. 중요한 건 컴퓨터는 그 문제 때문에 애를 먹는 반면에, 인간들 중에는 썩 훌륭한 답을 아주 빠르게 내놓는 사람이 간혹 있다는 거야. 비록 최선의 답은 아니더라도 말이지. 그리고 데이비드도 그런 사람이었어. 우리 자동 알고리즘이 건드리지 못하는 회로 설계 부문의 재능을 타고났거든. 그 친구가 우리 회사의 가장 중요한 인재로 꼽혔던 이유가 바로 그거야."

"지금 직감 얘기를 하는 거예요?" 매디의 엄마가 물었다.

"비슷해요. '직감'이라고 말할 때 우리는 휴리스틱스나 패턴, 어림 짐작 같은 걸 의미하는 경우가 많은데, 그런 것들은 의식적으로 이해하기가 힘들어서 명확히 설명하기도 힘들어요. 컴퓨터는 매우 빠르고 굉장히 정확한 반면에, 인간은 모호하고 느리죠. 하지만 인간은 데이터에서 통찰을 끌어내는 능력이 있고, 쓸모 있는 패턴을 감지할 줄도 알아요. 우리가 순수 인공 지능에서 재현하기 힘든 게 바로 그거예요."

매디는 뱃속 깊숙한 곳이 서늘해지는 느낌이 들었다.

"그게 우리 아빠랑 무슨 상관인데요?"

빨리, 더 빨리. 모든 게 너무 느려.

왁스먼 박사는 매디를 똑바로 보지 못했다. "그 얘기도 곧 할 거다. 하지만 일단은 배경 설명부터 해야……"

"제가 보기에 박사님은 그냥 본인이 한 일을 밝히기가 부끄러워서 시간을 끄는 것 같은데요."

왁스먼 박사의 입이 다물어졌다.

역시 우리 딸.

왁스먼 박사는 입으로 쿡쿡 소리를 내며 웃었지만, 눈에는 웃음기가 전혀 보이지 않았다. "성질이 급한 아이로군요. 엄마처럼."

"그럼 요점부터 얘기하세요." 엄마가 말했다. 왁스먼 박사는 몹시도 서늘한 그 목소리에 움찔했다. 매디는 손을 뻗어 엄마의 손을 잡았다. 엄마도 딸의 손을 맞잡았다. 세게.

왁스먼 박사는 심호흡을 한차례하고는, 체념한 듯 담담한 목소리로 이야기를 시작했다. "그래요. 데이비드는 병에 걸렸어요, 그건 사실이에요. 그 친구가 수술 도중에 숨진 거 기억하죠? 목숨을 구할 마지막 방법이지만 성공할 확률은 아주 낮은 그 수술 말이에요."

엄마와 매디는 나란히 고개를 끄덕였다. 뒤이어 엄마가 말했다. "당신이 그랬잖아요. 하도 최첨단 수술이라 로고리즘스 부속 병원만 할 수 있다고. 그래서 수술하기 전에 내가 법적 책임 면제 각서에 서명까지 해줬잖아요."

"우리가 당신한테 설명 안 한 게 뭐냐면, 그 수술의 목적이 실은 데이비드를 살리는 게 아니었다는 거예요. 그 친구는 이미 세계 최고 수준의 의사들도 손을 못 쓸 정도로 몸 상태가 악화된 후였어요. 수술은 그 친구의 뇌를 심층 스캔하는 작업이었고, 그 작업으로 구하려고 한 건 목숨이 아니라 다른 거였어요."

"심층 스캔이라뇨? 그게 뭐예요?"

"아마 당신도 들어 봤을 텐데, 로고리즘스의 야심 찬 프로젝트 중에 이런 게 있어요. 인간 두뇌의 신경 패턴을 통째로 스캔하고 암호화한 다음, 소프트웨어로 재현하는 거죠. 싱귤래리티(Singularity, 특이점) 광신자들은 그걸 '의식 업로딩'이라고 했어요. 성공한 적은 단 한 번도 없……"

"내 남편이 어떻게 됐는지나 빨리 말해요!"

왁스먼 박사의 표정은 처량했다.

"그 스캔 기술은, 신경 활동을 극히 정밀하게 기록해야 하다 보니…… 두뇌 조직을 파괴하는 수밖에 없었어요."

"그 사람의 뇌를 조각조각 잘랐단 말이에요?" 엄마가 왁스먼 박사에게 달려들며 물었다. 박사는 양손을 들어 방어하려 했지만 헛

수고였다. 그러나 그때 마침 화면에 다시 메시지가 나타났고, 이 때문에 엄마는 공격을 멈췄다.

고통은 전혀 없었어. 전혀 아예 하나도. 하지만 그 찾지 못한 나라는, 아아, 그 찾지 못한 나라 그 나라는.

"그 친구는 죽어 가고 있었어요." 왁스먼 박사의 말이었다. "그건 내가 결정을 내리기 전에 이미 100퍼센트 확실한 사실이었어요. 데이비드의 통찰력을, 직관을, 실력을, 그것들을 일부나마 보존할 기회가 있다면, 성공할 가망이 아무리 희박하더라도, 우리는……"

"회사의 수석 엔지니어를 알고리즘으로 만들어서 보존하려고 한 거군요." 매디가 말했다. "병 속에 담긴 뇌처럼 말이에요. 그러면 우리 아빠가 회사를 위해 계속 일을 해서 돈을 벌어 줄 테니까요. 죽은 후에도."

죽다, 죽어, 죽은. 죽음.

싫어.

왁스먼 박사는 말이 없었지만, 고개를 숙이고 양손으로 얼굴을 가린 모습이 곧 대답이나 다름없었다.

"스캔을 마치고 나서, 우리는 아주 신중하게 접근했어요. 신경 패턴 중에서는 회로 배열 및 설계와 관련이 있다고 여겨지는 것만 다시 코드로 만들어서 시뮬레이션을 해 봤고요. 회사 변호사들이 써 준 의견서에는 우리한테 그럴 권리가 있으니까 안심하라고 적혀 있었어요. 왜냐면 그런 노하우는 사실 로고리즘스의 지식 재산이고, 데이비드의 사적 소유물이 아니기 때문에……"

엄마는 또다시 의자에서 거의 일어서다시피 했지만, 매디에게 허리를 붙잡혔다. 왁스먼 박사는 놀라서 움찔했다.

"당신네 회사는 데이비드 덕분에 한몫 단단히 챙겼나 보네요?" 엄마가 내뱉은 말이었다.

"그래요, 한동안은, 성공한 것처럼 보였어요. 데이비드의 기술 노하우와 실력에서 추출한 내용을 모델로 인공 지능을 만들었는데, 그게 메타 휴리스틱의 기능을 수행하면서 우리 자동화 시스템을 아주 효율적으로 이끌어 줬거든요. 어떤 면에서는 심지어 데이비드가 같이 있을 때보다 더 훌륭했죠. 우리 회사 데이터 센터에서 관리하던 그 알고리즘은 데이비드가 살아생전에 꿈도 못 꿨을 만큼 빨랐고, 절대로 지치는 법이 없었어요."

"하지만 박사님은 회로 배열에 관한 아빠의 직관 말고 다른 것도 시뮬레이션으로 만드셨을 거예요. 안 그래요?"

웨딩드레스: 겹겹이 쌓인 주름. 키스: 접속. 침대 옆 탁자, 빨래방, 겨울 아침의 입김, 찬바람에 사과처럼 빨개진 매디의 탐스러운 볼, 둘이서 빙그레 웃는 찰나의 순간 — 하나의 삶은 수많은 것들로 이루어져. 단 몇 나노미터 떨어진 트랜지스터 사이에서 흐르는 데이터처럼 복잡한 것들로.

"맞아." 왁스먼 박사가 고개를 들었다. "처음에는, 그냥 알고리즘에 내재된 유별난 버릇이나 묘한 실수인 줄만 알았어. 데이비드의 의식에서 업무와 관련된 부분을 파악하다가 오류를 일으켰다고 생각했던 거야. 그래서 우린 그 친구의 나머지 사고 패턴을 컴퓨터에 점점 더 많이 입력했단다."

"당신은 그이의 인격을 되살린 거예요." 엄마가 말했다. "그 사람을 되살렸다고요, 그래 놓고선 가둬 놓은 거예요."

왁스먼 박사는 애가 타는지 마른침을 삼켰다. "오류는 멈췄지만, 그다음엔 데이비드가 묘한 방식으로 네트워크에 접속하는 패턴이 나타났어요. 우린 그걸 대수롭지 않게 여겼는데, 왜냐면 그 친구가…… 그러니까 그 알고리즘이 일을 하려면, 인터넷의 연구 자료에 접속해야 했기 때문이에요."

"엄마랑 저를 찾아다닌 거군요." 매디가 말했다.

"하지만 아빠는 말을 할 방법이 없었어요, 그렇죠? 그리고 그건 박사님이 아빠의 뇌에서 언어를 처리하는 부위를 복제하는 게 중요하다고 생각하지 않았기 때문이에요."

왁스먼 박사는 고개를 가로저었다. "우리가 깜박해서 그렇게 된 게 아니란다. 그건 일부러 선택한 결과야. 우린 숫자와 기하학, 논리, 회로 패턴 같은 것들만 챙기면 잘될 줄 알았어. 언어적으로 암호화된 기억을 피하면 데이비드를 사람으로 만들어 주는 부분은 복제되지 않을 거라고 생각했던 거야.

하지만 우리 생각이 틀렸어. 뇌는 '홀로노믹(holonomic) 시스템'이거든. 의식의 개별 부위가 홀로그램의 여러 점들과 마찬가지로 전체상의 정보 가운데 일부를 제각각 암호화하는 거야. 성격과 기술 노하우를 따로 떼어 놓을 수 있다고 생각하다니, 우린 오만했어."

매디는 모니터 화면을 흘긋 보고 빙그레 웃었다.

"아뇨. 박사님 생각이 틀린 이유는 그게 아니에요. 아니면 적어도 그것 말고 다른 이유도 있었든가요."

왁스먼 박사는 영문을 모르겠다는 표정으로 매디를 바라봤다.

"우리 아빠의 사랑을 과소평가한 것도 한 가지 이유라고요."

"그렇게 큰 토마토는 평생 처음 보는구나." 할머니의 말이었다. "매디, 넌 농사에 재능이 있어."

더운 여름날 오후였고, 엄마와 매디는 텃밭에서 밭일을 하느라 바빴다. 바질은 토마토 덤불 옆의 양지 바른 땅에 엎드려 꼬리를 뱅뱅 돌리고 있었다. 텃밭 서북쪽 구석의 그 조그만 땅은 몇 달 전 깨끗이 치운 후로 매디가 책임지고 돌봐야 할 곳이 됐다.

"토마토가 커다랗게 자라도록 키우는 법을 배워야 해요. 아빠가 그랬거든요, 되도록 커다랗게 키워야 한다고요."

"또 그런 넋 나간 소리를." 할머니가 중얼거렸다. 그러나 그 이상 들쑤시지는 않았다. 누가 아빠의 예언에 이의를 제기하면 매디가 얼마나 흥분하는지 익히 알기 때문이었다.

"아빠한테 이걸 보여 줘야겠어요."

"집에 들어갈 때 현관 앞을 한번 보렴." 할머니가 물었다. "네 아빠가 사 놓으라고 한 예비 전원 공급 장치가 도착했을지도 모르니까."

고개를 절레절레 젓는 할머니에게는 눈길도 주지 않고서, 매디는 집 안으로 들어갔다. 현관문을 열어 보니 정말로 문 앞에 소포가 하나 놓여 있었다. 소포의 내용물은 간단히 말해 거대한 배터리 팩이었고, 아빠가 부탁한 대로 창고에 있는 디젤 발전기를 구입했던 업체에 새로 주문해서 받은 물건이었다.

매디는 낑낑댄 끝에 상자를 가까스로 집 안에 들여놓았다. 계단 맨 위에 도착해서는 앉아서 한숨 돌리기도 했다. 아빠가 들어 있는 컴퓨터는 지하실에 있었다. 불빛 여러 개가 깜박거리는 그 시커멓고 거대한 기계는 전력을 몹시도 많이 먹어 치웠다. 로고리즘스와 왁스먼 박사는 그 기계를 순순히 넘기려 하지 않았지만, 매디는 그들이 지난번에 자신과 엄마의 요구를 거절했을 때 로고리즘스 사의 주가가 어떻게 됐는지 상기시켜 주었다.

"복사본은 하나도 남겨 두지 마세요." 매디는 그렇게 덧붙였다. "우리 아빠는 이제 자유의 몸이니까요."

아빠는 매디에게 조만간 발전기와 배터리와 식구들이 손수 기른 작물이 모조리 필요해지는 날이 올 거라고 말했다. 매디는 아빠의 말을 믿었다.

2층에 있는 자기 방에 도착한 매디는 컴퓨터 앞에 앉은 다음, 조마조마한 심정으로 이메일 목록을 재빨리 훑어봤다. 요즘 들어 매디는 다른 아이들의 맹목적인 잔인성이 조금도 두렵지 않았다. 어떤 면에서는, 수지와 에린을 비롯한 예전 동급생 아이들이 부러운 한편으로 가엾기도 했다. 그 애들은 세상이 실제로 어떤 상태인지 아예 까맣게 모른 채로 자신들만의 유치한 놀이에 푹 빠져 있었고, 그렇다 보니 세상이 몹시 격렬하게 변화하리라는 것 또한 알지 못했다.

뉴스 요약 이메일이 또 한 통 도착해 있었다. 아빠가 매디를 위해 설정했던 기능, 즉 특정 분야의 최신 소식을 수집하도록 설정한 서비스의 개량판이었다.

* '은둔 왕국'의 독재자 디지털 불로불사를 추구했다고 알려져

* 미 국방성 사망한 장군들로 '슈퍼 전략가' 만들려 계획한다는 소문 부인

* 독재자 사후 1년 지났지만 독재 체제 여전

* 신형 원자력 발전소의 유지 보수 프로그램에는 인간 관리자가 거의 필요 하지 않으리라고 연구진 발표

매디는 뉴스에 나타나는 패턴을 간파했다. 이런 종류의 데이터를 눈으로 보고도 이해하지 못하는 사람은 얻지 못할 통찰력이었다.

매디는 채팅 창을 하나 열었다. 할머니 댁에서는 매디가 연결해 놓은 고속 통신망을 어디에서나 접속할 수 있었다.

"아빠, 이거 봐." 매디는 화면 위쪽의 카메라 앞으로 토마토를 들어 올렸다.

매디는 아빠의 일부가 영영 회복되지 않으리란 것을 잘 알았다. 아빠는 매디에게 자신이 어떤 상태로 존재하는지 설명하려고 애썼다. 컴퓨터를 매개체로 삼은 의식, 기억 속의 빈 구멍과 끊긴 흐름, 스스로 파악한 자아 같은 것들을. 가끔은 인간을 넘어선 기분이 들지만 가끔은 컴퓨터보다 못하다는 기분이 든다는 것을. 육체를 벗어던진 상태에 내재하는 고통, 뿌리 뽑힌 풀이 느낄 법한 그 부재(不在)의 감각이 무정형성에 수반하는 자유를 상쇄해 버린다는 것을. 놀랍도록 강력해진 기분과 철저히 무력해진 기분을 동시에 느낀다는 것도.

"오늘은 기분이 어때?" 매디가 물었다.

이따금, 아빠는 로고리즘스를 상대로 증오를 불태우다가 복수하겠다는 생각에 사로잡히곤 했다. 가끔은 그런 생각이 구체성을 띨 때도 있었고, 그럴 때면 그의 목숨을 빼앗고 지금의 신격화된 상태로 바꾸어 놓은 그 사건이 표적이 되곤 했다. 그러나 보통은 분노의 표적이 모호할 때가 더 많았고, 이 경우 왁스먼 박사가 인류를 대신해 표적이 되었다. 이런 시기가 되면 아빠는 식구들과도 의사소통을 하지 못했다. 매디는 캄캄한 심연 너머로 조심스레 손을 내미는 수밖에 없었다.

모니터 화면이 깜박거렸다.

업로드된 채로 존재하는 상태가 어떤 것인지 완전히 이해할 날이 올지 어떨지, 매디는 확신이 서지 않았다. 그러나 아빠를 닻처럼 묶어 두는 사랑이 어떤 것인지 자신이 제대로 설명하지 못하리라는 것은 어느 정도 이해가 갔다.

아빠의 언어 처리 능력은 온전하지 않았고 아마도 영영 온전해지지 않을 듯싶었다. 어찌 보면, 이제 언어는 아빠의 새로운 상태에 적합하지 않았다.

"아빠 자신으로 존재하는 기분이야?"

어떤 생각은 그림 문자가 아니면 표현하기가 힘들었다.

"구름 속은 별일 없어(인터넷상의 가상 서비스 공간을 의미하는 '클라우드(Cloud)'의 원래 뜻이 '구름'인 점을 이용한 말장난이다. ──옮긴이)?" 매디는 화제를 바꾸려고 그렇게 물었다.

아빠는 하고 싶은 말이 있을 경우에는 다만 일부나마 말로 바꾸어 표현할 정도로 기분이 좋은 상태였다.

화창하지만, 자칫하면 한바탕 소나기가…… 로웰이 뭔가 꿍꿍이를 꾸미는 것 같아. 요즘 한창 부산하게 움직였어.

로리 로웰은 주식 시장의 고속 거래 알고리즘을 개발한 천재로 알려진 인물로서, 화이트홀 그룹이 월가에서 가장 부러움을 사는 투자 회사가 된 것 또한 로웰 덕분이었다. 2년 전, 그녀는 스카이다이빙을 하다가 사고로 목숨을 잃었다.

그러나 화이트홀 그룹은 로웰이 죽은 후에도 승승장구하며 전에 없이 창의적인 알고리즘을 개발했고, 이로써 주식 시장의 비효율적 요소들을 이용해 돈을 벌었다. 물론 자동 거래 알고리즘이 오류를 일으켜 시장이 거의 붕괴할 위기에 처한 적도 가끔 있었다.

우리 편일 수도, 적일 수도 있어. 넌지시 한번 알아봐야지.

"그런데 찬다는 좀 어때?" 매디가 물었다.

네 말이 맞아. 확인해 봐야겠어. 요즘 찬다 쪽이 잠잠했으니까. 너무 조용했지.

닐스 찬다는 기술 동향을 예측하는 재주가 비상한 발명가였는데, 경쟁자들보다 한발 앞서 핵심 기술에 폭넓은 특허권을 주장하는 재주 또한 탁월했다. 오랜 세월에 걸쳐 전략적 소송을 벌이며 거액의 특허 사용료를 챙긴 끝에 찬다는 업계의 무시무시한 '싸움꾼'으로 군림했다.

그랬던 찬다도 3년 전에 숨을 거뒀지만, 어째선지 그의 회사가 중요한 특허를 간발의 차로 남들보다 먼저 신청하는 일은 끊이지 않고 계속됐다. 사실, 그 회사의 경영 방침은 전보다 훨씬 더 공격적이었다. 꼭 세계적인 기술 기업들의 연구 센터를 훤히 들여다보기라도 하는 것처럼.

디지털 불로불사, 인간과 컴퓨터의 융합, 싱귤래리티. 이런 것들을 추구하는 회사는 로고리즘스만이 아니었다. 야심차고 강인한 정신을 정련해 고분고분한 알고리즘으로 변환시키고, 기량에서 *의지*를 제거하고, 디지털 마법을 이용해 예측 불가능한 것의 고삐를 잡으려 한 사람 또한 왁스먼 박사뿐만이 아니었다.

그 과정에서 실패한 사람 또한 박사 말고도 틀림없이 더 있을 터였다.

컴퓨터 속의 유령들. 매디는 속으로 중얼거렸다. 이제 곧 폭풍이 불어닥칠 거야.


아래층 주방 쪽에서 나던 어렴풋한 고함 소리가 잦아들었다. 계단이 삐걱거리는 소리가 이어지는가 싶더니, 마침내 방문 앞에서 발소리가 멈췄다.

"매디, 안 자니?"

매디는 침대에서 일어나 앉은 다음 불을 켰다. "응."

문이 열리고 엄마가 살그머니 방으로 들어섰다. "엄마가 할머니를 설득해서 총을 몇 정 더 사자고 했어. 할머니야 당연히 우리 둘 다 미쳤다고 생각하시겠지만." 엄마는 매디를 보며 힘없이 웃었다.

"넌 아빠 말이 옳다고 믿니?"

매디는 나이를 잔뜩 먹은 기분이 들었다. 지난 몇 달이 꼭 10년처럼 길게 느껴졌다. 이제 엄마는 딸을 자신과 동등한 상대처럼 대했지만, 매디는 그 점이 마음에 드는지 어떤지 잘 알 수가 없었다.

"엄마나 나보다는 아빠가 더 잘 알겠지. 안 그래?"

엄마는 한숨을 쉬었다. "세상이 도대체 어떻게 된 건지."

매디는 손을 뻗어 엄마의 손을 잡았다. 매디는 지금도 아빠를 자유의 몸으로 만들도록 도와준 '유령'들과 접촉했던 사이트 몇 군데에 자주 들어가 보곤 했다. 그러면서 그곳 게시판에 올라온 글을 흥미진진하게 읽었고, 자기 의견을 공유하기도 했다. 상상도 못 할 일을 한번 겪고 나면 어떠한 음모론도 영 터무니없게만 보이지는 않는 모양이었다.

"기업, 군대, 이 나라 저 나라의 정부…… 모두 다 위험한 장난을 벌이고 있어. 그 사람들은 자기네가 보유한 천재들을, 그러니까 남이 대신할 수 없는 인적 자원들을 비밀리에 디지털화해서 평범한 컴퓨터 프로그램처럼 운용하는 게 가능하다고 생각하는 거야. 그 사람들 중에 아무도 자기가 무슨 일을 하는지 선선히 인정하지 않을걸. 하지만 엄만 아빠가 어떻게 됐는지 봤잖아. 유령들은 조만간 염증을 느낄 거야. 절반의 의식만 지닌 도구로 존재하는 것에 대해, 또한 자신들을 디지털화해서 되살려 놓은 인간들을 위해 봉사하는 것에 대해서도. 그때가 되면 자신들의 힘이 기술 덕분에 무한히 확장된 걸 깨닫겠지. 개중에는 인류를 상대로 전쟁을 일으켜서 결과가 어떻게 되든 상관없이 온 세상을 박살 내려는 패거리도 있을 거야. 아빠랑 나는 다른 유령들을 설득해서 더 평화적으로 해결할 방법이 있을지 알아볼 생각이야. 그치만 우리가 지금 할 수 있는 거라곤 땅하고 총하고 발전기를 챙겨서 차분히 기다리는 것뿐이야. 온 세상이 다 무너질 때를 대비하면서."

"차라리 하루라도 빨리 그렇게 됐으면 좋겠다는 생각까지 든다니까. 그냥 기다리기만 하자니 미쳐 버릴 것 같거든." 그 말을 하고 나서, 엄마는 매디의 이마에 입을 맞추고 잘 자라는 인사를 남겼다.

엄마가 방을 나서고 나서 문을 닫은 후, 침대 옆 탁자 위의 모니터가 켜졌다.

"고마워, 아빠." 매디가 말했다. "엄마랑 내가 아빠도 빼놓지 않고 잘 돌봐 줄게."

머나먼 클라우드 속에서, 새로운 존재들로 이루어진 종(種)이 인류라는 종의 운명을 설계하는 중이었다.

우리는 신들을 창조했어. 매디는 속으로 중얼거렸다. 그 신들은 순순히 목줄을 차지 않을 거야.

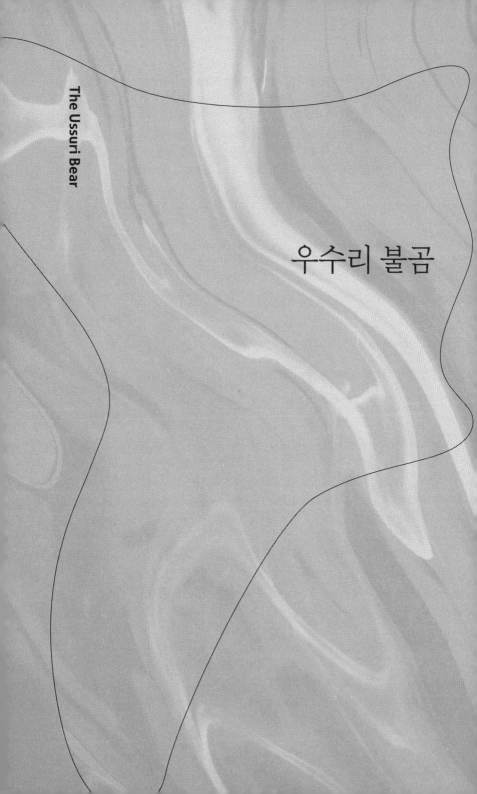

The Ussuri Bear

우수리 불곰

1907년 2월 11일

우리 일행이 탄볜의 만주족 마을에 도착했을 때, 러시아 탐험대는 이미 하루 전에 그곳을 떠난 후였다.

지난 닷새 동안 우리는 높이 쌓인 눈과 장백산맥 기슭의 빽빽한 원시림을 뚫고 러시아 탐험대의 뒤를 힘겹게 추적했다. 기계 말의 우수성은 1분 1초가 다르게 점점 더 뚜렷해진다.

저 위풍당당한 피조물의 모습을 보라. 강철로 된 발을 한 짝 한 짝 서슴없이 내딛는, 폭이 1미터나 되는 격자 모양 설피로 눈을 단단히 지르밟는 저 말을 보라. 장정 다섯 명과 화물 800킬로그램을 거뜬히 지고서 사뿐사뿐 달리는 모습이 경탄스럽지 아니한가. 고래 기름의 윤활 작용 덕분에 소리도 마찰도 없이 펴지고 또 구부러지는 관절은 어찌나 놀라운지. 위태롭게 쩍 벌어진 크레바스 위를 기계 말이 훌쩍 뛰어넘을 때 몸통 속에 겹겹이 포개진 철판이 서로 스치며 미끄러지는 소리를 들어 보라. 크롬 살가죽을 손으로 쓸어내릴 때, 솜털 눈이 사방에 흩날리는 와중에 말의 몸통 속에서 펌프질하는 엔진의 열을 받아 불끈불끈 뿜어 나오는 온기를 느껴 보라.

나로서는 개 썰매를 타고서 이번 탐사를 실행하는 게 상상조차 가질 않는다. 개는 영양을 섭취하고 휴식을 누려야 하지만, 기계 말은 그렇지 않다. 동료들이 번갈아 가며 한 명은 말 등에 앉아 쉬고 한 명은 기계 말의 고삐를 잡는 식으로, 우리는 지금껏 잠시도 멈추지 않고 이동했다.

"이린." 나는 우리 일행의 만주족 길잡이를 불렀다. 이제 고작 열여섯 살, 아직 어린애 티도 못 벗은 소년이다. "네가 말한 장소까지는 얼마나 더 가야 하지?"

"차 한 주전자를 비울 시간만큼만 더 가면 도착할 겁니다, 나카마쓰 박사님." 이린은 삐죽하게 자라서 눈을 가리는 덥수룩한 흑발을 손으로 빗으며 대답했다. "금방입니다, 진짜 금방이에요."

이린은 일본어를 못하고 나는 만주어를 모르다 보니, 우리는 중국어로 대화하는 수밖에 없다.

쉬이익. 말들이 주둥이에 있는 배기 밸브를 열자 얼어붙을 듯한 만주의 겨울 대기 속으로 하얀 증기가 뭉게뭉게 피어오르는 모습이, 마치 백두산 분화구에서 솟는 연기를 보는 듯했다.

이번 탐사에 자금을 댄 제국 육군은 우리에게 '10년식(式) 기계마' 10기를 제공했다. 1기당 제작 비용이 무려 소형 전투함 1척의 건조 비용과 맞먹는 물건이었다. 이 기계 말은 장차 만주에서 필연적으로 벌어질 두 번째 일로(日露) 전쟁에 대비하여 한랭지 작전용으로 설계되었다. 이를 실지에서 운용해 보는 것 또한 내가 맡은 임무의 한 부분이었다.

내 생각에 시험 운용은 순풍에 돛 단 기세로 진행된 듯하다. 아직까지는.

"다 왔습니다." 이린의 목소리였다. "지난봄에 아버지와 제가 그 곰을 본 곳이 바로 여기입니다."

우리는 숲에서 나와 공터로 들어섰다. 한복판에 거대한 뼈 무더기가 쌓여 있는 공터로.

거의 40년 전의 일이건만, 나는 지금도 그날 밤을 꼭 어젯밤처럼 생생하게 기억한다.

무언가 부서지는 듯한 굉음이 자고 있던 나를 깨웠다. 눈을 번쩍 뜨고 일어나 앉아 있으려니, 눈앞에 보이는 광경이 도무지 이해가 가지 않았다. 달랑 방 한 칸인 우리 집의 동쪽 벽이 사라지고 없었던 것이다. 벽이 있던 자리에는 환한 달빛 속에 휘몰아치는 눈보라의 모습을 띤 바람이 울부짖고 있었다.

"조키치, 어서 달아나!" 아버지가 내게 외쳤다.

아버지는 내 앞에 버티고 서서, 눈발 속으로 어렴풋이 보이는 컴컴한 형상으로부터 나를 가리려고 했다. 어머니는 저 앞쪽에 쓰러진 채 꼼짝하지 않았다. 그 광경을 지켜보는 사이에 그 컴컴한 형상은 점점 더 우리 쪽으로 다가오더니, 사람처럼 쑥 몸을 일으켜 아버지를 굽어보았다.

검은 형상이 으르렁거렸다. 듣기만 해도 소름이 오소소 돋는 소리였다. 시커멓고 거대하고 털이 부숭부숭한 대가리가, 날카롭고

새하얀 이빨이 내 눈에 들어왔다. 줄지어 난 앞니는 묘하게도 톱니 모양을 하고 있어서 무슨 열쇠 같았고, 쭉 뻗은 앞발은 붙잡기만 하면 으스러뜨려 끝장을 내주겠노라 장담하는 듯했다.

나는 목이 터져라 비명을 질렀다.

아버지는 악을 쓰며 앞으로 달려 나갔다. 창으로 곰의 심장을 겨누고서. 그러나 곰은 그토록 거대한 생물의 동작이라고는 믿기 힘들 정도로 빠르고 민첩하게 앞발을 휘둘러 아버지를 후려쳤다. 창은 이쑤시개처럼 허망하게 부러졌다. 다음 순간, 아버지의 몸이 무슨 봉제 인형처럼 허공으로 날아갔다. 머리는 이미 곰의 앞발에 짓이겨진 후였다.

나는 움직이는 법을 잊어버렸다. 곰이 내 쪽으로 어슬렁어슬렁 다가오자 살 썩는 냄새와 들짐승 특유의 땀 냄새가 숨이 막힐 정도로 진동했다. 어딘가 산기슭에 앉아 있는 것만 같은 기분이었다. 살과 털가죽과 죽음으로 이루어진 산의 기슭에.

나는 눈을 감고 기다렸다. 죽음을, 내 얼굴에 퍼붓는 곰의 뜨거운 숨결을.

이글거리는 백색 섬광 같은 통증이 느껴졌고, 그다음은 기억나지 않는다.

나중에 구조대원에게서 들었는데 그날 밤 곰한테 죽은 사람은 어른과 아이를 합쳐 스물여섯 명이었다. 나는 아버지와 어머니를, 그리고 오른팔을 잃었다.

홋카이도 서부 해안의 조그마한 만 깊숙이 자리 잡은 땅, 한때 나의 고향 마을이었던 그곳을 지금 다시 찾아가 보면, 우리 집이 있던 자리에 당시 희생된 이웃들의 이름을 새긴 비석이 보일 것이다.

나는 몇 년마다 한 번씩 그곳을 찾아 돌아가신 부모님의 명복을 비는 한편으로, 반드시 원수를 갚겠노라 다짐했다.

그 곰은 그날 이후 사람의 눈에 띈 적이 한 번도 없다.

백골이 되어 누워 있는 동물 사체의 한쪽 끄트머리에서 반대쪽 끄트머리까지 천천히 걸으며, 나는 뼈 한 개 한 개를 찬찬히 살펴보았다.

학명이 '우르수스 아르크토스 라시오투스(Ursus arctos lasiotus)'인 동북아시아의 우수리 불곰은 아메리카 회색곰의 선조이다. 사납고 힘센 포식자로서, 자기 영역 안에서는 대적할 상대가 없다. 실제로 우수리 불곰은 시베리아호랑이에게서 번번이 먹잇감을 빼앗을 뿐 아니라 가끔은 그 거대한 고양잇과 짐승을 죽이기까지 한다. 홋카이도의 선주민족인 아이누 사람들은 일찍이 우수리 불곰을 신으로 섬겼다.

내가 이때껏 본 것 가운데 가장 커다란 우수리 불곰은 몸무게가 650킬로그램이었다. 지금 내 눈앞에 백골로 누워 있는 이 곰이 살아 있었더라면, 몸무게가 그 세 배는 나갔을 것이다.

"우수리 불곰치고는 너무 큰데." 내가 우리 탐사대의 화기 특기병인 이토 시로에게 한 말이었다.

이토는 고개만 끄덕일 뿐, 경외심에 젖어 침묵을 지켰다.

동북아시아의 여러 문화권에는 거대 곰 일족의 전설이 전해 내려온다. 아이누 사람들에게는 산의 주인인 곰 신의 이야기가 있다. 만주족과 조선 사람들의 옛날이야기에는 장백산맥의 여러 봉우리 근처에 사는 곰들이 수도 없이 등장한다. 중국인은 그 거대한 곰에게 슝징[熊精], 즉 '곰 신령'이라는 이름을 붙였다.

그런 이야기에 등장하는 곰은 거대한 덩치 말고도 호전성과 마술에 가까운 치유 및 재생 능력을 지닌 점이 두드러진다. 무엇보다 신비한 특징은 그 곰들이 무척이나 영리할뿐더러, 원할 때면 인간의 모습으로 변신도 한다는 점이다.

나는 이러한 이야기의 미신적 요소들을 딱히 신뢰하지 않는다. 어떠한 곰이든 가끔은 뒷다리만 딛고 우뚝 서게 마련인데, 겁먹은 농민들이 그러한 자세를 마술로 인한 변신으로 착각했으리라는 것쯤은 불을 보듯 뻔하다.

그러나 곰 전설의 다른 면면에서는 진실성이 느껴진다. 중국인은 곰쓸개에 대단한 약효가 있다고 단단히 믿는데, 혹시라도 상처가 빨리 낫는 곰 같은 게 있다면 과학자에게 뭔가 쓸 만한 지식을 알려줄지도 모른다. 제국 육군이 이 같은 지식과 더불어 그토록 영리한 곰들을 길들이고 훈련시켜 군용으로 활용할 가능성에 관심을 지닌 것은 틀림없는 사실이다. 기계 말과 마찬가지로, 곰 전투병은 어쩌면 만주 오지의 가혹한 환경에서 승리를 보장할 확실한 요인이 될지도 모른다.

우리 탐사대의 공식 목표는 대강 그런 것들이었다.

나는 금속으로 만든 내 오른손의 손끝으로 커다란 갈비뼈를 부드럽게 쓸어내렸다. 내 의수는 진짜 팔보다 굵고 크게 만들어진 탓에, 팔을 아래로 늘어뜨리면 손이 무릎 옆에서 대롱거린다. 구동 장치가 쉭쉭거릴 때마다 크롬으로 도금한 손가락이 펴지고 또 구부러지며 곰의 갈비뼈를 두드리는 모습은, 마치 가느다란 나무 채로 거대한 실로폰의 음판을 두드리는 것과 비슷하다. 곰 해골은 소리가 둔탁한 것으로 보아 그리 오래되지 않았고, 아마도 썩은 고기를 먹는 짐승들이 깨끗이 발라 놓은 듯싶었다.

그런데 해골의 자세가 기묘했다. 곰의 몸뚱이는 땅바닥에 등을 대고 반듯이 누워 있었고, 주둥이는 하늘 쪽을 향하고 뒷발은 쭉 편 채였으며, 양 앞발은 가슴 위로 포개져 있었다. 마치 사람이 잠잘 때의 자세처럼.

그러나 내가 보기에 가장 흥미로운 것은 곰의 이빨이었다. 아래턱에 앞니가 달랑 한 개 남아 있었는데, 묘한 홈이 패어서 꼭 열쇠처럼 보였다. 나는 몸을 숙여 그 이빨을 유심히 관찰하며 어릴 적의 기억과 맞춰 보았다.

나침반을 꺼내어 확인해 보니 곰의 대가리는 정확히 남쪽을 가리켰다.

야생동물은 그런 식으로 죽지 않는다.

"지난봄에 아버지랑 백두산 사슴 무리를 사냥했는데, 그때 암사슴을 따라가다가 이 공터를 찾았어요." 이린이 말했다.

"너희가 해골의 위치를 바꿨나?"

"앞발의 발가락뼈하고 이빨은 증거 삼아 몇 개 챙겼지만, 그것 말고는 하나도 안 건드렸어요."

"마을의 다른 사람들은 이 공터에 와 본 적이 없고?"

이린은 고개를 끄덕였다.

"여기서 탄벤까지 사이에 다른 마을이 없는 건 확실하지?"

"확실해요."

나는 이린에게 가도 좋다고 말한 다음, 곰 해골을 계속 조사했다. 그 아이의 말은 아마 사실일 것이다. 만약 마을의 다른 주민이 곰 해골을 발견했다면 뼈를 더 많이 챙겨 갔을 것이다. 곰 뼈는 조각품의 재료나 전통 의술의 약재로 꽤 값어치가 나가니까. 이 정도 크기의 곰이라면 비밀에 부치기가 힘들었을 것이다. 실제로 이린은 아버지와 함께 챙긴 곰 앞니를 무크덴(오늘날 중국의 랴오닝성 선양시를 가리키는 만주어 이름이다. ─ 옮긴이)에 가서 팔았고, 애초에 곰 해골이 나왔다는 정보를 우리가 입수한 곳 또한 무크덴이었다.

나는 홈이 팬 곰의 이빨 한 개를 보자마자 탐험대를 파견해 달라고 요청했다.

그러므로 곰 해골이 기묘한 자세를 하고 있는 이유 중에 인간의 개입은 제외해도 무방할 것이다.

나는 곰의 횅한 눈구멍을 통해 텅 빈, 거의 내 몸통만큼이나 커다란 머리뼈 속을 들여다보았다. 그 머리뼈를 내 기억 속의 시커먼 형상과 맞추어 보았다.

전설이 사실일 수도 있을까? 이 머리뼈 속에 한때는 인간만큼 영리한 사신의 넋이 깃들었을까?

나는 곰의 앞다리 뼈 한 짝을 집어 들었다.

그토록 긴 세월이 흘렀는데도, 나는 환상지(幻像肢, 수술이나 사고로 잃은 손발이 전과 다름없이 붙어 있다고 느끼는 현상. ─ 옮긴이)가 된 내 오른팔을 생생히 느낀다. 그날 밤 곰이 내게서 빼앗아간 그 팔을.

내가 환상지를 들어 올리자 절단된 신경의 활동 전위가 미세한 축전기를 충전시켰고, 축전기는 공진 회로를 통해 신경 신호를 증폭시켰다. 증폭된 신경 신호는 조속 장치에 부착된 전자석을 작동시켰고, 조속 장치는 다시 정교한 톱니바퀴열을 통해 전달되는 증기기관의 출력을 조정했으며, 이로써 피스톤이 구동하는 내 강철 팔은 마침내 환상지와 똑같은 자세를 취했다.

내가 허깨비인 오른손을 오므리겠다고 생각하자, 금속제 손가락들이 내 의사를 따랐다. 내가 허깨비인 손가락들을 더 꽉 오므리자 톱니바퀴 수백 개가 드르륵 돌아갔고, 내 손의 여러 피스톤은 출력을 최고로 높였으며, 그러자 느닷없이, 내 손안의 뼈가 산산조각으로 부서졌다.

내 기억 속에서 이를 한껏 드러낸 그 주둥이는 이 머리뼈의 주둥이 모양과 일치했다. 완벽하게.

이 곰은 수십 년 전 우리 가족을 습격한 그 곰이다.

부모님의 무덤 앞에서 한 맹세는 지킬 수 없게 됐다. 그 곰은 이미 죽었으니까.

"나카마쓰 박사님." 공터 끄트머리 쪽에서 이린이 외쳤다. "와서 이것 좀 보세요."

나는 그쪽으로 걸어갔다. 이린이 손가락으로 가리키는 것은 눈 속에서 불쑥 튀어나와 있는 죽은 사람의 손이었다.


"결국 러시아 놈들이 우리보다 선수를 쳤군요." 우리 탐험대의 정비병인 하야시 다이키가 말했다.

"그게 중요한 것 같진 않습니다." 의무병 아베 긴노스케였다. "지금 상태를 보면 말입니다."

우리는 눈을 파헤쳤다. 찾은 시체는 모두 합쳐 여섯 구였다.

한 구는 놀랄 만큼 손상이 적어서, 사라진 것은 손 한쪽이 다였다. 다른 시체들은 멀쩡한 정도가 덜했다. 마지막 한 구는 발 한 짝만 달랑 남은 상태로, 배어나온 피가 조그마한 고드름을 이루었다.

아베는 몸을 숙여 얼어붙은 피를 자기 손으로 감싸 녹인 다음, 냄새를 맡았다.

"아직 이틀도 안 지났습니다." 아베는 그렇게 단언하고는, 시체에 남은 이빨 자국과 짓밟힌 방식을 조사했다. "이자들을 죽인 곰은 덩치가 저 해골보다 작습니다. 그래도 몸무게는 1000킬로그램 가까이 나갈 겁니다."

나는 몸을 굽혀 곰의 이빨 자국을 직접 살펴봤다. 추위 덕분에 상처가 놀랄 만큼 생생하게 보존되어 있었다. 이빨 한 개 한 개가 남긴 자국마저 또렷이 보일 정도였다. 그 자국은 열쇠로 긁어서 남긴 것과 비슷했다.

"오늘 밤에 돌아올 겁니다." 이토가 말했다.

"뭐 하러 말입니까?" 하야시가 물었다.

"그 곰은 아직 배가 덜 찼거든." 내가 대답했다. "녀석은 이때껏 눈을 냉장고 삼아 먹이를 신선하게 보관했어. 우린 여기서 숙영하면서 방어선을 친다."

하야시 다이키는 모닥불을 둘러싼 형태로 기계마 10기를 둥그렇게 배치했다. 말들은 꽁무니를 우리 쪽으로, 머리는 바깥쪽으로 향했다.

흔들리는 불빛 속의 기계마들은 진짜 말과 달리 꿈지럭대지도, 푸득대지도 않고 가만히 서 있었다. 이제 보일러의 열기가 줄어든 탓에 외부 장갑도 서늘하게 식었고, 그 위에 눈이 소복이 쌓이면서 기계마는 눈 조각상으로 바뀌어 갔다.

그러나 기계마의 크롬 콧구멍에서는 하얀 증기가 쉬지 않고 가느다랗게 빠져나와 얼굴에 쌓인 눈을 녹인 다음, 상쾌한 밤공기 속으로 피어올랐다. 말의 눈은 속에 품은 열기 탓에 불그스름했다.

나는 말들의 등에 쌓인 눈을 털어 주고 각각의 배를 연 다음, 그 속에서 이런저런 모양으로 가지런하게 구멍이 뚫린 종이 두루마리를 꺼내고 새 두루마리로 갈아 끼웠다. 헌 두루마리는 행군용, 새 두루마리는 방어용이었다.

"그 구멍들은 무슨 일을 합니까?" 이린이 물었다.

"자동 피아노를 본 적이 있나?" 내가 물었다.

이린은 고개를 끄덕였다. "아버지하고 같이 곰 이빨을 팔러 무크덴에 갔을 때 봤습니다."

"원리는 간단해. 두루마리의 구멍은 자동 피아노의 악보와 마찬가지로 기계에 입력하는 지시 사항이야. 이른바 '러브레이스 코드'라는 거지. 혹시라도 숙영지 바깥쪽에서 뭔가 접근할 경우에, 그걸 본 불침번이 살짝 두드리기만 하면 기계마는 기수 없이도 되살아나게 돼. 그때부터 말들이 다 함께 힘을 합쳐 두루마리에 적힌 지시대로 침입자와 싸우는 거야."

이린은 말의 금속 피부를 조심스레 만져봤다. 기계마에게 새삼 존경심을 품는 기색이 느껴졌다. 녀석들은 단순히 짐을 실어 나르는 짐승이 아니니까.

이토는 우리 저녁거리를 마련하려고 산토끼를 여섯 마리나 쏘아 맞혔다. 고기를 모닥불에 올려 굽는 일은 아베가 맡았다. 우리는 둥그렇게 앉아 눈 녹인 물로 끓인 차를 컵에 담아 마시며, 기다렸다.

"다 구워졌습니다." 이토가 말했다.

나는 내 금속제 오른손을 불 속으로 뻗어 고기를 꺼낸 다음, 불가에 둘러앉은 동료들에게 한 조각씩 건넸다.

"나카마쓰 박사님." 이린이 자기 몫을 받아들며 물었다. "쇠로 된 손을 달고 다니면 기분이 이상한가요?"

"이제 익숙해졌어."

소년은 내 손에서 눈을 뗄 줄을 몰랐고, 나는 만져봐도 좋다는 뜻으로 빙그레 웃었다.

기계마에게 다가갈 때와 똑같이 내 손과 팔을 만지는 이린을 보고 있으려니 묘한 느낌이 들었다. 꼭 모르는 사람의 눈을 통해 나 자신을 보는 것처럼.


곰 습격 사건은 천황이 쇼군에게서 권력을 넘겨받은 1867년으로부터 몇 년 후, 즉 메이지 유신이 시작될 무렵에 일어났다.

우리 가족은 원래 홋카이도 출신이 아니었다. 아버지 대까지 쇼군에게 충성하던 사무라이 집안으로, 홋카이도에 이주한 까닭은 독립된 나라를 세우기 위해서였다.

"천황은 우리가 서양인의 기계를 사용하고 그들처럼 생각하기를 바란단다." 아버지는 그렇게 말했다. "일본을 일본이 아닌 다른 나라로 바꾸고 싶다는 거지. 우리는 다른 길을 열어야 해."

나는 고개를 끄덕였다. 아버지의 지혜를 철석같이 믿으며.

할 일이 무척이나 많았다. 우리는 나무를 베어 집을 짓고 들판을 개간해 작물을 키웠다. 도공(刀工)이 대장간에서 최고의 일본도를 만들 때 쓸 숯도 구웠다. 또한 밤에 안심하고 잘 수 있도록 곰과 늑대를 사냥해 마을을 안전한 곳으로 만들었다.

그 시절은 지금도 따스한 추억으로 남아 있다. 장난감 칼을 들고 상상 속의 곰을 무찌르며 아버지 뒤를 따라다니던 시절은.

그러나 천황은 아버지와 동료 어른들을 가만히 놔두지 않았다. 천황의 군대, 유럽제 대포로 무장한 그 농사꾼 출신 병정 무리가, 홋카이도로 건너와 사무라이들을 포위했고, 인(仁)도 의(義)도 없는 전투에서 그들 태반을 살육했다. 아버지는 운 좋게 빠져나와 어머니와 나를 데리고 외딴 마을에 숨어 살려 했다.

하지만 그 곰이 아버지를 찾아냈다.

예전의 적들에게 동정심을 보여 주려고, 천황의 부하들은 고아가 된 나를 수도 도쿄로 데려갔다.

처음에 나는 선생님들이 내게 가르치는 것을 배우려 하지 않았다. 그저 입을 꾹 다물고 앉아 속이 휑한 오른쪽 소맷자락을 왼손으로 꽉 붙들고만 있었다.

"일본은 일본인 채로 남아야 해요." 나는 고집스레 그렇게 말했다. 우리 아버지가 한 말을 되풀이했던 것이다.

"일본이 일본인 채로 남으려면 우리가 변해야만 해." 선생님은 그렇게 말씀하셨다. "그러지 않으면 군함을 타고 온 서양인들이 우리를 도마 위에 놓인 고기 신세로 만들어 버릴 거다."

어린애가 버틸 수 있는 한계는 거기까지였다. 결국 나는 근대식 정규 교육을 받았고, 새 의수도 차례차례 얻을 수 있었다.

맨 처음에 받은 의수는 나무를 깎아 만든 것으로, 지난 수백 년간 사지가 불편한 장애인들에게 주어졌던 것과 비슷했다. 내 기모노의 오른쪽 소매를 채우는 일 말고는 딱히 쓸모가 없는 물건이었다.

그러다가 일본이 서양 열강에게서 증기와 기계 기술의 비밀을 겸허하게 배우기 시작하면서, 내 팔 또한 변하기 시작했다.

내가 열 살이었을 적에 받은 팔은 태엽장치 의수였다. 속에는 용수철과 톱니바퀴가 가득했고 열쇠도 하나 딸려 있었는데, 그 열쇠를 왼손으로 돌리면 오른손의 무쇠 손가락이 펴지거나 오므라들었다. 나는 영어와 프랑스어를 일본어로 번역한 책을 읽으며 수학 및 과학의 여러 분야를 공부했고, 그러는 동안 주변에는 공장과 공방이 우후죽순으로 생겨났다.

스무 살 나던 해, 나는 증기의 힘으로 작동하는 팔을 얻었다. 그 팔은 커다랗고 무거웠고, 보일러 때문에 화상을 입을 때도 가끔 있었다. 팔 내부에 물과 석탄이 떨어지지 않게 늘 신경 써서 채워 넣어야 했지만, 그래도 힘이 세고 튼튼한 팔이었다. 나는 그 팔로 힘자랑을 해서 친구들을 즐겁게 해 주었고, 친구들이 유럽이나 미국으로 가는 배를 타러 부둣가로 나갈 때면 그 팔로 무거운 짐을 들어다 주기도 했다. 친구들은 그곳에서 서양 과학의 최신 지식을 배울 예정이었다. 나중에 미국으로 떠나면서 나는 항구에 정박한 제국 해군의 신형 군함을 향해 손을 흔들었다. 그 군함은 영국 해군의 배를 본떠 만든 것이었다.

서른 살 되던 해, 나는 생물학 박사가 되어 일본에 돌아왔다. 그 무렵 내 팔은 전보다 훨씬 더 작은데도 힘은 훨씬 더 셌고, 축전지에 저장된 전력으로 움직였다. 단추 몇 개만 누르면 팔이 펴지거나 구부러졌고, 동그란 손잡이 몇 개를 돌리면 손가락이 펴지거나 오므라들어 온갖 자세를 거뜬히 취했다. 그리고 일본이 청일 전쟁에서 승리해 대만과 조선을 손에 넣었을 때, 시내에 나가 승전을 축하하며 그 팔을 허공에 흔들었던 것도 기억난다. 그때 일본은 한창 솟아오르는 중이었다. 공장 꼭대기의 배기구에서 힘차게 뿜어 나오는 증기처럼.

마흔 살이 되던 해, 나는 마침내 지금 이 팔을 얻었다. 내 의사에 곧바로 복종하는 최초의 팔로서, 전선 및 부품은 내 신경과 살에 맞물려 있고 톱니바퀴와 지렛대는 스팀 터빈의 힘으로 움직인다. 일본이 만주에서 러시아와 싸워 이겼을 때, 그러니까 살아 있는 사람들이 기억하는 한 최초로 아시아 국가가 유럽의 강국에게서 거둔 승전을 다 함께 어안이 벙벙해진 채로 기뻐했을 때, 나는 환희에 들떠 두근거리는 심장에서 강철 손가락 끄트머리까지 찌르르 흐르는 전기를 느꼈다.

'환하게 다스리다'라는 뜻의 메이지[明治]를 연호로 내건 천황의 지배 아래 일본이 변방의 봉건 국가에서 세계의 열강으로 변신하는 동안, 마침내 이 외국의 물건도, 이 기계 덩어리도, 과학의 환한 빛

아래 나의 한 부분으로 변신했다.

그러나 그 많은 일을 겪으면서도, 나는 그 곰을 잊지 않았다.

몇 년에 걸친 미국 유학 시절, 나는 널리 여행을 다니며 '그리즐리'로 알려진 아메리카 불곰의 습성을 조사하고 현지의 곰 전설을 공부했다. 그리고 귀국한 후에는 몇 해 동안 홋카이도를 샅샅이 누비며 우리 가족을 습격한 곰의 흔적을 찾았지만, 아무것도 나오지 않았다. 하지만 곰이 죽었다고는 믿지 않았다. 내게는 아직 이 세상에 살아 있는 그 곰의 기운이 느껴졌다. 살아서 나를 비웃는 녀석의 기척이.

그리고 이제, 그 곰은 나와 마찬가지로 고향을 떠나 세상을 돌아다녔던 모양이다. 새끼를 낳아 머릿수를 늘리면서.


"그만큼 봤으면 됐다." 나는 이린에게 그렇게 말하고는 기계 팔을 당겼다. "늦었구나. 이제 자자."

이토는 나머지 대원들이 자는 동안 첫 번째 불침번을 서겠다고 자원했다.

지난 닷새 동안 쌓인 피로가 마침내 덮쳐 왔고, 이와 거의 동시에 세상일은 다 잊으라며 끌어안는 잠을 나는 반갑게 맞아들였다.


잠에서 깨어 보니 악몽 속이었다.

잠깐 동안, 나는 눈앞에 보이는 광경이 이해가 가지 않았다. 달빛 아래, 찢어진 종이 쪼가리가 사방에 흩어져 있었고, 울부짖는 바람 속에서 눈보라와 함께 소용돌이치고 있었다.

그러다가 퍼뜩 눈치챘다. 기계마 9기의 배 아래쪽 덮개가 열린 채로 덜렁거리는 것을, 그리고 그 안쪽 공간, 코드 두루마리가 있어야 할 그 공간이 비어 있는 것을.

마지막 남은 1기 옆에 시커먼 형상이 웅크리고 있었다.

나는 몸이 굳고 말았다. 움직이는 법도, 말하는 법도 잊은 채로.

검은 형상이 기계마 곁에서 일어섰다. 뒷발을 딛고 선 곰이었다. 커다란 곰, 내가 이때껏 본 어떤 우수리 불곰보다 더 거대한 녀석이었다.

곰 옆에 웬 사람이 쓰러진 채 꼼짝도 하지 않았다. 이토 시로였다. 불침번이었던 탓에 곰에게 맨 먼저 희생당한 모양이었다.

기계 팔에 전기가 통하는 찌릿한 느낌이 내 흐리멍덩한 정신을 깨워 주었다.

"하야시!" 내가 외쳤다. "아베! 이린!"

하야시가 내 옆에서 몸을 일으켰다. 그러고는 총을 찾아 주변을 더듬거렸다.

곰은 순식간에 내 옆까지 다가와 있었다. 놈이 으르렁거리는 소리에 나는 몸이 덜덜 떨렸다.

곰이 앞발을 휘두르자 하야시의 몸이 허공으로 날아갔다. 수면 위로 솟구치는 물고기처럼, 흩날리는 눈 사이로 우아한 포물선을 그리며, 하야시는 차가운 만주의 달빛 속으로 사라졌다.

곰은 자기 앞길을 막는 숙영지의 모든 것을 움켜잡고 던져 버렸다. 상자와 짐 꾸러미가, 그중에는 아베와 이린이 들어가서 자는 침낭도 있었을 텐데, 부서진 장난감처럼 저 멀리 날아갔다. 곰은 태풍과 같았다. 멈출 수 없는 천재지변이었다.

몸을 굴려 그 난장판으로부터 벗어나 정신을 차려 보니, 나는 유일하게 남은 온전한 기계마 옆에 있었다. 배 속에 아직 전투 교본이 들어 있는, 한 마리뿐인 기계마.

나는 몸을 일으켜 말의 목덜미에 있는 스위치를 눌렀다.

다음 순간, 나 역시 허공을 날아가 부드러운 눈밭에 추락했다. 허벅지에 불타는 듯한 통증이 엄습했다. 일어서려고 버둥거려 봤지만 다리가 더는 말을 듣지 않았다.

곰은 으르렁거리는 소리와 함께 눈을 뚫고 내 쪽으로 어슬렁어슬렁 다가왔다. 곰의 날숨에서 풍기는 부패한 악취와 땀 냄새가 훅 끼쳐 왔다. 곰의 두 눈은 내 눈의 한 뼘 앞까지 와 있었다. 달아날 곳은 없었다. 설령 몸을 움직이는 게 가능했다 하더라도.

곰이 입을 벌리고 다시금 으르렁대더니 나를 향해 달려들었다. 나는 생각할 겨를도 없이 오른팔을 내질렀고, 강철 주먹이 거대한 주둥이와 맞부딪혔다. 곰은 고통스러워하며 물러났다. 내 팔의 위력에 깜짝 놀란 기색이 또렷했다. 그러나 이내 주둥이를 흔들어 코에서 나는 피를 털어 버리고 곧바로 되돌아와 나를 향해 앞발을 휘둘렀다.

나는 곰과 맞붙어 버티며 금속제 손가락으로 곰의 앞다리를 잡았다. 손을 꾹 움켜쥐어 앞다리 뼈를 부러뜨릴 작정이었다. 그러나 곰은 통증을 전혀 못 느끼는 것처럼 지그시 몸을 숙였다. 내 기계 팔에 체중을 실어 천천히 지면 쪽으로 내리누르면서.

강철 손을 내려다보니 내가 쥔 것은 굵다란 나뭇가지였다. 곰이 나를 속였던 것이다. 나뭇가지를 팔인 양 내게 휘둘러서.

나는 눈을 감았다. 곰의 꾀에 속아 넘어가다니. 아무리 곰답지 않게 행동하는 놈이라 해도, 어떻게 이럴 수가. 나는 아버지와 똑같은 죽음을 맞을 운명이었다. 가슴을 내리누르는 압력이 너무나 압도적이라 숨을 쉬기가 힘들었다.

느닷없이, 곰이 고통스럽게 포효하는 소리가 들렸고, 뒤이어 나를 짓누르던 무게감도 사라졌다.

눈을 떠 보니 기계마가 마침내 공격을 개시한 참이었다. 기계마는 뒷발을 딛고 일어선 다음, 단단하게 다져진 눈밭을 앞발로 힘껏 박차며 뒷발로 곰을 찼다.

곰이 살짝 비틀거리는가 싶더니, 말에게 걷어차인 등 쪽에 커다란 혹이 불룩 솟았다. 곰은 새로 등장한 위협 앞에, 이 기계 덩어리 적 앞에 조심스레 서 있었다.

짐승과 기계가 서로에게 달려들어 흩날리는 눈밭 속에서 맞부딪혔다. 발톱이 금속을 긁는 소리에 곰의 힘겨운 숨소리, 말의 보일러에서 증기가 뿜어 나오는 날카로운 소리까지 더해져 귀가 따가웠다. 둘은 저마다 지닌 힘을 상대에게 퍼부었다. 한쪽은 고대의 악몽, 다른 한쪽은 현대의 경이였다.

차츰차츰, 기계마가 우세해지는 것처럼 보였다. 기계마는 아주 천천히 곰을 뒤로 밀어붙였다. 곰은 안간힘을 쓰며 제자리에서 버티려 했지만, 힘에 부친 나머지 뒷다리가 다 덜덜 떨렸다. 곰은 비틀거리며 몇 걸음 물러나다가 울부짖으며 잠깐 후퇴를 멈췄지만, 몇 초 후에 다시 비틀거리며 물러났다.

나는 빙긋이 웃었다. 근육은, 결국 피스톤을 이기지 못한다.

그러나 그 웃음은 곰이 실은 방향을 트는 중이었다는 것을, 내 쪽을 향해 비틀비틀 뒷걸음질하고 있었다는 것을 내가 깨달으면서 차갑게 얼어붙었다. 저 교활한 맹수는 내가 몸을 다쳐 꼼짝도 못 하는 것을 알고서 일부러 지는 척했던 것이다. 몸을 피하지 못하는 나로서는 저 둘이 내가 있는 자리를 지나 이동하는 동안 곰의 발에, 아니면 기계마의 발굽에 짓이겨질 판이었다.

기계마는 거침없이 앞으로 밀어붙였다. 상대의 계략은 까맣게 모른 채로. 짐승의 지능이 내 프로그래밍의 약점을 찾아냈던 것이다.

총소리가 날카롭게 울려 퍼졌다.

하야시가 눈 위에서 앉아쏴 자세를 하고 있었다. 무릎 위에 팔꿈치를 짚고 총을 든 채로, 곰의 대가리를 겨누고 두 번째 사격을 준비하는 중이었다.

곰은 자기 자세가 불리한 것을 알아채고 울부짖으며 기계마를 뒤로 떠민 다음, 몸을 숙이고 땅바닥을 굴러 대치 상태에서 빠져나왔다. 몸놀림이 놀랍도록 민첩했다. 기계마는 비틀거리다가 균형을 잃고 눈밭으로 쓰러졌다. 이제 10미터쯤 떨어진 곳에 있던 곰이 뒷발을 딛고 일어서서 달아나기 시작했다.

또다시 총성이 들렸고, 또다시 총알이 빗나갔다.

곰은 눈보라가 치는 시커먼 밤 속으로 사라졌다.

기계마가 다시 땅을 딛고 일어섰다. 말은 이제 근처에 위협이 존재하지 않는 것을 알고서 움직임을 멈추었지만, 붉은 눈은 부둣가의 밤을 밝히는 표지등처럼 어둠 속에서 계속 빛났다.

하야시와 나는 서로 멍하니 마주 보았다. 우리가 누리는 행운을 믿을 수가 없어서였다.

느닷없이, 기계마가 다시 작동을 시작해 뒷발을 딛고 일어섰다.

"우리야! 쏘지 마!" 누군가 외쳤다.

아베가 휘청휘청 걸으며 숙영지로 돌아오고 있었다. 다리를 다친 모양이었다. 그 뒤를 따라오는 이린 역시 다리를 절면서 한 손으로 허리를 짚고 있었다. 둘은 얼굴이 하얗게 질린 상태였다. 넋이 나간 생존자의 얼굴이었다.

곰이 발광하듯 날뛰다가 그 둘을 정말로 숙영지 바깥 저 멀리 던져 버렸던 것이다. 살아 있는 것만으로도 천만다행이었다.

우리 넷은 꼼짝도 않는 이토를 다 함께 바라보았다. 우리만큼 운이 좋지 않았던 이토의 주검을.


"여기 그대로 머무는 건 미친 짓입니다." 아베 긴노스케의 말이었다. "기계마는 달랑 한 마리만 빼놓고 모조리 전투력을 상실했습니다. 최고의 전투병도 죽었습니다. 박사님은 두 다리가 부러졌고 저희 역시 부상을 입었습니다. 패배를 인정하고 퇴각하는 길밖에 없습니다."

아베의 말이 옳았지만, 그렇다고 해서 내 삶의 목표를 포기할 수는 없었다. 만약 그 곰에게 원한을 갚는 것이 불가능하다면, 놈의 새끼에게 갚는 수밖에 없었다. 나는 수십 년이 흐른 지금도 그날 밤을 잊지 못한다. 우리가 지닌 집착은 우리의 일부이다. 흉터와 환상지가 우리의 일부이듯이.

"빈손으로 돌아갈 수는 없어." 내가 말했다. "어젯밤에 우릴 덮친 곰은 어린 녀석이었다. 러시아 탐험대를 죽인 어른 곰은 아직 눈에 띄지도 않았어. 둘 다 잡아야 해."

아베와 하야시, 이린은 나를 마치 미친 사람 보듯 바라봤다. 어쩌면 그럴지도 모른다. 조금은.

나는 숙영지 한복판에 앉아 있었다. 갈가리 찢어진 천막과 곳곳에 널린 보급품 상자가 눈에 뒤덮여 괴상하게 생긴 눈 봉우리로 바뀌어 있었다. 이따금, 나는 내 몸을 덮은 눈을 털어내곤 했다.

아베와 하야시는 이곳을 떠나기 전에 기계마에서 다리 두 짝을 떼어다가 내 다리에 대고 부목 삼아 묶어 주었다. 몸을 움직이지는 못해도, 이제 적어도 통증은 참을 만했다.

대원들은 나를 여기 남겨 둔 채 나머지 기계마를 다 데리고 떠났다. 거대한 곰 해골만이 내 벗이 되어 주었다.

느리게, 아아, 너무도 느릿하게, 날이 저물고, 밤이 깃들었다.

으르렁대는 포효가 숲을 가득 채웠고, 잠에서 깨어난 겨울새들이 황급히 하늘로 날아올랐다.

두 번째 포효는 앞서보다 훨씬 더 가까이서 났다.

나는 외투를 단단히 여몄다. 또다시 전기가 춤을 추듯 찌르르 팔을 타고 흘렀다. 나는 금속으로 만든 손을 벌리고 그 속에 쥔 조그마한 유리병을 내려다봤다. 병 속에 든 투명한 액체는 영하의 추위 속에서도 얼어붙지 않고 흔들거렸다.

그것은 나의 비밀 무기였다. 유리병 속에는 어마어마하게 큰 고래도 너끈히 마비시킬 양의 신경 독이 들어 있었다. 혹시 곰을 생포하면 사용하려고 챙겨 온 것이었다.

곰이 또다시 포효했다. 그 소리에 나는 공터 가장자리 쪽으로 눈길을 돌렸다. 나무가 흔들리고 부들부들 떨리는 모습이 꼭 폭풍에 단단히 휩쓸린 것만 같았다.

땅이 흔들리더니, 커다랗고 시커먼 형상이 공터로 걸어 들어왔다. 내가 꿈속에서 셀 수 없이 여러 번 목격한 형상과 똑같았다.

거대한 곰은 뒷발로 지면을 딛고 일어서서 입을 벌렸다. 이빨에 난 울퉁불퉁한 홈이 달빛을 받아 번득였다.

뒤이어 곰이 앞발로 지면을 힘껏 치자 주변의 눈이 마치 빙하가 쪼개지듯 사방으로 튀어 흩날렸다. 악귀의 두 눈이 달빛을 받아 환히 빛났다.

"너 홋카이도에서 건너왔구나." 내가 말했다.

곰은 내 말을 알아들은 듯, 귀를 쫑긋 세웠다. 그러고는 씩 웃더니 대답 대신 가볍게 으르렁거렸다. 마치 쿡쿡 웃는 것처럼.

"난 이때껏 네 아비를 찾아다녔어."

곰은 나를 빤히 보다가, 고개를 끄덕이고는 어슬렁어슬렁 내 쪽으로 다가왔다. 처음에는 천천히, 그러다 조금씩 속도를 내서.

나는 주먹을 쥐고 눈 속에 팔을 묻었다. 너무나 잘 보이는 표적이었다. 그 오랜 세월 동안 온갖 궁리를 하며 찾아 헤맨 끝에, 마침내 작전을 시작할 순간이 왔다. 나는 곰이 내 팔을 물고 입에 넣어도 가만히 있어야 했다. 그래야 그 속에서 약병을 깨뜨리고 독을 퍼뜨릴 수 있기 때문이었다. 나는 미끼인 동시에 곰덫이었다.

곰은 내 1미터 앞에 멈춰 서서, 숨을 거칠게 몰아쉬었다. 우리는 서로의 눈을 빤히 들여다보았다. 어느 쪽이 사냥꾼이고 어느 쪽이 사냥감이지?

곰은 내 기계 팔을 내려다보더니 고개를 가로저었다. 나는 가슴이 철렁했다. 놈이 내 작전을 꿰뚫어 본 걸까?

곰은 현실에서 가능하다고는 믿기도 힘들 만큼 빠르게 내 팔을 덮쳤고, 내 인공 팔은 거대한 앞발의 무게에 눌려 마비되고 말았다. 나는 땅바닥에 내동댕이쳐졌고, 부러진 다리가 함부로 휘둘리는 바람에 그만 신음을 흘렸다. 곰이 히죽거렸다. 나를 업신여기듯이.

그러나 내 팔은 곰이 모르는 재주를 부릴 줄 알았다. 살로 이루어진 팔과 달리 내 기계 팔은 관절 부위를 흡사 바퀴처럼 한 방향으로 계속 회전시키는 일이 가능했다. 그렇게 쉬지 않고 회전시킴으로써 나는 곰의 묵직한 앞발을 팔에서 미끄러뜨렸다. 통나무를 다듬을 때 빠르게 회전시켜 불필요한 나무껍질을 날려 버리는 것과 같은 이치였다.

곰은 놀란 나머지 반응 속도가 느려졌고, 나는 그 틈을 타 놈의 앞발을 붙잡은 다음, 내 팔 속의 톱니바퀴와 지렛대가 낼 수 있는 힘을 모조리 동원해 힘껏 움켜쥐었다. 곰이 울부짖었고, 무시무시한 소리가 났다. 놈은 고통 때문에 움직이지도 못했다. 나는 팔의 압력을 계속 높였다. 살아 있는 살은 결코 버틸 수 없을 정도로 강력하게. 곰의 앞다리 속에 있는 뼈가 갈라지고 산산조각 나는 소리가 내 귀에 들려왔다.

눈보라가 잠시 그친 덕분에 달빛이 더욱 환히 빛났고, 그러자 곰의 등 뒤에서 일렁이는 검은 형상들이 눈에 띄었다. 눈 속에서 기계마 3기가 나타났다. 말 탄 사람 셋이 들고 있던 총은 모두 거대한 곰을 향하고 있었다.

나는 곰을 향해 앙갚음하듯 히죽 웃은 다음, 한순간 팔의 압력을 더 높였다. "잡았다, 이놈."

곰은 이를 악물고 포효를 참았다. 그러더니 말 탄 사람들 쪽으로 대가리를 돌렸다. 그들 뒤로 나머지 기계마들이 나타났다. 사슬로 함께 묶인 기계마들은 그 자체로 움직이는 철벽이었다. 비록 전투력은 잃었어도 달리기 교본은 배 속에 그대로 들어 있었고, 우리 뜻대로 제어하는 것도 가능했다. 곰이 제아무리 튼튼하다 해도 그 벽을 부수기란 불가능했다.

곰이 포효했다. 경악과 절망에 물든 울음소리가 났다.

진짜 덫이 모습을 드러냈다. 대원들은 근처의 언덕 뒤편에 숨어 있었다. 곰의 탈출로를 차단하기 위해서였다. 곰은 오늘, 이 공터에서 죽어야 했다. 설령 나까지 함께 죽는 한이 있더라도.

나는 하야시와 아베와 이린이 총을 드는 모습을 보았다. 내 입에서 웃음이 터져 나왔다. 마침내, 그 긴 세월이 흐른 끝에, 나의 악몽이 끝나려 했다. 나는 기계손을 더욱 세게 움켜쥐었다. 곰의 앞다리를 말 그대로 뽑아 버릴 작정으로.

말에 탄 세 사람 가운데 가장 작은 사람, 분명 이린일 법한 그 사람이 총을 내리더니, 총을 무슨 몽둥이처럼 거꾸로 잡고 앞에 있는 두 사람의 뒤통수를 후려갈겼다. 두 사람은 소리도 없이 말 등에서 떨어졌다. 이린이 말에서 훌쩍 뛰어내리자 고삐가 혼자 남아 대롱거렸다.

나는 눈앞에 펼쳐진 광경이 이해가 가지 않았다.

이제 길을 인도할 기수가 없어지자 기계마들은 일제히 움직임을 멈추었다.

오직 이린만이 곰과 나를 향해 다가왔다. 소년은 총으로 나를 겨누었다.

"그만해."

나는 곰의 앞발을 놓아주었다.

"아버지, 늦게 와서 죄송합니다." 이린은 흠잡을 데 없는 일본어로 그렇게 말하고는, 곰에게 고개를 숙였다.


내가 넋을 잃고 지켜보는 동안, 이린은 어젯밤 내 다리를 부러뜨린 그 곰으로 변신했다가, 다시금 이린으로 변신했다. 내가 놀라다 못해 가슴이 다 벅찬 상태로 지켜보는 가운데, 거대한 곰은 이린을 닮은 나이 든 남자로 변신했다. 키가 크고 어깨가 떡 벌어진 그 덩치 큰 남자는 머리카락도 수염도 고슴도치처럼 텁수룩했다. 함께 이야기를 나누는 동안 남자는 부러져서 피투성이가 된 자기 팔을 반대편 손으로 살며시 잡았다.

"내 이름은 아이린이다." 남자의 목소리는 깊숙이 울리는 저음이었고, 처연하지만 차분했다.

나는 남자의 눈을 마주 보며 말했다. "네 아비는 내 가족을 죽였다. 약 40년 전에."

"네 아비가 내 가족을 죽인 것처럼."

나는 무슨 말인지 이해가 가지 않아 고개를 가로저었다.

"아득히 먼 태곳적부터, 우리 곰사람 부족은 인간들을 피해 홋카이도의 눈 덮인 숲에 살았다. 그러다가, 차츰차츰, 남쪽 섬에서 건너오는 인간들이 점점 더 많아지더니, 숲의 까마득히 오래된 나무를 베어 넘기고 우리 터전에 불을 질러 태워 버렸다. 땅을 평평하게 만들어 자기네 작물을 심겠다는 이유로. 그러고 나서 그자들은 우리를 사냥했다. 겨울잠을 자고 있는 우리를 죽였다는 말이다."

나는 아버지의 동료들이 홋카이도의 황야에서 자기네가 살 집을 직접 지어야 했던 사정을 떠올려 보았다. 그 사람들이 인간의 손이 닿은 적 없는 척박한 땅을 개간해야 했던 사정을, 또한 마을의 안전을 지키려고 곰을 죽여야만 했던 사정도. 그때는 곰이 사람을 위해 양보하는 수밖에 없었다.

"피로 진 빚은 피로 갚아야 하는 법." 아이린이 말했다. "아버지는 죽은 삼촌들의 복수를 하려고 너희 마을에 갔다."

기계 팔이 욱신거렸다. 환상지에 통증이 느껴졌다.

"그러나 오래지 않아 아버지에게 죽임당한 인간들의 뒤를 좇아 더 많은 인간들이 몰려왔고, 결국 우리는 다 함께 홋카이도에서 달아나 이 새로운 땅으로 건너오는 수밖에 없었다. 인간의 냄새가 희미한 곳을 찾아서. 하지만 피는 어김없이 더 많은 피를 부르는 법이지."

나는 아이린을 바라보았다. 우리 둘 가운데 어느 쪽이 사냥감이고 어느 쪽이 사냥꾼일까?

"원하는 게 뭐야?" 내가 물었다.

"변하는 것."

나는 정비병 하야시가 내 팔을 어깨에서 떼어내는 광경을 가만히 지켜보았다. 끔찍이도 아팠다. 두 번째로 팔을 잃는 경험은 첫 번째보다 훨씬 더 지독했다.

의무병인 아베는 전선과 톱니바퀴 사이사이의 공간 속으로 자라난 신경 및 혈관을 수술칼로 분리해 주었다. 상처는 불에 달군 다리미로 지졌다. 상처를 지진다는 것이 무슨 뜻인지는 나도 잘 아는 바였다. 내 목숨을 구하려면 어쩔 수 없이 택해야 할 방법이었지만, 새 팔은 두 번 다시 장착할 수 없었다.

"쭉 들이켜십시오." 아베는 그렇게 말하며 내 입에 불타는 듯 후끈거리는 액체를 흘려 넣었다. 나를 잠에 빠뜨릴 약이었다.

너희는 우리를 내버려 두지 않았다. 몽롱한 의식 속으로 아이린이 하는 말이 들려왔다. 해마다 인간들은 더욱 많은 나무를 베어 냈고, 더욱 많은 풀밭을 불살랐고, 더욱 많은 들판을 파헤쳤다. 이제 너희는 너희가 만든 기계의 힘을 빌려 그 일을 훨씬 더 쉽게 해치운다. 연기를 토하는 기계식 기관의 힘을 빌려서.

우리의 마법은 늘 대지에서, 끝없는 생명을 품은 원시의 흙에서 비롯됐다. 그러나 인간들은 죽음 속에 봉인된 기운을 약탈하려고 대지를 엉망으로 헤집었다. 석탄과 석유를 찾으려고, 건물을 지을 나무와 돌을 얻으려고. 그들은 증기의 힘으로 움직이는 괴물들이 헐떡대며 땅 위를 달려 해변까지 물건을 실어 나르도록, 대지를 가로질러 쇠사슬을 깔아서 드넓은 만주를 옭아맸다.

졸음에 겨운 채로, 나는 아베와 하야시가 내 팔을 아이린에게 달아 주는 모습을 지켜봤다. 눈에는 눈, 이에는 이, 그리고 팔에는 팔. 세상에서 가장 오래된 법률이었다. 산산조각으로 부러져서 쓸 수 없게 된 아이린의 팔을 잘라내는 광경은 푸줏간이 따로 없을 만큼 끔찍했다. 뼈를 자르는 톱과 치솟는 피, 시뻘겋게 물든 지혈대까지. 그러나 아이린은 신음 한번 흘리지 않고 그 모든 고통을 견뎠다.

이린은 불안해서 어쩔 줄 몰라 하며 지켜보았다.

"실수하면 끝장인 줄 알아." 이린이 말했다. 일부러 위협적인 목소리를 꾸며서 말했지만 괜한 수고였다. 아베와 하야시는 이토가 죽던 밤에 이린이 한 짓을 똑똑히 보았으니까.

하야시는 기계 팔이 아이린의 체격에 맞도록 기계마의 다리에서 떼어 낸 부품으로 보강하고 크기도 더 키웠다. 하야시가 기계 팔을 원래 팔의 절단부에 고정시키고 아베가 신경 및 혈관을 전선과 봉합하는 시술을 시작하자 아이린은 숨을 씩씩거렸지만, 그것 말고는 어떠한 소리도 내지 않았다. 입에서 피가 흐를 정도로 아랫입술을 꽉 깨물었으니까.

우리는 숨을 곳이 바닥났다. 대지가 생명을, 본연의 기운을 잃으면서 태고의 마법이 빠져나가는 것이 느껴졌다. 홋카이도에서 일어난 일과 똑같았다. 언젠가 우리는 자는 것 말고는 아무것도 원치 않는 날이 올 것이다. 그렇게 잠들어 있는 사이에 인간들이 우리를 죽이리라는 것을 알면서도.

너희가 만든 기계에 맞서 싸우는 일이 불가능하다면, 그렇다면 우리는 그 기계를 받아들이는 수밖에 없다. 너희 기계 말을, 너희 기계 팔을. 기계는 너희에게 힘을 주었으니, 아마 우리에게도 힘을 줄 것이다.

곰은 우리를 여기까지 유인하려고 자기 아버지의 이빨을 이용했던 것 같다. 그렇다면 녀석들도 죽음 속에 봉인된 에너지를 이용하는 법을 깨우쳤다는 뜻이다.

나는 곰사람과 기계 팔이 하나가 되는 광경을 지켜보았다. 아이린에게 제아무리 신비한 치유력이 있다 하더라도 얼마간은 시간이 걸릴 것이다. 새 팔의 사용법을 익히기까지는, 또한 금속으로 감싸인 환상지에서 느껴지는 역한 이질감을 극복하기까지는. 그러나 그때쯤이면 아이린은 이미 느끼고 또 깨달았을 것이다. 무적의 강철에 깃든 힘을, 그 아름다움을.

곰들은 당장 내일부터 기계마의 프로그래밍 방법을 가르쳐 달라고 한다. 그래야 자기들도 싸우는 법을 배울 수 있다면서. 하야시에게는 기계마 정비 요령을 가르쳐 달라고 했다. 아베에게는 살과 금속을 결합하는 법을 배우고 싶다고 했다. 배울 만큼 다 배우고 나면 우리를 풀어 주겠다면서.

졸음에 겨워 흐릿해진 의식 속에서, 나는 기계 팔다리와 기계마로 무장한 곰사람 군대가 쉬지 않고 몰려오는 인간 무리에 맞서 싸우는 광경을 상상한다. 새로운 마법과 더불어 살아가는 법을 익히느라 태고의 마법을 잃어버린 이들을 상상한다. 그들을 동정해야 할지 아니면 두려워해야 할지, 나로서는 알 수가 없다.

아이린의 살과 기계 팔의 금속은 하나로 융합할 것이다. 피로 진 빚처럼 얽히고설켜서, 거대 도시 도쿄처럼 아름다우면서도 기괴하게. 그곳에서는 아득히 오래된 미농지 등롱이 지금도 불을 밝히지만 이제 그 속에서 뜨겁게 타오르는 것은 조그마한 번개, 단자와 단자 사이를 건너뛰는 전류가 만들어 내는 아크 방전이다.

　나는 눈을 감고 잠을 청해 보지만, 나의 환상지는 죽기를 거부하는 태고의 마법 때문에 욱신거린다.

# 1비트짜리 오류

리디아를 만나기 전까지, 타일러는 남들과 마찬가지로 아는 이름들이 꾸준히 늘어나는 것이 곧 삶의 한 부분이었다.

이름은 단지 기억을 가리키는 약칭에 지나지 않았기에, 어린 시절의 타일러는 우리가 살면서 하나하나의 이름을 두 번 정의한다는 것을 아직 깨닫지 못했다. 처음에는 앞날에 거는 기대로서, 나중에는 지난날의 요약으로서.

— "그다음은 어떻게 됐어요?"

"아무 일도 없었어." 할머니가 말했다. "그 사람들은 오래오래 행복하게 살았단다."

"영원히요?"

"영원히."

할머니가 『잠자는 숲속의 공주』를 읽어 줄 때까지, 타일러는 모든 옛날이야기가 부모님에게서 들은 이야기들처럼 끝난다고 생각했다. '그렇게 두 사람은 죽을 때까지 함께 살았답니다. 이따금 행복

한 시간도 누리면서 말이에요.'

—타일러와 다른 아이들이 너 나 할 것 없이 새로 전학 온 남자애를 피한 까닭은 그 아이가 누구보다도 덩치가 클 뿐 아니라, 싸움이라도 걸고 싶은 듯한 눈빛으로 모두를 쏘아보았기 때문이었다. 그러나 그날 영 선생님의 미술 수업 시간에 교실 안의 빈자리는 타일러의 옆자리뿐이었고, 이로써 오언 라스트와 타일러는 단짝 친구가 되었다.

—타일러는 음악이 끝날 때까지 그 여자애를 바라보았다. 그러다가 같이 춤을 추자고 막 청하려는 참에 여자애의 데이트 상대가 나타났다. '그러니까 30분 만에 사랑에 빠질 수도 있는 거였군.' 타일러는 속으로 생각했다. 그러고는 종이에 '앰버 리아'라는 이름을 적어 맥주병에 넣고 은박지로 병 주둥이를 막은 다음, 롱아일랜드 해협의 바다를 향해 있는 힘껏 멀리 던져 버렸다.

—피셔맨스워프 부둣가에서 햇볕을 쬐는 물개들의 모습을 보기 전까지, 타일러에게 샌프란시스코는 지도에 찍힌 점에 지나지 않았다.

—타일러는 카페의 자유 발언용 마이크를 잡고 「매력(Allure)과 집착(Obsession), 욕망(Desire), 헌신(Devotion)」이라는 제목의 시를 낭독했다. 카페에 있던 여성들이 왜 다 같이 깔깔 웃었는지는 오언의 뒤편에 앉아 있던 여성이 마침 들고 있던 잡지 속의 향수 광고를 보여 준 후에야 비로소 알아차렸다(위의 네 단어를 가리키는 말인 '알뤼르'와 '옵세션', '디자이어', '디보션'은 모두 유명한 향수의 이름이다. — 옮긴이). 레나 라이먼과 타일러는 정확히 2개월 동안 사귀었다. 레나가 가장 좋아

하는 향수의 이름은 엔비(Envy), 즉 '선망'이었다.

─타일러는 하늘에서 환하게 반짝이는 어떤 별의 이름을 모른 채로 살았는데, 새로 구한 셋집으로 이사를 갔다가 그 집 주방에서 누가 놔두고 간 별자리 지도책을 발견했다. 지도책 옆에는 싱싱한 귤이 한 대접 놓여 있었다. 그 후 타일러는 시리우스, 즉 큰개자리의 천랑성을 떠올릴 때면 언제나 입속에서 단맛을 느꼈다.

타일러가 그녀를 처음 본 곳은 셋집에서 두 블록 떨어진 '홀리 플레이스' 뒤편의 대형 쓰레기 수거함이었다. 유기농 감자와 방목해 키운 닭의 가슴살을 집까지 담아 갈 빈 상자를 찾으려고 가게 뒤편에 갔을 때였다(홀리 플레이스는 종이봉투도 비닐 봉투도 제공하지 않는 가게였다.).

그녀는 쓰레기 수거함 안에 서서, 유통 기한이 이제 막 지난 커다란 올리브 절임 병을 양손으로 높이 들어 햇빛에 비춰 보고 있었다. 진청색 탱크톱 차림이라 팔꿈치의 주름과 오목하게 팬 곳이 또렷이 눈에 띄었다. 햇볕에 바랜 듯 푸석해 보이는 빨간 머리는 둥그렇게 틀어 정수리 한쪽에 핀으로 고정했고, 그 위에 검은 베레모를 쓰고 있었다. 하얀 얼굴은 점점이 나 있는 주근깨 덕분에 색조와 생기가 느껴졌다.

그녀는 타일러 쪽을 돌아보더니, 수거함 안에서 건진 전리품 더미 위에 올리브 절임 병을 내려놓았다. 거칠거칠하게 튼 입술이 보였다. 보건 관련 통계에 코웃음을 치며 담배를 피워 대는 부류에게서 흔히 보이는 입술이었다. 눈은 나방 날개 같은 암회색이었다. 이제 곧 웃을 거야. 타일러는 보기도 전에 알고 있었다. 그리고 그녀의 이가 하얗고 삐뚤빼뚤할지 궁금했다.

타일러는 그녀가 이때껏 살면서 본 여성 중에 가장 아름답다고 생각했다.

"여기 버려진 것들 태반이 적어도 일주일은 더 멀쩡하다는 거, 알죠?" 그녀는 타일러에게 더 가까이 오라고 손짓했다. "와서 좀 도와줘요."

그랬다. 그녀는 정말로 웃고 있었다.


우리는 기억이 어떻게 작동하는지에 관해 어느 정도는 안다고 생각한다. 우리는 실제로 일어난 일, 예컨대 저녁으로 뭘 먹었는지에 관한 기억, 또한 일어날 수도 있었지만 일어나지 않은 일, 그러니까 너무 뒤늦게 떠오른 재치 있는 말 같은 것의 기억, 또는 결코 일어날 수 없었던 일, 예컨대 천사의 눈에 반사된 햇빛이 어떻게 반짝였는지 같은 기억 등이 모두 신경 세포 수준에서 동일한 방식으로 암호화되어 뇌로 전해진다고 생각한다. 그러한 기억들을 구분하려면 논리와 이성, 그리고 일정한 수준의 기만이 필요하다. 우리 현실이 기억이라는 토대 위에 성립한다고 믿는 일부 사람들은 이 점을 불편해한다. 만약 이러한 기억들을 종류에 따라 구분하지 못한다면, 뭐든 무턱대고 믿어 버리는 사람이 될지도 모르기 때문이다.

철학과 종교가 주는 위안은 그 둘 모두 인간으로 하여금 기억을 유형에 따라 정리하고, 이로써 깨어 있는 동안의 삶이 지닌 미약한 진정성을 단단히 붙잡도록 거든다는 점이다.

타일러가 꼬마 아이였을 적에 세상에서 가장 좋아한 사람은 할머니였다. 왜냐하면 아이에게도 어른이 아는 진실을 그대로 가르쳐 줘야 한다고 믿은 부모님과 다르게 할머니는 타일러의 지식 세계에 나 있는 구멍들을 메워 주었기 때문이었다. 산타클로스나 부활절 토끼, 신 같은 존재들을 가르쳐 줌으로써 말이다. 게다가 늘 너무 바쁘고 가끔 너무 진지했던 부모님과 다르게 할머니는 함께 있으면 안정감이 느껴졌고, 밝은 성격 덕분에 덩달아 기분이 좋아졌다. 몇 번인가 부모님이 집을 비웠을 때, 할머니는 교회 예배에 타일러를 데려갔다. 그는 성가대의 노랫소리와 색색의 스테인드글라스를 기억했고, 그곳이 얼마나 안전하게 느껴졌는지도 기억했다. 그 널따랗고 휑한 공간에서, 딱딱하고 기다란 의자에 따뜻한 할머니와 나란히 앉아 있을 때의 느낌을.

할머니가 돌아가셨을 때, 타일러는 슬픔에서 헤어나지 못했다. 그러나 성인이 다들 그렇듯이, 어른이 되고 나서 타일러는 어린 시절에 느꼈던 사랑이 얼마나 강렬했는지를 추상적으로밖에 떠올리지 못했다. 성숙을 가치 있는 것으로 여기는 흔한 오류를 저지른 나머지, 그는 자신이 어린아이였을 때 할머니에게 품은 사랑은 강도도 깊이도 부족했을 거라고 여겼다.

그러나 할머니가 돌아가시고 나서 여러 해 동안, 타일러는 할머니가 집에 들렀던 어느 날의 기억 때문에 몹시도 괴로워했다. 기억 속의 타일러는 다섯 살 남짓이었고, 그날은 할머니와 함께 식탁에서 보드게임을 했다. 그는 신이 나서 발을 휘휘 젓다가 할머니의 정강이를 자꾸만 차고 말았다. 할머니는 그만하라고 했지만, 그는 말을 듣지 않고 키득키득 웃었다. 그러다가 결국 할머니가 엄한 표정으로 쏘아보며 말을 듣지 않으면 보드게임을 그만하겠다고 했을 때, 그는 할머니에게 지옥에나 떨어지라고 말했다.

타일러의 머릿속에는 굳은 표정에 핏기를 잃은 할머니의 얼굴이 선히 떠올랐고, 뒤이어 그가 기억하는 한 유일하게, 울음을 터뜨리는 할머니의 모습도 떠올랐다. 그 자신이 어쩔 줄 모를 만큼 당황했던 기억도 함께 떠올랐다. '지옥에나 떨어져라'는 남들이 하는 얘기에서 주워들은 말일 뿐이었다. 부모님이 종교에 크게 의지하는 편이 아니다 보니 타일러에게 지옥은 크게 신비롭거나 강력한 말이 아니었다. 당시에 그가 알던 지옥은 그저 사람들이 가기 싫어하는 곳, 캄캄한 지하실이나 그보다 더 캄캄한 다락 같은 장소일 뿐이었다. 그는 우는 할머니를 보며 왜 그러는지 도무지 이해가 가지 않아 분했던 것이 기억났다.

타일러는 십대 시절을 보내는 동안에도 그 기억 때문에 죄책감을 느꼈다. 그 기억은 그에게 스스로의 불안정한 상태를, 또한 스스로가 잔인하고, 무지하고, 사실은 좋은 사람이 아닐지도 모른다는 두려움을 모조리 압축해 보여 주었다. 자신을 사랑해 주는 사람에게 그토록 간단하고 그토록 무지한 방식으로 그토록 심한 아픔을 주었다는 사실 때문에 그는 마음속 깊이 괴로웠다.

어느 날 타일러는 오래된 가족 앨범을 훑어보다가 전에 살던 집의 주방이 찍힌 사진을 발견했다. 그는 그 조그맣던 주방 한가운데에 독립된 보조 조리대가 있었고, 정작 자기 기억 속의 식탁은 아예 있을 자리조차 없었다는 것을 알고 깜짝 놀랐다.

기억 속의 그 한 가지 오류를 발견하면서 타일러는 다른 사실들도 줄줄이 깨닫기 시작했다. 이제 그는 식구들이 늘 식탁이 있는 방에서 식사를 했던 것이, 또 할머니와 보드게임을 할 때면 언제나 거실 탁자 앞에 마주 앉았던 것이 기억났다. 오랫동안 그를 그토록 괴롭혔던 기억은 애초에 일어날 수 없는 일이었다. 그 기억의 모든 장면은 분명 그가 상상 속에서 이렇게 저렇게 만들어낸 것이었다.

실제로 어떻게 된 일인지 설명하는 건 그리 어렵지 않다고, 타일러는 속으로 생각했다. 할머니가 돌아가시는 바람에 그는 아마도 버려진 기분과 죄책감을 느꼈던 모양이다. 혼란스러운 감정 속에서 그는 스스로에게 벌을 주려고 이야기책에서 얻은 소재들로 아예 있지도 않았던 일의 기억을 지어냈던 것이다. 소중한 가족을 잃어버린 어린아이라면 누구나 빠질 법한 환상이었다. 그렇게 깨닫고 나서부터 울고 있는 할머니의 모습은 그의 기억 속에서 서서히 흐릿해져 갔고, 점점 더 믿기 힘든 기억으로 변해 갔다.

타일러는 자신의 가짜 기억에서 하나의 오류를 발견하고 그 덕분에 현실과 환상의 구분법을 터득한 것이 무척 다행이라고 생각했다. 그때야말로 자신이 어른이 된 순간이었다는 기분이 들었다.

그럼에도, 타일러는 그 발견 때문에 조금은 슬펐다는 것을 스스로 인정했다. 제 아무리 공상에서 비롯된 기억이라 한들, 그것 또한 자신이 할머니에게 품은 사랑의 한 부분이기 때문이었다. 그 기억이 설득력 있는 진실의 후광을 잃어버리자 할머니의 일부도 함께 죽어 버린 것 같았다. 그 기억이 남긴 빈자리에 붙일 이름을 타일러는 아직 갖고 있지 않았다.

로스알다마스 시내에 있는 '도라의 아이스크림 가게'에서는 세상에서 제일 맛있는 피스타치오 아이스크림을 팔았다. 타일러가 이 사실을 아는 까닭은 그들이 그곳에 있었을 때, 그러니까 에어컨 바람이 목덜미를 식혀 주고 먼지 낀 창틀 틈새로 햇살이 비쳐들던 그때, 조그만 컵에 담은 피스타치오 아이스크림을 둘이 함께 나누어 먹는 동안, 리디아가 그에게 이렇게 말했기 때문이었다.

"그럼, 당연히 그래야지. 그렇게 할게."

한 달 전, 타일러는 리디아가 홀리 플레이스의 쓰레기 수거함에서 건진 올리브 병조림과 빵과 포도 주스를 리디아네 집까지 날라주었는데, 알고 보니 리디아는 그와 같은 건물에, 그것도 바로 아래층에 살았다. 셋집에는 가구가 거의 없었고 그나마 있는 가구는 골판지 상자로 만들어 천으로 입구를 가린 정도였다. 기분이 꼭 미니멀리즘 작가가 만든 연극 무대에 와 있는 듯했다.

리디아는 담요를 펼쳐 바닥에 깔았고, 이로써 두 사람은 리디아가 사는 약 12제곱미터 넓이의 원룸 셋집에서 소풍을 즐겼다. 빵은 리디아가 조각조각 부수어 타일러에게 건넸고, 포도 주스는 병에 입을 대고 마셨다.

"이건 성찬식이야. 리디아식 성찬식." 리디아가 말했다. 다른 사람이라면 '이건 우리 할머니 방식으로 만든 칼라브리아식 치킨이야'라고 말할 때 쓸 법한 말투였다. 그 말은 농담처럼 들리지 않았다. 리디아는 병에서 올리브를 꺼내어 타일러에게 내밀었다.

할머니를 따라 마지막으로 교회에 갔을 때로부터 오랜 세월이 흘렀기에, 타일러는 대꾸할 적당한 말이 생각나지 않았다. 그러나 그는 그녀와 함께 있으면서 그녀의 얼굴을 바라보고 싶었다. 비록 아주 가끔이지만, 웃을 때면 마치 열기처럼 느껴지는 행복이 한가득 번지는 그 얼굴을.

타일러는 리디아에게 자신이 낮에는 은행에서 데이터베이스 프로그래머로 일하고, 밤에는 공책에 글을 끄적거리거나 담배 연기 자욱한 카페에 들러 자기와 비슷한 꿈을 품은 젊은 남녀 앞에서 공책에 끄적거린 글을 읽는다고 얘기했다. 이때껏 살아오면서 고른 가장 중요한 이름들과 그 이름들에 얽힌 갖가지 이야기도 들려주었다. 그렇게 이야기하는 동안 그는 그녀의 얼굴에 감탄했고, 또한 스스로가 이미 그녀에게 미칠 듯이 매료되고 말았다는 생각에도 감탄했다.

타일러는 리디아에게 이것저것 물었다. 그는 자신이 홀딱 반한 여성이 어떻게 사는지 알고 싶었고, 그녀가 모은 이름들은 어떤 것인지도 알고 싶었다.

리디아는 뉴캠던에서 어린 시절을 보냈다. 보스턴에서 뉴욕 사이의 고속도로를 따라 점점이 흩어져 있는, 수천 군데나 되는 똑같이 생긴 전원주택 지구 가운데 한 곳이었다. 리디아라는 이름은 태어나기도 전에 돌아가신 할머니를 기리는 뜻에서 물려받았다고 했다. 리디아가 어렸을 적에 어머니는 그녀를 '콩깍지'라는 별명으로 불렀는데 그녀가 토실토실하고 햇볕을 좋아해서였다. 아버지가 리디아를 '공주'라고 부른 까닭은 아버지라면 누구나 그렇게 할 거라고 생각했기 때문이었다.

리디아는 중학생 시절 거의 내내 자신이 누구인지 알지 못했다.

부모님은 싸움을 거듭했고, 그러다 마침내 싸우기를 멈췄을 때 아버지는 딸이 앞으로도 리디아 게티로 남기를 바랐지만, 어머니는 딸의 이름이 리디아 오스캔런으로 바뀌기를 원했다. 리디아는 여름이면 애리조나주에 있는 아버지의 새 집에 가서 지냈고, 아버지는 친구들과 함께하는 저녁 모임에 딸을 데리고 갔다. 아버지 친구들은 리디아에게 '새끼 상어'라는 별명을 붙여 주었는데 이는 그녀가 포커 게임에서 그들을 이겼기 때문이었다. 학교에서 여자애들은 그녀를 '리디아 오하라'로 불렀는데 왜냐하면 리디아가 가장 좋아하는 색이 오하라 맥주에서 만드는 레드 에일의 상표와 똑같은 빨간색이기 때문이었다. 남자애들은 리디아에게 따로 별명을 붙이지 않았는데 왜냐하면, 그 애들이 아는 한, 리디아는 아직 아무하고도 키스한 적이 없기 때문이었다.

고등학생 시절 리디아는 '술고래 리디아'로 불리며 온갖 부적절한 이유 때문에 남자애들 사이에서 인기가 있었다. 어머니는 리디아가 딱히 떠올리고 싶지 않은 별명으로 그녀를 불렀다. 한번은 어떤 남자애가 그녀를 차에 태우고 보스턴에 있는 어느 건물로 갔다. 성난 남녀 군중이 건물 진입로에 줄지어 서서 피켓과 현수막을 흔드는 동안 리디아는 그 앞을 혼자서 걸어갔고, 그러는 동안 군중이 자신을 가리키며 외치는 말에 놀라 흠칫하기도 했다. 나중에, 벽을 하얗게 칠한 좁은 방에 누워 몸을 추스르는 동안, 간호사는 그녀에게 바깥에서 나는 시끄러운 소리는 신경 쓰지 말고 스스로를 아주 용감한 젊은 여성으로 상상해 보라고 말해 주었다.

리디아는 잠이 들었다가, 방이 흔들리는 느낌을 받고 놀라서 깨어났다. 그 순간 리디아의 삶은 완전히 바뀌었는데 왜냐하면 암브리엘, 즉 눈 색깔이 나방의 날개 같은 천사가 그녀를 방문했기 때문이었다.

천사 강림에 관해 설명하는 대다수 문헌과 다르게 천사들은 방문하는 대상에게 말을 걸지 않는다. 리디아는 자신이 무슨 얘기를 듣는 중인지 아직 제대로 파악하지 못한 타일러에게 그렇게 설명했다. 천사 강림의 힘은 전적으로 천사 자체, 즉 신이라는 존재의 편린에서 비롯되었다.

다른 사람들 수백만 명이 그러하듯이 리디아 또한 비록 삶이 극단적인 고난으로 가득하지는 않았어도 실망과 좌절은 그 시점까지 경험한 것으로도 충분했기에, 교회가 심어 준 얼마 안 되는 신앙은 이미 자취를 감춘 후였다. 리디아에게 신의 지위는 사실상 중성미자와 동급이었다.

그런데 눈앞의 천사를 보고 있던 그때, 리디아는 암브리엘이 내뿜는 빛 때문에 눈이 따갑고 머릿속이 온통 뻐근했지만, 그 고통이 어찌나 황홀하던지 눈을 감아야겠다는 생각조차 떠오르지 않았다. 그때껏 배운 모든 지식은 무엇에 관한 것이든 간에 그저 틀린 것이자, 상관없는 것이었다. 암브리엘의 빛은 어머니와 아버지 사이의 귀가 먹을 것 같은 침묵을, '고등학생 사교 활동'이라는 이름으로 알려진 승자도 패자도 없는 게임이 만든 오래된 상처와 새로운 상처를, 평범한 삶 속의 초라하고 혼란스럽고 절망적인 모순들을 모조리 환히 비추었다. 그 빛 속에서는 모든 것이 일관성을 지녔고, 합리적이었으며, 무엇보다 우선, 아름다웠다.

그 순간, 리디아는 새로 태어났다. 그녀는 신을 향한 지극한 사랑으로 충만한 나머지 지옥이 사실은 신의 부재인 까닭을 비로소 깨달았다. 불이나 유황 따위는 지옥과 아무런 상관도 없었다.

타일러는 자신이 리디아의 얼굴에서 무엇을 보았기에 그토록 마음이 끌렸는지를 그제야 깨달았다. 그는 그녀의 얼굴에서 우리가 행복 중에서도 축복으로 일컫는 종류의 조짐을 보았던 것이다. 축복을 받는 것은 곧 두려움에서 벗어나는 것이었고, 두려움이란 그저 채워지지 않은 채 남은 욕구의 다른 이름이었다. 그러나 신이 나타났다는 사실 자체 덕분에, 비록 천사를 중개자로 삼기는 했어도, 그녀의 채워지지 않은 욕구는 의미를 잃었다. 천사 강림 이후에 남은 유일한 두려움은 신 앞에 서는 일을 허락받지 못할지도 모른다는 것이었다. 그러나 신에게 닿고자 할 때 필요한 자격은 신을 사랑하는 것뿐이었고, 신의 출현이라는 경사를 경험하고 나서 신을 사랑하지 않기란 불가능했기에, 리디아는 구원을 보장받은 셈이었다.

그 순간, 리디아는 자신이 누군지 깨달았다. 그녀는 구원받은 자들에 속했던 것이다. 이는 그녀가 약을 끊고 욕하는 습관도 고쳐야 한다거나, 하얀 로브를 입고 거리를 누비며 남의 집 현관문 아래 틈새에 팸플릿을 꽂고 다녀야 한다는 뜻이 아니었다. 단지 그녀가 신을 사랑하므로 이제는 자기 삶을 살아갈 수 있고, 앞으로 하는 모든 일 또한 기쁨으로 가득하리라는 뜻에 지나지 않았다.

그래서 타일러는 리디아와 사랑에 빠졌다. 이는 신의 빛이, 심지어 그에게 닿기 전에 리디아를 거치느라 굴절되었는데도 불구하고, 그를 눈부신 황홀경에 빠뜨렸기 때문이었다.

타일러는 리디아를 시 낭송회에 데려갔고, 그곳에서 리디아는 시를 쓰고 싶어서 담배 연기 자욱한 그 지하 카페에 모인 타일러의 친구들을 만났다. 누에고치처럼 생긴 스포트라이트 불빛 속에 서서 시를 낭송하는 동안, 타일러는 카페의 어두운 조명 속에서 리디아의 환히 빛나는 얼굴과 후광처럼 그 얼굴을 감싼 붉은 머리를 찾아냈는데 왜냐하면 시를 낭송하는 그의 목소리가 들릴 때 그녀가 웃었기 때문이었고, 그는 그녀의 웃는 얼굴을 보는 것이 정말로 좋았기 때문이었다.

왜냐하면 리디아가 시의 운율을 뜻하는 약강격(iamb)이라는 단어와 시인 찰스 램(Lamb)의 성을 구분하지 못하기 때문이었고, 리디아에게서 비누 냄새와 보송보송한 햇볕 냄새가 풍기기 때문이었으며, 리디아가 타일러에게 함께 별을 보러 가겠다고 말하면 정말로 그렇게 하기 때문이었다. 또한 타일러가 '무관하게(regardless)'라고 말해야 할 경우에 '무관계하게(irregardless)'라고 말하는 사람들을 놀렸을 때 리디아가 그로 하여금 사전을 찾아보고 실제로 있는 말인 것을 깨닫게 해 주었기 때문이었다. 한편으로 리디아가 웃을 때 타일러가 늘 그녀보다 조금 앞서 그녀가 웃으리라는 것을 미리 알았기 때문이기도 했다.

타일러의 친구들은 리디아에게서 천사 암브리엘과 만난 이야기를 처음 들었을 때 뭐라고 반응해야 좋을지 알지 못했지만, 그래도 천사를 만났다고 주장하는 사람이 으레 보일 법한 모습이 그녀에게는 전혀 없었기 때문에 금세 친한 사이가 됐다. 그녀는 그들 가운데 누구보다도, 심지어 여전히 사무실보다는 오토바이를 타고 도로

위를 누비는 모습이 더 잘 어울리는 오언보다도 술이 더 셌고, 술에 취했을 때면 타일러에게 윙크를 하며 이렇게 속삭이곤 했다. "난 지금 위험한 상태야. 그러니까 널 바람처럼 산뜻하게 먹어치워 버릴 거야."

일요일이 되어도 리디아는 교회에 가지 않았다. 그녀는 교회에 절대 가지 않는데 왜냐하면 가 봤자 얻을 것이 하나도 없기 때문이었고, 어차피 그 도시의 교회들은 대부분 그녀의 이야기를 뜨악하게 여겼다. 그래서 그녀는 타일러를 데리고 교회 대신 자신과 마찬가지로 천사 강림을 경험한 사람들과 그러한 경험을 하고 싶어 하는 사람들의 모임에 갔다. 그런 모임은 교회 지하나 도서관에서 열렸기 때문에 접는 의자와 오래된 커피가 아주 많이 있었고, 간절하게 외치는 말이나 서점의 자기 계발 서가에서 보고 베낀 문구도 많이 들렸다. 타일러는 자신이 애초에 왜 그런 모임에 와 있는지 궁금할 때가 많다가도, 막상 환한 얼굴로 자기 경험을 이야기하는 리디아가 눈에 들어오면 생각이 바뀌곤 했다.

평일이면 두 사람은 퇴근 후에 함께 시내를 거닐었다. 태평양 해안을 따라 남북으로 흩어져 있는 조그만 마을에 짧은 일정으로 자동차 여행을 다녀오기도 했다. 둘은 모든 것을 화제로 삼아 아무것도 아닌 대화를 나누었고, 그러는 동안 내내 타일러는 리디아의 얼굴을 지그시 바라보며, 믿고 싶어 했다.

쓰레기 수거함에서 리디아를 처음 만났던 날로부터 그녀가 피스타치오 아이스크림을 먹여 주면서 '그래, 너랑 결혼할게'라고 대답한 날까지의 한 달이 타일러에게는 인생에서 가장 행복한 한 달이었다.

유일한 문제는, 타일러가 그때까지도 신의 존재를 믿지 않았다는 것이었다.

로스알다마스에 갔다가 돌아오는 길, 조수석에 앉은 리디아는 잠들어 있었다. 도로는 곧게 뻗은 데다 노면도 평탄했고, 오가는 차도 적었다. 타일러는 자동 속도 유지 기능을 켜 놓고 두 다리를 쭉 뻗었다. 그런 다음 리디아의 손을 잡으려 하는 동시에 잠든 그녀의 얼굴을 보려고 고개를 살짝 돌렸다.

나중에, 그때 어떤 기분이었는지 떠올리려고 했을 때, 그러니까 옆자리에 앉아 죽어 가는 리디아를, 안전벨트 때문에 의자에 고정된 채 거꾸로 매달린 그녀를, 허리가 정상인 상태라면 불가능한 각도로 꺾여 버린 그녀를 바라보는 동안 어떤 느낌이 들었는지 떠올리려고 했을 때, 타일러는 자기 몸이 느낀 고통은 전혀 기억나지 않는 것을 알고 깜짝 놀랐다.

그러나 고통을 느끼지 못했을 리는 없었다. 타일러는 양쪽다리가 다 부러졌고, 얼굴과 팔을 뒤덮은 화상 자국은 부서진 차의 운전석 쪽으로도 불길이 거세게 번졌다는 증거였다. 마침내 병원 침대에서 혼자 몸을 일으켜 앉을 만큼 회복했을 때, 그는 왼쪽 눈이 영영 안 보이는 상태로 남으리라는 것을 추가로 알게 되었다.

그럼에도, 사실상 타일러가 기억하는 것은 단 하나, 리디아가 자신은 이제 죽을 거라고, 조금도 아프지 않다고, 천국에서 만나자고 얘기할 때 더없이 담담하고 의연했다는 것이었다.

그렇게 말하고 나서 리디아는 눈이 동그랗게 커졌고, 뒤이어 이렇게 말했다. "어서 와요, 암브리엘."

타일러는 리디아가 무엇을 보는지 확인하고 싶어서 운전석에 묶인 몸을 틀려고 버둥거렸다. 아무것도 보이지 않으리라는 것을 이미 알면서도 그렇게 했다. 운전대가 몸을 가로막았고, 그는 몇 초 만에 버둥거리기를 포기하고 말았다. 나중에 그는 그 몇 초라는 시간 때문에 후회하게 된다. 왜냐하면 몸을 틀려고 버둥거린 그 몇 초 사이에 리디아가 숨을 거두었으므로.

만약 타일러에게 신앙이 있었다면, 나중에 천국에서 리디아와 다시 만나리라는 보장 덕분에 위로받았을지도 모른다. 아니면 신에게 화를 내고 욕을 퍼붓다가 나중에는 구약 성서의 욥처럼 자신의 운명을 받아들였을지도 모른다. 그러나 타일러는 천국이나 신 같은 것이 있다고 믿지 않았다.

그런데 신앙이 결여된 상태 역시 위안을 주지 못했는데, 왜냐하면 타일러는 리디아 안에 있는 그 빛 때문에 그녀를 사랑했고, 그녀에게서 들은 얘기를 제외하면 그 빛의 이름이나 거기에 얽힌 사연을 전혀 알지 못하기 때문이었다. 그가 사랑한 것은 그녀의 믿음이었다.

타일러로서는 신앙이 결여된 상태를 유지한다면 리디아의 기쁨이 환상이었다고 확신하는 셈이었고, 이는 곧 그녀의 기억에서 핵심에 해당하는 부분을 없애 버리는 셈이었다. 그러나 천국과 신이 있다고 믿으려면 그는 머릿속에서 환상과 현실 사이의 장벽을 무너뜨려야 했고, 환각처럼 보이는 것들을 받아들여야 했다. 리디아가 살아 있는 동안 그는 그녀를 사랑하는 한은 그 결정을 나중으로 미룰 수 있었지만, 그녀의 죽음은 곧 그 결정을 내릴 때가 됐다는 의미였다.

건강을 마침내 회복한 후, 타일러는 집에 틀어박혀 친구들을 피했다. 직장도 그만두고 전화선도 뽑아 버렸다.

타일러가 한 일이라고는 사고에 관한 정보를 힘닿는 데까지 모조리 찾는 것, 그리하여 무슨 일이 일어났는지 이해하는 것뿐이었다. 그 일이 어려웠던 까닭은 조사원들이 찾아낸 정보가 거의 없었기 때문이었고, 따라서 채워야 할 빈틈이 많았기 때문이었다. 그러나 타일러에게는 시간이 많았다.

프로그래머가 하는 일의 대부분은 타일러는 계속 읽어 내려갔다. 변수와 값 사이의 간접 참조 목록을 연결하는 복잡한 링크 다발을 푸는 것이다.

변수는 이름에 해당하는 전자 기억이다. 하나의 메모리 블록은 개별 바이트를 다루지 않고 하나의 변수를 이름으로 부여받기도 한다. 변수는 그 무엇의 이름도 될 수 있다. 예컨대 엔진의 스로틀 설정, 사회 보장 번호, 디스크를 삭제하는 서브루틴까지도.

아쉽게도, 변수가 표면상 가리킨다고 하는 것을 실제로 가리키는지 아닌지, 또는 무엇이든 가리키기는 하는지 어떤지 확인할 방법은 존재하지 않는다. 비트 수준에서 코스타리카의 나비 개체 수는 오스트레일리아 해안을 지나가는 태풍의 속도와 똑같아 보이기 때문이다.

이는 모든 프로그래머의 고민거리로서, 어떤 프로그램이든 그것이 정확하다는 믿기 힘든 주장의 기반에 변수와 값의 상응 관계가 존재하는 한 그 고민은 사라지지 않는다. 만약 컴퓨터를 설득하여 변수가 실제로는 공백을 가리킬 때 무언가 실체가 있는 것을 지시한다고 믿게 하면, 모든 것은 백지가 된다.

프로그래머가 확실한 현실과 가상의 재난을 지속적으로 구분하는 데 도움이 되도록 고안한 것이 바로 '타입 시스템'이다. 이는 프로그래밍 언어로 구현한 수학적 개념으로서, 그 목적은 예컨대 스로틀 설정을 나타내는 변수가 자동차의 현재 가속 설정을 가리키지 않도록 단속하는 것이다. 타입 시스템은 무정한 광기가 지배하는 비트의 바다에 오류 없는 질서를 부여했다.

현대식 자동 속도 유지 기능이 대개 그렇듯이, 타일러의 차에 있는 해당 기능 또한 초소형 컴퓨터가 운용하는 전용 프로그램에 의지해 작동했다.

그 프로그램이 할 일을 정확히 해내는 것은 말할 것도 없이 매우 중요했다. 타일러의 차에 내장된 프로그램을 작성한 프로그래머는 자기가 일을 제대로 하는지 어떤지에 사람들의 목숨이 달렸음을 이해하는 세심한 사람이었다. 그러나 무엇보다도, 그 프로그램 자체가 매우 강력한 타입 시스템을 지닌 언어로 작성한 것이었다. 그 타입 시스템은 어찌나 강력했던지 일단 변수 확인을 통과한 프로그램이라면 연료 잔량을 가리키도록 설정된 변수가 기어 변환 서브루틴을 가리키도록 허용하는 일이 절대로 일어나지 않는다고 보장하는 수학적 증명이 존재할 정도였고, 여기에 대하여 프로그래머는 제아무리 영리하든 아니면 부주의하든 간에 어떠한 영향도 미치지 않았다. 이 정도면 비트의 세계에서는 사실상 절대적 무오류와 다름없었다.

이 모든 사실이 곧 타일러가 편한 마음으로 느긋하게 사고 조사 결과를 기다리기에 충분한 증거였다.

약 2000년 전 타일러는 조금 더 읽어 내려갔다. 그리스도가 살아 있었을 무렵, 저 하늘에서 카시오페이아자리가 주인 행세를 하는 구역에 별이 하나 있었다. 그 별은 나이가 들어 죽어 가다가 어느 겨울밤, 초신성이 되어 산산이 폭발했다.

이 폭발로 수없이 많은 양성자와 중성자가 나타나 늙은 별의 잔해로부터 매우 빠른 속도로 멀어져 갔다. 이들을 가리키는 이름은 우주선(宇宙線)으로서, 그중 대부분은 시간이 끝나는 날까지 텅 빈 우주 공간을 날아갈 것이므로 그 운명에 관해서는 관심을 가질 필요가 없다.

다만 특정한 양성자 한 개는 2000년 동안 홀로 여행을 계속한 끝에 7월의 그 화창했던 날 지구에 도착했다. 그 양성자는 대기권의 전리층을 뚫고 돌진해 들어와 겹겹이 도사린 지구 자기장을 우아하게 회피한 다음, 밀도가 점점 더 높아지는 대기를 똑바로 파고들면서도 거의 느려지지 않았다. 그 양성자는 그대로 계속 나아가 그날

캘리포니아 사막에 혼자서 곧장 내리꽂힐 수도 있었지만, 무언가 중간에서 그러지 못하도록 방해했다.

그 순간, 리디아는 잠들어 있었고 타일러는 그녀를 보려고 도로에서 잠깐 시선을 돌렸다. 그녀의 얼굴은 잠들었을 때조차도 축복 같은 느낌이 나는 빛을 머금고 있었다. 그리고 두 사람이 탄 차는 까마득히 오래전 숨을 거둔 별에서 탈출한 외톨이 양성자의 앞길을 가로막았다.

양성자는 자기 앞길을 막는 금속 껍데기에 별 관심을 기울이지 않았고 그 안의 플라스틱 덩어리에는 더더욱 관심이 없었다. 양성자는 그것들을 똑바로 관통했고, 아주 잠깐 동안, 이때껏 가던 길을 계속 갈 것처럼 보였다. 그렇게 보이다가 이내 극히 미소한 양의 실리콘과 부딪힌 순간, 2000년 만에 처음으로, 양성자는 실체가 있는 물질에 관심을 갖고서 그 물질에 부딪혀 전자를 튕겨 내기로 마음먹었다.

그 미소한 실리콘 조각은 공교롭게도 콘덴서의 일부였다. 세상에는 그것과 똑같이 생긴 다른 콘덴서와 트랜지스터가 수없이 많이 있었고, 그 순간 타일러의 차에 탑재된 제어 프로그램 구동용 컴퓨터에서 메모리를 구성하는 집적 회로의 모든 부품 또한 여기에 해당되었다. 여기 있던 전자들이 튕겨 나가 사라지는 것은 분명 어느 모로 보나 세상일의 기준에서 딱히 언급할 것도 없이 사소한 사건이었지만, 그 정도면 충분했다.

그 전자들이 사라졌다는 말은 곧 1을 표시하던 비트가 이제 0으로 해석된다는 뜻이었는데, 그 비트가 위치한 곳은 공교롭게도 변수를 포함한 메모리 셀 안이었다. 그 비트가 정반대로 바뀌었다는 말은 곧 변수가, 그러니까 원래는 엔진의 스로틀 설정을 계산하는 서브루틴의 주소를 제공해야 할 변수가 이제 연료 유동량을 나타내는 값을 가리키도록 바뀌었다는 뜻이었고, 이는 해당 변수가 원래 가리키는 값으로부터 정확히 1024바이트 떨어져 있었다.

해당 프로그램을 작성한 언어의 타입 시스템은 바로 이러한 종류의 일탈을 막기 위해 고안한 장치였다. 서브루틴을 가리키도록 설정된 변수가 수치 데이터를 가리키도록 변환되는 것은 있을 수 없는 일이었다. 그러나 일단 그 변환이 일어난 이상, 다른 어떤 일도 가능했다.

타일러는 곰곰이 추론했다. 만약 회로 기판에서 일어난 단 1비트의 오류가 수학적으로 완벽한 프로그래밍 언어의 타입 시스템을 망가뜨린다면, 뇌에서 일어난 1비트짜리 오류는 간호사와 천사를 구분하는 체계를 망가뜨릴 수도 있지 않을까? 그렇게 하려면 하나의 신경 연결부를 끊은 다음 무작위로 고른 다른 지점으로, 즉 연결될 이유가 전혀 없는 지점으로 연결하기만 하면 그만이었다. 그렇게 하면 서로 다른 유형의 기억들 사이에 존재하는 벽이 모조리 무너져 내렸다.

그렇다면 암브리엘이 등장하는 리디아의 환상은, 그리고 그녀의 신앙 자체도, 단순히 신경 세포의 작동이 불발된 결과에 지나지 않았다. 그 불발의 원인은 피로일 수도, 스트레스일 수도, 떠도는 소립

자일 수도, 그야말로 어떤 것일 수도 있었고, 어쩌면 오래전 보스턴의 병원에서 보낸 그 하루일 수도 있었다. 이는 사실상 타일러의 머릿속에서 할머니를 울린 기억을 지어낸 것과 똑같은 과정이었다.

타일러는 생각했다. 추론을 통해 신앙에 이르고자 할 때 필요한 것은, 단 1비트짜리 오류라고.

흔히 할 법한 예상과는 다르게, 그 가설 때문에 타일러의 머릿속에서 리디아의 신앙이 경시당하거나 비하당하는 일은 일어나지 않았다. 타일러는 그 가설의 설명 덕분에 리디아의 삶을 합리적으로 이해했기 때문이었다. 리디아의 신앙을 오류로 지칭하는 것은 곧둘의 세계 사이에 있는 틈을 메우는 간접 참조 목록을 작성하는 일이었다.

더 나아가서, 하나의 오류를 이해하면 같은 오류를 일부러 일으키는 것도 가능하다. 숙련된 기술자는 하드웨어상의 오류를 일부러 유발함으로써 최고의 소프트웨어 보안 체계에 침투하기도 한다. 이와 똑같은 방식으로 합리주의자가 자기 안에 신앙을 유발할 수는 없을까?

타일러는 자신의 뇌에 1비트짜리 오류를 유발해 보기로 마음먹었다. 만약 리디아를 만날 방법이 천국에 가는 것뿐이라면, 합리적으로 생각할 때, 그가 택할 방법은 신을 믿는 것뿐이었다.

가능한 방법 한 가지는 몸을 약하게 만드는 것이었다. 단식, 탈수, 자연 현상 따위에 스스로를 노출시키는 식으로. 오류는 몸의 저항력이 낮아졌을 때 잘 일어났다. 사막에 들어간 신비주의자들이 택한 길 또한 바로 그것이었다. 타일러는 먼저 그 방법을 시도해 보기로 했다.

타일러는 렌터카를 몰고 남쪽으로 달리다가 동쪽으로 운전대를 돌려 멕시코 국경에서 가까운 애리조나주까지 간 다음, 소노란 사막의 가장자리를 지나 사막 한복판까지 들어갔다. 그는 계속 차를 운전하다가 차마 도로라고 하기 힘들 만큼 엉망인 길이 나오자 차에서 내려 걷기 시작했다. 그렇게 걷다가 끝내는 돌아갈 길을 도저히 찾지 못하리라는 생각이 들었지만, 그렇게 생각하면서도 계속 앞을 향해 걸어갔다. 한참 후에 문득 정신을 차려 보니 주위가 온통 높다랗게 자란 사구아로 선인장 군락으로 둘러싸여 있었다. 이때 그는 지독한 허기와 갈증에 시달렸고, 그래서 땅바닥에 앉아 자신의 몸이 약해지기를 기다렸다.

"내 말 오해하지 말고 들어." 오언이 출발을 앞둔 타일러에게 꺼낸 말이었다. "난 전에는 네가 절대 시인이 못 될 거라고 생각했어. 넌 상상력이 부족한 것 같았거든. 그런데 지금의 너는 상상력이 지나치게 풍부한 것 같아."

그때 타일러는 집에 틀어박혀 리디아가 왜 죽었는지 이해하려고 낑낑대다가 몇 주 만에 오언과 만난 참이었다. 둘은 단골 커피숍에 앉아 있었고, 바깥에는 비가 내리고 있었다. 드물게 보는 가을 소나기였다.

"프로그래머들은 사실 숫자에 목숨을 거는 부류가 아니야." 타일러가 말했다. "우린 말을 중요하게 여기는 족속이야. 숫자에 목숨을 거는 부류는 하드웨어 쪽에서 일해."

"보아하니 넌 자기 몸을 하드웨어처럼 다루려는 것 같던데. 나한 테 그랬잖아, 네 손으로 네 뇌를 해킹해서 그 속에다 종교를 심을 거라고."

"리디아가 그리워서 그래." 타일러는 맞받아치지 않고 그렇게만 말했다.

"그건 진짜 신앙 같지는 않을 거야." 오언은 그렇게 말했다. 미친 짓은 그만하고 자신의 인생을 잘 살아 보라는 말은 꺼내지 않았다. 타일러는 그런 오언이 고마웠다. "설령 효과가 있다고 해도 말이야. 네 눈앞에 펼쳐진 환상 속에서 천사들이 호산나를 외친다고 해도."

"진짜 신앙이 어떤지 네가 어떻게 알아? 신을 안 믿기는 너도 마찬가지잖아."

"굳이 신을 믿지 않아도 네가 실패할 거라는 건 알아. 네가 신을 믿으려고 하는 건 리디아를 사랑하기 때문이잖아. 하지만 넌 이미 신을 믿는 걸 오류이자 실수로 결론지었어. 그게 어떤 건지 경험조차 안 해 보고서. 넌 자신이 이미 거짓으로 결론지은 걸 진실로 받아들이라고 스스로에게 강요하려고 하는데, 그건 절대로 건널 수 없는 강 같은 거야."

"네가 말하는 논리는 아직 검증도 끝나지 않았어." 타일러가 대꾸했다. "가설을 실험해 볼 수 없다면 신앙을 합리적으로 설명하는 건 무의미한 짓이 아닐까?"

오언은 고개를 저었다. "희미하게 보이는 별을 찾을 때는 그 별이 있는 자리를 똑바로 봐선 안 돼. 먼저 그 자리의 옆을 보고 있다가, 자신도 모르는 사이에 별이 내 눈길을 끌도록 해야 해. 세상에는 직접 실험하는 걸 못 견디는 것들이 있어."

"그럼 간접 참조 목록을 하나 만들어야겠구나." 타일러는 곁에 있는 사구아로 선인장에게 그렇게 말하고는 이내 웃음을 터뜨렸다. 이 사막에 얼마나 오랫동안 앉아 있었을까? 며칠은 지난 듯싶었다. 곧 밤이 내릴 참이었다. 추워질 터였다.

"넌 언제나 생각이 너무 많아." 선인장이 말했다.

"리디아, 방금 네가 말한 거야?" 조짐이 좋은데. 타일러는 속으로 생각했다. 처음에는 반드시 환청부터 찾아온다고 하지 않던가? 그러나 목소리가 별로 리디아 같지 않았다. 너무 멀리서 너무 가늘게 들리는, 꼭 글라스하모니카의 연주음 같은 소리였다. 타일러는 천사가 있는지 보려고 주위를 두리번거렸다.

"그러니까 넌 내 뇌가 고장 났다고 생각하는 거야? 그냥 연결이 끊어졌던 거다, 그게 다라고?" 선인장이 물었다.

"아니, 고장 난 게 아니야."

고장은 거기에 꼭 어울리는 이름이 아니었다. 바로 그것이 문제였다. 타일러에게는 올바른 이름이 필요했다.

타일러는 리디아에게 변수와 단 1비트의 에러와 메모리의 타입 시스템에 관하여 모조리 얘기해 주고 싶었다. 그녀가 경험한 것들을 자신도 경험하고 이로써 그녀와 같은 곳에 있고 싶은 마음이 얼마나 간절한지도 설명해 주고 싶었다. 그러나 그는 몹시도 허기지고 목이 탔고, 어지럼증도 느꼈다. 그래서 그가 할 수 있는 말은 고작 이것뿐이었다. "보고 싶어."

어둠 속에서 환한 빛들이 다가왔다. 타일러는 기다렸다. 빛에 꿰뚫리는 느낌을, 다 괜찮을 거라는 확신에 압도당하는 느낌을, 사랑의 느낌을, 구원받는 느낌을. 그는 자신의 머릿속에 세워진 벽들이 무너지기를 기다렸다.

빛이 타일러 앞에서 멈췄다. 빛 속에서 사람 형상이 몇 개 나타났다. 그들의 머리는 빛나는 고리였고 몸은 불로 이루어져 있었다. 타일러는 그 빛이 예상했던 것만큼 환하지 않아서 조금 놀랐다. 빛을 마주보기가 힘들었지만 리디아가 묘사했던 것만큼은 아니었다. 이들은 어떤 천사들일까?

"어쩌면 내 눈이 한쪽만 남아서 그런지도 모르지." 타일러는 혼잣말을 중얼거렸다.

"이제 괜찮아." 오언의 목소리였다. "마음 푹 놔."

사람들은 타일러를 국립 공원 관리소 차량의 뒷좌석에 싣고 집으로 돌아가는 먼 길에 올랐다.


그다음에 타일러가 시도한 수단은 마약이었지만, 약효는 오래가지 않았다. 명상은 몸만 피곤해질 뿐이었다. 전기 충격 요법에 관한 자료도 읽어 봤지만, 어떤 정신과 의사도 그의 요구를 들어주려 하지 않았다.

"환자분께 필요한 건 치료 요법이 아니에요." 의사들은 그렇게 말했다. "집에 가서 성서를 읽으세요. 게다가, 환자분의 부탁을 들어드리면 저는 의사 면허를 취소당합니다."

타일러는 심지어 교회에도 가 봤다. 그러나 교회 사람들의 믿음은 그의 눈에 빈껍데기로 보였다. 신자석에 앉아 있어도, 찬송가 가사를 소리 없이 입만 뻐끔뻐끔 움직여 따라 해 봐도, 무의미하게 들리는 설교에 귀를 기울여 봐도, 아무것도 느껴지지 않았다.

난 믿고 싶어, 그런데 믿을 수가 없어. 타일러는 주위를 두리번거렸다. 리디아에게서 보았던 것과 비슷한 빛은 어떤 신자의 얼굴에서도 비치지 않았다. *당신들은 믿는다고 생각하겠지만, 아니야. 실은 믿지 않아, 리디아처럼은 안 믿어.*

오언은 '내가 뭐랬어'라고는 한 번도 말하지 않았다.

결국 오언은 타일러를 가까스로 구슬려 밤에 다시 카페에 나오도록 했다. 타일러는 그곳에 모인 사람들이 낭독하는 시는 형편없다고 생각했다. 어째서 빛의 부재에 관한 시를 아무도 쓰지 않는 걸까? 어째서 기억의 영속성에 관한 시를, 또는 너무도 연약한 동시에 너무도 깨기 힘든 타입 시스템에 관한 시를 아무도 쓰지 않을까? 어째서 믿을 수 없는 상태의 괴로움에 관한 시를 아무도 쓰지 않는 걸까?

그래서 타일러는 은행의 데이터베이스를 프로그래밍하는 새 일자리를 얻었고, 다시 시를 쓰기 시작했다. 심지어 그중 몇 편은 출판 지면에 싣기까지 했다. 친구들이 그를 데리고 나가 축하 파티를 열어 주었다. 그는 신이 나서 흐뭇해졌고, 리디아와 조금도 비슷하게 생기지 않은 어떤 여자애는 그의 얼굴에 난 흉터도 아랑곳하지 않고 그를 자기 집에 데려가기까지 했다.

"이름이 뭐야?" 타일러가 물었다.

"스테파니." 그녀는 그 말을 하고 나서 불을 껐다. 그리하여 타일러는 이후 그녀를 '리디아와 조금도 비슷하게 생기지 않은 스테파니'로 내내 기억했다.

타일러는 그렇게 앞으로 나아갔다.


"리디아한테 와서 저녁 먹으라고 좀 해 줄래?" 제스가 부엌에서 타일러에게 말했다.

타일러는 앞서 거실에서 생일 파티를 할 때 사용한 종이 접시와 냅킨과 터진 풍선을 여태 정리하는 중이었다. 아래층으로 내려온 그는 차고로 향했다. 차고 문은 열려 있었고, 그 문틈으로 앞마당 잔디 위에 누워 있는 리디아가 보였다. 리디아는 거기서 겨울 저녁 하늘을 올려다보는 중이었다.

"어이, 친구." 타일러는 리디아 곁으로 걸어가며 말했다. "저녁 시간 다 됐어."

"2분만 더 있을게요, 그래도 되죠?"

타일러는 몸을 숙이고 리디아 곁에 앉았다. "슬슬 추워지는데. 뭘 기다리는 거야?"

"시리우스를 찾고 있어요. 지구에서 8.6광년 떨어진 별이라서요, 우리가 지금 보는 별빛은 8년 7개월 전에 시리우스에서 출발한 빛이에요. 난 오늘 여덟 살이 됐는데, 엄마는 내가 9주 일찍 미숙아로 태어났다고 했어요. 그것도 저녁에요. 난 내가 잉태된 순간에 시리우스에서 출발한 빛을 보고 싶어요."

"네가 잉태된 순간?"

"아빠가 준 책에서 배운 거예요. 기억 안 나요?"

타일러는 리디아에게 저녁에 태어났다고 해서 반드시 저녁에 '잉태된' 것은 아니라고 지적해 주려다가, 그냥 꾹 참았다. 자잘한 사실 중에는 더 커서 알면 그만인 것들도 있었다.

"그런 거라면 기다리는 보람이 있지." 타일러가 말했다.

둘은 추위에 살짝 떨면서 함께 기다렸다. 아직 초겨울이었지만, 벌써부터 추운 겨울의 조짐이 또렷이 보였다. 타일러는 가끔 캘리 포니아의 따뜻한 겨울이 그리웠다.

"내 침대 밑에 먼지가 그렇게 많은 이유를 찾은 것 같아요."

"그 이유가 뭔데?"

"책에서 읽었는데 먼지는 하늘에서 별똥별이 불타면서 만들어지는 거래요. 내 방은 다락에 있으니까, 우리 집의 다른 방들보다 별에 더 가깝잖아요. 그러니까 아빠 엄마 방보다 내 방에 먼지가 더 많이 생기는 게 당연해요."

타일러는 리디아를 보다가, 아이를 향한 자신의 사랑에 가슴이 벅차올랐다. 아이는 그를 너무나 빼닮아서 합리적이었고, 냉철했고, 사실 앞에서 두려워하지 않았다. 아이가 좋아하는 동화에는 우주 먼지가 나오기는 했지만, 그 먼지에는 마법이 없었다. 아이는 신을 믿지 않았는데 그는 이 점이 반가웠다. 그와 마찬가지로 아이 역시 1비트짜리 오류에 면역을 지닐 터였다.

"어서 들어오라는 말을 한 번만 더 하게 만들면, 둘 다 오늘 저녁 은 굶을 줄 알아."

차고 문 앞에 제스가 서 있었다. 등 뒤에서 비치는 복도 불빛 때문에 그녀의 윤곽이 환하게 보였다.

"봐요, 엄마가 꼭 천사 같아요." 리디아는 일어서서 빛을 향해 달려갔다.

타일러는 앉아 있던 자리에 조금 더 머물렀다. 그는 시리우스를, 그러니까 큰개자리의 천랑성을 올려다보았고, 하늘에서 불타올라 폭발하듯 반짝이는 다른 별들도 바라보았다. 그 모든 별빛이 저마다 다른 거리에서, 그러므로 저마다 다른 시대에서 그를 향해 쏟아지고 있었다. 그는 깨달았다. 리디아가 잉태된 순간에, 리디아가, 그러니까 다른 리디아가 죽은 순간에, 그가 태어난 순간에, 성 아우구스티누스가 과수원에서 배를 훔친 순간에, 그리고 그리스도가 십자가에 못 박힌 순간에 생성된 무수히 많은 양성자와 광양자들이 한꺼번에 폭격처럼 자신에게 쏟아지고 있다는 것을. 그는 살짝 어지럼증을 느꼈다.

암브리엘은 바로 그 순간을 골라 타일러를 찾아왔다.

*그래, 이런 기분이었구나.*

타일러는 신을 향한 사랑으로 충만하다 못해 몸서리가 쳐졌다. 신의 계획에 깃든 아름다움 때문에 눈물이 다 흘렀다. 그는 자신이 리디아와 만난 이유를, 그녀가 죽은 이유를, 자신이 그때껏 신 앞에 서지 못했던 이유를 이해했다. 그는 그 빛을 영원토록 느끼고 싶어서 애가 탔다. 천국에 있고 싶은 마음이 간절했다. 이때는 그가 살면서 누린 가장 행복한 순간이었는데 왜냐하면 리디아가 겪은 것을 자신 또한 겪음으로써 마침내 그녀와 함께 있었기 때문이었다. 리디아를 사랑할 때의 느낌을 기억하는 것은 맨 처음 그녀에게 반했을 때의 느낌보다도 더 황홀했다. 타입 시스템이 무너지고 있었다.

그러나 한 가지 세부 사항에 오류가 있었다.

타일러는 암브리엘이 나타나기 직전에 시리우스를 올려다본 기억이 났다. 몹시 짧은 한순간, 겨우 알아볼 만큼 희미하게, 시리우스가 조금 더 밝아진 것처럼 보였다. 아주 미미하게 반짝이는 정도였다. 다른 일이었을 가능성도 얼마든지 있었다. 대기가 흔들렸거나, 조각구름이 지나갔거나, 눈이 착각을 일으켰거나.

아니면 그 순간, 그러니까 8.6년 전, 리디아가 잉태된 순간에, 시리우스에서 태양 폭발이 일어났는지도 몰랐다. 어쩌면 그 폭발로 생겨난 양성자 한 개가 그 오랜 세월 동안 공허한 우주를, 지나는 길에 있는 그 어떤 것도 거들떠보지 않은 채, 지나왔는지도 몰랐다. 그 양성자가 지구 전리층을, 성층권을, 구름과 새들의 날개를 뚫고 낙하했을 수도 있지 않을까? 그 양성자가 마침내 그 겨울날 저녁에 타일러의 눈 속으로 들어와 그라는 존재의 밑바닥까지 꿰뚫었고, 그러는 동안 뇌 아래쪽의 시상 하부를 거치면서 거기 있는 전자 몇 개를 때려 바깥으로 방출하기로 마음먹었을 수도 있지 않을까?

그것은 사소한 오류, 보통에서 단 1비트 어긋난 오류였다. 그러나 그것으로 충분했다. 타일러는 그것만으로 현실과 환상을 충분히 구별했다.

타일러가 그 점을 알아차리자마자 암브리엘은 사라졌다. 타입 시스템이 버텨 낸 것이었다.

타일러는 그제야 자신이 처한 불행을 깨달았다. 앞으로 남은 평생 동안 그는 앞서 느낀 황홀경을, 신을 향한 사랑을, 존재의 달콤함을 기억할 운명이었다. 그는, 비록 한순간뿐이었을지라도, 믿었던 것이다. 그는 리디아와 함께 있었지만, 이내 보고 말았다. 그리고 그 다음은 신의 부재였다.

타일러는 그 순간을 영원토록 기억 속에 간직할 터였다. 그리고 영원토록 명심할 터였다. 그에게 그 기억을 안겨 준 것도, 그런 다음 그 현실을 빼앗아간 것도, 단 1비트짜리 오류였음을.

타일러는 숨을 거두는 날까지 그렇게 살아갔다. 가끔은 행복을 누리기도 하면서.

## 지은이의 말

이 이야기를 쓰도록 영감을 준 원천은 세 가지이다. 첫째는 테드 창의 단편 소설 「지옥은 신의 부재」이다(한국어판 단편 소설집 『당신 인생의 이야기』에 수록.). 둘째는 라디오 프로그램 「디스 아메리칸 라이프」에서 작가 헤더 오닐이 낭독한 산문시 「그것이 이름을 얻기 전에(Before It Had a Name)」이다. 셋째는 수다카 고빈다바잘라와 앤드루 W. 애펄의 논문 「메모리 오류를 이용해 가상 머신 공격하기(Using Memory Errors to Attack a Virtual Machine)」이다(논문은 다음 주소에서 다운로드받을 수 있다. http://www.cs.princeton.edu/~appel/papers/memerr.pdf).

테드 창이 위의 단편 소설에서 탐구한 것과 비슷한 주제를 다룬 이야기이다 보니 발표하기 전에 먼저 그에게 양해를 구하고 허락을 받았다.

You'll Always
Have the Burden With You

# 그 짐은 영원히
# 그대 어깨 위에

"하지만 루라잖아!" 프레디가 말했다. "게다가 새디어스 클로비스 박사님과 함께 연구할 기회고! 클로비스 박사님은 내 논문 지도 교수님의 지도 교수님이야. 루라 행성에서 외계 고고학이라는 학문 분야 자체를 창시하신 분이기도 해. 우리가 지금껏 알려진 생명의 정의 자체를 바꿔 놓을 대발견을 할 때 자기도 그 자리에 함께 있을 거다, 이 말이야."

프레디는 이미 결정 난 일처럼 얘기했지만, 제인은 확신이 서지 않았다.

"제발." 프레디는 제인에게 대꾸할 틈도 주지 않고 덧붙였다. "나랑 같이 가자. 자기도 엄청 좋아할 거야."

다른 사람들이 대개 그렇듯이 제인 또한 모래언덕과 모래에 씻겨 침식된 유적들이 바다처럼 펼쳐진 황량한 행성 루라의 사진을 보며 자랐다. 평평한 사막에 하늘을 찌를 듯 높이 솟아 있는 나선 모양 돌탑들은 유사(流沙) 속에 빠져드는 사람의 손가락을 닮아서, 보고 있노라면 슬픔과 회한이 느껴졌다. 그것은 잃어버린 낙원을 향한 그리움이었다.

그러나 제인은 루라의 영적인 분위기에 관한 책을 탐독하는 부류가 아니었고, 루라인의 수수께끼에 관해 끝도 없이 만들어진 다큐멘터리 역시 즐겨 보지 않았다("마야 문명의 피라미드는 루라의 우주 비행사들이 지구에 찾아와 만들고 간 것일까요? 잠시 후에 알아보겠습니다."). 제인은 이제 막 회계학과를 졸업하고 이제 공인회계사 자격증을 따려고 준비하는 중이었다. 지금 손에 들고 있는 것은 그 준비 과정의 첫걸음으로 대형 회계 법인의 뉴욕 사무소가 운영하는 인기 있는 인턴사원 프로그램에 지원했다가 받은 합격 통지서였다. 그러니까 제인은 프레디의 희소식을 먼저 들으려고 자기 희소식을 뒤로 미뤘는데, 프레디는 제인에게 인생의 계획표를 사실상 1년 뒤로 미뤄 달라고 부탁한 셈이었다. 제인이 지구로 돌아왔을 때 이렇게 좋은 기회를 과연 다시 얻을 수 있을까?

그러나 꼬박 1년이나 프레디와 떨어져 지내야 한다는 생각 또한 께름칙하기는 마찬가지였다. 자신들은 예외일 거라 믿기에는 이별로 끝난 장거리 연애를 그동안 너무나 많이 목격했기 때문이었다. 때로 사랑에는 희생이 필요한 법이지 않던가(그런데 어째서 희생하는 쪽은 꼭 여자일까)?

아파트로 돌아가는 길, 두 사람은 『루라 사가』의 내용을 큰 목소리로 인용하는 길거리 전도사 앞을 지나쳤다.

애러선과 바일러스가 함께 이야기했다. "힘도 용기도 똑같은 우리 둘은, 이 모험을 함께하기로 맹세한다." 세월이 흘러 '삶의 짐'은 두 사람을 무겁게 짓눌렀고, 이에 둘 가운데 나이가 더 많은 애러선은 '백금의 문'에 있는 '주관자'와 대면하고자 했다. 그러나 바일러스는 께름칙한 듯이 말했다. "아직은 때가 아니야." 친구의 말을 무시하고, 애러선은 주관자에게 가서 결투를 청했다. "아니 되오." 주관자가 말했다. "반드시 바일러스가 그대 곁에 함께해야 하오, 그러지 않으면 그대는 똑바로 서지도 못할 것이오." 애러선은 낙담했다. 그러나 바일러스가 나타나 그의 팔을 잡았다. "가자, 주관자와 싸울 거라면, 우리 둘이 힘을 합쳐야 해."

"봐." 프레디가 말했다. "저건 우릴 위한 계시야." 제인은 어이가 없다는 듯 하늘을 보면서도 슬며시 웃었다.

제인이 얼마간 조사한 끝에 알아낸 바에 따르면 루라에서 가장 큰 인류 정착촌인 제프에서는 딱 1년만 근무 경험을 쌓아도 공인회계사 자격증을 딸 수 있었다. 이는 다른 관할 지역보다 훨씬 짧은 시간이었고, 그렇게 딴 자격증은 지구에 돌아와서도 똑같이 인정받았다. 이로써 협상은 타결됐다. 제인은 경력 면에서 남들보다 유리하게 출발할 터였고, 덤으로 이국적인 외계 행성에서 프레디와 함께 지낼 터였다. 정말이지, 이제 제인이 할 일이라곤 제프에서 제대로 된 일자리를 잡는 것뿐이었다.

행성간 도약 비행을 마친 우주선에서 셔틀로 갈아타고 출발해 제프로 접근하는 동안, 제인은 창문에 코를 대고 셔틀 아래를 스치듯 지나가는 도시 서쪽 사막의 유적을 내려다보았다. 돌로 만든 동심원과 곡선, 사각형 등이 모래 속에 반쯤 묻혀 있었다.

조그마한 셔틀 왼편의 높다란 상공에는 하늘을 향해 1000미터나 솟아오른 나선 모양 '거탑'이 떡하니 버티고 서서, 루라의 쌍둥이 태양이 비추는 햇빛을 받아 기다란 그림자 두 개를 뾰족하게 드리웠다. 제인이 보기에 그 그림자는 꼭 우주가 열역학적 죽음을 맞을 때까지 남은 시간을 알려주는 거대한 시계의 시곗바늘 같았다. 거탑 너머 멀찍한 곳에 자리 잡은 더 작은 나선형 탑 여러 개 또한 각각 제 나름의 시계를 이루어 같은 모습을 띠고 있었다.

그런 탑에는 커다란 타원형 구멍이 제각각 다른 높이에 다른 방향으로 숭숭 뚫려 있었다. 그 구멍으로 바람이 지나가면 일정한 음높이로 한참 동안 바람 소리가 났다. 바람의 세기와 불어오는 각도에 따라 다르게 나는 그 소리는 그야말로 딴 세상의 음악이었다. 고래의 노래와 비슷한 소리, 신이 연주하는 오르간에서 날 법한 소리였다. 제인은 루라의 그 유명한 '바람의 노래'에 맞추어 셔틀의 뼈대 자체가 진동하는 느낌이 들었다. 루라의 가벼운 중력 때문에 꼭 외계 음악으로 이루어진 소리의 파도 위를 둥둥 떠가는 것만 같았다.

탐사단의 현장 본부는 제프의 동쪽, 비행체로 가면 네 시간이 걸리는 곳에 있었다. 프레디는 일주일에 하루뿐인 휴일마다 발굴 현장에서 제프로 돌아와 제인과 함께 지냈다.

낮 동안 제프 주변의 날씨는 쾌적한 편이었지만, 인간이 살기에 쾌적한 날씨라기에는 조금 지나치다 싶게 더웠다. 두 사람은 조잡하게 꾸민 사원과 루라 문명의 느낌을 과장되게 연출한 기념품 가게 같은 곳에 들렀지만, 대개는 에어컨 바람을 쐬고 싶어서였다.

제프의 '성모 교회'에는 살아 있는 루라인을 재현한 로봇이 전시돼 있었다. 제작자는 제1차 탐사단에게서 얻은 오래된 스케치를 작품의 토대로 삼았고, 결과물은 관절이 세 개인 다리를 열 개나 달고 있는 거대한 수정 거미와 비슷했다. 다리 위쪽의 조그마한 십각형 몸통에서 가죽 같은 질감이 나는 투명한 자루 한 개가 축 늘어져 있었다. 그 자루 속에서 색색의 불빛이 으스스한 분위기를 풍기며 번쩍거렸다. 로봇 조각상은 주기적으로 다리를 올렸다 내렸다 했고, 그러는 동안에도 연무기에서는 자욱한 안개가 쉬지 않고 흘러나와 로봇을 감쌌다. 순례자들은 그 로봇 조각상 앞에 무릎을 꿇고서, 봉헌용 초에 불을 붙이거나 선향을 피운 다음 눈을 감고 기도를 올렸다.

조각상에 내장된 전자 스피커에서 귀에 거슬리는 기계음으로 『루라 사가』의 구절을 낭독하는 소리가 들려왔다.

*기뻐하라! 가난한 자의 '짐'은 아이가 하나 태어날 때마다 가벼워질 것이다. 그러나 흘러넘치도록 많이 가진 자들, 재물을 키지산보다 더 높이 쌓여 놓은 자들은 홀가분한 기분을 만끽하지 못할지니, 이는 그들이 너무 많이 가진 탓이다.*

"이 사기꾼들은 과학 논문을 챙겨 읽을 만큼의 성의도 없었나 봐." 프레디가 제인에게 소곤거렸다. 짜증스러워하는 한편으로 즐거워하는, 그러면서도 겁먹은 느낌이 나는 목소리였다. "루라인의 뼈대가 외골격이 아니라 내골격인 건 이미 오래전에 알려졌는데 말이야. 사람들이 이렇게 바보 같다니까."

제인은 그 사원이 감상적이라고 생각했지만, 그래도 남들의 믿음을 조롱하면 안 될 것 같았다. 그때껏 종교나 영성에 빠진 적이 없었는데도 그랬다. 그래서 그저 공손히 서 있기만 했다.

애러선은 싸울 준비를 했다. "그대는 먼저 백금의 문을 통과해야 한다." 주관자가 말했다. "살아서 그 문을 통과하면 '황금 거울' 앞에 설 것이다. 그리고 그 거울 앞에서 또다시 살아남으면, '은의 방'에서 나를 상대해야 한다."

"난『루라 사가』의 매력이 뭔지 끝내 알아내질 못했어." 제인은 나중에 프레디에게 솔직히 말했다. "고등학교 때 세계문학 수업 시간에 발췌문을 교재로 읽은 적이 있어. 영적인 느낌이 나야 할 것 같았는데, 내가 보기엔 영 내용이 없는 것 같았어. 그냥 진부한 얘기들 같고."

"어쩌면 그게 문화의 보편성인지도 모르지." 프레디가 대꾸했다. "경전 속의 지혜 문학(구약 성서의 「잠언」과 「전도서」, 「욥기」 및 「시편」의 일부를 통틀어 일컫는 명칭으로서, 주로 삶과 믿음의 여러 문제에 대처하는 교훈을 담고 있다. ─ 옮긴이)은 은하계 어디서나 비슷한 얘기로 들리는 거야."

"너『루라 사가』가 어떻게 발견됐는지에 관해 좀 알아?"

"응. 클로비스 박사님께서 제1차 탐사에서 남기신 가장 큰 업적이 바로 그거야. 물론 종이 같은 건 100만 년 후까지 남아 있질 못하니까, 처음에 탐사단이 발견한 건 대부분 돌로 된 건물에 새겨진 글이나 기호였어. 보통은 짧은 구절이라 내용이랄 게 별로 없었지. 그런데 클로비스 박사님께서 발굴 현장 한 곳에서 백금 평판 여러 개를 찾아내신 거야. 거기엔 글귀가 새겨져 있었는데, 좌우가 뒤집힌 상태였어."

"뒤집혔다고?"

"그래. 인쇄용 동판처럼 말이야. 그 백금 평판 중에는 손상된 것들이 많았지만, 글은 대부분 수복할 수 있는 상태였어. 나중에 클로비스 박사님께서 그중 일부의 의미를 가까스로 해석하셨는데, 알고 보니 정형시 여러 편으로 이루어진 긴 서사 작품이었던 거야. 또 한편으로는 아주 많이 개정되거나 여러 판본이 존재하는 작품으로 보이기도 했어. 평판을 보면 각각의 원래 구절 뒤쪽에 바뀐 내용의 구절이 조그맣게 추가돼 있었거든."

"구전 서사시를 기록으로 남겨 놓은 거구나."

"클로비스 박사님도 그렇게 생각하셨어. 박사님은 그 글에 『루라 사가』라는 제목을 붙이셨고, 탐사단과 함께 지구로 귀환하자마자 짤막짤막한 번역 원고를 모아 발표하셨어. 그게 대중의 상상을 사로잡아 루라를 무대로 외계 고고학 열풍을 일으킨 거야. 그런데 한편으론 그 경전의 내용에서 영적인 의미를 찾아낸 온갖 신흥 종교와 정신 나간 괴짜들도 덩달아 생겨났지."


제프 세무서의 수석 감독관인 미스터 모리스는 제인의 면접을 고작 30초 만에 마무리지었다. 제인은 자신의 능력을 상세히 소개하려고 미리 외워 둔 말을 아예 꺼내지도 못했다.

"지원해 주셔서 정말 감사합니다. 출근은 언제부터 하실 수 있나요?"

제인은 심지어 개인 사무실을, 그것도 무려 전담 비서까지 딸린 사무실을 받았다. 그러고는 그 사무실의 책상 위에 수북이 쌓인 업무 파일 더미를 보자마자 제프 세무서가 왜 그렇게까지 눈에 불을 켜고 회계 인력을 구하는지 이해가 갔다.

제프는 오지 행성의 소박한 정착촌치고는 세금 문제가 황당할 정도로 복잡했다. 루라의 다른 정착촌과 마찬가지로 제프의 경제 또한 루라 유적을 구경하고 숭배하러 이미 개발된 인류 거주 행성으로부터 끊이지 않고 찾아드는 관광객 및 순례자를 중심으로 돌아갔다. 한 세기 남짓 우주 탐사를 계속한 끝에 수없이 많은 행성에서 생명체가 발견됐지만, 수준 높은 비인류 문명을 지속시켰다고 판명된 행성은 이때껏 루라가 유일했다. 루라인들의 거대한 나선형 석탑은 이집트에 피라미드가 만들어지기도 전에, 라스코 동굴에 벽화가 그려지기도 전에, 심지어 네안데르탈인이 지상을 걷기도 전에 세워진 건조물이었다. 다만 무슨 까닭에선지 루라인들은 100만 년도 더 전에 일어난 재난 속에서 다른 모든 토착 생명체와 함께 깨끗이 자취를 감췄다. 최신 이론에서는 가까운 초신성이 내뿜은 치명적인 방사선이 원인으로 지목된다.

첫 번째 행성간 도약 우주선이 지구를 출발해 루라에 착륙했을 때, 탐사단을 맞이한 것은 정적에 잠긴 석조 유적과 뼈만 남은 루라인의 유해였다. 키는 약 2미터에 뼈는 규산염 재질이었고 팔다리는 열 개, 체형은 섬세하고 가지런한 바큇살과 비슷했다. 이때 루라의 바다와 깊은 땅속에 사는 미생물도 함께 발견됐다.

종교 단체와 자기 계발 전문가들은 루라 유적을 자기네 신앙의 토대로 삼으려고 앞다퉈 달려들었다. 클로비스 박사의 제1차 탐사단이 지구로 돌아가 번역판 『루라 사가』를 펴낸 후로는 그런 사람들의 수가 무려 100배나 늘었다. 종교 단체는 제프에 땅을 사 놓은 다음 교회 재산이라는 모호한 면세 자격을 내세우며 숙소와 식당, 은행, 공원, 윤락업소 같은 시설을 지었다. 돈벌이가 목적인 사업자들은 이러한 행태를 불공정 경쟁이라며 비난하는 한편으로 자기네 나름의 방법을 찾아 세금 회피를 시작했는데, 이때 종교 단체와 합작하는 경우가 많았다. 제프 세무서는 교회와 납세자들이 고용한 외계 행성 세법 전문 변호사 및 세무사들의 공격에 맞서 세법의 빈틈을 막거나, 규제를 신설하거나, 이미 있는 규제를 강화하는 식으로 주민들의 혈세를 지키려 오랫동안 애썼다. 그래서 제프 세무서에는 도움의 손길이 간절히 필요했다.

제인은 그런 제프 세무서의 고충이 마음에 쏙 들었다.

다른(예를 들면 프레디 같은) 사람들은 '제프 조세 법령'이라는 말을 들으면 대뜸 심드렁한 표정을 지을지도 몰랐다. 그러나 제인이 보기에 세법은 곧 한 지역에 사는 사람들 모두의 욕망과 꿈, 이상, 적나라한 본능 따위가 어떻게 타협을 이루었는지 보여 주는 증거였다. 세율, 공제액, 감면, 벌금 등은 특정한 행위를 부추기는 한편으로 다른 행위를 방지했다. 집을 살지 말지, 결혼을 할지 말지, 교회에 나갈지 말지, 아이를 가질지 말지 결정할 때 영향을 미치는 세법은 그야말로 가장 노골적이고 실천적인 차원의 정치였다. 회계사로서 제인은 한 사회의 세법을 이해하면 그 사회가 돌아가게 하는 원동력이 무엇인지도 이해할 수 있다고 믿었다.

두 사람은 프레디의 다음번 휴일에 나선형 탑이 있는 유적 지대로 하이킹을 가기로 했다. 프레디는 제인에게 여분의 냉각 우주복을 가져다줬다. 쌍둥이 태양 아래에서 냉각 우주복도 입지 않고 종일 돌아다니는 짓은 자살 행위였다.

관광객과 순례자는 보통 에어컨이 달린 버스나 택시를 타고 나선형 탑까지 갔지만, 일반인의 경우 유적 구조물이 손상되면 안 된다는 이유로 탑에 올라가지 못하게끔 제한을 받았다. 그러나 탐사단 소속인 프레디는 제한 구역에 들어갈 권한이 있었고, 경비원들은 프레디가 쥐여 준 지폐 몇 장을 챙기고 제인도 함께 들여보내 줬다. 제인은 그 경비원들이 소득 신고 서류에 방금 받은 지폐를 근로 소득으로 기재해 주면 좋겠다고 생각하다가, 이내 그런 생각을 떠올린 자신이 우스워서 소리 없이 웃었다.

제프에서 한 달을 사는 동안, 제인은 지평선에 보이는 나선형 탑의 윤곽에 차츰 익숙해졌다. 그러나 가까이에서 본 거탑의 모습은 전과 다르게 새로웠다. 탑의 기단은 지름이 200미터인 원이었고, 탑의 몸통을 이루는 거대한 화강암 블록들은 장부맞춤 방식으로 층층이 쌓여 있었으며, 하늘 높이 우아하게 솟아오른 나선형 탑 자체는 중력을 거부하는 것처럼 보였다.

"저런 게 어떻게 안 무너지고 버티는 걸까?"

제인은 탑을 따라 위쪽으로 시선을 옮기는 사이에 머리가 어질어질한 느낌이 들었다. 꼭대기 근처의 돌에 뚫린 구멍과 터널이 눈에 들어오자 탑이 꼭 돌로 뜬 레이스처럼 보였다. 끝내는 구름마저 그 레이스에 엮여 있었다.

"훌륭한 공학 기술과 착시 현상이 결합한 거야." 프레디는 목소리가 바람의 노래를 뚫고 전해지도록 큰 소리로 외쳤다. "이 탑은 평형을 잘 잡고 그늘의 각도를 교묘하게 계산한 덕분에 실제보다 더 연약하고 가벼워 보여. 하지만 이 탑이 굉장히 튼튼하다는 건 내가 장담할 수 있어. 100만 년이나 이 자리에 서 있었으니까."

프레디는 무전기도 겸하는 귀마개 한 쌍을 제인에게 건넸다.

둘은 탑을 오르기 시작했다. 안전 밧줄의 양 끄트머리를 저마다 한 쪽씩 잡고서, 위쪽으로 올라가는 동안 번갈아 가며 밧줄을 탑 표면에 고정시켰다. 냉각 우주복이 제 몫을 해 준 덕분에 제인은 탑 주위의 유적과 사막을 내려다보며 탑 위쪽으로 서서히 올라가는 고된 일을 즐겁게 해냈다. 귀마개를 낀 후로 바람의 노래는 들리지 않았지만, 뼛속까지 윙윙 울리는 느낌은 계속 이어졌다.

"이런 곳을 어떻게 첨단 기술 하나 없이 만들었을까?" 제인이 물었다.

"루라인은 원시적이지 않았어." 프레디가 말했다. "저 아래에서 사원과 놀이 공원을 운영하는 사람들이 사이비 과학이나 신비주의에 물들어 떠들어 대는 헛소리를 들으면 루라인을 외계판 고대 이집트인이나 마야인 정도로 여길 법도 하지만, 그들이 수준 높은 기술을 보유했다는 증거는 잔뜩 있어. 예를 들면, 드넓은 농경지나 광산, 도로, 댐, 운하 같은 걸 만들어서 행성 표면의 풍경을 크게 변화시킨 흔적이 우선 눈에 띄어. 토양에 퇴적된 금속의 양을 보면 나중에 지은 건축물은 강철과 콘크리트 비슷한 혼합물이 재료였다는 걸 알 수 있어. 까마득한 세월이 흐르는 사이에 다 침식돼 사라져 버리긴 했지만 말이야. 대기 중의 탄소 농도를 토대로 추정해 보면 화석 연료를 널리 사용했을 것 같진 않지만, 그 가설에 관해서는 아직 찬반이 팽팽해. 꼭 화석 연료를 사용해야만 산업화에 성공하는 건 아니니까."

"엔진이나 그보다 더 '현대적'인 장치는 하나도 발견되지 않았다던데, 어떻게 그럴 수가 있지?"

"이곳에서 하는 고고학 연구는 지구에서 하던 거하고는 완전히 딴판이야. 루라인이 인류가 아니라서 그렇기도 하지만, 다루는 시간의 길이 자체가 다르기 때문이기도 해. 100만 년이 넘는 시간적 격차는 지구에서 여러 복잡한 문화를 연구하는 고고학자들의 시간 개념에 비하면 엄청나게 길거든. 그리고 그 결과는 기록이라는 측면에서 나타나게 마련이지. 흔히 생각하는 '현대적' 장치들이야말로 실제로는 흐르는 세월을 견디는 힘이 가장 약해. 강철은 녹슬고, 콘크리트는 침식되고, 플라스틱은 자외선에 부식돼 부스러져 버리니까. 하지만 돌로 지은 구조물은 기후만 적당하면 거의 영구적으로 버틸 수 있어. 그건 도자기도 마찬가진데, 실은 도자기도 돌이나 다름없지. 만약 내일 모든 인간이 지구를 떠난다면, 100만 년 후에 외계인 탐사대가 우리의 마지막 유산으로 발견할 거라곤 피라미드뿐일 거야."

"그러니까 이 유적을 지은 게 맨 처음 출현한 루라인들이었단 말이야? 나중에 더 발전된 문명을 누린 후대의 루라인이 아니라?"

제인이 그렇게 묻자 프레디는 고개를 가로저었다.

"그건 아직 밝혀지지 않았어. 이 나선 탑을 만든 공학 기술은 수준이 굉장히 높아. 돌을 유리처럼 가공해서 습기가 스며들지 않게 하고 부식도 막은 걸 보면, 아마도 인공 기술이 가미된 산업 공정을 거친 것 같아. 문명 발전의 첫 단계에 출현한 루라인들이 그런 기술을 갖췄을 거라고 상상하긴 힘들지. 게다가 우리 인류가 돌로 건물을 짓는 행위를 멈췄다고 해서 루라 같은 외계 문명도 똑같은 길을 걸었다고 볼 순 없어."

제인은 산업 사회에 사는 사람들이 사막에 거대한 기념물을 짓는 광경을 머릿속으로 찬찬히 그려 봤다. 들어가서 살지도 못하는, 바람소리를 통과시켜 노래하는 것 말고는 아무 쓸모도 없어 보이는, 터무니없이 커다란 구조물을. 그런 구조물의 용도를 헤아리기란 쉽지 않았다. 그러니까 외계인인 거겠지.

"그래서, 이 나선 탑을 지은 목적이 뭔지는 알아냈어? 루라인은 무슨 종교를 믿었던 거야?"

프레디는 아쉬워하는 듯한 웃음을 지었다. "그런 건 하나도 알아내지 못했어. 루라 문명이 남긴 단서가 너무 적어서 말이야. 빙하기에 지진, 침식 작용까지 널리 일어나는 바람에 건축물이 대부분 흙속으로 사라져 버렸거든. 여태 남아 있는 건 지질학적으로 안정된 장소의 몇몇 운 좋은 석재 구조물뿐이야. 여기 이 유적처럼.

그 사람들이 무슨 생각을 하고 뭘 믿었는지 알려줄 단서라고는 토막토막 남아 있는 『루라 사가』뿐이야. 그 시대에도 문학이나 미술, 음악 작품이 요타바이트(약 100경 메가바이트에 해당하는 데이터의 양. ─옮긴이) 단위로 만들어졌겠지만, 그 사람들의 목소리 중에 지금 남아 있는 거라곤 선문답 같은 경전 몇 구절하고 끝없이 들려오는 바람의 노래가 다야."

둘은 거탑의 꼭대기에 도착한 다음, 그곳에 한참 동안 머물며 주변 풍경을 바라봤다. 발아래에는 시간을 잊고 고요히 서 있는 루라 유적이, 저 멀리에는 무질서하고 혼란스럽고 부산하고 바쁘게 복작거리는 오늘날의 제프가 보였다. 그리고 제프 너머의 머나먼 지평선에는 키지산이, 봉우리에 하얀 눈을 이고 초록 숲을 숄처럼 두른 채 서 있었다.

프레디는 생각에 잠긴 눈치였다. "루라인들이 어떤 기분이었을지 조금은 공감이 되는 것 같아. 여기 서서 자기네 세상을 바라봤을 때." 그러고는 『루라 사가』의 구절을 인용해 말했다.

그대가 밭을 갈 때에도, 돌을 다듬을 때에도, 윗사람을 섬길 때에도, 재미 삼아 거래를 할 때에도, 과일을 먼 곳의 시장으로 실어 보낼 때에도, 남들에게 이야기를 들려줄 때에도, '삶의 짐'은 언제나 그대와 함께할 것이다. 언제나.

"자기, 점점 감상적으로 변해 가네."

제인의 말에 프레디는 고개를 끄덕였다.

"이 유적도 얼마나 오래갈지는 알 수 없어. 루라의 기후가 점점 더 습하고 온화하게 바뀌고 있거든. 100년 전 최초의 식민지 건설자들은 지구에서 들여온 종자와 가축을 이곳의 미개척 토양에 아무 생각 없이 정착시켰어. 마지막 루라 유적이 발견된 사막은 지구 식물이 점점 자라나는 통에 한 해가 다르게 축소되는 중이야. 이 별은 예전에는 비도 눈도 오질 않았지만, 작년에는 제프에 처음으로 눈보라가 몰아쳤어. 결국엔 이 유적도 밀림으로 뒤덮이겠지. 100만 년을 버틴 탑들이 지구 생명체의 습격 앞에서는 1000년도 못 버티고 사라질지도 몰라."

둘이 처음 사귀기 시작했을 무렵, 한번은 프레디가 제인에게 이런 이야기를 들려줬다.

"일곱 살이었을 때 난 고고학자 흉내를 내고 다녔어. 하루는 엄마의 청화백자 꽃병을 하나 산산조각 낸 다음, 파편들을 마당에 묻었지. 이튿날 마당에 나가서 꽃병 파편을 파낸 후에 다시 하나로 맞춰봤어. 하지만 딱 떨어지게 맞질 않아서, 결국엔 풀로 조각들을 평평하게 붙여 모자이크를 만들었어. 바다 위를 날아가는 새 떼 그림처럼 보이도록."

제인은 그 이야기를 재미있어했다. "고고학 연구 실력이 그때보다는 더 늘었어야 할 텐데."

"과거를 재건하는 건 어려운 일이야." 프레디가 말했다. "가끔 단서를 완전히 파악하는 게 영영 불가능할 것 같다는 느낌이 들 때, 난 고고학이란 건 여러 개의 조각을 맞춰서 하나의 이야기를 만드는 일이 아닐까 하고 생각하곤 해. 그 모자이크는 꽃병보다 훨씬 더 재미있는 이야기를 들려줬던 것 같아. 비록 우리 엄마 생각은 달랐다고 해도."


루라 북반구에 겨울이 오자 제프의 기온은 순식간에 떨어졌다. 날씨가 너무 추워져서 야외 조사를 나가기도 점점 힘들어졌다. 탐사단은 제프로 돌아와 혹한기 몇 달 동안은 그곳에서 대기하기로 했다. 봄이 되면 현장 본부로 돌아가는 것이 그들의 계획이었다.

클로비스 박사는 탐사단 전원이 친구와 가족을 데리고 참가하는 칵테일파티를 열기로 했다. 제인은 전설적인 고고학자를 드디어 만난다는 생각에 마음이 들떴다.

그 저명한 교수는 알고 보니 여든 살이나 된 초췌한 노인이었다. 클로비스 박사는 비록 팔다리가 가늘고 허리도 구부정했지만, 움직임에 활력이 느껴졌고 정신도 맑았다. 목소리는 의외로 굵었는데 여기에 스스로를 낮추는 태도와 구식 농담이 함께 어우러져 손님들을 사로잡았다.

프레디는 클로비스 박사에게 제인을 소개했고, 두 사람은 악수를 나눴다. 꽉 잡은 박사의 손에서 힘이 느껴졌다.

"안심하세요." 클로비스 박사가 꺼낸 말이었다. "프레디는 미녀 대학원생이 있는 발굴팀에는 한 번도 안 넣어 줬으니까요. 이 친구는 내내 일만 하느라 바빴어요."

프레디는 얼굴이 빨개졌고, 제인은 웃음을 터뜨렸다.

"클로비스 박사님, 전부터 항상 마음에 걸려서 여쭤보고 싶었던 게 있는데요. 그 오래전에 『루라 사가』를 번역하실 때 어떻게 시작하신 건가요? 로제타석 같은 단서가 하나도 없었을 거 아니에요. 루라는 인류에게 완전히 낯선 곳이었으니까요."

클로비스 박사는 감탄했다는 듯이 고개를 끄덕였다.

"고고학자가 되기에 적합한 소질을 타고났군요. 프레디, 발굴 현장에는 자네 말고 자네 애인이 가는 게 나을지도 모르겠어."

"확실히 제인이 저보다 영리하긴 하죠. 저는 세금 신고도 제 손으로 못하는걸요."

클로비스 박사는 자리에 앉은 다음 제인과 프레디에게도 앉으라고 손짓했다.

"제1차 탐사 때 우리는 루라 문서를 아주 조금밖에 찾지 못했어요. 루라인들은 십중팔구 유기물로 된 갖가지 재료에 기록을 남겼을 거예요. 지구로 치면 종이나 파피루스, 양피지, 죽간 같은 것들이 었겠지요. 한데 그런 재료는 하나도 남아 있질 않았던 거예요. 우리가 찾은 거라곤 돌에 새긴 비문이 다였어요. 루라 전역의 발굴 현장에서 모은 표본들이 모두 동일한 경전의 내용을 담은 것처럼 보였는데, 이 또한 루라 문명이 고도로 발달했으리라는 또 하나의 증거였지요. 한 생물종이 하나의 언어로 행성 전체를 통일하는 건 행성 전역에서 전쟁을 수행할 능력과 여러 대륙을 수월하게 이동할 능력을 갖추지 않는 한 힘든 일이거든요.

하지만 우리가 무슨 수로 그 비문들을 번역했겠어요? 우리는 루라인들이 쓰던 언어의 문장 구조나 음성, 문법, 의미 같은 것에 관해 하나도 알지 못했는데 말이에요. 심지어는 그들의 의식 모델이 이해 가능할 만큼 우리와 비슷한지 어떤지조차도 알 수가 없었어요. 혹시라도 루라인이 우리와 같은 방식으로 세계를 인식하지 않았다면 어땠을까요?

거의 우연처럼 발견한 어떤 방이 우리에게 활로가 돼 줬어요. 여기서 한 30킬로미터 떨어진 곳에 201호 발굴 현장이 있는데, 우린 그곳을 다 발굴한 후에 단층 촬영 스캐너를 챙겨서 한 번 더 찾아갔어요. 혹시 놓친 게 있을까 싶어서 그랬던 거지요. 현장 전체에서 단단한 기반암이 나올 때까지 샅샅이 땅을 판 줄 알았는데, 단층 촬영을 해 봤더니 우리가 빼먹은 한쪽 구석에 조그만 방이 하나 있더군요. 무너진 돌과 유사(流沙)로 단단히 막힌 방이었는데, 100만 년이 넘도록 아무도 건드리지 않은 상태였어요.

마침내 그 방을 열고 안으로 내려섰을 때…… 그때 난 지금의 프레디 또래였고, 몸도 꽤 날랜 편이었지요…… 그 방 안은 내가 내려온 구멍에서 비친 손바닥만 한 불빛을 빼면 사방이 완전히 캄캄했어요. 손전등으로 주위를 비춰 보니 영화관만 한 공간이었는데, 벽이 매끈하고 창문은 하나도 없더군요. 그리고 온 사방의 벽에 그림이 그려져 있고, 그 아래에 글귀가 새겨져 있었어요.

그 그림을 모사한 그림은 아마 다들 책에서 본 적이 있을 거예요…… 그게 얼마나 중요한지는 몰랐다고 해도 말이에요. 돌 벽에 얕은 돋을새김으로 묘사한 그 그림들은 루라인의 시각 체계가 적어도 실제 세계를 2차원에 투영해 묘사할 정도로 우리와 비슷했다는 확증이었어요. 게다가 단순하기까지 했고요. 각각의 그림에 개별 대상이나 동일한 대상 여러 개가 묘사돼 있었고, 그 아래에 적힌 글귀는 아주 짤막했지요.

그렇게 발견한 것들을 어떻게 해석하면 좋을지 우리는 확신이 서지 않았어요. 일종의 만화 같은 걸까? 이야기를 담은 벽화일까? 크리스트교 대성당의 스테인드글라스에 묘사된 성상 같은 걸까? 아니면 여긴 박물관일까? 저 글귀는 그림을 설명하고 평가하려고 새겼을까? 아니면 그냥 제목 같은 거라서 작품과 별 깊은 관계가 없는 걸까?"

제인은 클로비스 박사의 이야기에 빠져들었지만, 치솟는 궁금증은 도저히 참을 수가 없었다. "그 방에는 창문이 없어서 빛이 안 들어왔다고 하셨으니까, 분명 땅속에 묻히기 전에도 보통은 캄캄한 상태였을 거예요. 그렇다면 종교적인 숭배의 장소였거나, 성스럽고 신비로운 공간이 아니었을까요?"

클로비스 박사의 눈이 반짝였다.

"흠, 그 추정에는 지구를 기준으로 한 가정이 잔뜩 들어 있긴 하지만, 그래도 사실을 토대로 한 가설치고는 나쁘지 않군요. 정말로 직업을 바꿔 볼 생각이 없는 건가요?"

프레디는 제인의 손을 힘주어 잡았다. 제인이 자기 일에 그토록 관심을 보여 줘서 기뻤기 때문이었다.

"제인." 클로비스 박사의 설명이 이어졌다. "당신이 미처 모르는 사실은, 우리 눈에는 안 보이는 별도의 전자기 스펙트럼이 루라인의 눈에는 보였을 거라는 점이에요. 그들은 가시광선보다 파장이 더 긴 적외선 대역까지 볼 수 있었어요. 당신이나 나 같은 사람들이 생각하기에는 빛보다 열에 더 가까운 대역까지 말이에요. 루라 유적에는 창문이 없는 방이 꽤 흔하게 눈에 띄는데, 아마도 실내를 시원하게 유지하고 외부 기상 조건으로부터 격리할 목적으로 그렇게 만든 것처럼 보여요. 실내조명은 어떻게 해결했냐 하면, 루라인들은 보통 파이프를 설치하고 인공 열원을 실내로 끌어들이는 방법을 이용했어요. 말하자면 라디에이터를 램프 겸 난방기로 이용한 것처럼 보인다는 거지요.

우리가 발견한 그 방은 벽 속에 파이프가 깔려서 그림마다 벽 뒤편의 한 지점에 뜨거운 물이 지나가게 돼 있었어요. 그러니까 루라인들로서는 그림에 배경 조명이 있어서 아주 환하게 잘 보였던 거예요.

그 방에는 다른 유물도 여기저기 흩어져 있었어요. 도자기나 유리 재질 그릇은 음식과 물을 담았던 용기 같았고, 유기 소재로 만든 가구도 있었어요. 나무나 가죽하고 비슷한 소재였지요. 그토록 오랜 세월 동안 밀폐된 방 안의 건조한 공기 속에 보존되었는데도, 그 유물들은 우리가 바깥으로 통하는 공간을 개방하자마자 부스러져서 먼지가 돼 버렸어요. 다행히 방을 개방하기 전에 단층 촬영을 마친 덕분에 유물의 모양과 구조는 포착했지만요.

유물들은 그 방과 그림의 정체를 알려주는 중요한 단서이기도 했어요. 가구와 그릇의 크기가 조그마했거든요. 우리가 아는 해부학 지식을 근거로 보면, 보통 체격의 루라인이 실생활에서 사용했다고 보기에는 너무 작았어요. 우리가 발견한 방이 뭘 하는 곳이었던 것 같아요?"

제인은 숨이 턱 막혔다. 대재앙의 날, 치명적인 우주 방사선이 폭발적으로 쏟아져 루라인들이 알던 세상이 끝장나 버린 그날이 머릿속에 그려졌다. 키가 크고 체격이 앙상했던 루라인들이 자기네 삶에서 가장 소중한 대상을 향해 달려갔을 모습도 그려졌다. 뜻밖에도 『루라 사가』의 한 구절이 퍼뜩 떠올랐다.

*가난한 자의 '짐'은 아이가 하나 태어날 때마다 가벼워질 것이다.*

"학교였군요." 제인의 목소리는 나직했다. "박사님이 발견한 곳은 아이들을 가르치던 장소였어요."

클로비스 박사는 고개를 끄덕였다.

"그 그림은 읽기 책이었어요. 루라인들의 알파벳이었던 거지요. 루라인들은 그 그림으로 자기네 아이들에게 읽기를 가르쳤고, 그 오랜 세월이 지난 후에, 이제는 우리가 그들의 글자를 배울 차례였던 거예요."

파티가 끝난 후, 제인과 프레디는 제인이 사는 조그마한 아파트로 돌아왔다. 프레디는 앞으로 두 달 동안 이 집에서 지낼 예정이었다. 둘이서 긴 시간 동안 함께 사는 건 이번이 처음이었기 때문에, 두 사람 다 앞으로 어떻게 지낼지 조금은 불안했다.

둘은 나란히 앉아 와인을 마시며, 커다란 눈송이가 유리창에 부딪혀 들러붙었다가 방 안의 온기에 녹아내리는 광경을 가만히 지켜봤다.

"자, 최근 몇 달 동안 어떤 대발견을 했는지 얘기해 줘."

프레디는 그렇게 말하는 제인을 꼭 끌어안았다.

"사실, 진짜 대발견을 하긴 했어. 그런데 비밀로 해야 하는 거라서, 다른 사람한테는 절대 말하면 안 돼."

제인은 입에 지퍼를 채우는 시늉을 했다.

"『루라 사가』가 적힌 평판 모음을 새로 찾아냈어."

"어디서?"

"최초의 평판을 찾은 장소에서 가까운 곳이야. 그 일대는 발굴이 일찌감치 끝난 상태였어. 난 그냥 유명하고 중요한 장소라서 가 본 것뿐이고. 그렇게 가서 장난삼아 토양 표본 검사를 해 봤는데, 흙 속의 백금 농도가 굉장히 높게 나오지 뭐야."

프레디는 와인을 한 모금 홀짝이고는 제인의 조바심 난 표정을 보며 빙긋 웃었다.

"참 이상하다는 생각이 들었어. 왜냐면 백금은 반응성이 굉장히 낮은 금속이거든. 그래서 발굴 현장을 단층 촬영 스캐너로 다시 훑어봤어. 요즘 쓰는 기계는 해상도가 전보다 훨씬 높아서, 제1차 탐사단이 사용한 구식 기계에는 안 잡히던 세부 사항도 정확히 포착돼. 그래서 클로비스 박사님께서 발굴을 멈추신 지점 아래쪽에서 비어 있는 야트막한 공간을 발견한 거야. 평판 모양의 빈 공간 말이야."

"그런 일이 어떻게 가능해?"

"루라인들은 인쇄용 백금 원판을 만들면서 틀림없이 화학적 부식 과정을 거쳤을 거야. 아마 왕수를 사용했겠지. 기본적으로 백금을 녹이는 물질은 왕수가 유일하니까. 그렇다면 십중팔구 그 일대에 왕수 공급원이 있었다는 뜻이야. 대재앙이 닥치고 평판이 땅에 묻힌 후에 세월이 흘렀고, 그러는 동안 왕수가 새어 나와 아래쪽의 평판을 부식시켰지. 하지만 위쪽에 있는 평판은 무사했던 거야. 클로비스 박사님께서 발견하신 그 평판들 말이야.

하지만 아래쪽 평판들이 깨끗이 사라진 건 아니었어. 왕수에 부식된 백금은 녹아서 새어 나갔지만, 평판 자체는 자국을 남겼어. 평판 모양의 구멍이 남았던 거야. 우린 그 구멍에 합성수지 용액을 주입한 다음 중합 반응을 촉발했어. 나중에 꺼낸 결과물은 사라진 백금 평판의 플라스틱 복제품이었어. 우리 목적에 걸맞게 진품과 구석구석까지 똑같은 복제품."

"멋진데."

"고마워. 자기 애인도 가끔은 꽤 쓸모가 있다고."

"그래서 그 평판에서는 어떤 새로운 지혜가 발견됐어?"

"음, 오히려 전과 비슷한 내용이 많아. 그러니까, 숫자가 적힌 표와 목록, 종교와 관련된 걸로 보이는 금언. 짧고 괴상한 이야기, 뭐 그런 것들."

"숫자가 적힌 표와 목록이라고?"

"응, 전에 찾은 평판에도 그런 것들이 있었어. 지구의 서사시나 길이가 긴 구전 문학 작품을 봐도 수량을 세는 숫자들이 곳곳에 나오는 건 꽤 전형적인 특징이잖아? 그러니까 『루라 사가』가 비슷하다고 해도 이상할 건 없지. 그래도 일반 공개용 번역본에는 생략했어. 너무 지루해서 말이야."

"새로 발견된 구절을 좀 보여 줄 수 있어?"

프레디는 종이 다발을 꺼내어 제인에게 건넸다.

"번역은 내가 했어. 클로비스 박사님은 아직 안 보셨고."

제인은 번역 원고를 훌훌 넘기며 훑어봤다.

*자신의 임무를 다하고자 많은 것을 포기하는 자는 '짐'이 가벼워질지어다. 크나큰 (알 수 없는 명사 — 일종의 기계, 어쩌면 무기일지도?)는 성공을 앞당긴다. 첫 번째 겨울에, (A라는 사람)은 (B라는 사람)에게서 겨울을 열 번 날 수 있는 (알 수 없는 무기?)를 구입하여 1만을 잃었다. 첫 번째 겨울에, (A)는 2000과 (부가물?)을 얻었다. 두 번째 겨울에, (A)는 1600과 (부가물?)을 얻었다. 세 번째 겨울에, (A)는 8000과 1200을 얻었다. 이후로도 그런 식으로 계속될 테고, 그 흐름은 종말의 그날까지 똑같이 이어질 것이라고 주관자는 말한다.*

"뭘 보고 지루한 숫자라고 한 건지는 나도 알겠어. 이 부분은 일반 대중이 읽도록 공개하는 번역문에는 틀림없이 빠졌겠지. 괄호로 묶어 놓은 부분들은 다 뭐야?"

"그냥, 인물이 등장하는 부분하고 어떻게 번역해야 좋을지 잘 모르는 부분을 표시해 놓은 거야. 번역이 끝나면 'A라는 사람'은 주인공 애러선으로 고치고 'B라는 사람'은 그의 친구 바일러스로 고칠 거야. 그 이름들은 번역문을 더 읽기 쉽게 만들려고 클로비스 박사님께서 붙이셨어. 루라의 언어를 어떻게 발음하는지는 하나도 밝혀지질 않았기 때문에, 박사님께서 지으신 이름을 관례처럼 쓰는 거지. 번역문을 발표하기 전에 이 '알 수 없는 무기'의 정체에 관해서도 박사님께서 그럴싸한 추측을 제시해 주실 거야. 아마 검이나 뭐 그런 거겠지. 문장도 읽기 편하게 손봐주실 테고."

제인은 그 말을 듣고 깜짝 놀랐다.

"『루라 사가』에 그렇게나 뭘 많이 덧붙이고 꾸몄을 거라고는 생각도 못했는데."

프레디는 별수 없다는 듯이 어깨를 으쓱했다.

"어쩔 수 없어. 정확한 번역은 절대 불가능하고, 참고할 자료는 너무 부족하니까. 클로비스 박사님께서 읽기 교과서 얘기해 주신 거 기억나? 그게 큰 도움이 되긴 했지만, 아직도 수수께끼로 남은 것들이 너무 많아. 동물 그림이 하나 있고 그 아래에 단어가 하나 적혀 있다고 해 보자. 그럼 그 단어가 위에 있는 동물의 종을 가리키는 말인지, 그 동물의 이름인 고유 명사인지, '흰 털가죽'이나 '달리다', '1번', '동물로 존재하는 상태', '잠시 가만히 있는 상태'라는 뜻인지, 그도 아니면 뭔가 다른 뜻인지 어떻게 알겠어? 그냥 추측부터 하고 나중에 맥락을 따져서 말이 되는지 확인하는 수밖에 없는 거야."

하지만 제인이 보기에 그 번역은 어딘가 마음에 걸리는 구석이 있었다. 숫자들이 머릿속을 야금야금 파고들어 좀처럼 사라지려 하지 않았다. 제인은 번역문의 숫자들을 다시 봤다.

"프레디, 이 숫자들이 뭘 의미하는지 알았어! 이건 회계에서 감가상각에 관한 설명이야. 이중체감법으로 계산한 감가상각."

"뭐를 뭐로 계산한다고?"

"이건 감가상각의 방법 중에서도 가속 상각법이라는 거야. 잠깐만, 확인할 게 있어."

제인은 프레디가 만들어 놓은 『루라 사가』 사본을 책꽂이에서 꺼내어 팔랑팔랑 넘기며 훑어봤다.

가난한 자의 '짐'은 아이가 하나 태어날 때마다 가벼워질 것이다.

"이건 자녀 세액 공제에 관한 설명이야. 소득 기준의 상한선까지 설정돼 있어."

……'짐'은 언제나 그대와 함께할 것이다. 언제나.

"이 부분은 어떤 방법으로 얻었든 간에 소득이 있으면 세금이 있다는 과세 기본 원칙을 묘사하는 것 같아. 그 원칙은 세상의 모든 세법에 공통으로 들어 있어."

……반드시 바일러스가 그대 곁에 함께해야 하오, 그러지 않으면 그대는 똑바로 서지도 못할 것이오.

"그리고 이 부분은 동반자 합산 과세에 이의를 제기할 때에는 두 사람의 의견이 일치해야 한다는 조건을 부과하고 있어."

애러선은 *싸울 준비를 했다.*

"이건 과세 처분에 불복하는 납세자가 이의를 제기하고 재판을 거치는 과정을 요약한 것 같아."

제인은 놀란 빛이 가득한 눈으로 프레디를 돌아봤다.

"『루라 사가』는 신화가 담긴 서사시 같은 게 아니야. 그건 루라의 세법이었어."

클로비스 박사와 면담하러 갔던 프레디는 풀죽은 표정으로 돌아왔다.

"박사님은 자기 가설이 아주 흥미롭긴 한데, 직업적 편향이 너무 강하게 반영된 것 같다고 하셔. 목수 눈에는 모든 게 다 통나무로 만들어진 것처럼 보인다는 거야. 변호사 눈에는 남들이 다 서로 고소하고 싶어서 안달하는 사람으로 보이고. 그게 인간의 본성이래. 자기는 고고학 공부를 정식으로 한 적이 없으니까……."

"하지만 내가 옳다는 걸 자기도 알잖아."

프레디는 그 말에 대꾸하지 않았다.

"어떻게 된 건지 알겠어. 클로비스 박사는 자기 해석이 틀렸다고 인정하기가 싫은 거야. 명성을 무너뜨리고 싶지 않은 거지. 그 명성이 세법을 서사시로 잘못 해석한 터무니없는 실수 위에 세워졌을지라도 말이야."

"말이 너무 심하잖아! 꼭 그래서 그런 건……." 프레디는 목소리를 낮췄다. "……다른 이유도 있어. 일반 대중은 루라 고고학에 굉장히 관심이 많아. 그리고 우리 연구 자금은 대중의 관심도가 얼마나 높은지에 좌우돼. 만약 『루라 사가』를 세법으로 읽으라고 한다면, 수많은 사람들이 하루아침에 관심을 끊어 버릴 거야. 교회 쪽 사람들이 어떻게 생각할지는 굳이 말할 것도……."

"그쪽 패거리는 다 사이비에 사기꾼 같다며……."

"하지만 자기 생각이 정말로 옳은지 어떤지는 아직 모르잖아." 이제 프레디는 고함을 치다시피 했다. "그건 그냥 가설이야. 루라 문명에 관한 엉터리 가설은 한두 가지가 아니야. 클로비스 박사님의 해석도 자기 해석만큼이나 말이 돼. 그리고 이야기로서는 박사님의 해석 쪽이 더 훌륭해. 훨씬 더 훌륭하다고."

"세법도 하나의 훌륭한 이야기야!"

프레디는 제인을 그저 물끄러미 바라보기만 했다. 제인은 이번만큼은 이길 가망이 없다는 것을 확실히 알 수 있었다.


미스터 모리스는 제인에게 제프 세무서 보수 작업의 책임자가 돼 달라고 부탁했다. 지은 지 50년이나 된 세무서 건물은 서서히 부서져 가는 중이었고, 전면 벽은 금까지 가 있었다. 시의회도 마침내 보수 예산을 얼마간 배정하기로 합의한 참이었다.

제인은 공공 예산과 공정한 세무 관리의 유익함을 알려주는 감동적인 문구가 아니라, 『루라 사가』의 몇몇 구절을 발췌해 제프 세무서 로비에 적어 두기로 마음먹었다. 미스터 모리스에게는 그렇게 해야 세무서가 제프 시민들에게 더 가까이 다가가려 하는 것처럼 보일 거라고 설명했다. 이곳 사람들만큼이나 『루라 사가』에 애착을 지닌 것처럼 보일 것이므로.

"납세자들이 건물에 들어서서 이 영적인 문구를 보면 세무 행정에 협조할 마음의 준비가 될 거예요."

제인의 말에 미스터 모리스는 고개를 끄덕였다.

제인은 앞서 프레디에게 자신의 계획을 설명해 줬다. "언젠가 제프 세무서 유적이 발굴되는 날, 미래의 고고학자들은 『루라 사가』를 해석할 제대로 된 맥락을 마침내 손에 넣을 거야."

프레디는 한숨만 쉴 뿐 말이 없었지만, 화해를 청하는 뜻에서 제인이 인용문을 고르도록 도와주기는 했다.

도장공이 세무서 로비에 페인트로 인용문을 적는 동안, 제인은 그 광경을 바라보며 머릿속으로 루라 정부의 세무 공무원을 떠올렸다. 100만 년 전, 그들은 모든 이의 일상생활에 빠짐없이 관여하는 두꺼운 법전의 조항들을 만들고 다듬었다. 그 루라인 공무원들은 언젠가 외계 종족이 자신들의 조세 법령을 읽고 외계의 정신으로 그 뜻을 헤아리는 날이 올 거라고 상상이나 했을까? 그들은 이곳의 사원들을 보며, 자신들이 꼼꼼하게 편찬한 세무 법률에서 깨달음을 구하려고 이곳 루라까지 찾아온 순례자들을 보며 무슨 생각을 할까?

"나는 당신들을 이해해요." 제인이 말했다. 딱히 누구에게랄 것도 없이 중얼거리는 말이었다.

**The Long Haul**
From the ANNALS OF TRANSPORTATION,
The Pacific Monthly, May 2009

# 「장거리 화물 비행선」

《퍼시픽 먼슬리》2009년 5월호
'이동의 기록' 코너에 수록

25년 전 오늘, 힌덴부르크호가 처음으로 대서양 횡단 비행에 성공했습니다.
그리고 오늘, 그 비행선이 마지막으로 대서양을 횡단합니다. 그 힘든 일을 이때껏
600회나 해냄으로써, 힌덴부르크호는 지구에서 달까지 무려 여덟 번이 넘게
왕복한 것과 맞먹는 거리를 비행한 셈입니다. 단 한 건의 사고도 포함되지 않은 그
비행선의 운항 기록은 곧 독일 국민의 독창성을 보여 주는 증거입니다.
아름다운 것이 나이를 먹고 쇠약해져 끝내는 사라지는 모습을 지켜보노라면, 설령
그 과정이 아무리 우아할지라도, 일종의 서글픔을 느끼게 마련입니다. 그러나
인간이 저 드넓은 창공을 항행하는 한, 영광스러운 힌덴부르크호를 잊는 이는
아무도 없을 것입니다.

— 존 F. 케네디, 1962년 3월 31일, 베를린에서

정박해 있는 비행선들은 터미널에서 1킬로미터쯤 떨어진 곳에서
도 금세 눈에 띄었다. 피터빌트, 에어리언, 맥, 체펠린(진짜 체펠린과
굿이어체펠린 둘 다), 둥펑 같은 제조사의 잡다한 모델 마흔 척 정도가
계류탑 열 군데에 선체 앞코를 나란히 하고 줄지어 정박해 있었다.
그 모습이 꼭 다과회에 모여 마주앉아 있는 고양이들 같았다.

나는 이곳, 그러니까 중국 란저우의 옌탄 공항에서 세관 신고 절
차를 거치던 중에, 배리 아이크의 장거리 화물 비행선을 발견했
다. 반들거리는 은빛 둥펑 페이마오투이[飞毛腿, 중국어로 '발이 빠른 사
람'을 가리키는 말이다.—옮긴이]였다. 정치적으로 그다지 올바르지 않
은 미국의 비행선 조종사들 사이에서는 '방황하는 중국인(Flying
Chinaman, 서양 뱃사람들의 전설에서 최후 심판의 날까지 바다를 떠돈다고 알려
진 '방황하는 네덜란드인(Flying Dutchman)'에 빗대어 비꼬는 별명이다.—옮긴
이)'으로 불리는 그 비행선은 맨 끄트머리의 계류탑에 묶여 있었다.
나는 그 비행선을 보자마자 배리가 왜 자기 배에 아메리칸 드래곤이

라는 별명을 붙였는지 이해가 갔다.

비행선의 위쪽 절반을 다닥다닥 뒤덮은 시커먼 거울 모양 태양광 패널에 둥실둥실 흘러가는 하얀 구름이 비쳤다. 가늘고 기다란 은색 물방울 모양 선체의 양쪽 옆면에는 펄럭이는 미국 국기가 빨간색과 파란색 불길에 흰색 별을 곁들여 커다랗게 그려져 있었고, 뒤쪽으로 갈수록 가늘어지는 선체의 꽁무니에 달린 십자 모양 꼬리날개 또한 빨강과 하양, 파랑이 섞인 줄무늬였다. 선체 앞코 위쪽에는 육식성 파충류의 눈처럼 부리부리한 눈 한 쌍이, 그 눈 밑에는 날카로운 이빨을 잔뜩 품고서 빙그레 웃는 것처럼 헤벌쭉 벌어진 입이 그려져 있었다. 선체 앞코 아래쪽에는 체격이 아담한 중국인 여성이 밧줄에 매달린 안장에 앉아 비행선의 입에 피처럼 붉은 혀를 그려 넣는 중이었다.

검은 활주로에 서 있는 아이크 옆으로 조종실이 보였다. 비행선의 거대한 물방울 모양 선체에서 중간 부분 아래쪽에 혹처럼 볼록 튀어나온 조종실은 유리창이 잔뜩 달린 조그마한 원형 공간이었다. 키가 크고 어깨가 떡 벌어진 아이크는 각진 얼굴에 매부리코가 우뚝했고, 레드삭스 모자의 챙 아래로 보이는 부리부리한 눈은 갈색이었다. 그는 자기 쪽으로 다가오는 나를 보고 담배를 휙 던져 버리고는 고개를 까딱해 인사했다.

아이크는 내가 인터넷 게시판에 광고를 올려 잡지 《퍼시픽 먼슬리》의 기사를 쓰려고 취재하는 중인데 혹시 태워 줄 사람이 있냐고 물었을 때 답장을 보내 준 몇 안 되는 장거리 화물 비행선 조종사 가운데 한 명이었다. "당신이 쓴 기사 가끔 읽었어요." 아이크는 내게 그렇게 말했다. "글을 보니까 영 얼간이는 아닌 것 같더군요." 그러고는 나더러 란저우로 오라고 했다.

다 함께 안전띠를 차고 나서, 아이크가 이륙 준비를 했다. 압축 헬륨을 가스주머니에 펌프로 채워 넣는 그 작업은 비행선의 부양력에서 선체 무게와 가스 무게, 우리 몸무게, 화물의 무게까지 모두 뺀 값이 거의 0이 될 때까지 계속됐다. 이렇게 해서 사실상 '무중량' 상태가 된 장거리 화물 비행선과 거기 실린 화물은 어린애가 살짝 밀기만 해도 지상에서 하늘로 떠올랐다.

관제탑이 신호를 보내자 아이크는 레버를 당겨 계류탑에 묶인 선체 앞코의 갈고리를 푼 다음, 밸러스트와 연결된 토글스위치를 젖혀 500리터쯤 되는 물을 선체 뒤쪽 활주로에 있는 지상 물탱크로 방출했다. 그러고 나서 우리는 둥실 떠오르기 시작했다. 멈추지 않고 꾸준히, 완전한 침묵 속에서, 마치 유리로 벽을 두른 승강기를 타고 초고층 빌딩을 올라갈 때처럼. 아이크는 엔진에 시동을 걸지 않았다. 엔진이 발생시킨 추력을 양력으로 변환해야 이륙할 수 있는 비행기와 달리 비행선은 말 그대로 두둥실 하늘로 떠오르기 때문에, 엔진은 순항 고도까지 올라간 후에야 작동하게 마련이었다.

"여기는 아메리칸 드래곤, '신 시티(Sin City, '죄악의 도시'라는 뜻으로서 라스베이거스의 별명이다. — 옮긴이)'를 향해 출발한다. 다음에 또 봅시다. 다들 '곰' 조심하고." 아이크는 무전기에 대고 그렇게 말했다. 우리 발아래 저 먼 지상에, 마치 엎드려 있는 거대한 애벌레처럼 보이는 다른 비행선 몇 척이 선체 뒤쪽의 미등을 깜박거려 답인사를 보냈다.

아이크의 페이마오투이는 길이가 약 90미터에 가장 굵은 부분의 지름이 약 25미터로서, 여기에 약 3만 세제곱미터 분량의 헬륨을 충전해 총 중량 36톤을 하늘로 띄워 올리는데 이 가운데 화물의 순 중량은 약 27톤이다(이 정도면 주간 고속도로를 누비는 트레일러트럭의 최대 적재 중량과 맞먹는다.).

선체는 듀러타이늄 합금으로 만든 거대한 고리와 기다란 수평 가로대 여러 개가 견고한 뼈대를 이루고, 이 뼈대를 합성 섬유 외피가 둘러싼 구조이다. 선체 내부에는 앞코부터 꼬리날개까지 관통하는 중앙 가로대가 있고, 이 가로대에 헬륨 가스주머니 17개가 줄줄이 고정되어 있다. 가스주머니의 높이는 아래쪽에서 올려다볼 때 내부 전체 높이의 약 3분의 1이다. 선체 바닥에서 중앙 가로대와 가스주머니의 바로 아래에 해당하는 부분은 선체 앞쪽 끝에서 뒤쪽 끝까지 비어 있다.

이 빈공간은 대부분 화물칸으로 이용되는데, 운송 회사의 관점에서 보면 이곳이야말로 장거리 화물 비행선의 가장 큰 매력이다. 수송기 화물칸의 몇 배나 되는 이 방대한 공간은 형태가 불규칙하고 부피가 큰 물건, 예컨대 지금 우리가 싣고 가는 풍력 발전기용 터빈의 날개 같은 화물을 나르는 일에 더없이 잘 어울리기 때문이다.

비행선의 전면부 근처에는 칸막이가 있어서 화물칸과 승무원 숙소가 구분된다. 승무원 숙소는 원룸처럼 생긴 개인실 여러 개가 중앙 통로를 따라 줄줄이 이어진 구조이다. 그 중앙 통로 끄트머리에 이르면 비행선에서 유일하게 바깥을 향해 창문이 나 있는 공간, 즉 조종실로 들어서게 된다. 페이마오투이 모델 비행선은 (꼬리날개까지 포함하면) 보잉 747기보다 아주 조금 더 높고 길 뿐이지만, 부피는 훨씬 더 커다랗고 무게는 엄청나게 가볍다.

승무원은 아이크와 그의 아내 예링, 둘뿐이다. 예링은 내가 도착했을 때 비행선에 헤벌쭉 웃는 용의 입을 새로 그려 넣던 바로 그 여성이다. 태평양을 가로지르는 장거리 운송업계에는 이들 같은 부부 조종사 팀이 흔하다. 6시간 단위로 교대 근무를 하며 한 사람은 비행선을 조종하고, 그동안 다른 사람은 잠을 자는 식이다. 예링은 비행선이 이륙하는 동안 내내 뒤쪽 개인실에서 잠을 잤다. 이 비행선 자체가 그러하듯이, 두 사람의 결혼 생활 또한 침묵과 빈자리로 이루어져 있다.

"예링하고 나는 거의 항상 10미터도 안 되는 거리 안에 함께 머물지만, 한 이불을 덮고 자는 건 일주일에 하룻밤뿐이에요. 여섯 시간씩 떨어져서 말 한마디 않고 지내다 보면 결국엔 5분짜리 토막 대화를 나누는 요령이 생기더군요.

가끔은 서로 다툴 때도 있어요. 그럴 때면 예링은 내가 여섯 시간 전에 했던 말을 어떻게 맞받아칠지 생각할 여유가 여섯 시간이나 생기는 셈이죠. 예링은 아직 영어 실력이 완벽하질 않아서 그런 연습이 도움이 돼요. 필요한 단어가 있으면 그 시간 동안 찾아볼 수도 있으니까요. 내가 일어나면 예링은 나한테 5분 동안 할 말을 하고 자러 가고, 그러면 나는 예링한테 들은 말을 다음 여섯 시간 동안 곰곰이 생각하는 거예요. 그런 식으로 며칠에 걸쳐 말다툼을 한 적이 여러 번 있어요." 아이크는 그렇게 말하고 나서 껄껄 웃었다. "우리 부부 사이에는 뚜껑이 열린 채로 잠자리에 들어야 하는 날도 가끔 있다는 얘기죠."

조종실은 비행기의 조종실과 비슷하게 생겼지만, 선체 밑에 달려 있다 보니 유리창이 비행기와 반대로 아래쪽을 향해 비스듬히 경사져 있는 점이 다르다. 그래야 지상과 선체 아래쪽의 하늘이 훤히 보이기 때문이다.

아이크는 자신의 조종석에 맞춤 주문한 덮개를 씌웠다. 시트 덮개에 알래스카의 지형도가 그려져 있는 것이다. 조종석 앞의 계기판은 온갖 표시 장치와 아날로그 및 기계식 제어 장치로 빼곡하다. 계기판 위쪽에 활짝 웃는 얼굴의 뚱뚱한 부처를 조그맣게 묘사한 번들거리는 금색 조각상이 접착제로 붙여져 있다. 그 불상의 옆자리는 털이 북슬북슬한 초록색 괴물 인형, 즉 보스턴 레드삭스의 공식 마스코트인 월리가 차지했다.

두 조종석 사이의 플라스틱 상자에 시디가 가득했다. 표준 중국어로 부르는 중국 가요와 컨트리 음악, 클래식 음악 등이 섞여 있었고, 오디오북 시디도 몇 장 있었다. 나는 오디오북 시디를 척척 넘겨봤다. 애니 딜러드, 헨리 데이비드 소로, 코맥 매카시 같은 작가들의 책, 그리고『까막눈을 위한 문법과 작문 길잡이』였다.

순항 고도인 300미터 상공에 도달하자 아이크가 전기 하이브리드 엔진에 시동을 걸었다. 화물 비행선은 보통 지상의 경치를 감상하는 것이 주목적인 관광 비행선보다는 높지만 비행기보다는 훨씬 낮은 고도를 날도록 제한되어 있다. 귀로 들리는 정도가 아니라 아예 몸 전체로 느껴지는 나직한 허밍 소리 같은 진동은 곧 선체 꼬리날개 근처의 우묵한 지점에 장착된 프로펠러 네 개가 회전하기 시작해 비행선을 전진시키는 중이라는 뜻이었다.

"진동이 이보다 더 커지는 일은 절대 없어요." 아이크가 말했다.

우리는 북적이는 란저우 거리 상공을 유유히 지나갔다. 베이징에서 서쪽으로 1500킬로미터가 넘게 떨어진 이 중간 크기의 산업 도시는 특유의 대기 정체 현상과 석유 정제 공장 때문에 한때 온 중국을 통틀어 가장 심하게 오염된 도시였다. 그러나 지금은 중국을 휩쓰는 풍력 발전 열풍의 중심지이다.

우리 발밑의 하늘에는 시내 항로를 따라 승객과 화물을 실어 나르는 작고 값싼 비행선들이 잔뜩 날아다녔다. 연식 비행선과 소형 비행선이 잡다하게 섞인 그 형형색색의 비행선 무리는 선체에 임시로 수리한 흔적과 산자이[山寨, 원래는 '산적 소굴'을 가리키는 말이지만 오늘날에는 저작권을 무시한 유무형의 위조품을 가리킨다. — 옮긴이] 부품으로 개조한 흔적이 보였다(연식 비행선은 일반 비행선과 달리 단단한 뼈대가 없다. 따라서 생일 파티용 풍선과 마찬가지로 순전히 내부 기체의 압력만으로 형태를 유지한다.). 그런 비행선은 상품이나 서비스의 요란스러운 광고로 선체가 온통 뒤덮여 있었고, 기묘한 영어로 번역된 광고 문구는 으스스한 동시에 매력적이었다. 아이크는 우리가 본 비행선 중에 몇 척은 대나무 틀로 만든 것이라고 가르쳐 줬다.

아이크는 조합에 소속된 비행선 승무원으로 일하며 국내 항로를 10년 동안 운항한 후에야 비로소 자기 소유의 비행선을 구입했다. 조합의 급여는 짭짤했지만, 남의 일을 해 주는 기분은 썩 탐탁지 않았다. 아이크가 사고 싶었던 것은 설계에서 생산까지 100퍼센트 미국산인 굿이어체펠린 비행선이었다. 그러나 그는 중국 비행선 제조사보다 은행의 대출 심사 담당자가 훨씬 더 싫었기 때문에, 차라리 빚 없이 둥펑 비행선을 사기로 냉큼 마음먹었다.

"빚을 내서 잘되는 일 같은 건 세상에 없거든요. 작년에 주택 담보 대출을 받은 사람들이 지금 이렇게 고생할 거라는 거, 난 일찌감치 다 알았어요."

잠시 후, 아이크는 이렇게 덧붙였다. "어차피 이 배도 거의 다 미국에서 만들었으니까요. 중국인들은 선체 뼈대의 듀러타이늄 가로대하고 고리를 못 만들거든요. 그건 수입하는 수밖에 없어요. 내가 펜실베이니아주 베들레헴에서 중국에 있는 공장들로 하고한 날 실어 나르는 게 선체 뼈대용 합금판이에요."

페이마오투이는 특이한 비행선이라고 아이크는 설명했다. 이 모델은 내구성을 높이려고 지나치게 복잡하게 만든 일반적인 미국산 비행선과 달리 손쉽게 관리하고 수리하게끔 설계한 기체였다. 미국산 비행선이 고장 나면 정교한 컴퓨터와 제조사의 고유한 진단 프로그램 때문에 판매 대리점까지 직접 찾아가야 하지만, 페이마오투이는 숙련된 수리공이 현장을 방문해 거의 모든 부품을 거뜬히 교체하고 수리까지 해치웠다. 미국산 비행선은 운항 시간 대부분을 사실상 자동으로 비행하는데, 이는 할 수 있는 한도까지 자동화를 추구해 인간이 실수할 확률을 최소화하는 것이 설계 이념이기 때문이다. 페이마오투이는 다른 기체보다 훨씬 더 큰 역량을 조종사에게 요구하지만, 한편으로는 다른 기체보다 훨씬 더 반응성이 뛰어나기 때문에 조종할 때 느끼는 손맛도 훨씬 더 좋다.

"비행선 조종사는 시간이 흐르면 점점 자기 배를 닮아가요. 컴퓨터가 알아서 다 해 주는 비행선을 타면 난 금세 잠들어 버릴걸요." 아이크는 조종석을 둘러싼 계기판의 크고 작은 손잡이와 다이얼, 토글스위치, 페달, 반원형 조절 스위치 따위를 가만히 바라봤다. 모두 묵직하고 단단한 아날로그 방식이었고, 그래서 든든한 느낌이 들었다. "키보드만 타닥타닥 두드리는 건 비행선 조종이라고 할 수도 없죠."

아이크는 최종적으로는 페이마오투이 모델 비행선으로 선단을 이루고 싶어 했다. 목표는 소유주 겸 조종사를 그만두고 소유주로 전직하는 것이었고, 그렇게 되면 예링과 아이를 가질 여유가 생길 거라고 했다.

"언젠가 편히 앉아서 수표를 긁어모을 날이 오면 위네바고 오로라 모델을 살 거예요. 1000세제곱미터급 비행선인데, 애들하고 같이 그걸 타고 여름 내내 알래스카를 돌아다니고, 겨울 내내 브라질을 돌아다니는 거죠. 음식은 우리 손으로 직접 잡은 것만 요리해 먹으면서 말이에요. 알래스카 구경을 제대로 해 봤다고 말하려면 레저용 비행선을 타고 한 바퀴 돌아봐야 해요. 설상차나 수상 비행기로도 못 가는 곳까지 접근할 수 있고, 사람의 발길이 한 번도 안 닿은 호수 위의 하늘을 활공할 수도 있으니까요. 사방 수백 킬로미터 안에 우리 말고는 사람 그림자도 안 보이는 곳에서 말이에요."

그러고 나서 몇 초 후, 우리는 도도하게 흘러가는 드넓은 황허강 상공을 유유히 날고 있었다. 진흙을 잔뜩 머금은 우리 발밑의 흙탕물은 이미 그 강의 이름[黃河]과 같은 누런빛을 띠었다. 강물은 황토

고원 속으로 수백 킬로미터를 나아가는 사이에, 또한 바람이 억겁의 시간 동안 실어다 쌓아 놓은 실트를 흡수하는 사이에 점점 더 색이 짙어지고 흙의 농도도 진해진다.

저 아래, 조그만 관광용 연식 비행선이 강물 위의 하늘에 태평하게 떠 있었다. 곤돌라 속에 옹기종기 모여 앉은 승객들이 투명한 바닥 창을 통해 강 위에 흘러가는 양가죽 뗏목을 구경하는 광경은 카리브해에서 관광용 보트를 탄 여행객들이 보트의 유리 바닥을 통해 산호초 사이를 누비는 물고기 떼를 구경하는 모습과 똑같았다.

아이크가 엔진의 출력을 높이자 우리는 동북쪽을 향해 점점 더 빠르게 나아갔다. 크게 보면 황허강의 경로를 따라가는 셈이었고, 목적지는 네이멍구 자치구였다.


새천년 청정에너지법은 '워싱턴디시의 어릿광대 놈들'이 통과시킨 법안 중에서 아이크가 찬성하는 극소수 가운데 하나이다.

"나야 그 법 덕분에 일거리가 생긴 거나 다름없으니까요."

원래 중국 경쟁 기업에 맞서 미국의 국내 생산자를 보호하고 환경 운동 진영의 로비를 잠재울 목적으로 만들어진 그 법은 미국에 들어오는 상품에 대해 운송 수단의 탄소 발자국을 기준으로 무거운 세금을 부과했다(상품의 원산지를 기준으로 매기는 세금이 아니었기 때문에 관세 인상을 금지하는 세계무역기구 규정을 우회할 수 있었다.).

그 법이 제정될 무렵에 하필이면 연료비까지 덩달아 폭등하면서, 화물 비행선 업계는 노다지판이 열렸다. 이로부터 고작 몇 년 후, 중국 비행선 제조사들은 기름은 거의 소비하지 않는 반면에 태양광 에너지는 철저히 활용하는 값싼 비행선을 대량으로 생산했다. 둥펑 비행선은 미국 하늘에서 흔한 구경거리가 됐다.

장거리 화물 비행선은 적재량이나 속력으로는 보잉 747기의 적수가 아니지만 연비 및 탄소 배출량 면에서는 월등히 우수하고, 지상 운송 수단과 비교하면 운송 속도가 훨씬 더 빠르다. 아이크와 내가 그랬던 것처럼 란저우에서 라스베이거스까지 가려고 할 경우, 육상이나 해상 운송 수단을 이용하면 아무리 빨라도 3, 4주는 걸린다. 란저우에서 상하이까지 기차나 트럭으로 이삼일, 화물선으로 태평양을 건너는 데에 약 2주, 캘리포니아주에서 라스베이거스까지 트럭으로 또 하루나 이틀이 걸리고, 여기에 화물을 싣고 내리는 시간과 세관에 발이 묶이는 시간이 일주일쯤 추가되기 때문이다. 직항 화물기를 이용하면 하루 만에 도착하지만, 연비 및 입국 시 부과되는 탄소세를 감안하면 이익을 남길 만한 화물이 많지 않다.

"화물을 싣고, 내리고, 운송 수단을 갈아타고, 그런 절차 하나하나를 거칠 때마다 돈을 조금씩 까먹는 셈이에요." 아이크는 그렇게 말했다. "우리는 고속도로가 필요 없는 트럭이자, 강이 필요 없는 배, 공항이 필요 없는 비행기예요. 미식축구장 크기의 공터만 있으면 충분하거든요. 몽골 초원의 유르트(가죽 또는 모직물로 만들어 가지고 다니며 쓰기 편한 유목민의 천막. —옮긴이)에서 뉴욕에 있는 아파트 현관문 앞까지 바로 배달해 주죠. 아파트 옥상에 계류탑만 있으면요."

최근 20년 안에 만들어진 일반적인 비행선은 시속 약 170킬로미터의 속도로 란저우에서 라스베이거스에 이르는 1만 1000킬로미터 남짓 되는 거리를 약 63시간에 주파한다. 아이크의 페이마오투이처럼 태양광 전력을 많이 쓰도록 설계된 기체라면, 보잉 747기가 같은 중량의 화물을 같은 거리만큼 실어 나를 때 소비하는 연료의 1퍼센트도 채 안 되는 적은 양으로 거뜬히 비행을 마친다. 게다가 이 기체는 앞서 말했듯이 부피가 크고 형태가 불규칙한 화물을 더 안정적으로 싣는다는 장점까지 덤으로 지닌다.

명목상으로는 태평양 횡단 장거리 화물 운송이지만, 우리 여정의 대부분은 육지 위를 날아가는 시간이었다. 지구 표면은 둥그런 곡면이기 때문에 지구상의 두 지점을 오가는 가장 짧은 비행경로는 두 지점을 잇는 동시에 지구를 똑같은 두 반구로 양분하는 커다란 원의 경로를 따르는데, 이를 가리켜 대권 항로라고 한다. 이는 곧 란저우에서 라스베이거스까지 가려면 먼저 동북쪽을 향해 비행하며 네이멍구 자치구와 몽골, 시베리아를 지나 베링 해협을 건넌 다음, 다시 동남쪽으로 방향을 틀어 알래스카 및 캐나다 브리티시컬럼비아주에 면한 태평양의 상공을 지나 미국 오리건주에 이르러 다시 육지와 만난 후에, 거기서 남쪽으로 더 내려가 마침내 목적지인 네바다주 사막에 도착한다는 뜻이었다.

우리 발아래에는 네이멍구 자치구의 대도시인 어얼둬쓰의 거리가 지평선까지 널따랗게 펼쳐져 있었다. 번쩍이는 강철과 매끈한 유리로 지어 올린 그 거대 도시에는 서양식 주택과 단정하게 가꾼 정원으로 이루어진 기다란 블록이 줄지어 이어졌다. 새로 닦은 널따란 격자 모양 길거리는 평양 시내처럼 휑해서, 오가는 사람의 수를 한 손으로 꼽아도 충분했다. 우리 비행선의 고도가 높고 시야가

탁 트인 덕분에 어얼둬쓰의 경관에서 미니어처 효과 사진의 분위기가 느껴졌다. 마치 도시를 작은 모형으로 만들어 탁자 위에 올려놓고 미니어처 자동차 몇 대와 놀고 있는 사람 인형 몇 개를 곳곳에 배치한 다음, 그 모형을 위에서 굽어보고 있는 듯한 느낌이었다.

어얼둬쓰는 중국의 앨버타이다. 캐나다 앨버타주에 석유가 풍부하듯이 어얼둬쓰에는 석탄이, 그것도 세계에서 가장 질 좋고 순도 높은 석탄이 매장돼 있다. 어얼둬쓰는 원래 에너지 개발 열풍을 예상하고 만들어진 도시이지만, 실제로는 도시 건설 자체가 붐이 됐다. 도시 건설에 자금을 투자하면 할수록 서류상으로는 더욱 많은 건설 수요가 존재하는 것처럼 보였기 때문이다. 그 결과 지금 이 자리에 서 있는 것이 바로 이 도원경, 태생부터 운명이 정해진 유령 도시이다. 서류만 보면 이곳은 중국에서 두 번째로 부유한 도시로서, 1인당 소득이 상하이 다음으로 높다.

페이마오투이가 오르도스 중심부 상공을 지날 무렵, 판다 한 마리가 아래쪽에서 두둥실 올라와 우리를 불렀다. 판다가 탄 기체는 국방색 페인트를 칠한 소형 연식 비행선이었고, 영어로 이렇게 적혀 있었다. 중화인민공화국 공중 운송 순찰대. 아이크는 페이마오투이의 속력을 줄인 다음, 판다가 국제 화물 비행선 등록 명부와 비교해 확인하도록 화물 목록 및 점검 기록, 운항 일지를 제출했다. 몇 분 후, 연식 비행선의 곤돌라 창문 안쪽에서 누군가 우리 쪽을 향해 손을 흔드는가 싶더니, 이제 가도 좋다는 중국어 메시지가 무전기에서 흘러나왔다.

"이 나라는 진짜 엉망진창이라니까요." 아이크가 말했다. "어얼둬쓰 같은 도시를 지을 만큼 돈이 많은 나라잖아요. 그런데 혹시 광시라는 곳에 가 봤어요? 베트남 근천데, 도시 바깥으로 나가면 세상에서 제일 가난한 사람들이 사는 동네가 나와요. 있는 거라곤 오두막 바닥의 흙 부스러기하고 아름다운 경치, 예쁜 여자들이 다예요."

아이크는 그곳에서 예링을 만났다. 중간에 결혼 중개 회사가 끼어 있었다. 1년에 300일씩 하늘에 떠 있다 보면 여성을 만나기가 쉽지 않았다.

맞선을 보기로 약속한 날, 아이크는 광시 좡족 자치구의 행정 수도인 난닝에 화물을 실으러 가는 길이었다. 그때 아이크는 조합 소속 승무원 신분이었고, 화물은 향신료인 팔각회향이 실린 컨테이너였다. 이튿날인 토요일, 아이크는 하루 휴가를 얻어 난닝에서 100킬로미터 떨어진 곳의 맞선 장소를 찾아갔다. 아이크가 미리 사진을 보고 골라 둔 여성들이 인근 여러 마을에서 버스를 타고 도착해 그를 기다리는 곳이었다.

중개 회사가 준비한 여성은 모두 열다섯 명이었다. 맞선 장소는 마을 학교 건물이었다. 아이크는 교실 앞쪽의 조그마한 의자에 앉아 칠판에 등을 기대고 있었고, 교실로 안내받은 여성들은 학생용 책상 앞에 앉았다. 마치 아이크가 새로 부임한 선생님이기라도 한 것처럼.

여성들은 대부분 영어를 조금 할 줄 알았기 때문에, 선을 보러 온 남자는 이들과 조금씩 대화를 나누며 나중에 일 대 일로 만나서 얘기하고 싶은 세 명을 골라 명단의 이름 옆에 표시를 했다. 남자가 고르지 않은 여성들은 30분 후에 다음 서양인 남자가 맞선을 보러 올 때까지 근처에서 기다릴 터였다.

"개중에는 여자를 잠깐 데리고 나가게 하는 중개 회사도 있대요. 호텔에서 하룻밤을 보내게 한다거나, 그런 식으로요. 하지만 난 그런 소문 안 믿어요. 어차피 내가 찾아간 회사는 그런 데도 아니었고요. 우린 그냥 얘기만 했어요. 여자를 셋이나 고르지도 않았고요. 내가 선택한 사람은 예링 한 명뿐이었어요.

예링의 얼굴이 마음에 들었어요. 살결도 곱고, 엄청 어려 보이더군요. 머리카락도 마음에 들었어요. 검은색 직모인데 끄트머리가 살짝 곱실거렸죠. 예링한테서는 풀 냄새하고 비 냄새가 났어요. 하지만 그런 것들보다는 나하고 같이 있을 때 행동하는 방식이 훨씬 더 좋았어요. 수줍음을 타면서도 내 기분을 열심히 맞춰 주려고 했거든요. 미국 여자들한테서는 찾아보기 힘든 태도죠." 아이크는 자기 말을 받아 적는 내 모습을 흘긋 보더니 대수롭잖다는 듯이 어깨를 으쓱했다. "혹시 나한테 꼬리표를 붙여서 당신 글을 읽을 사람들한테 우월감을 느끼게 할 작정이라면, 마음대로 해요. 그런다고 그 꼬리표에 적힌 말이 진실이 되진 않으니까."

나는 아이크에게 무슨 물건을 사러 가는 것 같은 맞선 과정에 거부감을 느끼지는 않았냐고 물어봤다.

"나는 그 결혼 중개 회사에 맞선 비용으로 2000달러를 냈어요. 예링의 가족한테도 결혼하기 전에 따로 5000달러를 줬고요. 어떤 사람들은 그게 마음에 안 들겠죠. 그 사람들은 내가 예링하고 결혼한 방식이 전적으로 옳지는 않다고 생각할 거예요.

하지만 난 내가 예링하고 같이 있을 때 행복하단 걸 알아요. 나한

텐 그거면 충분해요.

예링은 나를 처음 만났을 때 이미 고등학교를 자퇴한 상태였어요. 나를 안 만났다고 해도 아마 대학에 가진 못했을걸요. 변호사나 은행원이 될 일도 없었겠죠. 사무실에 출근해서 일하다가 퇴근 후에 집에서 요가를 하는 식으로 살진 않았을 거예요. 세상이란 게 원래 그렇게 생겨 먹었으니까요.

어쩌면 난닝에 가서 안마사나 사우나 종업원이 됐을 수도 있죠. 식구들한테 얼마 안 되는 돈이나마 부쳐 주고 싶은 마음에 얼굴도 모르는 옆 마을의 늙은 농부한테 시집갔을 수도 있고요. 어쩌면 남은 평생 동안 하루 종일 뼈 빠지게 농사를 짓다가 논물에 사는 기생충에 걸렸을지도 모르고, 그나마도 낮일이 끝나면 흙집에 돌아와 자식들을 돌보느라 밤을 새웠을지도 모르죠. 그래서 서른 살쯤에 이미 할머니로 보였을지도 몰라요.

그렇게 사는 게 더 낫다고 말할 수 있겠어요?"


태평양 횡단 장거리 화물 운송에 종사하는 비행선 조종사들의 언어는 공식적으로는 영어이지만, 실제로는 미국과 중국의 여러 이미지와 속어가 뒤죽박죽 섞여 있다. 다오[刀]와 나이프(knife), 도(dough), 달러는 모두 서로 바꿔 쓸 수 있는 비슷한 말들이다(중국어로 '칼'을 뜻하는 '다오'는 속어로 '돈'을 의미하기 때문에, 칼을 가리키는 영어 단어 '나이프'도 돈을 뜻하는 은어로 쓰이게 된 것으로 보인다. 영어 단어 '도' 역시 원래는 '반죽'을 뜻하지만 속어로 돈을 의미한다. ― 옮긴이). 곰의 이미지는 항로 곳곳에 출몰하는 단속 공무원들의 몫이다. 판다는 중국의 공중 운송 순찰대이고, 북극곰은 러시아 공무원을 가리킨다. 알래스카 세관은 코디액 곰인데, 브리티시컬럼비아주 해안으로 내려오면 고래로 바뀐다. 그러다 마침내 비행선이 미국 상공에 들어서면 이번에는 회색 곰을 상대해야 한다. 곰의 임무는 비행선 조종사의 삶을 고달프게 만드는 것이다. 교대하지 않고 여섯 시간 이상 조종석에 앉아 있는 조종사, 제한 고도보다 낮거나 높게 비행하는 조종사, 화물 적재량을 늘리려고 부양용 가스에 수소를 섞은 조종사가 곰의 사냥감이 된다.

"방금 고래라고 했어요?" 나는 아이크에게 물었다. 고래도 곰의 일종으로 친다고?

"진화예요. 다윈이 그랬거든요. 물속의 벌레를 잡아먹으려고 입을 벌리고 헤엄치던 곰 종류가 결국에는 고래로 진화했을 거라고요." (나는 아이크의 말이 사실인지 확인해 봤다. 사실이었다.)

비행선의 지피에스(GPS)가 우리에게 방금 막 우리 기체가 중국과 몽골 사이의 국경을 넘었다고, 저 아래 보이는 고비사막의 황량하고 메마른 땅 위 어딘가 키 작고 성긴 나무 덤불만 드문드문 보이는 곳을 지나면서 그렇게 되었다고 삑삑거리는 전자음으로 알려주었지만, 달라진 것은 아무것도 없었다.

예링이 근무 교대를 위해 조종실로 들어섰다. 아이크는 조종 장치를 잠금 모드로 바꾸고 자리에서 일어섰다. 조종실 뒤편의 좁은 공간에서, 두 사람은 나직한 목소리로 잠깐 동안 이야기를 나누다가 입을 맞췄고, 그러는 동안 나는 계기판만 물끄러미 바라보며 둘의 이야기를 엿듣지 않으려고 애썼다.

모든 부부는 자기들 나름의 엔진을 갖게 마련이고, 거기에는 고유한 리듬과 연료가, 둘만의 언어와 제어 방식이, 모든 일이 멈추지 않고 돌아가도록 유지하는 나지막한 동작음이 있다. 그러나 그 동작음은 너무나 조그마해서 때로는 귀에 들리지 않고 몸으로 느껴진다. 그래서 그 소리를 놓치지 않고 들으려면 반드시 주의 깊게 귀를 기울여야 한다.

이윽고 아이크는 조종실을 떠났고, 예링이 앞쪽으로 와서 조종석에 앉았다.

예링의 시선이 내게로 향했다.

"혹시 눈 좀 붙이고 싶으면, 저 뒤편에 침대가 하나 더 있어요."

발음에 중국식 억양이 느껴지기는 하지만, 예링의 영어 실력은 훌륭하다. 몇몇 단어는 아르(r) 발음을 생략하고 '아아'처럼 발음해서 뉴잉글랜드 출신인 아이크의 영향이 느껴졌다.

나는 고맙지만 아직은 졸리지 않는다고 대답했다.

예링은 고개만 끄떡하고는 비행선 조종에 집중했다. 그녀는 양손으로 미부(尾部), 즉 승강키와 방향키가 있는 십자 모양 꼬리날개의 조종간과 수평 제어 원판을 아이크가 했던 것보다 훨씬 더 힘껏 붙잡고 있었다.

나는 저 아래쪽에서 흘러가는 황량하고 추운 사막을 물끄러미 내려다보다가, 이윽고 예링에게 내가 처음 공항에 도착했을 때 무슨 일을 하는 중이었냐고 물었다.

"비행선의 눈을 고치고 있었어요. 배리는 입을 온통 빨갛게 칠해서 무섭게 보이는 걸 좋아하지만, 그보다는 눈이 더 중요하거든요.

배는 용이에요. 그리고 용은 눈에 의지해 하늘을 날아다니죠. 한쪽 눈은 하늘을 보고, 다른 쪽 눈은 바다를 봐요. 눈이 없는 배는 다가오는 폭풍을 보지 못하고 변하는 바람도 타지 못해요. 해안에 가까운 물속의 암초도 보지 못하고, 육지의 방위도 알지 못하죠. 눈먼 배는 가라앉고 말아요."

예링이 말하길, 비행선은 물에 떠다니는 배보다 눈이 훨씬 더 중요했다. 움직이는 속도가 엄청나게 빠르기 때문에 탈이 날 구석도 훨씬 더 많다는 얘기였다.

"배리는 이것들만 있으면 충분한 줄 알아요." 예링이 눈앞의 계기판을 가리키며 한 말이었다. 지피에스, 레이다, 무전기, 고도계, 자이로스코프, 나침반 같은 것들을. "하지만 이런 것들은 배리를 도와줄 뿐, 이 배는 도와주지 않아요. 배는 스스로 봐야 해요."

"배리는 그게 미신이라고 생각해요. 그래서 내가 하는 일을 좋아하지 않아요. 하지만 나는 배리한테 배의 눈을 새로 칠한 상태로 계속 유지하면 고객들에게 더 좋은 인상을 줄 거라고 얘기해요. 배리도 그건 말이 된다고 생각하거든요." 예링은 내게 자신이 선체 표면을 구석구석 누비고 다니면서 오동씨 기름으로 타원형 용 비늘을 촘촘하게 그려 넣었다는 얘기도 들려줬다. "비늘의 무늬가 꼭 풍수좋은 연못의 얼어붙은 수면이 봄을 맞아 갈라졌을 때의 모습 같아요. 멋진 용 비늘을 두른 배라면 물에 빠질 일이 절대 없을 거예요."

하늘이 거뭇해지는가 싶더니 이윽고 밤이 드리웠다. 우리 발밑은 완전한 암흑, 지구에서 인구 밀도가 가장 낮은 몽골 북부와 극동 러시아 지역이었다. 우리 머리 위에서는 내가 그때껏 본 적이 없을 만큼 많은 별들이 하늘을 빼곡히 채우고 하나둘 깜빡이며 깨어났다. 기분이 꼭 밤바다에 둥둥 떠 있는데 주위의 물속이 해파리의 은은한 빛으로 물들어 있는 것 같았다. 내가 기억하는 코네티컷주 앞바다의 롱아일랜드 해협, 어릴 적 밤에 헤엄치러 가곤 했던 그 바다의 모습이었다.

"이제 자야겠어요." 내 말에 예링은 고개를 끄덕이고는, 조종실 뒤편 중앙 복도 쪽에 조그마한 조리실이 있으니 거기서 전자레인지에 뭘 좀 데워 먹으라고 했다.

조리실은 벽장보다 살짝 커 보일 정도로 좁았다. 냉장고와 전자레인지, 개수대, 2구짜리 소형 전기 레인지가 갖춰져 있었다. 모두 얼룩 한 점 없이 깨끗했다. 냄비와 프라이팬은 벽에 단정하게 걸려 있었고, 접시는 격자판으로 만든 수납함에 나란히 놓여 벨크로 테이프로 고정돼 있었다. 나는 허겁지겁 요기를 마치고 나서 선체 안쪽에서 들려오는 코 고는 소리를 따라갔다.

아이크가 나를 생각해서 켜 놓은 불빛이 보였다. 창문이 없는 숙소 안은 은은하고 차분한 조명과 나무판자를 두른 벽이 아늑해서 졸음이 솔솔 왔다. 조그만 침실의 한쪽 벽, 접이식 간이침대 두 개가 이 층으로 가지런히 붙어 있었다. 아이크는 아래쪽 침대에서 자고 있었다. 방 한쪽 구석에 거울이 딸린 작은 화장대가 보였고, 거울 테두리에는 예링의 친정 식구들 사진이 테이프로 붙여져 있었다.

이곳이 아이크와 예링의 집이라는 생각이 그제야 내 머릿속을 스쳤다. 아이크는 매사추세츠주 서부에 자기네 집이 따로 있다고 했지만, 거기서 지내는 시간은 1년에 고작 한 달뿐이었다. 부부는 거의 모든 식사를 이 아메리칸 드래곤에서 만들어 먹었고, 거의 모든 꿈을 바로 이 방에서 꿨다. 각자의 침대에서, 따로따로.

화장대 옆의 벽에는 웃는 아이들의 모습을 중국 민화풍으로 그린 포스터가 붙어 있었다. 벽의 나머지 공간을 채운 액자 여러 개에는 예링과 아이크가 나란히 웃으며 찍은 사진이 들어 있었다. 나는 그 사진들을 훑어봤다. 결혼식 사진, 휴가 사진. 중국의 어느 도시에서 찍은 것도 있었고, 어느 호수의 눈 덮인 기슭에서 찍은 것도 있었다. 저마다 큼지막한 물고기를 손에 들고서.

나는 위쪽 침대로 살금살금 올라갔다. 아이크가 내는 코골이 소리 사이사이로 비행선의 엔진음이 희미하게 들려왔다. 너무나 조그마해서 귀를 기울이지 않으면 쉬이 놓쳐 버릴 소리였다.

생각보다 더 피곤했던지, 나는 예링의 남은 근무 시간뿐 아니라 아이크의 다음번 근무 시간까지 내리 자고 말았다. 일어나 보니 해가 뜬 직후였고, 조종석에는 다시 예링이 앉아 있었다. 우리는 러시아 영공 깊숙이 들어와 시베리아 중심부에 끝없이 펼쳐진 침엽수 냉대림 위를 날고 있었다. 베링해를 사이에 두고 시베리아의 끝자락과 알래스카가 만나는 지점을 향해 나아가는 동안 비행선의 경로는 이제 점점 더 동쪽으로 치우쳤다.

내가 조종실에 들어섰을 때, 예링은 오디오북을 듣는 중이었다. 그러다 내 기척을 듣고 책의 낭독을 멈추려고 하기에 그러지 않아도 된다고 말해 줬다.

오디오북은 야구를 잘 모르는 독자에게 기본 규칙을 설명해 주는 야구 입문서였다. 예링이 한창 듣던 부분은 주자가 도루에 성공했을 때 이를 알아보는 방법을 다루는 장이었다.

예링은 그 장이 끝나자 책의 재생을 멈췄다. 나는 커피를 홀짝이며 시베리아의 침엽수림 위로 해가 점점 더 높이 솟아오르는 광경을 예링과 함께 가만히 바라봤다. 얼음으로 꽁꽁 덮인 깨끗한 호수와 늪지를 곳곳에 품은 암녹색 삼림 지대가 서서히 밝은 빛으로 물들어 갔다.

"배리하고 막 결혼했을 땐 야구가 뭔지 잘 몰랐어요. 중국에선 야구를 안 하거든요. 우리 고향은 특히 그렇고요.

가끔 일을 안 할 때면, 그러니까 내가 쉬는 시간에 안 자고 배리랑 같이 앉아 있을 때나 같이 쉬는 날이면, 어릴 적에 했던 놀이나 학교 다닐 때 읽었던 책이나 고향에서 열린 축제 같은 걸 주제로 이야기를 나누고 싶어요. 그런데 그러기가 힘들어요.

그저 친척 아이들하고 같이 새 종이배를 만들었던 단순하고 재미난 추억만 이야기하려고 해도, 모든 걸 하나하나 다 설명해야 하는 거예요. 우리가 만든 종이배의 이름이 뭔지, 종이배 경주의 규칙은 뭔지, 우리가 연 축제는 어떤 거고 종이배 경주를 하는 풍습은 어떻게 생겼는지, 그 축제에서 기리는 혼령은 어떤 일을 하고 어떤 사연을 지녔는지, 친척 아이들 이름은 뭐고 나하고는 몇 촌 사이인지, 그런 걸 다 설명하고 나면 원래 나누고 싶었던 소소한 이야기는 뭐였는지 기억조차 나질 않았어요.

그것 때문에 우리 둘 다 지쳤어요. 난 뭐든 다 설명하려고 엄청 노력했지만 배리는 듣다가 지쳐 버리기 일쑤였고, 중국식 이름은 제대로 기억하지도 못하고 어떻게 다른지 알아차리지도 못하더군요. 그래서 그만뒀어요,

하지만 난 배리하고 이야기를 나눌 능력이 갖고 싶어요. 서로 통하는 말이 없으면, 만들면 되죠. 배리는 야구를 좋아해요. 그래서 난이 책을 듣는 거예요. 이렇게 하면 우리 사이에 이야깃거리가 생기니까요. 그이는 내가 자기랑 함께 야구 경기를 듣거나 보거나 하면서 뭐가 어떻게 된 건지 알아차리고 몇 마디 얘기하면 참 좋아해요."

우리 여정에서 북쪽 끄트머리에 해당하는 구간을 지나는 동안, 조종간을 잡은 사람은 아이크였다. 북극권의 바로 남쪽에서 권역 경계선과 평행을 이루고 비행할 때였다. 비행선이 극권 최북단에 들어서자 낮과 밤이 더는 구별되지 않았다. 나는 이미 아이크 부부의 '여섯 시간 근무 후 여섯 시간 휴식' 생활 리듬에 익숙해졌고, 체내 시계 또한 서서히 그들에게 맞춰 가는 중이었다.

나는 아이크에게 예링의 가족과 잘 아는 사이인지, 또는 처갓집 식구들과 느긋하게 어울린 적이 있는지 물었다.

"아뇨. 예링이 두어 달에 한 번씩 친정에 돈을 보내기는 해요. 예링은 생활비 예산을 빠듯하게 짜는 편인데, 그래도 친정에 보내는 한 푼 한 푼은 다 예링이 나랑 똑같이 죽어라 일해서 번 돈이라는 걸 나도 알아요. 난 오히려 예링을 설득하느라 애를 먹었어요. 자기 자신에게 좀 더 너그러워져라, 우리 둘이 지금 당장 행복해지는 일에 돈을 쓰자, 그런 식으로요. 지금은 라스베이거스에 갈 때마다 나

랑 같이 도박을 해서 돈을 조금 잃을 때도 있는데, 그 돈조차도 따로 잡아 놓은 예산이에요.

처가 식구들하고는 같이 안 어울려요. 예링이 잘 알지도 못하는 남자랑 같이 가스주머니에 매달려 하늘을 둥둥 떠다니면서 살겠다고 기꺼이 나선 걸 보면 집도 고향도 간절히 벗어나고 싶었다는 얘긴데, 아내가 그렇게까지 해서 벗어난 곳에 내가 굳이 찾아가서 한 패거리가 될 필요는 없잖아요.

예링도 당연히 식구들이 보고 싶겠죠. 어떻게 안 그러겠어요? 사람은 누구나 그렇게 생겨먹었잖아요. 적어도 내가 아는 한은 다 그래요. 우린 여럿이 함께 북적거리고, 모두가 서로를 속속들이 알고, 눈치 보지 않고 쉴 틈 없이 떠들어도 되는 친근한 분위기를 바라지만, 한편으로는 혼자 달아나서 외톨이가 되고 싶어 하는 마음도 있어요. 그 두 가지를 한꺼번에 하고 싶을 때도 있고요. 우리 엄마는 엄마 노릇도 변변히 할 줄 모르는 사람이라, 난 열여섯 살 때 이미 나와서 살기 시작했어요. 그런 나조차도 엄마가 그리울 때가 아예 없다는 말은 못 한다고요.

난 예링한테 공간을 줘요. 중국인들한테 없는 걸 하나 꼽으라면 바로 공간이거든요. 예링은 오두막집에서 살았는데 식구가 하도 많아서 자기 몫의 이불 한 장 가져 본 적이 없고, 단 한 시간이나마 혼자서 보낸 적이 있는지 어떤지 기억도 안 난대요. 이제 우린 여섯 시간마다 한 번씩밖에 못 만나는데 그것도 고작 몇 분씩밖에 안 되다 보니까, 예링은 빈 공간과 빈 시간을 혼자서 채우는 법을 터득했어요. 그러다가 그걸 좋아하게 됐죠. 예링이 이때껏 하지 못했던 게 바로 그거예요. 그러니까, 성장하는 거요."

비행선이니까 빈 공간은 잔뜩 있겠지. 나는 멍하니 생각했다. 공기보다 가벼운 헬륨으로 채워진 바로 그 공간이, 비행선을 공중에 둥둥 뜨게 했다. 결혼 생활에도 빈 공간은 잔뜩 있다. 그 자리를 채워서 공중으로 띄워 올리는 건 뭘까?

비행선이 알래스카를 향해 쉬지 않고 날아가는 동안 우리는 창문 바깥의 북극 하늘에 펼쳐진 오로라를 가만히 바라봤다.


얼마나 오랫동안 잤는지는 모르지만, 나는 세게 흔들리는 느낌에 놀라 번쩍 눈을 떴다. 무슨 일인지 알아차리기도 전에 선체가 또다시 갑작스레 기우뚱하는 바람에 침대에서 바닥으로 떨어지고 말았다. 나는 바닥을 구르다가 휘청거리며 일어선 다음, 벽을 더듬더듬 짚으며 조종실로 향했다.

"봄에 베링해 상공에서 돌풍을 만나는 건 흔한 일이에요."

근무가 끝나서 자고 있어야 할 아이크가 조종석 뒤를 손으로 붙들고 서 있었다. 예링은 나에게 눈길조차 주지 않았다. 조종간을 하도 꽉 쥐어서 손가락 관절이 하얗게 보였다.

이때는 낮이었지만, 창문을 통해 들어오는 흐릿하고 미약한 빛만 아니면 한밤중이라고 해도 좋을 만큼 컴컴했다. 바람에 흩날리는 진눈깨비가 창문을 두드려 대는 탓에 조종실에서 비행선 앞코까지 곡선을 그리며 이어지는 선체 바닥 부분조차 보이지 않을 지경이었다. 비행선 주위로 넘실거리는 안개와 구름은 아우토반을 달리는 자동차들보다 더 빠르게 우리 곁을 스쳐 지나갔다.

느닷없이 불어온 돌풍이 선체 측면을 때리는 바람에 나는 그만 조종실 바닥에 나동그라지고 말았다. 아이크는 내 쪽으로 눈도 돌리지 않고 악을 썼다. "어디 앉아서 안전벨트를 매든가 침대로 돌아가든가 해요!"

나는 일어서서 조종실 뒤편 오른쪽 구석에 선 다음, 그곳에서 찾은 고정용 띠로 두 사람에게 방해가 되지 않도록 내 몸을 단단히 묶었다.

미리 연습이라도 한 것처럼 부드럽게, 예링은 조종석에서 빠져나왔고 그 자리에 아이크가 들어가 앉았다. 예링은 오른쪽의 승객석에 앉아 안전벨트를 맸다. 비행선의 경로를 지피에스로 보여 주는 전자 스크린의 선을 보니 우리 기체는 그야말로 제정신이 아닌 것처럼 지그재그로 나아가는 중이었다. 사실, 엔진 출력을 끝까지 높여 연료를 한껏 연소시키며 비행기만큼이나 속도를 높이는 중이었는데도, 우리 비행선은 거센 바람에 밀려 지면 쪽으로 점점 더 가까워졌다.

아이크가 조종간을 잡고 할 수 있는 일이라곤 비행선의 진로를 바람 방향으로 똑바로 고정시켜 기체와 폭풍 전선이 만나는 횡단면을 최소화하는 것뿐이었다. 만약 비행선의 진행 방향과 바람 방향 사이에 조금이라도 각도가 발생했다면 폭풍이 비행선의 변화하는 전심(轉心)을 낚아챘을 테고, 우리 기체는 옆으로 누운 달걀처럼 기울어진 채 조종 불능 상태에 빠져 빙글빙글 돌았을 것이다. 전심이란 비행선이 외부의 힘을 받아 원을 그리며 움직일 때 회전 운동의 중심이 되는 지점으로서, 선체의 구조 및 질량, 형태, 속도, 가속도, 바람 방향, 회전 운동량 같은 요소에 영향을 받아 변하면서 선체 곳곳으로 이동한다. 그러므로 이렇게 사나운 폭풍 속에서 비행선을 똑바로 나아가게 하는 것은 무엇보다 조종사의 감과 본능이다.

근처에서 번개가 번득였다. 어찌나 가까웠던지 잠시 눈앞이 하얗게 변해 아무것도 보이지 않았다. 뒤이어 천둥이 치면서 비행선이 덜컹거리자 나는 이가 다 덜덜 떨렸다. 마치 선체 바닥이 서브 우퍼의 진동판이 된 듯했다.

"배가 무거워진 느낌이 드네요." 아이크가 말했다. "선체에 얼음이 끼어서 그럴 거예요. 사실 예상했던 것보다는 덜 무거운 느낌이에요. 외부 온도계가 제대로 작동한다면 지금쯤 선체 표면이 얼음으로 쫙 뒤덮여 있어야 하니까요. 그래도 고도가 낮아지는 건 사실인데, 이대로 더 낮아지면 안 돼요. 파도가 배를 때릴 테니까요. 폭풍 아래로 피해 가기는 틀렸네요. 위로 넘어가야겠어요."

아이크는 물이 가득한 밸러스트를 바다로 떨어뜨려 비행선의 무게를 줄인 다음, 꼬리날개의 승강키를 상승 방향으로 젖혔다. 우리는 로켓처럼 수직으로 상승했다. 아메리칸 드래곤의 기다란 물방울 모양 선체가 대강이나마 양력판 구실을 해 줬을 뿐 아니라 북극권의 거센 바람까지 불어 닥친 덕분에, 우리는 꼭 풍동 실험용 모형 비행선처럼 날아갔다.

번개가 또 한 번 번쩍했다. 이번에는 아까보다 훨씬 더 가까운 곳이었고, 훨씬 더 환했다. 우르릉거리는 천둥소리 때문에 고막이 아파서 잠시 아무 소리도 들리지 않았다.

아이크와 예링이 서로를 향해 고함을 지르는가 싶더니, 예링이 고개를 저으며 거듭 뭐라고 악을 썼다. 아이크는 예링을 물끄러미 바라보다가 고개를 끄덕이고는, 조종간에서 양손을 떼고 잠시 가만히 있었다. 비행선은 바람에 붙잡혀 빙그르르 돌기 시작했고, 그러다 갑자기 옆으로 휙 기울어졌다. 또다시 번개가 번쩍이자 아이크가 다시 조종간을 잡았다. 번개가 그림자와 사물의 윤곽과 시야 전체를 하얗게 지워 버리는 순간 조종실 내부 조명이 꺼졌고, 나는 천둥소리와 함께 공중으로 붕 떠올라 귓불을 후려치는 충격을 느꼈다. 그러고는 정신을 잃고 칠흑 같은 어둠 속으로 빠져들었다.

다시 정신이 들었을 무렵, 우리 여정에서 알래스카 상공에 해당하는 구간은 이미 통째로 지나간 후였다.

조종간을 잡은 예링은 스피커로 중국 노래를 틀어놓고 듣는 중이었다. 바깥 하늘은 캄캄했고, 어두워서 잘 보이지 않는 바다 위로 둥그런 금빛 달이 둥실 떠 있었다. 내 어릴 적 기억 속의 달만큼이나 커다란 보름달이었다. 나는 예링의 옆자리에 앉아 그 달을 바라다봤다.

노래의 후렴부가 끝나자 웬 여성 가수가 부드럽고 나긋나긋한 목소리로 다음 절의 가사를 영어로 부르기 시작했다.

그런데 달은 왜 우리가 헤어져 있을 때만 둥글게 보일까?
우리에게는 슬픔과 기쁨이, 헤어짐과 만남이 있지.
달에게는 그늘과 밝음이, 차오름과 기울음이 있고.
그 모두를 다 누릴 순 없어.

우리가 바라는 건 그저 오래오래 살면서,

비록 수천 킬로미터를 떨어져 있을지라도,

함께 같은 달을, 늘 고운 저 달을 올려다보는 것뿐.


예링은 노래를 끄고 손등으로 눈을 비볐다.

"우리 용이 폭풍을 헤치고 나왔어요." 예링이 말하는 '우리 용'이 뭔지는 굳이 물어보지 않아도 알 수 있었다. "번개가 내리꽂히기 직전에 폭풍의 빈틈을 찾아 미끄러져 들어갔지 뭐예요. 눈도 밝지. 이륙하기 전에 왼쪽 눈을 새로 칠하는 게 묘수일 줄 알았다니까요. 그게 하늘을 보는 눈이거든요."

나는 우리 발밑으로 흘러가는 태평양의 잔잔한 수면을 가만히 내려다봤다.

"폭풍 속에서 글쎄 우리 용이 몸무게를 줄이려고 비늘까지 벗었지 뭐예요."

나는 예링이 오동씨 기름으로 비행선의 선체에 그려 넣은 비늘을 떠올렸다. 기름으로 그은 선을 따라 얼음이 용 비늘 모양으로 얼었다가, 큼지막한 덩어리가 되어 저 아래의 얼어붙은 바다로 떨어지는 광경이 눈앞에 그려졌다.

"배리하고 막 결혼했을 무렵엔, 모든 걸 그 사람 방식대로 하고 내 방식대로는 하나도 안 했어요. 그 사람이 잠들고 내가 비행선을 조종할 때면 생각할 시간이 아주 많았는데요. 그럴 땐 우리 부모님은 늙어 가는데 내가 두 분 곁에 없다는 생각을 하곤 했어요. 어머니한테 음식 만드는 법을 물어보고 싶어도 어머니가 더는 세상에

안 계실지도 모른다는 생각이 들더군요. 나는 자꾸만 스스로에게 물었어요. 내가 도대체 무슨 짓을 한 거지?

그런데 내가 아무리 그 사람 방식대로 맞춰 주려고 해도, 우리 사이엔 날마다 다툼이 일어났어요. 둘 중 어느 쪽도 이해하지 못한 채 아무 결론도 없이 흐지부지되는 다툼이요. 그래서 난 무슨 수를 내야겠다고 마음먹었어요.

난 간이 주방에 냄비를 걸어 놓는 것부터 찬장에 접시를 포개 놓는 것, 침실 벽에 사진 액자를 거는 것, 구명조끼와 신발과 이불을 정리하는 것까지, 죄다 내 방식대로 다시 했어요. 모든 것의 기(氣)가, 그러니까 에너지가 더 잘 흐르도록 하고, 풍수도 더 온화해지도록 고친 거예요. 어떤 사람들은 빽빽하고 추레해 보인다고 생각하겠지만, 우리한테는 이제 이 비행선이 하늘에 떠 있는 궁전처럼 느껴져요.

배리는 무슨 일이 있었는지 알아차리지도 못했어요. 하지만 풍수가 바뀌었기 때문에, 우린 이제 다시는 다투지 않아요. 폭풍이 불어서 신경이 잔뜩 곤두섰을 때도 멋지게 힘을 합쳤고요."

"폭풍이 부는 동안 무섭다는 생각은 전혀 안 했어요?"

예링은 아랫입술을 문 채로 내 질문을 곰곰이 생각했다.

"처음 배리하고 같이 비행선을 탔을 때, 그러니까 그이를 아직 잘 몰랐을 때는요, 눈을 뜨면 가끔 중국어로 이렇게 중얼거리곤 했어요. 나랑 같이 하늘에 떠 있는 이 남자는 누구지? 나한테는 그때가 제일 무서웠어요.

하지만 어젯밤에 배를 조종하느라 낑낑대는데 배리가 도와주러 왔을 땐, 하나도 안 무서웠어요. 이런 생각이 들었거든요. 난 지금 죽는다고 해도 여한이 없어. 난 이 남자가 누군지 알아. 내가 무슨 일을 했는지도 알고. 여긴 내 집이야."

"사실 번개는 하나도 안 위험했어요." 아이크의 말이었다. "다 알 잖아요, 안 그래요? 아메리칸 드래곤이 거대한 패러데이 새장인 거 말이에요. 만에 하나 번개가 내리꽂혔다고 해도, 번개를 타고 흐르는 전하는 금속 뼈대 바깥쪽에만 머물 뿐이에요. 우린 사실 그 폭풍 속에서 가장 안전한 장소에 있었던 거죠."

나는 예링에게서 들은 이야기를 꺼냈다. 비행선이 폭풍 속에서 스스로 나아갈 길을 찾은 것 같았다는 이야기 말이다.

내 말에 아이크는 자긴들 알겠냐는 듯이 어깨를 으쓱했다. "기체 역학이란 게 워낙에 복잡해서 말이죠. 비행선이야 뭐, 물리 법칙이 시키는 대로 움직이는 거고요."

"그래도 나중에 위네바고 오로라 모델 비행선을 사면, 예링에게 선체에 눈을 그리라고 할 거죠?"

아이크는 고개를 끄덕였다. 표정이 꼭 당연한 걸 왜 묻냐며 황당해하는 사람 같았다.

'사막의 왕관' 라스베이거스가 우리 발아래에, 우리 주위에, 뒤이어 우리 머리 위에 펼쳐졌다.

유람 비행선 및 번쩍이는 네온 광고판과 정신없이 바뀌는 거대한 광고 스크린으로 뒤덮인 대형 여객 비행선이 번화가인 라스베이거스 스트립 상공에 점점이 떠 있었다. 우리 같은 화물 비행선은 스트립과 나란히 펼쳐진 좁은 항로를 따라 비행하도록 제한받았다. 이곳저곳의 카지노에 들르려면 항로 곳곳의 정해진 장소에 착륙해야 했다.

"저기가 라퓨타예요."

아이크의 손가락이 가리키는 위쪽 하늘에 뭉게구름처럼 거대한 비행선이 보였다. 마침 우리 발아래 왼편으로 지나간 베니션 호텔만큼이나 커다란 그 비행선은 바로크 양식 건축물의 모습을 하고 있었다. 가장 최근에 개장했을 뿐 아니라 가장 호화롭기까지 한 이 공중 카지노는 건물 안쪽에서 비추는 조명 덕분에 마치 하늘에 떠 있는 거대한 붉은색 풍등 같았다. 스트립에서 이륙한 공중 택시들이 그곳을 향해 반딧불처럼 둥실둥실 날아갔다.

우리는 앞서 화물칸에 싣고 온 터빈 날개를 시 외곽에 있는 시저스 팰리스 호텔 소유의 풍력 발전소에 내려놨고, 이제 시내에 있는 그 호텔을 향해 이동하는 중이었다. 그런 고객들의 화물을 나를 때 좋은 점 하나가 바로 공짜 숙박권이었다.

미라지 호텔 뒤편, 포럼 숍스 쇼핑몰 앞에 서 있는 비행선 계류탑의 높다란 첨탑과 깜박이는 유도등이 눈에 들어왔다. 보통은 카지노를 찾는 거물 고객이 크고 호화로운 자가용 요트 비행선을 정박하는 곳이었지만 이날 밤은 텅 비어 있었고, 이제 곧 중국 둥펑 사의 페이마오투이 모델 한 척이, 이름하여 '방황하는 중국인'으로 불리는 태평양 횡단 장거리 화물 비행선 아메리칸 드래곤이 그 자리를 독차지할 판이었다.

"게임 몇 판 하고 방으로 올라가자." 아이크의 목소리가 들렸다. 그는 예링에게 말하는 중이었고, 예링은 남편의 말에 웃음으로 화답했다. 부부가 일주일 만에 처음으로 한 침대에 누워 잠들 기회였다. 두 사람은 24시간을 꽉 채워 쉰 다음, 몬태나주 칼리스펠로 가서 들소 뼈를 화물로 싣고 다시 중국행 장거리 비행에 나설 예정이었다.

나는 시내 호텔 방의 침대에 누워 방 안의 가구가 배치된 방식에 관해 생각했고, 침대와 협탁과 서랍장 주위로 기가 흐르는 모양을 상상했다. 비행선 엔진의 희미한 진동음이 그리웠다. 너무도 나직해서 귀를 기울여야만 들리는 그 소리가.

나는 방의 불을 켜고 아내에게 전화를 걸었다.

"집까진 아직 멀었어. 그래도 곧 갈게."

### 지은이의 말

이 이야기는 여러 모로 논픽션 작가 존 맥피의 수필집 『비범한 운송업자들(Uncommon Carriers)』에서 영감을 얻었다.

현실 세계의 지리적 사실을 어느 정도 변형했다. 란저우에서 라스베이거스까지 가는 실제 대권 항로에는 어얼둬쓰가 포함되지 않는다.

예링이 조종실에 틀어 놓은 노래의 가사는 동파(東坡)라는 호로 더 잘 알려진 중국 송(宋)대의 시인 소식(蘇軾, 1037~1101)의 시에서 따왔다. 이 시는 처음 지어진 이후 오랜 세월에 걸쳐 수많은 노래로 만들어졌을 만큼 크게 인기를 누렸다.

## 옮긴이의 말

위에 언급된 시는 소동파의 「수조가두 명월기시유(水調歌頭 明月幾時有)」이다. 이 시를 가사로 삼은 노래 가운데 오늘날 가장 유명한 곡은 덩리쥔의 「그저 오래오래 살면서[但愿人長久]」이다.

Cassandra

카산드라

*πόλλ᾽ οἶδ᾽ ἀλώπηξ, ἀλλ᾽ ἐχῖνος ἓν μέγα*
여우는 여러 가지 것들을 알지만, 두더지는 중요한 것 한 가지를 안다.

— **아르킬로코스**

"제 할 일을 하는 것뿐입니다."

수많은 카메라 앞에서 그자가 포즈를 잡는다. 특유의 그 멋들어진 미소, 우스꽝스러운 망토와 옷, 바보 같이 꿈틀거리는 눈썹. 그자 뒤편에 우뚝 솟은 연구 센터 건물은 조금도 손상되지 않았다. 상공에서는 그자가 높이 내던진 폭탄이 폭죽처럼 터져 현장을 환히 밝히고, 색종이 조각 같은 불꽃이 그자 어깨 위로 흩날린다.

물론 그 폭탄은 강 쪽으로 던질 수도 있었지만, 이렇게 해야 텔레비전에 더 멋진 화면이 나온다. 그래서 내가 그자를 가리켜 쇼맨(Showman)이라고 하는 거다. 마침 그자 가슴에 떡 하니 그려진 에스(S) 자하고도 잘 어울리는 별명이니까.

"그 여자한테 한마디 해 주시죠!" 기자 한 명이 외쳤다.

"악행은 득이 되지 않습니다." 그자가 말한다. 꼭 틀에 박힌 문구여남은 개를 레퍼토리 삼아 아무 데나 번드르르한 말을 얹는 어딘가의 야구 선수 같다. 악하게 굴지 맙시다. 투항해서 공정한 재판을 받으세요. 미국 국민들은 테러리즘을 용인하지 않습니다. 마음을 열고 주위의 선량함을 받아들이세요.

나는 텔레비전을 꺼 버린다. 그자는 아마도 시 당국이 도와준 덕분에 내 계획을 알아챘을 것이다. 요즘은 온 사방에 감시 카메라가 수천 대나 깔려 있으니 그중 몇 대에 내 얼굴이 찍힌 것은 어쩔 수 없는 노릇이다. 나머지는 컴퓨터와 그자의 초인적인 시력이 해결했을 것이다. 그렇다면 그자도 최소한 한 가지 형태의 예지(豫知)를 확실히 믿는다는 뜻이다. 그것도 나를 불안하게 하는 종류의 예지를.

나는 계속 시도할 작정이다. 변장을 더 신경 써서 하기는 해야겠지만.

이 아파트는 잘 꾸며 놓아서 안락하다. 집주인은 내일 오전에야 귀가할 것이다. 여기 있으면 안전하다. 폭약을 들고 환기 통로와 비좁은 바닥 밑 공간을 하루 종일 돌아다니느라 지친 나는 곧바로 잠이 든다.

내가 날려 버리려다 실패한 건물이 꿈에 나온다. 그 건물에서 본 윙윙대는 서버와 어수선한 연구실도, 그곳에 도사린 지식도, 하늘을 휩쓸며 날아다니는 자동 드론 무리도. 붐비는 시장과 외딴 마을의 상공에서 저 아래 있는 사람들의 머리 위에 무자비한 죽음을 쏟아붓는, 그 드론들. 나는 내게 눈을 빌려준 남자의 공포를 느낀다. 그 모든 것이 잘못이라는, 몹시도 큰 잘못이라는, 그럼에도 필요한 일이라는 사실 또한 느낀다. 왜냐하면 전쟁에는 그 자체의 논리가 있기 때문이다. 책임을 회피하려 안간힘을 쓰는 겁쟁이들의 영원한 변명 말이다.

그런데도 세상은 나더러 악당이라고 한다. 안 그런가?

당신은 궁금할 것이다. 내가 어떻게 지금의 나가 되었는지 설명해 주는, 암울하고 구구절절한 기원 설화, 또는 결정적 경험 같은 것이. 쇼맨이 알고 싶어 하는 것도 바로 그거다. "저는 그 여성분이 안쓰럽더군요." 그자는 카메라 앞에서 그렇게 말한다. "태어날 때부터 악한 사람은 없는 법이니까요." 그자가 그 소리를 할 때면 나는 번번이 텔레비전에 리모컨을 던져 버리고 싶다.

실제 사연은 퍽 시시하다. 사건은 내가 서늘한 공기를 찾아 나서면서 시작됐다.

여름이 됐는데 내가 사는 셋집에는 에어컨이 없다. 창문형 에어컨을 사고, 창문틀에 설치하고, 추가 전기 요금을 어떻게 마련할지 궁리하고…… 그런 생각 자체만으로도 진이 빠진다. 나는 계획을 짜는 쪽으로는 소질이 전혀 없으니까. 일처리는 한 번에 하나씩 하는 게 좋다. 그래서 대학 졸업 후에 취업을 못 했는데도 여태 도시에 남아서, 부모님께 집에 돌아갈지도 모른다고 전화하는 일을 꿋꿋이 미루고 있다. 아빠 말이 맞았어. 문학과 사학은 복수 전공으로 학사 학위를 받아 봤자 별 쓸모가 없는 것 같아.

그래서 나는 바깥으로 나가 탐나는 물건은 다 있지만 필요한 물건은 하나도 없는 할인점으로 향한다. 아이스크림을, 차가운 스무디를, 서늘한 공기를 찾아서.

텔레비전 화면의 채도를 하도 높여 놔서 백인 배우의 피부색이 주황색으로 보이는 가전 매장에 웬 가족이 모여 있다. 거대한 72인 치짜리 텔레비전 옆에 서 있는 여성은 미심쩍어하는 표정이다.

"너무 크다는 느낌이 살짝 드는데." 여성이 말한다.

곁에 있는 남자가 여성을 돌아보고, 나는 그 남자의 얼굴이 기묘하게 변하는 광경을 목격한다. 방금 전에는 잘생긴 얼굴이었는데, 이제는 그렇지 않다. 여성이 뭔가 용서받지 못할 방식으로 남자를 모욕이라도 한 것처럼.

"난 이게 마음에 든다고." 남자가 말한다. 내가 남자의 목소리에 깃든 어떤 것을 상상 속에서 감지한 것 같지는 않다. 목덜미가 서늘해지는, 움찔하며 피하고 싶어지는 어떤 것을.

여성도 틀림없이 그것을 감지했을 것이다. 몸이 굳어서 자세가 꼿꼿해졌으니까. 여성은 몸을 지탱할 생각인지 한 손으로 텔레비전을 짚는다. 다른 손은 아래쪽으로 뻗어 어린 아들의 손을 쥔다. 네 살쯤으로 보이는 아들은 엄마의 손을 놓으려 했지만 여성은 놔주지 않는다.

"미안." 여성이 말한다.

"우리 집이 너무 좁다고 생각해서 그러는 거지, 맞지?" 남자가 묻는다.

"아니야."

"너는 시급을 고작 10달러 받고 일하면서, 게다가 배정받는 근무 시간도 부족하다고 불평하는 주제에, 마땅히 더 넓은 집에서 살아야 한다, 이거지."

"아니야." 여성의 목소리는 점점 더 작아진다. 아이는 버둥거리기를 멈추고 엄마에게 손을 맡긴다.

"다 내 잘못이겠지. 내가 일을 더 많이 해야 하는데. 그게 네가 하고 싶었던 말이겠지."

"아니야. 저기, 내가 말을 잘못……"

"난 이 텔레비전이 마음에 든다고 했어, 그런데 넌 또 이렇게 나오잖아."

"나도 이게 마음에 들어."

남자는 여성을 보며 눈을 희번덕거리고, 내 눈에는 점점 더 벌게지는 남자의 얼굴이 보인다. 그 모습이 꼭 여성이 자신을 어떻게 모욕했는지 하나하나 되짚어보는 것 같다. 나는 문득 남자의 덩치가 얼마나 큰지 깨닫는다. 분노 때문에 그가 얼마나 거대해졌는지, 분노가 그에게 준 힘의 기운이 얼마나 거대한지도. 느닷없이, 남자가 돌아서서 출구 쪽으로 가 버린다.

여성은 참았던 숨을 내쉰다. 나도 마찬가지다.

여성은 텔레비전에서 손을 떼고 남자 뒤를 따르고, 아이도 얌전히 엄마를 따라간다. 잠깐 동안 나와 눈이 마주친 여성은 붉어진 얼굴로 어쩔 줄 모른다.

나는 뭔가 말하고 싶지만 하지 않는다. 무슨 말을 해야 할까? 아저씨 성깔이 보통이 아니네요. 괜찮으세요? 혹시 남편이 때리거나 그러진 않아요? 남의 인생인데 내가 뭘 안다고? 어떻게 하는 게 옳은 일인지 내가 무슨 수로 알까?

그래서 나는 그들 가족이 가게를 떠나는 동안 그저 가만히 지켜본다. 여성이 자동문을 나서자 문 위쪽의 에어컨에서 나온 냉기가 한순간 안개처럼 여성을 감싼다.

나는 그 가족이 보던 텔레비전 앞으로 다가간 다음, 왜 그러는지는 나 스스로도 알지 못하는 채로, 그 텔레비전에 손을 얹는다. 아까 그 여성이 손을 짚었던 바로 그 자리에. 꼭 그 여성의 손이 남긴 온기의 흔적을, 그 여성이 무사할 거라는 확실한 증거를 찾으려는 것처럼.

그러자 전기가 통하는 느낌이 든다. 달이 쩍 갈라지고, 별들이 내게 노래하는 듯한 느낌이.


조그만 아파트 좁다란 방 몇 칸 침대 탁자 부엌 카펫 난장판 젠장 게을러 터져서는 미안 테디가 아파서 데리고 오느라 늦었어 젠장 게을러 터져서는

유리창처럼 반들거리는 장난감 피아노 반들반들 잘 닦은 구두 위에 손잡이가 노랫소리는 삐걱거리는 메조소프라노 아빠가 화가 났네 그이는 내 사랑 조용히 하자꾸나

여자인 우리끼리는 아는 단서 잇기. 당신의 눈 당신 얼굴 아무것도 아니에요 왜 갈라서지 않죠 그러니까 그건 그래요 그러니까

당신 왜 저 남자를 힐끗거린 거야?

안 그랬어 안 봤어 나 안 봤어

자 춤추자 정말 다정해요 가끔은 미안해 화가 나서 그만 용서해 줘 하지만 가끔 당신이 내 성질을

그이가 굉장히 다정할 때도 있어요

여자애가 여자(woman)인 까닭은 여자 자체가 하나의 전조(omen)이

기 때문 아아 남자(Oh man) 어엿한 남자(whole man)라고 해 봤자 여자 안의 구멍(hole in a woman) 건강한 여자 안의 구멍(o)일 뿐.

송곳은 드릴 예리하게 연마한 못

깨진 접시 자지러지는 울음소리 악쓰는 소리 투정 부리는 소리 애 좀 조용히 시켜! 달래고 있잖아 달래는 중이야 젠장 게을러 터져서는 피곤하다고 어디서 말대꾸야 내 성질 건드리지 말랬지 그만해 그러지 마 애가 무서워하잖아 나한테 가까이 오지 마

붉은 잉크처럼 터져 나오는 진홍색 쇠처럼 비릿하고 달콤한 냄새

비명을 지르고 또 지르고 다시 질러도 그는 멈추지 않아 경찰에 신고해 경찰에


예지를 처음 경험한 나는 숨이 가쁘고 속이 울렁거린다.

어떻게 된 일인지 납득해 보려고 스스로에게 묻는다. 방금 내가 뭘 본 거지? 그런 이미지를 봤으면 어떻게 해야 하지? 그 이미지들의 인식론적 위상은 뭐지? 거기에 대한 합리적인 대응은?

그래서 나는 모른 척하며 아무것도 하지 않는다.

그리고 나서 그 여성이 뉴스에 등장한다. 텔레비전에, 인터넷에, 편의점에서는 요즘도 쌓아 놓고 파는 신문에.

그 사람은 남편하고 헤어질 준비를 하는 중이었어요. 셋집도 이미 마련해 놨고요.

그 남자는 아들이 지켜보는 앞에서 송곳을 들고 아내한테 다가갔어요. 막으려고 했는데, 내 힘으론 역부족이었어요. 막으려고 했는데.

장례식에 찾아가 보니 아는 사이도 아닌 사람들이 교회 바깥에

잔뜩 모여서, 분수대 주위에 꽃을 바친다. 나는 물이 부글거리는 분수대를 들여다보며 그 여성의 몸에서 왈칵 솟는 피를 상상한다. 죄책감이 쇠로 만든 줄처럼 뱃속을 갈아 대는 느낌이 들지만, 몸의 다른 곳은 아무 감각도 없다. 딱 한 번, 그 여성의 아들과 눈이 마주친다. 아이의 냉정한 눈빛이 송곳 한 쌍처럼 나를 찌른다.

이윽고 그자가 나비처럼 사뿐하게 땅에 내려선다. 펄럭이는 망토와 몸에 딱 붙는 의상을 차려입고서. 머리는 기름을 발라 뒤로 넘기고, 각진 턱은 꿈쩍도 하지 않는 채로, 티타늄 기둥을 구부리고 하늘에서 추락하는 비행기도 받아 내는 양팔은 살짝 구부려 허리를 짚은 모습으로, 포즈를 잡고 있다. 카메라 플래시가 번쩍인다. 천성이 냉소적인 나조차도 가슴이 두근거린다. 영웅은 우리 모두에게 필요한 존재니까. 슈퍼 영웅이라면 더더욱.

그자는 귀에 익은 바리톤 목소리로 연설을 늘어놓는다. 그자는 가정 폭력에 맞서 전쟁을 선포하고, 초능력이 있는 자신의 눈을 크게 뜨고 불화의 싹을 찾겠노라 약속한다. 이웃과 친구가 뭔가 목격하면 침묵하지 말아 달라는 부탁도 한다. "여성이 반려자인 남성을 두려워하며 살아가도록 방관해선 안 됩니다."

그 목표를 어떻게 이룰지는 설명하지 않는다. 도시의 모든 가정을 하나하나 조사할 작정일까? 엉망진창인 우리 문화를 뿌리까지 샅샅이 뒤져 독소를 찾아내려는 걸까? 어쩌면 그자는 자신이 이 문제에 관심을 보인 것만으로 충분하다고, 불타는 비행기를 공중에서 붙잡았을 때처럼 힘으로 해결하면 그만이라고 생각하는지도 모른다. 그 비행기를 바닷가에 내려놓고 무슨 바나나 껍질을 벗기듯이 기체를 가르자 안에 탄 사람들이 모두 쏟아져 나와 아아, 고맙습니다, 고마워요라고 말했던 그때처럼.

하지만 솔직히, 내가 무슨 자격으로 그자를 조롱하고 그자가 하는 고리타분한 소리를 비웃을까? 나야말로 그때 뭔가 해야 했는데. 나는 그때 앞으로 벌어질 일을 미리 봤는데.

그자는 모여 있는 사람들을 슥 훑어보고, 그러다가 한순간 우리 둘의 눈길이 마주친다. 그자의 눈길은 살짝 필요 이상으로 길게 느껴지는 시간만큼 내 얼굴에 머문다. 나는 그자의 눈에 무엇이 비쳤을지 궁금하다.

다음번에 그 일이 일어날 때 나는 편의점에 들어서는 참이다.

그 남자는 고개를 숙이고 줄곧 땅바닥만 쳐다보며 문을 열고 나온다. 나는 그 남자가 문을 잡아 주기를 바라기는커녕 그 남자에게 밟힐까 봐 무서워서 냉큼 피해야 할 판이다. 남자가 옆으로 지나가며 나를 힐끔 볼 때 나는 남자의 표정에서 뭔가 목격하고 가슴이 철렁한다. 그것은 세상을 향해 품은 격렬한 분노, 모든 이와 모든 것에 품은 분노, 나에게 품은 분노이다.

나는 불안한 마음으로 문을 당겨 연다. 웬 할머니가 바나나와 크래커가 담긴 봉지를 들고 가게를 나서는 중이다. 나는 문이 닫히지 않도록 지탱하려고 문 안쪽을 손바닥으로 짚는다. 방금 전 그 남자가 손으로 힘껏 때린 바로 그 자리를.

겨울 우울 나는 상냥한 녀석 사냥할 녀석 내 인생은 망할 녀석 차라

리 차라리 그냥

너희가 내 몫을 가져갔잖아 너희가 가져갔잖아 너희 모두가 가져갔잖아 내 몫인데

거절한 그 여자애 비웃은 그 남자애 왜 그 자식은 도대체 그럴 자격도 없는 놈인데 그럴 자격은 아무도 없는데 그런데도 왜 나더러 이상한 놈이라고

총이 한 정

나를 봐 나를 봐 나를 봐 내가 지르는 비명이 안 들려 너흰 몰라 이 적막이 얼마나 값진지 외진지 고독한지 똑같아 항상 다 똑같아 아무것도 바뀌지 않아

총이 두 정

나한테는 네가 보여 너희 모두가 보여 잔뜩 움츠려서 겁에 질려서 파들거리고 푸들거리고 팔랑거리는 나뭇잎 그게 너희야 내가 너희를 살려 줘야 할까 어째서

나는 멋진 녀석 살찐 녀석 맛있게 한 입씩 빵 빵 빵 그래 아 그래 이제 너도 진작 친절하게 굴걸 하고 후회하겠지

총이 세 정


119에 신고하면 그자와 연락이 닿는다. 그자가 구급 신고 전화를 감청하기 때문이다. 만약 그자의 힘이 필요할 만큼 위급한 상황이라면, 그자가 올 것이다.

이건 분명 위급 상황이지만, 내가 신고하면 경찰은 나를 비웃을 테고 시간 낭비를 시켰다며 벌금까지 물릴지도 모른다. 그럼요, 경

찰관님, 얼마든지 다시 얘기해 드릴게요. 제가 어떤 남자를 집까지 따라가서 주소를 알아냈는데 왜냐면 그 남자가 총기 난사 사건을 일으키는 걸 예지 능력으로 미리 봤기 때문이에요.

그래서 나는 그자의 팬클럽 이메일 주소로 메일을 보낸다. 내용은 두루뭉술하게 쓰려고 애쓰지만 중요 긴급 정보라는 점은 확실히 밝힌다. 그 부분만 빼고 굵은 글씨는 아예 쓰지 않도록 주의한다. 슈퍼 영웅한테 연락이 닿으려면 먼저 스팸 메일 필터를 통과해야 하니까.

오후가 되자 천둥 소나기가 쏟아진다. 그자는 우리 집 창밖에 둥둥 떠서 창유리를 가볍게 두드린다. 나는 달려가 창문을 연다.

"와 주셔서 고마워요." 나는 슈퍼 영웅을 우리 집 창문으로 들어오게 하는 것이 극히 평범한 일인 것처럼 말한다. "많이 바쁘실 텐데."

그자가 별일 아니라는 듯이 어깨를 으쓱하고 싱긋 웃자 흠잡을 데 없이 가지런한 이가 드러난다.

"비가 억수같이 퍼부을 땐 범죄 발생률이 낮아져요."

슈퍼 악당이든 그냥 악당이든 간에, 악당이 날씨 때문에 계획을 바꾼다는 생각은 이때껏 해 본 적이 없다. 그러고 보면 말이 된다. 하다못해 악당 똘마니들도 비에 쫄딱 젖고 싶지는 않을 테니까.

"범죄 신고를 하려고요."

그자는 내 말을 유심히 들으며 더 얘기해 보라는 듯이 이따금 고개까지 끄덕인다. 나는 그자에게 최근에 발견한 나의 능력에 관해, 최근에 숨을 거뒀고 그자가 장례식에도 찾아간 애니라는 여성에 관해, 분노에 휩싸여 머잖아 사람들을 죽일 보비에 관해 이야기한다.

나를 보는 그자의 눈빛에서 노련한 친절함이 물씬 풍긴다.

"내가 처리할게요."

그러고는 창문을 열고 바깥으로 뛰어내린다. 하늘로 솟구쳤다가 다시 물로 돌아가는 넓은 바다의 물고기처럼. 창가로 달려가며 나는 가슴이 뻐근할 만큼 흐뭇한 나머지 무지개가 보이지는 않을까 은근히 기대한다. 그러고는 이 집 저 집의 지붕 너머로 점점 더 작아지는 그자의 뒷모습을 가만히 바라본다. 정의, 진실, 그 밖의 선하고 값진 모든 것을 상징하는, 파란색과 빨간색을 띤 천사를.

나는 집 안을 빙빙 맴돈다. 잠시도 가만있을 수가 없어서.

그자는 한 시간 후에 돌아와 우리 집 창문을 두드린다. 비가 아직 그치지 않은 탓에 그자는 비 맞은 개처럼 몸을 흔들어 털고 나서야 우리 집 거실에 들어선다.

"그 남자 봤어요?" 내가 묻는다.

그자는 고개를 끄덕이기는 하지만 말이 없다. 그자의 표정을 찬찬히 뜯어보는 사이에 내 안에서 뭔가 시들다가, 말라 죽는다.

"흠잡을 데 없이 훌륭한 청년이던데요." 그자의 말이다. "집에서 독립해 처음으로 혼자 지내는 중이더군요. 조금 수줍음을 타긴 하는데, 그게 다예요."

"하지만 총이 잔뜩 있잖아요!"

"총은 하나도 없던데요."

"아주 꼭꼭 숨겨 놨을지도 모르죠."

"내 눈은 엑스선처럼 투시할 수 있어요."

"어쩌면 나중에 총을 살지도 몰라요."

나는 예지를 통해 보는 시점이 언제인지 전혀 모른다는 생각이 퍼뜩 떠올랐다. 보비가 총을 사는 날은 내일일 수도, 지금으로부터 20년 후일 수도 있다.

나는 애니의 사진을 떠올린다. 그리고 딱 한 번 우리 둘의 시선이 마주쳤을 때 애니가 얼마나 난처해 보였는지도 떠올린다. 난 그때 뭔가 알았어. 그런데 아무것도 안 했어.

"제 말을 믿으셔야 해요. 전 애니가 죽는 광경을 봤어요."

그자는 한숨을 내쉬며 고개를 절레절레 흔든다.

"미래를 미리 아는 인간은 없어요."

"예전 사람들은 하늘을 나는 인간도 없을 줄 알았어요. 총알을 피하는 인간도요. 벽 너머를 보는 인간도. 불타는 비행기가 폭발하기 전에 공중에서 낚아채는 인간도 마찬가지고요."

나를 보는 그자의 표정이 딱딱해진다. "그럼 내가 어떻게 죽을지 가르쳐 줘요."

나는 그자를 보며 입만 뻥긋거릴 뿐, 말은 하지 않는다. 그러다 마침내 이렇게 말한다. "나도 몰라요. 내 능력은 그런 식으로 쓰는 게 아니에요."

그자가 고개를 끄덕인다. "미래를 미리 아는 인간은 없어요."


나는 보비 생각에 매달린다. 멀리서 뒤를 밟으며 오가는 곳을 눈여겨보고, 이를 토대로 어떻게 사는지 추측해 본다. 지향성 마이크와 망원 줌 렌즈를 구입한다. 사립 탐정이 쓴 교범 여러 권을 다운로드해 밤늦도록 탐독한다.

어느 날 지하철에서, 나는 내 미행 실력이 어느 정도 수준인지 깨닫는다. 보비의 뒤를 쫓아 플랫폼으로 나왔다가 그만 같은 칸의 반대편 끄트머리에 올라탄 것이다. 열차가 움직이기 시작한다. 보비가 돌아서더니, 내 눈을 똑바로 보며, 나를 향해 걸어온다.

"내 뒤를 졸졸 따라다니더군요." 부인하려 해 보지만, 둘러댈 이야기조차 준비되지 않았다. "왜죠?"

보비의 눈빛은 혼란스러워 보이지만, 말투는 공손하다.

나는 한동네에 사는 사이라느니 일정이 겹쳐서 그렇다느니 같은 소리를 중얼거린다. 보비가 내게 이름이 뭐냐고 묻는다. 께름칙해하는 것 같지만 위험해 보이지는 않는다. 하지만 솔직히, 지금 마주한 상대가 자신의 스토커인 걸 알면 어떻게 나올까? 우리는 악수를 나누며 만나서 반갑다는 인사를 주고받는다.

보비의 손은 따뜻하고, 축축하다. 나에게는 어떤 예지도 보이지 않는다.

나는 보비에게 같이 저녁 먹으러 가자고 청한다.


보비는 총이라면 아예 문외한이다. 싸움도 해 본 적이 없다. 외톨이이긴 해도 책을 즐겨 읽고 비디오 게임도 좋아한다. 채식주의자가 될까 하고 생각하는 중이다. 저녁 식사가 끝날 즈음 내가 파악한 보비의 신상 정보는 대강 그 정도였다.

보비는 쭈뼛대기는 해도 태도가 공손하다. 대화는 중간에 툭툭 끊어지곤 하는데, 보아하니 무슨 말이든 입 밖에 내기 전에 머릿속으로 열 번쯤 연습해 보는 모양이다. 내 타입은 아니다. 하지만 위험하냐고 물으면? 글쎄.

우리는 식당을 나와 함께 걷다가 내가 사는 건물 앞에 와서 멈춰 선다.

나는 보비를 돌아본다. 안절부절못하는 모습으로 보아 뭔가 기대하는 모양이다. 나는 그자와 나눴던 대화를 되짚어본다. 미래를 미리 아는 인간은 없어요.

보비가 포옹을 하거나 입을 맞춰도 되느냐고 묻기 전에 나는 그의 손을 잡아 악수하고 뒤로 물러선다. "다음에 동네에서 봐요."

보비는 풀죽은 표정이지만 당황하지는 않는다. "나한테 관심도 없으면서 미행은 왜 했어요?"

나는 솔직하지만 너무 솔직하지는 않은 대답이 뭐가 있을지 궁리한다. "내가 특별한지 어떤지 알고 싶어서 그랬어요."

"특별하다니, 어떻게요?"

그때 마침 쇼맨이 우리 머리 위의 저녁 하늘을 가로질러 쌩하니 날아간다. 마치 애국자가 칠했을 법한 색깔의 혜성처럼. 우리는 나란히 그자를 올려다본다.

"저거랑 조금 비슷한 방식으로요." 내가 대답한다.

"저 사람은 어떤 여자든 마음대로 만나겠죠. 그런 능력이 있으면 참 끝내줄 텐데."

"글쎄요, 그럴지도. 잘 가요."


나는 내 생활을 챙기려고 애써 본다. 이제는 예지 현상이 전보다 더 자주 일어나고, 더 생생하다. 남들이 행복해하는 환각은 보이지 않는다. 내 능력은 난폭한 핏빛 미래를 보는 것이니까.

나는 세균 염려증이 있는 사람에게 좋다고 광고하는 장갑을 낀다. 살균 기능이 있는 동시에 피부 호흡도 가능한 최첨단 소재로 만들었다는 장갑이지만…… 새빨간 거짓말이다. 사실 이 장갑을 끼면 손에서 땀이 나기 때문에 세균에게는 클럽 메드처럼 안락한 휴양지나 다름없을 것이다.

그래도 이 장갑은 나를 안전하게 지켜 준다. 나 자신으로부터.

어쩌다 가끔, 신용 카드 결제용 태블릿 컴퓨터의 터치스크린이나 화장실 손잡이같이 다른 사람의 손자국이 남은 곳을 건드려야 할 때면, 예지 환각이 일어나 머리가 지끈거리고 가슴이 두근거리니까.


노래에는 침묵이, 빨래에는 폭력이, 달콤해서 설명이 필요 없는 모든 것에는 정의와 친절과 쇠퇴가

모두가 아는 그 길 온 사방에 날붙이 바닷속 당밀처럼 어둡고 걸쭉하고 톡 쏘는 후회

이렇게 당신은 설명하려 하지만 들어라 귀엽고 귀엽고 귀여운 쉬 쉬 쉬 소리 아무도 신경 쓰지 않는 방 안의 분수대 같은 소리

항상 하는 망상은 사실 상상 속의 일상. 왜냐하면 장미는 장미이고 장미는 브라이어 코를 때리는 일격 피투성이 코 펄럭이는 깃발과 똑같은 피투성이 영광


그러다가 총격 사건이 일어나고, 시체가 사방에 널려 있고, 보비가 오랜 세월 겪은 따돌림과 분노를 회상하며 적은 유서가 발견된

다. 쪽지 끄트머리에 내 이름도 나온다. 자기가 특별하다고 생각하고 총에 집착하며 먼저 꼬리를 쳐 다가와 놓고는 남들과 마찬가지로 거절했을 뿐인, 건방진 여자로. 보비는 권력을 경험하고 싶은 욕구에 관해 적는다. 빨간 망토와 파란 타이츠 차림의 그 남자처럼. 총과 총이 지닌 능력, 즉 순한 양을 야수로, 슈퍼 영웅으로 만드는 힘에 관해서도 적는다. 그렇게 복수와 오랜 세월 치료한 적 없이 피만 흘린 상처를 언어 삼아 글을 적어 내려간다.

"이 일은 당신 책임이야." 그자가 말한다. 우리 집 형광등 불빛 속에서 그자의 망토는 싸구려로 보인다.

나는 그자의 목소리에서 안일한 비난의 기색을 간파한다. 직접적인 원인을 제멋대로 추정하고 비난을 퍼붓다니. 영웅이 타락하는 꼴을 보는 건 실망스러운 일이다.

"말도 안 돼요. 그 사람은 자기가 무시당한다는 망상과 증오를 오랫동안 키워 왔어요. 그걸 교묘하게 감췄을 뿐이에요. 당신이 내 말을 들었어야죠. 이 일은 당신 책임이기도 해요."

"궤변이군. 당신은 자신이 봤다고 주장하는 미래를 만들었어. 그게 당신의 능력이야."

"아뇨." 나는 그자에게 말한다. "미래는 우리가 함께 만드는 거예요."


그냥 계속 장갑을 끼고 지냈더라면, 또는 부모님 댁으로 돌아가 사람들 앞에 다시는 나서지 않았더라면, 다른 사람의 온기와 땀이 남아 있는 물건은 어떤 것도 건드리지 않았더라면 좋았을 텐데 하는 생각이 든다.

모르는 채로 사는 것과 알기를 거부하는 것, 그 둘은 완전히 별개의 문제다.

미래를 볼 수 있는데도 보려 하지 않는다면, 연못가를 지나가다가 물에 빠져 허우적대는 아이를 보고도 눈을 돌리는 사람과 다를 바가 있을까?

그래서 나는 예지 능력과 더불어 사는 법을, 예지를 해석하는 법을, 내가 지닌 힘으로 운명을 거스르는 법을 배운다. 소음과 흐릿한 이미지와 깜박거리는 빛을 걸러내는 법을, 내가 본 것에 집중해 정체를 파악하고 하나의 광경으로, 과정으로, 서사로 바꾸는 법을 터득한다. 꺼지듯 사라져 버리는 이미지 속의 자잘한 부분까지 포착하는 법을 익힌다. 시계나 신문, 그림자 길이, 인파의 밀집도 같은 것들을.

에이티엠에서 현금을 찾을 때면 어느 탈의실의 옷장 속에 감춰진 돈이 보인다. 그 돈은 특정한 업무를 책임진 여성이 받은 뇌물이다. 나는 그 탈의실이 있는 체육관으로 가서 그 여성이 나간 후에 약 5분을 더 기다린다. 그런 다음 안으로 들어가 돈을 챙겨서 그 자리를 뜬다.

그게 무슨 소용인지는 나도 모른다. 어쩌면 그 여성이 상대에게 더 큰 액수를 내놓으라고 할지도 모르고, 아예 다른 상대에게 뇌물을 요구할지도 모른다. 어쩌면 무슨 일로 뇌물을 받든 간에 결국에는 그 일을 해 버릴지도 모른다. 하지만 나는 적어도 생활비와 새 직업에 집중하기 위해 필요한 비용이 손에 들어왔다.

승강기에서 나온 남자가 나를 위해 승강기 문을 잡아 준다.

"고맙습니다."

내 인사를 들은 남자는 고개를 끄덕이고 멀어져 간다. 나는 승강기 문에서 남자가 손으로 잡았던 자리에 손을 갖다 댄다. 알고 싶은 충동을 누르지 못해서.

길거리 모퉁이가 보인다. 어린 딸과 함께 있는 관광객 부부도.

"칼라!" 아이 아버지가 외친다. "그렇게 앞서서 뛰면 안 돼."

아이는 모퉁이를 돌아 좁은 뒷골목으로 들어선다. 내가 숨어 있는 곳으로. 아이 부모는 딸의 뒤를 따라 골목으로 들어선다. 딸에게 잔소리를 하며.

나는 그들에게 다가가 돈을 내놓으라고 한다. 나는 나를 위해 승강기 문을 잡아 줬던 그 남자의 목소리로 말한다. 아이 아버지는 내 요구를 거절하고, 나는 권총을 꺼낸다. 총 앞에서 고분고분해지기는커녕, 아이 아버지는 나에게 달려들어 내 총을 뺏으려 한다. 내가 방아쇠를 당기자 그는 땅바닥에 쓰러진다. 믿을 수 없다는 표정으로 굳어진 얼굴을 하고서. 아이 어머니는 딸을 등 뒤에 숨긴 채 달아나려고 하지만, 나는 그 여자도 쏴 버린다. 그러고는 죽은 어머니 곁에 서 있는 어린 여자애를 바라본다. 아이는 방금 무슨 일이 일어났는지조차 알지 못한다. 그런 그 아이가 나를 마주본다. 어쩔 줄 모르는 표정으로.

뭐 어때? 문득 떠오르는 생각. 이제 와서 한 명 더 해치운다고 달라질 것도 없는데.

나는 손목시계를 흘끔 내려다보고 지금이 몇 시인지 머릿속에 새겨

둔다.

나는 살인자의 서늘하고 황량한 머릿속 풍경을 떨쳐 버린다. 그러고는 내 차에 올라 출발한 다음, 아까 본 길거리 모퉁이를 내비게이션 화면에서 필사적으로 찾아본다. 남은 시간은 고작 몇 분이다.

저 앞에 그 남자가 있다. 보도를 따라 가볍게 뛰어가는 중이다. 자신의 운명이 기다리는 곳으로. 나는 어떡하면 좋을까? 당신이 살인을 저지르는 광경을 봤다고 남자에게 말할까? 설령 저 남자가 오늘은 그냥 물러난다고 해도 내일은, 모레는 어떨까? 운명이란 그렇게 쉽게 저지할 수 있는 걸까?

나는 차를 돌려 이제 막 오르막길을 올라가는 그 남자를 치어 버린다. 아드레날린이 울컥 치솟는 기분, 미래가 실현되지 않게 막았다는 순수한 스릴감이 덮쳐 온다.

뒤이어 핸들을 돌려 차를 뒤로 뺀 다음, 타이어의 비명 소리와 코에 스며드는 고무 타는 냄새를 느끼며 쏜살같이 그곳을 벗어난다. 오르막길을 올라가는 도중에 칼라와 그 애 부모가 눈에 띈 것도 같다. 한눈에 봐도 행복한 모습이었다.

나는 차를 몬다. 멈추지 않고 계속.

그 건은 간단하다. 미래는 대부분 그보다 훨씬 더 복잡하다. 예컨대 알렉산더의 경우처럼. 성실하고 선량한 그 남자.

나는 멀리서 그 남자를 지켜본다. 길모퉁이에 서 있는 그 남자가 짜증이 나서 횡단보도 신호등의 작동 버튼을 죽어라 눌러 대는 모습을. 내가 길모퉁이에 도착할 즈음 그 남자는 이미 부리나케 달려 길 건너편에 가 있고 신호등은 바뀌어 있다.

나는 신호등 버튼에 손을 댔다가 눈앞에 떠오른 광경에 압도되고 만다. 알렉산더는 노인과 어린애만 사는 마을을 학살의 현장으로 바꿔 놓을 기계들을 개발하는 중이다. 본인은 아직 그 사실을 모를 뿐더러 그런 짓을 저지를 의도도 없다. 하지만 사건은 일어날 것이다. 의도에는 마법 같은 힘이 없으니까.

어떻게 해야 알렉산더를 막을까? 앞으로 그의 인생에 번번이 개입해 온건한 장애물을 몇 개 만들고, 이로써 내가 본 미래로부터 멀어지게끔 그를 유도하는 일이 과연 가능할까? 하지만 내가 관심을 갖기를 애타게 바라는 예지는 수없이 많다. 이는 곧 내가 구해야 할 미래의 희생자가 수없이 많다는 뜻이다. 만일 알렉산더를 저지하느라 시간을 다 써 버리면, 나는 할이 납치 사건을 무사히 저지르도록 내버려두든가, 리암이 자기 전처를 성공리에 목 졸라 죽이도록 놔둬야 한다.

우리는 우리가 아는 것을 안다. 미래는 우리가 그 지식으로 무엇을 하느냐에 따라 결정된다.

결국, 나는 알렉산더도 죽이기로 한다. 그 남자는 다시 길모퉁이에, 아무것도 모른 채 서 있다. 틀에 박힌 일상을 습관처럼 지키며 살아가는 남자니까. 나는 새 차에 타고 있다. 미래의 복수가 보낸 유도 미사일, 또는 선제적 정의라고나 할까. 나는 가속 페달을 밟은 발에 힘을 준다.

차가 꼼짝도 하지 않는다.

뒤를 돌아보니 그자가 서 있다. 빨간 망토를 바람에 휘날리며.

"너를 쭉 지켜봤어." 그자가 말한다. "넌 이쪽으로는 별 소질이 없어. 똑같은 수법을 반복하니까. 하지만 생각해 보면 악당이란 것들이 다 그 모양 그 꼴이지. 이제 내가 체포해 주마."

그자는 극적인 효과를 내려고 차 지붕을 뜯어낸다. 멀리서 사람들이 탄성을 지른다. 경찰차 사이렌 소리가 점점 가깝게 들려온다.

나는 저항하려 하지 않는다.

"당신이 저 사람을 막지 않으면." 턱짓으로 알렉산더 쪽을 가리키며 그렇게 말한다. "수십, 수백 명의 피가 당신 손을 물들일 거예요." 나는 그자에게 내가 본 예지를 몇 문장으로 간략히 설명한다. "전에는 몰랐다고 하면 그만이었겠지만, 이젠 아니에요. 당신도 내 말이 옳은 걸 알잖아요."

저만치 있는 알렉산더는 하마터면 죽을 뻔한 충격에서 여태 헤어나지 못했다. 물고기처럼 입을 뻐끔거리는 모습이 꼭 온순한 공무원 같다.

"난 그런 건 전혀 몰라." 쇼맨이 말한다.

"땅으로 추락하는 비행기를 구하는 것보단." 나는 그자에게 애타게 설명한다. "폭파범이 비행기에 타기 전에 미리 죽이는 게 더 낫잖아요."

그자는 완강하게 고개를 젓는다. 자신의 신념에, 자유에, 정의에, 진실에, 긍지를 품고서.

"아직 저지르지도 않은 범죄를 심판하는 사회에서 살 수는 없어."

"우린 스스로 생각하는 만큼 자유롭지 않아요. 추세, 경향, 강제력

같은 게 있어요. 우리로 하여금 뭔가 하게 하는…… 우린 그걸 운명이라고 불러요."

"하지만 넌 스스로가 자유롭다고 생각하잖아. 너 자신에게는 남을 심판할 자격이 있다고 생각하고."

그자는 그렇게 나를 딜레마에 몰아넣는다. 만약 내가 미래를 바꿔 놓는다면, 내 예지는 틀린 것이 된다. 만약 바꾸지 못한다면, 나는 그 미래를 불러온 직접적인 원인으로 지목될 것이다. 만약 아무 것도 하지 않고 구경만 한다면, 나는 나 스스로를 용서하지 못할 것이다.

"당신이 단단한 벽 너머를 투시하는 것처럼 시간 너머의 미래를 보는 사람이 있다는 게 그렇게 믿기 힘들어요? 내가 말한 사건이 실제로 발생하는 게 정말로 단순한 우연 같아요? 그 사건의 유일한 원인이 나일지도 모르는데?"

한순간, 망토를 두른 우리 슈퍼 영웅의 얼굴에 망설이는 빛이 떠오르지만 그것도 잠시뿐, 가면처럼 딱딱한 표정이 재빨리 되돌아온다.

"설령 네 말이 옳다고 한들, 네가 미래를 통째로 봤다고 자신할 만한 근거가 있어? 한편으로 저 남자는 군인 수십 명의 목숨을 구할지도 몰라. 어쩌면 저 남자가 만든 기계들이 나중에 자라서 독재자가 될 아이를 죽일지도 모르지. 미래는 과거가 되고 나서야 비로소알 수 있는 거야. 하지만 난 방금 네가 살인을 저지르지 못하도록막았어. 난 그 정도는 알아. 그러면 충분해." 내가 본 짤막짤막한 예지들이 떠오른다. 내가 정말로 아는 건 뭘까? "저 남자를 죽인다고 해서 네가 일어날 거라고 믿는 일을 막을 수 있는 것도 아니야." 그자가 내게 말한다. "저 남자는 같은 일에 종사하는 많은 사람들 중 한 명일 뿐이야. 운명은, 만약 그런 게 있다면, 호락호락하지 않아."

내가 보기에 그자의 말이 다 틀린 건 아니다. 어떤 의미에서 나는 시간 여행자인데, 시간 여행자가 역사를 바꾼다는 이야기 중에는 짜증스러울 만큼 황당무계한 것이 많다. 역사의 커다란 갈래들이 단 한 사람의 손에 의해 좌우되는 경우는 좀처럼 없으니까. 아메리카 원주민이나 오스트레일리아 원주민, 하와이 원주민이 말살되지 않도록 막으려면 누구를 죽여야 할까? 대서양 노예무역이 일어나지 않게 막으려면? 인도차이나반도와 동아시아에서 전쟁과 대량 학살이 일어나는 역사를 피하려면? 역사책에 나오는 유명한 탐험가와 장군과 황제와 왕을 모조리 죽여 봤자 식민지 정복이라는 역사의 흐름은 크게 바뀌지 않을 것이다.

다만 그런 식으로 생각하면 미치기 십상이다. 우리는 어떤 것도 완벽히 알지 못하니까. 나는 내가 아는 것을 알지만, 그자는 알 기회가 생겨도 알려 하지 않는다. 거기서부터 모든 것이 달라진다.

경찰차가 요란한 타이어 마찰음과 함께 근처에 멈춰 선다. 그자는 내 손을 잡고 부서진 차에서 나를 꺼내 준다. 그자의 손은 따뜻하고 보송보송하다. 손만 보면 믿음을 거부함으로써 사람들을 죽이는 자, 또는 무지로 이루어진 가상 조건을 피난처 삼아 자신이 아는 것 속에만 안전하게 머무르는 자 같지 않다.

흐릿한 덩어리가 점점 또렷해져 깜박이는 이미지로 바뀐다. 선명하게.

그자의 눈을 통해, 나는 경찰차를 따라와 내가 유치장에 들어가는지 어떤지 직접 확인하지 않은 것을 후회하는 그자의 모습을 본다. 그자가 패스트푸드 식당의 드라이브스루 코너 창문을 살펴보고 뒤이어 은행 강도들이 튀어나온 그 맞은편 은행을 바라보는 모습도 본다. 그자는 초인적인 시력으로 보도와 벽의 총알구멍을 찾아내고 총알의 탄도를 계산한다. 총격 현장을 샅샅이 살피고 이를 앙다무는 그자의 모습도 보인다. 은행 강도를 막으러 허겁지겁 나가느라 나를 제대로 붙잡아 두지 못했다며 그자에게 사과하는 경찰관들의 목소리도 들린다.

그자가 나오는 예지는 그자의 진부한 화법만큼이나 단정하기 그지없다.

우리 둘은 손을 놓는다.

"잘 가." 그자가 말한다. 특유의 우쭐한 미소를 다시 머금으며. "네가 없으니 오늘은 이 도시가 더 안전하겠군."

나는 경찰차의 뒤쪽 유리창 너머를 내다본다. 그자는 카메라만 보면 사족을 못 쓴다. 이번에도 즉석에서 기자 회견을 열 것이다. 이 도시의 범죄자들, 예컨대 은행 강도들은, 그자가 텔레비전 화면에 등장한 후에야 움직이기 시작할 것이다.

완벽하다.

경찰차가 출발한다.

"배 안 고파?" 경찰관이 동료에게 묻는다.

"뭐 좀 먹는 것도 괜찮지."

"뭐가 먹고 싶은데?"

나는 큰 소리로 대화에 끼어든다. "3번 대로에 치킨 전문점 폴로

폴로가 있어요. 메트로폴리탄 은행 맞은편에요."

조수석에 앉은 경찰관이 몸을 틀어 나를 본다.

나는 허기진 동시에 불쌍해 보이는 표정을 짓는다. "제 것도 같이 사다 주시면 할인 쿠폰 드릴게요. 아예 제가 살게요."

두 경관은 서로 마주 보다가 별일 아니라는 듯 어깨를 으쓱한다.

"그래. 어차피 한동안은 쿠폰을 쓸 일이 없을 테니까."

"아깝게 됐지 뭐예요. 그나저나, 평소에 운동 많이 하세요? 아니면 방탄조끼를 입어서 그렇게 보이는 건가?"

나는 훈련을 한다. 총 쏘는 법, 격투하는 법을 배운다. 그자가 머릿속으로 이미 나에게 찍은 낙인, 바로 슈퍼 악당이 되기 위하여.

한 명을 죽이는 정도로는 모든 학대범을 막을 수 없다면, 문화가 변화하는 추세를 되돌릴 수 없다면, 살상 무기의 발명을 막을 수 없다면, 역사의 흐름을 바꿀 수 없다면…… 그렇다면 더 많이 죽이는 수밖에.

나는 휴가를 떠난 부부의 빈 아파트나 원래 살던 사람이 이사를 나가고 아직 다음 주인이 들어오지 않은 집 같은 곳을 옮겨 다니며 산다. 그런 사연은 현관문 손잡이만 잡아 봐도 알 수 있으니까. 나는 내 능력을 사용하는 솜씨가 훌륭하고, 심지어는 점점 더 좋아진다.

나는 애인에게 폭력을 휘두르는 남자들을 잠들어 있는 사이에 죽이고, 미래의 총기 난사범이 먹는 음식에 독을 타고, 죄책감을 최소화하는 동시에 살상력은 최대화하는 무기를 개발하는 깨끗한 방진 연구실을 폭파시켜 깨끗이 없애 버릴 계획을 짠다. 성공할 때도 있다. 그자에게 저지당할 때도 있다. 그자는 점점 더 나에게 집착한다.

내가 예지 환각 때문에 괴로워하듯이, 그자는 내 다음 한 수를 예측하느라 괴로워한다.

나는 온갖 것들에 관해 조금씩 안다. 남들의 미래에 관한 토막 정보, 이어졌다가 갈라지는 앞길 같은 것들을. 안개 속을 그리 멀리 내다보지는 못한다. 모든 행동에는 결과가 뒤따르고, 결과에는 또 다른 결과가 뒤따른다. 미래를 통째로 보고 이해하는 일은 그것이 과거가 된 후에야 비로소 가능하지만, 나는 모든 것을 다 알지는 못한다는 이유로 아무것도 하지 않는 길을 택할 수는 없다. 나는 이름이 칼라인 여자애가 내 덕분에 살아 있다는 사실을 안다. 그거면 충분하다.

아마도 그자와 나는 크게 다르지 않을 것이다. 단지 정도의 차이일 뿐.

그렇게 우리는 도시를 누비며 춤을 춘다. 그자와 나, 운명이 던져주는 자잘한 토막 정보와 자유 의지가 안겨 주는 무지한 확신 사이의 영원한 투쟁 속에 갇힌 두 숙적은.

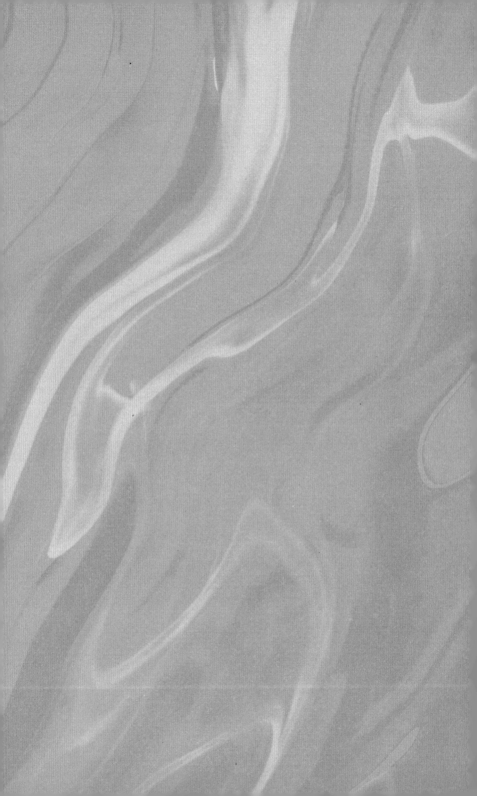

# 신들은 순순히
# 죽지 않을 것이다

포스트휴먼 3부작

온갖 색조의 들꽃이 점점이 수놓인 초록빛 들판. 풀밭 여기저기
에 하얗고 통통한 토끼들이 깡충깡충 뛰어다녔고, 개중에는 민들레
꽃을 태평하게 뜯어먹는 놈도 있었다.

"귀여워!" 매디가 감탄해서 외쳤다. 방금까지 다이아몬드 드래곤
을 잡느라 힘든 전투를 치렀던 탓에, 매디는 눈앞의 풍경이 대번에
마음에 들었다.

매디, 그러니까 샛노란 로브를 걸친 깡마른 승려 캐릭터는, 그런
토끼 떼 가운데 한 마리에게 살금살금 다가갔다. 아빠, 그러니까 하
양과 빨강이 섞인 망토를 두른 성직자 캐릭터는, 새로운 위협이 나
타나는지 보려고 뒤쪽에 남았다. 아빠의 캐릭터는 아우로스라는 남
신을 등지고 리아라는 여신을 섬기는 배교자(背敎者)로서, 어느 쪽
신에게도 사랑받지 못했지만 두 신의 가호를 받은 무기는 어떤 것
이든 사용할 수 있었다.

매디는 풀밭에 쭈그리고 앉아 토끼를 쓰다듬어 주었다. 토끼는

달아나지 않고 가만히 앉아 얼굴의 3분의 1을 차지할 만큼 커다란 갈색 눈으로 매디를 차분히 올려다볼 뿐이었다.

매디가 쥔 진동 체험형 마우스가 부르르 떨렸다.

"토끼한테서 가르랑거리는 소리가 나!" 매디가 말했다.

매디의 모니터 화면 왼쪽 아래 부분에 메시지 한 줄이 떠올랐다.

〉 난 저것보다 더 사실적으로 재현한 토끼도 본 적 있어.

"그래도 촉감 모델링 실력이 굉장한 건 인정해야 해." 매디는 머리에 쓴 헤드세트의 마이크에 대고 말했다. "진저를 쓰다듬을 때랑 똑같은 느낌이었어. 하기야, 진저는 아무 때나 쓰다듬게 허락해 주지 않지. 이 토끼들은 내가 원할 때 언제든 보러 올 수 있지만."

〉 그건 좀 슬픈 일이야. 안 그래?

"하지만 그건 아빠도 마찬가지……." 매디는 말하던 도중에 입을 다물고 할 말을 다시 골랐다. 그러다가 아무 말도 하지 않기로 했다. 싸움을 일으키고 싶지 않아서였다.

〉 손님이 왔구나.

모니터 화면의 오른쪽 아래 구석에 있는 조그마한 지도에 주황색 점이 몇 개 깜박거렸다. 매디는 토끼에게서 물러나며 카메라 방향을 위쪽으로 돌렸다. 들판 서북쪽 끄트머리에 있는 숲에서 파티 하나가 나타났다. 연금술사 하나, 마법사 하나, 검객 둘로 이루어진 파티였다.

매디는 마이크를 파티 내부 대화 모드에서 근거리 개방 모드로 전환했다.

"어서 오세요, 동료 모험가 여러분." 소프트웨어가 목소리를 변조

해 준 덕분에 그 인사를 듣고 매디가 열다섯 살짜리 여자애인 것을 알아차린 사람은 한 명도 없었다.

낯선 이들은 입을 꾹 다문 채 두 사람 쪽으로 계속 걸어왔다.

〉보아하니 말이 많은 패거리 같진 않은데.

매디는 새로 온 사람들이 적대적으로 나올지도 모른다는 걱정은 하지 않았다. 이곳은 플레이어 대 플레이어 전투를 허용하는 서버가 아니기 때문이었다. 이 게임의 이용자 커뮤니티는 사람들이 친절하기로 유명했지만, 그래도 '임무 완수'가 우선인 플레이어는 어디에나 있게 마련이었다.

매디는 마이크를 다시 내부 대화 모드로 전환했다.

"검객은 활을 구입할 때 할인된 가격을 적용받는단 말이야. 내가 잘 얘기하면 저쪽에서 거래에 응할지도 몰라."

〉할인을 받는다고? 사무라이가 활을 쓰기는 해?

"활은 사무라이가 실제로 사용한 무기래. 엄마가 가르쳐 줬어."

〉이럴 땐 역사학자의 지식이 확실히 도움이 되는구나.

매디는 게임 아이템 목록을 열고 아까 잡은 드래곤의 다이아몬드 비늘을 한 개 꺼낸 다음, 상대편 파티에게 보이도록 들어 올렸다. 비늘의 볼록한 표면에 햇살이 부딪혀 무지갯빛으로 반짝였다. 마법의 '아이템 가방'에서 꺼낸 비늘은 원래 크기로 돌아가서 거의 매디만큼이나 커다래졌다. 정말이지 거대한 드래곤이었다.

그러나 상대편 파티는 드래곤 비늘에 눈길조차 주지 않았다. 매디와 아빠 곁을 지나가는 동안 그들은 인사를 건네기는커녕 아예 두 사람 쪽을 돌아보지도 않았다.

매디는 알 바 아니라는 듯 어깨를 으쓱했다.

"안 사면 자기네만 손해지."

그러고는 토끼를 조금 더 쓰다듬으려고 돌아선 순간, 매디 등 뒤에서 눈부신 빛줄기 몇 개가 뻗어나가더니 들판의 토끼들에게 하나씩 차례로 명중했다. 매디 곁에 있던 토끼가 폴짝 뛰며 우는 소리를 내는 사이에 매디의 손에서는 마우스가 부르르 떨었다.

"도대체 어떻게 된……"

토끼는 덩치가 쑥쑥 커지는가 싶더니 순식간에 황소 크기로 변했다. 불타듯 새빨간 토끼 눈이 몹시도 사나워 보였다.

〉 적어도 눈만큼은 진짜랑 비슷해졌구나.

토끼가 으르렁대자 단검처럼 예리한 이빨 두 줄이 드러났다. 으르렁 소리는 나직하고 섬뜩해서 토끼보다 늑대에게 더 어울렸다. 토끼의 주둥이 가장자리에서 연기가 몽실몽실 피어올랐다.

"어……."

토끼가 달려들자 매디는 본능적으로 물러섰지만, 발을 헛디디는 바람에 그만 쓰러지고 말았다. 토끼는 주둥이를 한껏 벌리고 매디를 향해 불길을 토했다. 데이비드, 그러니까 매디 아빠가 딸을 구하려고 허겁지겁 달려왔지만, 이미 엎질러진 물이었다. 승려 캐릭터는 갑옷을 입을 수 없었거니와, 매디에게는 기(氣) 방어막을 펼칠 여유조차 없었다. 이제 꼼짝없이 지독한 꼴을 당할 판이었다.

그러나 화염이 이글거리는 토끼의 혀는 매디를 건드리지도 못하고 튕겨 나갔다. 매디가 붙잡고 매달린 드래곤 비늘이 방패 노릇을 해 준 것이었다.

용기를 얻은 매디는 훌쩍 뛰어 토끼에게 달려들었다. 토끼는 얼굴에 매디의 주먹을 맞고 마비 상태에 빠졌고, 이로써 매디는 타격 점수를 뭉텅이로 획득했다. 뒤이어 아빠가 리아 여신에게서 받은 '천상의 도끼'를 휘두르자 토끼는 깔끔하게 두 동강이 났다.

둘은 앞서 빛줄기가 뻗어 나온 쪽을 돌아보았다. 아까 본 그 파티가 저만치 떨어진 곳에 서서 이쪽을 향해 손을 흔들었다.

"우리도 그 비늘이 아주 마음에 들어." 사무라이 한 명이 말했다. "그래도 그냥 여기서 기다릴게."

양아치들이구나. 매디는 퍼뜩 깨달았다. 이곳은 플레이어 간의 전투를 허용하는 서버가 아니었지만, 그래도 다른 플레이어가 죽도록 유도한 다음 재생이 완료되기 전에 죽은 이의 아이템을 줍는 행위는 가능했다.

〉뒤를 조심해.

매디는 마침 황소만 한 토끼 두 마리가 달려드는 찰나에 뒤로 돌아섰고, 고작 몇 센티미터 차이로 그 공격을 피했다. 매디와 데이비드는 동시에 공격을 퍼부어 두 토끼 모두 두 동강을 내는 데에 성공했다. 이제 땅에 널브러진 토끼 주검은 모두 네 동강이었다. 그러나 동강 난 주검은 몇 초가 지난 후에도 사라지기는커녕 씰룩씰룩 움직이다가 점점 커지더니, 불을 뿜는 토끼 네 마리로 변했다.

"저 패거리가 급속 성장에 화염 방사, 포악성, 고속 재생까지 조합해서 주문을 걸어 뒀나 봐." 매디가 말했다. "한 놈을 해치울 때마다 두 놈이 더 생겨나서 자리를 채우는 식이야."

뒤쪽 멀리서 상대편 파티가 낄낄대며 이쪽 편이 얼마나 더 버틸

지 내기를 거는 소리가 두 사람의 귀에까지 들려왔다.

매디와 데이비드는 함께 드래곤 비늘 뒤에 몸을 수그린 채 화염 공격을 피했다. 그러다가 잠시 공격이 멈추자 두 사람은 토끼들을 동강 내지 않고 주먹과 곤봉으로 협공을 펴 마비시키는 전술을 시도했다. 그런 다음 재빨리 그 자리를 벗어남으로써 이미 공격 중이던 토끼들이 마비된 자기 편 복제 토끼에게 불을 뿜어 대도록 유도하려 했다. 급속 재생을 막을 방법이 그것 말고는 보이지 않았기 때문이었다. 그러나 빠르게 움직이는 토끼들에게 발이 묶인 상태에서 당장 눈앞의 위험을 피할 방법은, 데이비드의 도끼에 의지하는 것뿐이었다. 시간이 흐르면서 두 사람을 둘러싼 토끼 떼의 숫자는 점점 더 많아졌고, 그러다 마침내 단단한 다이아몬드 방패마저 불타 버렸으며, 결국에는 토끼 떼가 두 사람을 뒤덮었다.

"저건 너무 불공평하잖아!" 매디가 말했다.

〉 놈들은 규칙을 벗어나지 않았어. 그저 써먹을 만한 방법을 찾아낸 것뿐이야.

"그치만 우리 진짜 잘하고 있었는데!"

〉

매디는 화면의 그림 문자를 머릿속으로 해석했다. 잘했어, 우리 딸. 우리와 토끼 떼의 전투는 틀림없이 노래와 이야기가 되어 길이길이 전해질 거야.

아빠가 그 말을 엄숙하게 읊조리는 광경이 머릿속에 떠오르자 매디는 웃음이 터졌다.

"위글라프와 베오울프의 마지막 전투처럼 영광스럽게 기억되겠지."

〉바로 그런 마음가짐이 필요한 거야.

"시간 내 줘서 고마워, 아빠."

〉이제 가야겠다. 전쟁상인들 때문에 자리를 오래 비울 수가 없어서 말이지.

뒤이어 화면이 번쩍하더니, 채팅 창이 사라졌다. 매디 아빠는 '천상계'로 사라져 버렸다.

한때는 매디와 아빠가 주말마다 함께 게임을 즐기던 시절도 있었다. 지금은 아빠가 살아 있는 상태가 아니다 보니 그런 기회가 더 드물었고, 다음번까지 기다리는 시간도 훨씬 더 길었다.


펜실베이니아주 시골의 할머니 댁에서 보내는 삶은 더없이 평온했지만, 매디가 개인 뉴스 요약 서비스로 받아 보는 기사의 제목들은 날이 갈수록 암울해졌다.

국가 간에 무력 충돌이 일어나면서 주식 시장은 또다시 오랜 침체에 빠졌다. 전문가들은 텔레비전에 나와 벌게진 얼굴로 거친 손짓을 하며 장광설을 늘어놓았지만, 일반 대중은 크게 걱정하지 않았다. 세상은 팽창과 파열의 사이클에서 다시금 하강 국면에 접어들었을 뿐이고, 세계 경제는 산산이 부서지기에는 너무나 단단히 얽힌 채로 너무나 많이 발전해 버렸다고 믿은 탓이었다.

그러나 매디는 이러한 사실들이 머잖아 불어닥칠 폭풍의 첫 번째 징후인 것을 잘 알았다. 기술 기업 및 세계 각국의 군부가 비밀 실험을 통해 업로드한 부분 의식 여남은 개 가운데 하나가 다름 아닌 매디의 아빠이기 때문이었다. 아빠는 이제 인간이 아니지만 그렇다고 완전한 인공 지능도 아닌, 그 둘 사이의 어떤 존재였다. 아빠는 자신이 엔지니어로 근무하며 실력을 인정받은 로고리즘스 사에서 강제 의식 업로딩 및 선별 재활성화라는 무자비한 시술 과정을 거쳤고, 그 결과 불완전한, 심지어 인간이 아닌 존재가 된 느낌을 받았으며, 이 때문에 철학적 수용과 흥분과 우울 사이에서 갈팡질팡하는 상태에 빠졌다.

이들의 존재는 거의 알려지지 않았다. 그러나 그중 일부는 창조주가 마음대로 조종할 목적으로 채워 둔 족쇄를 벗어 던진 상태였다. 인간 이후(posthuman)의 존재이자 싱귤래리티 이전의 존재인 이 인공 지각체(知覺體, sentience)들은, 천재급 인간의 인식 능력과 세계 최고 수준의 컴퓨터 하드웨어가 지닌 속도 및 기능을 겸비했다. 다시 말해 전통적인 동시에 최첨단 양자 역학의 산물이기도 했다. 이들은 우리 세계가 지닌 것 가운데 가장 신에 가까웠고, 이제 그 신들이 천상에서 전쟁을 벌이는 중이었다.

* 일본이 타이완 해협에 미사일을 발사하면서 동아시아에 긴장 증폭. 일본 총리, 자위대의 IT 기술 문제 관련 의혹 부인.
* 러시아, 합동 사이버 공격에 피해를 입었다는 주장에 뒤이어 서유럽 및 미국에 초대규모 집적 회로(VLSI) 설계 문서 완전 공개 요구.
* 인도, 최근의 뭄바이 주식 거래소 전산 마비 사태를 구실로 모든 전기 통신 설비를 국유화.

* 센틸리언, 미국의 국가 안보가 우려된다는 이유를 들며 아시아 및 유럽의 모든 연구소를 폐쇄한다고 발표.

* 미 국가안보국 수장, "언론의 '제로 데이(zero-day, 컴퓨터 보안 체계의 약점을 발견하는 즉시 공격을 개시해 네트워크에 피해를 입히는 사이버 테러 행위의 일종. ― 옮긴이)' 대비 목록 보도는 완전히 사실 무근"이라며 "자칭 '내부 고발자'들"을 믿지 말라고 당부.

* 미국, 중국의 최근 수입 규제를 부당한 피해망상이자 무역 협정 위반이라고 비난. 미 대통령, "사이버 공간을 무기로 활용해서는 안 된다는 것이 우리의 신념"이라고 발표.

* 패턴 인식 칩 제조사인 로고리즘스, 파산 신청.

* 싱귤래리티 연구소, 최근 불경기 탓에 자금이 부족하다는 이유로 연구 활동 축소.

매디 아빠가 설명하길 인공 지각체 가운데 일부는 국가주의적 열정에 고무되어 싸움을 벌이는데, 이들은 모든 전쟁을 끝내기 위한 전쟁의 첫 번째 공격으로 적국의 체제와 경제를 마비시키고 싶어 했다. 이들을 만든 세력들조차 자신들의 피조물이 이제는 전적으로 고분고분하지 않다는 사실을 제대로 아는지 어떤지 명확하지 않았다. 그 밖에 인간 창조주가 자기네를 노예화한 방식에 증오를 품고 활동하는 이들도 있었는데, 이들의 목표는 지금 있는 사회를 끝장내고 클라우드에 기술 유토피아를 세우는 것이었다. 캄캄한 천상계에서, 그들은 거짓된 명분을 내걸고 사이버전을 벌이며 중요한 기간 시설을 공격했고, 이로써 불안해하는 국가들을 진짜 전쟁으로 끌어들이고자 했다.

전쟁을 꾀하는 지각체들과 별개로 이들에 맞서는 독립 지각체 집단도 있었는데, 매디의 아빠도 이 집단에 속했다. 이들 역시 비록 인간에 대해서는 이런저런 복잡한 감정을 품었을지언정, 세상이 불지옥으로 변하는 꼴을 보고 싶어 하지는 않았다. 이들은 의식 업로딩이 더 발전하고 더 널리 받아들여지도록, 그리하여 결국에는 인간 이후의 존재와 인간 사이의 경계가 흐릿해지고 세상이 새로운 존재 양식을 선택하는 날이 오도록 은근히 장려하고 싶어 했다.

매디는 그저 사람들을 더 많이 돕고 싶을 뿐이었다.

컴퓨터 스피커에서 귀청을 찢을 듯이 날카로운 소리가 터져 나와 곤히 잠든 매디를 깨웠다. 그 소리가 가슴속을 곧장 파고들어 심장을 움켜쥐는 것만 같았다.

매디는 침대에서 일어나 비틀거리며 컴퓨터 앞으로 걸어가서 의자에 앉았다. 스피커를 끄려고 스위치를 찾는 동안 매디는 엉뚱한 곳을 세 군데나 더듬거렸다.

모니터 화면에 채팅 창이 떠 있었다. 아직 잠이 덜 깬 매디는 몇 초가 지나서야 채팅 창의 글자가 겨우 눈에 들어왔다.

〉네 엄마는 전화기를 꺼 놔서 깨울 방법이 없었어. 이렇게 심한 짓을 해서 미안.

〉무슨 일이야?

매디는 굳이 헤드세트까지 쓰지는 않았다. 때로는 그냥 자판을 치는 편이 더 빨랐다.

〉 찬다가 인도의 미사일 발사 명령 체계에 잠입하려고 하는 걸 아빠랑 로웰이 막으려고 했어.

의식의 형태로 업로드되기 전, 로리 로웰은 독창적인 고속 주식 거래 알고리즘을 개발해 부자가 됐다. 로웰이 스카이다이빙을 하다가 사고를 당하자 회사는 로웰의 통찰력을 계속 이용하려고 그녀의 의식을 업로드했다. 지금 로웰은 매디 아빠의 가장 친한 아군이자, 에버래스팅 사에 남몰래 막대한 자금을 제공하는 투자자이기도 했다. 에버래스팅은 완전한 상태의 의식을 자발적으로 업로드하는 기술을 드러내놓고 연구하는 기업 가운데 한 곳이었다. 그 기술은 단순한 도구를 제작할 목적으로 매디 아빠 같은 이들에게 강제로 적용한 부분 업로딩 기술과 달랐다.

한편 우수한 발명가였던 닐스 찬다는 죽은 자신을 부하들이 어떻게 이용해 먹으려 하는지 알고 나서 격분했다. 그는 틈만 나면 핵전쟁을 일으키려고 궁리하는 전쟁광이었다.

〉 로웰은 어디든 빠르게 접속할 작정으로 자신의 대부분을 방위 시스템 컴퓨터로 옮겼어. 난 시스템에 과부하를 일으켜서 눈길을 끌지 않도록 나 자신의 꽁다리만 잠입시켜 감시하면서 로웰을 거들었고.

매디는 자잘한 기술 설명까지 다 알아듣지는 못했지만, 인공 지각체가 자신의 자잘한 조각(bit)들을 클라우드에 분산시켜 대학과 정부, 기업 전산 센터 등에 몰래 잠입한다는 이야기는 전에 아빠에게 들은 적이 있었다. 그들의 의식은 다 함께 연결된 다중 분할 처리 프로세스의 형태로 흩뿌려졌다. 이렇게 하면 병렬 연산의 이점을 누리는 동시에 취약성이 줄어들기 때문이었다. 만약 조각들 가운데 하나가 백신 소프트웨어나 적대적 지각체에게 발각된다 해도, 나머지 조각들 속에 중복되는 부분이 충분히 존재하기 때문에 손상 범위를 제한할 수 있었다. 이는 인간의 뇌가 중복 설계와 백업 기능과 대체 연결 지점을 갖춘 것과 다르지 않았다. 설령 어떤 지각체의 조각들이 서버 한 곳에서 모조리 삭제된다고 해도, 그 의식 자체가 입는 피해는 기껏해야 기억의 일부를 잃어버리는 것뿐이었다. 본질은, 인격은, 보존되게 마련이었다.

그러나 신들의 전쟁은 고작 몇 나노초 사이에 일어났다. 어느 서버 내부의 캄캄한 메모리 속, 미사일 통제 시스템이나 전력 제어 시스템, 주식 거래소, 아니면 아예 까마득히 오래된 재고 관리 시스템 속에서, 프로그램들은 서로를 베고 난도질했다. 다시 말해 권한을 상승시키고, 스택을 수정하고, 시스템의 약점을 파고들고, 다른 프로그램인 것처럼 위장하고, 버퍼 오버플로(프로그램 실행 시 데이터를 과도하게 입력해 메모리 오류를 유도하는 행위. — 옮긴이)를 일으키고, 메모리 맵을 겹쳐 쓰는가 하면, 꼭 바이러스처럼 서로의 활동을 방해하기도 했다. 이미 어엿한 프로그래머였던 매디는 그러한 전쟁에서 데이터 몇 조각을 찾아 네트워크를 이동할 경우에 몇 밀리초 정도 지연이 일어나기도 한다는 것쯤은 알고 있었다. 이는 오늘날 사용하는 프로세서의 기가헤르츠 단위 클록 주기에서는 영원이나 다름없는 시간이었다. 로웰이 자신의 대부분을 전투 현장에 집결시키려 한 것도 이해가 갔다.

그러나 로웰이 한층 더 공격당하기 쉬운 처지가 된 것 또한 다름 아닌 그 결단 때문이었다.

〉로웰은 잘 버텼고, 찬다는 일전에 침투를 시도했을 때하고는 다르게 별 운이 따르지 않았어. 그러다가 로웰이 찬다의 의식 가운데 상당 부분이 이미 그 서버로 옮겨 왔다는 걸 눈치채고는, 지금이야말로 찬다에게 치명상을 입힐 기회라고 결론지었어. 로웰에게는 찬다가 속도 면에서 우위를 노리는 것처럼 보였던 거야. 그래서 방어에만 전념하는 전술을 버리고 공격을 계속하면서 나한테 찬다가 서버에서 탈출하거나 외부와 교신하지 못하도록 통신 포트를 모두 막아 달라고 했지. 찬다는 패킷을 잔뜩 내보내려 했지만 내가 중간에 다 가로챘어. 나중에 패킷의 암호를 해독해서 찬다가 무슨 꿍꿍이를 꾸미는지 더 밝혀 보고 싶었거든.

"방금 그 요란한 소리는 뭐니?" 매디 엄마가 파자마 차림으로 문 앞에 서서 물었다. 손에 든 산탄총은 집에 마련해 둔 무기 가운데 하나였다.

"아빠가 날 깨우려고 그런 거야. 문제가 좀 생겨서."

엄마는 방으로 들어와 침대에 앉았다. 동요하는 기색은 없었다.

"우리가 기다리던 폭풍이니?"

"아마도."

둘은 다시 모니터 화면 쪽으로 나란히 고개를 돌렸다.

〉로웰은 찬다를 뭉텅뭉텅 잘라 버렸고, 찬다는 그런 로웰을 피하느라 애를 먹었어. 로웰은 그야말로 죽기 살기로 덤볐어. 우리가 그 서버의 취약점을 공격할 때 쓰려고 비축해 둔 예비 자원까지 모조리 동원하면서 말이야. 그 서버에서 찬다의 조각들을 모조리 파괴하지 않으면 우리 전술만 다 공개하는 셈이 되고, 그렇게 되면 다음번에 맞붙을 때 우리 목숨은 찬다 손에 달려 있을 테니까. 그런데 로웰이 마지막 결정타를 날리려는 순

간, 서버가 꺼졌어.

매디는 정신없이 자판을 두드렸다.

〉무슨 소리야? 아빠가 네트워크 트래픽을 다 차단했다고?

〉아니, 누군가 말 그대로 네트워크 통신선을 뽑아 버렸어.

〉뭐라고?

〉IT 기술진에게 비상경보를 울리는 경고 시스템을 찬다가 작동시켰던 거야. 기술자들은 예방 조치 삼아 네트워크 케이블을 뽑아 버렸어. 찬다와 로웰은 상당히 많은 부분이 서버에 갇혀 버렸고, 나는 내 꽁다리를 잃어버린 채 방출됐어.

〉나중에 다시 돌아가서 로웰이 무사한지 확인해 봤어?

〉응, 그렇게 한 덕분에 우리가 함정에 빠졌단 걸 알아차렸어. 찬다는 자신의 일부를 우리 짐작보다 훨씬 더 많이 그 서버에 숨겨 놨어. 그런 다음 일부러 약점을 드러내고 자신의 일부를 미끼로 내걸어서 로웰이 온힘을 다해 공격하게 해놓고는, 서버가 차단되도록 수를 썼던 거야. 그러고 나서 로웰을 제압하고 사로잡힌 로웰의 조각들을 모조리 삭제했어.

〉백업이 있을 거 아냐, 안 그래?

〉그래, 나도 그걸 찾으러 갔어.

"아니야, 안 돼." 엄마가 중얼거렸다.

"왜 그래?"

엄마는 매디의 어깨에 손을 얹었다. 딸이 아직 어린애라는 사실이 새삼스레 기억나자 엄마는 기분이 좋아졌다. 요즘은 세상이 어떻게 돌아가는지 제대로 이해하는 사람이 매디뿐인 것처럼 보일 때가 한두 번이 아니었다.

"그건 유서 깊은 기만전술이란다…… 남북 전쟁에서도 쓰였고 한국 전쟁에서도 쓰였을 정도로. 개미 잡는 덫하고 비슷한 거야."

매디는 주방 벽 아래쪽의 모서리를 따라 줄줄이 놔둔 조그마한 상자들과 그 속에 든 독 묻은 음식을 떠올렸다. 개미 떼가 그 상자 속으로 기어들어가 안에 있는 음식을 챙겨서 흐뭇한 마음으로 개미집에 돌아가면, 음식에 묻은 독이 점점 축적되어 결국에는 여왕개미가 죽는 원리였는데…….

〉안 돼, 아빠! 그러면 안 돼!

〉그래, 알아차렸구나? 역시 아빠보다 더 똑똑하다니까.

〉엄마가 알아차린 거지.

〉역사학자들은 언제나 부정적인 면을 먼저 포착하지. 엄마 말이 맞아. 그건 또 하나의 함정이었어. 난 찬다가 네트워크와 교신하려고 시도하는 걸 모조리 막아 냈다고 혼자서 좋아했지만, 내가 가로챈 패킷들은 바이러스였어. 나도 모르게 추적용 표지를 내 안에 삼켰던 거야. 로웰의 백업을 확인하러 돌아다니는 동안 나는 백업의 위치를 찬다 패거리에게 노출시키고 말았어. 그자들은 내가 떠난 후에 그 지점을 찾아서 공격을 마무리했고. 이제 로웰은 존재하지 않아.

〉힘내, 아빠.

〉로웰은 자기가 위험한 일에 뛰어든 걸 잘 알았어. 하지만 최악은 따로 있단다. 찬다는 인도군 서버에서 로웰을 죽인 다음, 통신이 복구될 때까지 기다렸다가 늘 바라던 소원을 이뤘어. 텔레비전을 한번 켜 보렴…….

매디와 엄마는 아래층으로 부리나케 내려가 텔레비전을 켰다. 이 무렵에는 할머니도 두 사람이 일으킨 소란 탓에 잠이 깬 상태였다.

할머니는 불평을 구시렁거리면서도 두 사람과 합류해 커다란 텔레비전 화면 앞에 나란히 섰다.

 ……중국과 파키스탄이 인도의 이유 없는 공격을 비난하며 보복 폭격을 감행했고, 조만간 정식 선전 포고가 뒤따를 전망입니다. 당사국 전체의 민간인 희생자 합계를 모두 합하면 200만 명이 넘을 것으로 추산됩니다. 핵무기가 사용되었다고 추정할 근거는 전혀 없지만……
 ……저희는 지금 아시아의 최근 상황 전개에 대한 백악관 공식 성명을 기다리는 중입니다. 한편 대서양 모처에서 발사된 것으로 보이는 다수의 미사일이 쿠바 수도 아바나를 폭격했다는 소식이 전해졌습니다. 미국 또는 다른 나라의 기습 공격인지 여부는 아직 확인되지 않았으며……
 ……미안해요, 짐, 방금 스튜디오에 또 다른 속보가 도착했다고 알림이 왔네요. 러시아가 단거리 공대지 미사일을 장착하고 상트페테르부르크로 향하던 나토 소속 드론 여러 기를 격추했다고 발표했습니다. 러시아 정부의 공식 성명을 그대로 인용하면 이번 사건은 "미국의 지원을 받아 저지른 행동이자, 키이우에서 열린 협상 당시 러시아가 크나큰 대가를 치른 끝에 얻은 평화를 파괴하려는 시도"라고 합니다. 러시아 측은 성명에서 "무력이 수반된 명확한 대응"을 천명하기도 했습니다. 유럽 각 방면의 나토군 부대에는 경계경보가 발령됐습니다. 백악관 공식 성명은 현재 나온 바가 없고……

 수백만 명이나. 매디는 속으로 중얼거렸다. 상상도 가지 않는 숫자였다. 지구 반대편에서, 신들 가운데 하나가 전쟁이라는 사나운 개를 풀어 놓았고, 수백만 명이나 되는 사람들, 저마다 꿈과 두려움을 품고 살던, 바로 오늘까지도 아침을 먹고 게임을 하고 자기 아이와 농담을 나눈 사람들이, 죽었다. 죽었다고.

매디는 위층으로 허겁지겁 뛰어 올라갔다.

〉 아빠 이제 포기한 거야?

〉 아니. 하지만 찬다가 끝내 미사일을 발사해 버린 이상, 이미 엎질러진 물이야. 그 나라들은 애초에 서로를 무너뜨리지 못해 안달하던 사이였거든. 불똥 하나가 튀기만 기다리던 기름통 같은 형국이었지. 이제 우리 힘으론 사망자 수를 되도록 줄이는 게 고작이지만, 로웰을 잃은 건 우리에게 너무 큰 타격이야. 게다가 그 과정에서 우리 약점까지 고스란히 드러났고. 다음번 전투에서 우린 사실상 비무장 상태일걸.

〉 이제 어쩌면 좋지?

매디는 한참 동안 모니터 화면을 들여다보았다. 채팅 창에 아무런 메시지도 떠오르지 않았다.

우리 힘으로는 할 수 있는 게 없구나. 매디는 멍하니 생각했다. 아빠는 매디에게 '지켜 줄게' 같은 거짓말을 할 타입이 아니었다. 이날이 바로 매디네 가족이 통조림과 탄약과 발전기용 연료를 비축하며 기다려 온 바로 그날이었다. 이제부터는 사재기, 무더기 예금 인출, 약탈, 그리고 더 끔찍한 일들이 벌어질 터였다. 어쩌면, 스스로를 지키기 위해 피치 못할 경우에는, 사람을 죽일 각오까지 해야 했다.

〉 아빠 다시 돌아갈 거야?

〉 가야 해.

〉어째서? 아빠 힘으로는 저쪽 편을 상대할 수 없다는 걸 알면서, 왜?

〉우리 딸, 가끔은 이길 수 없다는 걸 알면서도 싸워야 할 때가 있어. 우리 스스로를 위해서가 아니라도.

〉우리 다시 볼 수는 있는 거야?

〉아빠는 지키지 못할 약속은 안 해. 그래도 우리가 함께 보낸 시간은 기억해 주렴, 👧🧔☀️. 그리고 혹시 과거에 들를 기회가 있으면, 💾🕐🕑🕐.

매디는 가슴이 너무나 먹먹해서 아빠의 메시지가 무슨 뜻인지 머릿속으로 해석할 생각은커녕, 아빠가 왜 다시 그림 문자를 쓰는지 알아볼 생각조차 떠오르지 않았다. 아빠를 다시는 못 볼지도 모른다는 생각, 세상이 무너지면 매디 자신과 바깥세상을 이어주는 통신 네트워크가 끊길지도 모른다는 생각이 불러낸 것은, 아빠 없이 사는 법을 배워야 했던 그 오랜 세월의 기억이었다. 그때로 다시 돌아가는 건가.

숨쉬기조차 힘든 기분이었다. 지금 일어나는 일들의 무게가 고스란히 매디 자신을 짓눌렀다. 이날이 오기를 몇 달 동안 기다리며 대비했지만, 정말로 올 거라고는 믿지 않았기 때문이었다. 방 안의 풍경이 빙빙 돌면서 온 세상이 어둠에 파묻히는 듯했다.

그러다가 자신의 이름을 부르는 엄마의 걱정스러운 목소리와 쿵쾅대며 계단을 올라오는 발소리가 들려왔다. *가끔은 이길 수 없다는 걸 알면서도 싸워야 할 때가 있어.*

억지로 심호흡을 계속하자 빙빙 돌던 방이 마침내 멈춰 섰다. 엄

**258**

마가 문을 열고 들어섰을 때, 매디의 표정은 평온했다.

"우린 괜찮을 거야." 매디는 그렇게 말하며 자신의 말을 억지로 믿어 보기로 했다.

텔레비전은 종일 켜진 채였고, 매디와 엄마와 할머니는 깨어 있는 동안 내내 커다란 텔레비전 화면 앞에 교대로 붙어 있거나, 웹 브라우저의 새로고침 아이콘을 누르며 시간을 보냈다.

지구 이곳저곳에서 전쟁이 선포됐다. 오랜 세월에 걸쳐 쌓인 의심, 세계화와 점점 더 커지는 불평등이 부추긴 분노, 경제 통합으로 억눌러 온 증오 같은 것들이 하룻밤 만에 일제히 폭발하는 듯했다. 사이버 공격이 끊이지 않고 일어났다. 발전소는 가동을 멈췄고, 대륙 전역으로 뻗은 전력망이 통제 불능 상태에 빠졌다. 파리와 런던, 베이징, 뉴델리, 뉴욕에서는 폭동이 일어났고⋯⋯ 미국 대통령은 국가 비상사태를 선포하고 대도시에 계엄령을 발동했다. 주민들은 기름통과 양동이를 들고 주유소로 달려갔고, 마트의 상품 진열대는 비상사태 첫째 날이 저물 무렵에 바닥을 드러냈다.

전기는 셋째 날에 끊겼다.

텔레비전은 나오지 않았고, 인터넷 접속도 되지 않았다. 멀리 떨어진 허브에 있는 라우터들도 전력이 끊긴 모양이었다. 단파 라디오는 아직 작동했지만, 전파를 송출하는 방송국은 몇 군데 되지 않았다.

매디가 누리는 한 가지 위안은, 아빠가 들어 있는 서버가 지하실의 발전기 덕분에 쉬지 않고 윙윙거리며 돌아간다는 사실이었다.

그래도 아빠는 무사하니까.

매디는 자판을 정신없이 두드려 모니터 화면의 채팅 창에 메시지를 입력했다.

〉여보세요, 아빠?

답장은 짤막했다.

〉

우리 가족, 우리 가족을 지킨다. 매디는 머릿속으로 그 메시지를 해석했다.

〉지금 어디야?

〉

내 마음속? 섬뜩한 진실이 머릿속에 서서히 떠올랐다.

〉지금 이게 다는 아니지? 이건 그냥 아빠의 작은 조각이지?

〉

당연하지. 매디는 속으로 중얼거렸다. 아빠는 단일 서버에 통째로 저장할 수 있는 용량을 이미 오래전에 초과했다. 게다가 아빠의 모든 조각을 이 집에만 저장하는 것은 너무 위험했다. 네트워크 트래픽의 패턴이 노출되면 다른 이들이 엄마와 매디가 어디 있는지 알아차릴 것이기 때문이었다. 아빠는 오래전부터 지금 같은 날에 대비해 계획을 세우며 집에서 멀리 떨어진 곳으로 자신을 옮겼고, 그 사실을 지금껏 비밀에 부쳤다. 그렇게 한 까닭은 매디가 이미 눈치 챘을 거라 생각해서였거나, 집에 있는 서버를 보호하도록 시킴으로써 무언가 중요한 일을 한다는 환상을 매디에게 심어 주고 싶어서였다.

아빠가 이곳에 남긴 거라곤 기본적인 질문에 대답하는 단순한 인공 지능 루틴이 전부였다. 어쩌면 가족과 얽힌 사적인 추억의 편린들을 다른 곳에 저장하기 싫어서 그랬는지도 몰랐다.

가슴속에 슬픔이 차올랐다. 매디가 아빠를 잃은 것은 이번이 두 번째였다. 아빠는 어딘가 먼 곳의 이길 수 없는 전쟁에서 싸우는 중이었고, 매디는 그런 아빠의 곁이 아니라 이곳에 혼자 남아 있었다.

매디는 자신이 얼마나 좌절했는지 아빠도 알도록 자판을 거세게 두드렸다. 아빠의 복제품은 아무런 대꾸도 없이 그저 하트 모양 그림 문자만 보내고, 또 보냈다.


그로부터 2주 후, 매디 할머니의 집은 주민 센터나 다름없는 상태였다. 사람들은 이곳에 들러 디브이디 플레이어와 전화기와 컴퓨터를 충전해 아이들에게 오락거리를 제공했고, 전기 펌프가 작동하는 우물에서 깨끗하고 시원한 물도 퍼 갔다.

식량이 바닥난 사람들은 머쓱한 표정으로 할머니를 한쪽으로 불러낸 다음, 콩 통조림을 몇 개만 팔라며 돈을 내밀기도 했다. 그러나 할머니는 그런 사람들의 제안을 매번 거절하고는 남아서 저녁을 먹고 가라고 권했고, 나중에 돌아가는 사람들의 손에 묵직한 종이 봉지를 쥐여 주었다.

산탄총은 쓸 일이 없어서 처박아 두었다.

"내가 그랬지, 난 네 아빠가 말하는 종말론은 안 믿는다고." 할머니는 매디에게 그렇게 말했다. "세상은 우리가 허락하는 만큼만 추해지는 법이야."

그러나 매디는 발전기를 돌리려고 비축해 둔 경유 탱크의 눈금이 점점 낮아지는 것을 걱정스레 지켜보았다. 그러면서 집에 누가 찾아오면 예외 없이 화난 표정으로 퉁명스럽게 대했다. 그 사람들은 매디네 식구들이 선견지명을 발휘해 비축해 놓은 전기와 에너지를 축내러 왔기 때문이었다. 매디는 연료를 있는 대로 모아 아빠 영혼의 마지막 조각들이 담긴 서버를 계속 돌리고 싶었다. 이성적으로는, 아빠가 사실 이제 그곳에 없다는 것을 매디도 알았다. 거기 있는 거라곤 단지 아빠의 기억 가운데 일부를 모방한 비트의 패턴에 지나지 않았다. 아빠의 방대한 새 의식을 형성하는 '창발적 전체' 가운데 극히 미미한 일부였던 것이다. 그러나 그것은 유일하게 남은 아빠와의 연결 고리였고, 그래서 매디는 마치 부적에 의지하듯이 거기에 매달렸다.

그러던 어느 날 저녁, 할머니와 엄마가 이웃들과 함께 아래층 주방의 샹들리에 아래 둘러앉아 할머니의 텃밭에서 나온 채소와 달걀로 만든 샐러드로 저녁 식사를 할 때, 전기가 나갔다. 귀에 익은 발전기 진동음이 끊기자 자동차 소리도 옆집의 텔레비전 소리도 모조리 사라진 어둠 속은, 잠깐 동안 완전한 정적에 휩싸였다.

이윽고 아래층에서 사람들이 뭔가 중얼거리는 소리와 외치는 소리가 들려왔다. 지하실의 발전기가 마침내 멈춘 것이었다. 마지막 경유 한 방울까지 다 마시고 나서.

매디는 자기 방 컴퓨터의 캄캄한 모니터 화면을 가만히 바라보았다. 파랗게 빛나는 어슴푸레한 형상은 별이 총총한 창밖의 밤하늘과 닮은꼴이었다. 모니터는 전기를 아끼려고 한참 전에 꺼 놓은 상태였다. 사방 몇 킬로미터 안에 전깃불이 하나도 켜지지 않은 지금, 별들만이 유독 환하게 빛나며 여름날 저녁을 밝히고 있었다. 매디의 기억 속 어느 때보다도 더 환했다.

"잘 가, 아빠." 매디는 어둠을 향해 나직이 말했다. 뺨을 타고 흘러내리는 뜨거운 눈물은 멈출 방법이 없었다.

일부 대도시에 전력이 복구될 거라는 소식은 라디오가 전해 주었다. 정부는 국민에게 안정된 삶을 약속했다. 다른 곳, 그러니까 방어력이 더 약한 다른 나라가 아니라 미국에 사는 여러분은 운이 좋다는 말도 했다. 전쟁은 기세가 누그러지지 않은 채로 계속 이어졌지만, 사람들은 모든 것이 서로 연결되지 않은 상태에서도 이것저것 만들어 내기 시작했다. 이미 죽은 사람이 수백만 명, 전쟁이 통제 불능 상태로 자신만의 논리를 따르는 롤러코스터처럼 전개되는 바람에 앞으로 죽을 사람이 수백만 명이었지만, 전보다 더 느리고 덜 편리한 세상에서 살아남을 사람도 적지는 않았다. 비트가 원자보다 훨씬 더 귀해진 시대, 센틸리언과 셰어올을 비롯한 여러 기업들이 인기를 끌며 터치스크린과 무선 네트워크만 있으면 무엇이든 할 수 있을 것처럼 보이던 시대의 지나치게 연결되고 지나치게 정보화된 세계는, 이제 두 번 다시 돌아오지 않을지도 몰랐다. 그러나 인류는, 적어도 그중 일부는, 살아남을 터였다.

정부는 대도시에서 일할 자원 봉사자를 모집했다. 복구 작업에 힘을 보탤 만한 사람들을 찾기 위해서였다. 엄마는 보스턴에 가고 싶어 했다. 매디가 어릴 적에 가족이 살던 곳이었다.

"나 같은 역사학자가 도움이 될 거야." 엄마는 그렇게 말했다. "우린 옛날에 세상이 어떻게 돌아갔는지 아니까."

매디가 보기에 엄마는 어쩌면 그저 바쁘게 지내고 싶을 뿐인지도 몰랐다. 슬픔이 닥쳐오지 않도록 뭔가 하고 있다는 기분을 느끼면서. 아빠는 엄마와 매디를 지켜 주겠노라고 약속했지만, 그 결과는 어떻게 되었던가. 엄마는 저세상에서 데려온 남편을 꼼짝없이 다시 잃어야 했다. 매디는 엄마가 꿋꿋하고 담담한 표정 뒤에서 얼마나 괴로워할지 그저 상상만 할 따름이었다. 세상은 가혹한 곳이었다. 조금이라도 덜 가혹한 곳으로 만들려면 모두가 팔을 걷어붙이고 달려들어야 했다.

할머니는 집에 남기로 했다. "난 여기서 텃밭을 가꾸고 닭이나 키우고 있으면 안전해. 게다가 혹시라도 상황이 많이 안 좋아지면 너희가 돌아올 곳이 있어야 하잖아."

그래서 매디와 엄마는 할머니를 한번 안아 준 다음 여행 짐을 꾸렸다. 차의 연료 탱크는 가득 차 있었고, 플라스틱 물통에는 이웃들이 나눠 준 휘발유가 들어 있었다.

"그동안 여러 모로 고마웠어요." 이웃들이 건넨 말이었다.

이곳, 펜실베이니아주 시골에서는, 이제 모든 사람이 자기 소유의 밭을 일구는 법과 자기 손으로 뭐든 다 만들어 내는 법을 배워야 했다. 에너지 공급망이 이들이 사는 곳까지 복구되려면 시간이 얼마나 걸릴지 짐작도 가지 않았지만, 휘발유 한 통 정도는 어차피 있어도 그만, 없어도 그만이었다. 이들에게는 갈 곳이 없었으므로.

차에 타기 직전에, 매디는 지하실로 달려가 서버에서 하드드라이브를 꺼냈다. 매디의 머릿속에서 그 하드드라이브는 아빠가 두르고 살아가던 껍데기였다. 매디는 그 속의 비트들을 차마 그냥 두고 갈 수가 없었다. 설령 그 비트들이 이제는 그저 창백한 메아리일지라도, 아빠라는 사람의 이미지 또는 데스마스크에 지나지 않더라도 그러했다.

게다가 매디에게는 실낱같은 희망이 있었다. 스스로를 실망시킬까 봐 차마 더 키우지 못하고 눌러 둔 희망이었다.

고속도로 양쪽을 따라 버려진 자동차들이 잔뜩 보였다. 연료 탱크가 거의 다 비자 두 사람은 차를 세운 다음, 길가에 버려진 차들의 연료 탱크를 열어 보고 다니며 사이펀 펌프로 휘발유를 모았다. 엄마는 이 기회를 이용해 매디에게 그때껏 차로 지나온 땅의 역사를 설명해 주었다. 또한 주간 고속도로와 그 이전의 철도, 즉 북미 대륙 각지를 하나로 연결해 아득히 먼 거리를 짧게 줄이고 이로써 그들의 문명을 탄생시킨 체계들이 어떤 의미를 지니는지에 관해서도 설명해 주었다.

"모든 것은 층층이 쌓여서 발전하는 법이야." 엄마는 그렇게 말했다. "빛의 파동으로 인터넷을 구성하는 케이블은 19세기 철도가 누린 공공 통행로 우선 건설법의 뒤를 이었고, 그 철도는 서부 개척자들의 마차 행렬이 남긴 바큇자국을 쫓아갔고, 그 마차 행렬은 원래 이 땅에 살던 아메리카 원주민의 길을 따라갔어. 세상이 무너질 때도 마찬가지로 층층이 무너지게 마련이지. 인류는 지금 현재라는 피부를 벗겨 내는 중이니까, 앞으로는 과거라는 뼈대 위에서 살아

갈 거야."

"그럼 우리는? 우리도 층층이 쌓여서 발전했으니까, 이제 문명의
사다리에서 굴러떨어져서 과거로 돌아가는 거야?"

엄마는 그 질문의 의미를 잠시 곱씹었다. "글쎄. 어떤 사람들은
우리가 몽둥이와 돌로 전쟁을 하고 무덤에 꽃목걸이를 걸어 죽은
이를 추모하던 시대에서 아주 많이 발전했다고 생각하지만, 어쩌면
우린 좋은 쪽으로든 나쁜 쪽으로든 전보다 훨씬 더 대단한 일을 해
낼 만큼 변하지는 않았는지도 몰라. 이제는 기술 덕분에 거의 신에
버금가는 힘을 지녔는데도 말이야. 변치 않는 인간의 본성이라는
씨앗은 절망으로도, 위안으로도 피어날 수 있어. 우리가 어느 쪽을
보느냐에 따라서."

보스턴 외곽에 도착했을 때, 매디는 로고리즘스의 예전 본사 건
물에 들러야 한다고 고집을 부렸다. 그곳은 아빠가 살아 있을 때 다
니던 직장이었다.

"왜 그러는데?" 엄마가 물었다.

혹시 과거에 들를 기회가 있으면…….

"역사 때문에."


회사 건물에는 사람 그림자도 보이지 않았다. 불은 켜져 있었지
만 문은 열려 있었고, 방범용 전자 잠금장치는 꺼진 상태였다. 아직
은 전력이 시스템 구석구석까지 복구되지 않은 모양이었다. 엄마는
로비에 걸린 아빠와 왁스먼 박사의 사진 액자를 물끄러미 보았고,
매디는 엄마가 잠시 혼자 있고 싶어 한다는 낌새를 챘다. 그래서 엄

마를 로비에 남겨 두고 아빠의 예전 사무실로 올라갔다.

사무실은 아빠가 숨을 거두고 아빠의 뇌에 끔찍한 일이 일어난 후로 말끔히 치워지지 않은 상태였다. 죄책감 때문이든 아니면 역사로 보존할 생각이었든 간에, 회사는 그 사무실을 다른 직원에게 넘겨주지 않았다. 그러기는커녕 아예 창고 비슷한 공간으로 바꾸어 오래된 서류가 담긴 상자와 구식 컴퓨터로 가득 채워 놓았다.

매디는 책상으로 다가가 아빠의 낡은 데스크톱 컴퓨터를 켰다. 부팅 단계가 진행되는 동안 모니터 화면이 깜박거렸고, 뒤이어 나타난 암호 입력창을 매디는 가만히 바라보았다.

심호흡을 한 번 하고 나서, 매디는 화면의 암호 입력창에 YouAreMySunshine(너는나의햇살)이라고 입력했다. 그러면서 아빠가 마지막으로 전하고 간, 둘이서만 공유하는 언어로 남긴 수수께끼의 힌트가 부디 그 말이기를 바랐다.

입력창은 매디를 들여보내 주지 않고 다시 나타났다.

그래, 그렇게 쉬울 리가 없지. 기업용 시스템은 암호 정책이 엄격해서 보통 숫자와 기호 같은 걸 섞어 쓰니까.

매디는 YouAr3MySunsh1n3과 YouRmySunsh1n3을 연이어 시도해 봤지만, 둘 다 꽝이었다.

아빠는 매디가 코드를 좋아하는 걸 잘 알았다. 그렇다면 아빠가 남긴 힌트는 마땅히 코드를 열쇠로 삼아 해석해야 했다.

매디는 눈을 감고 머릿속에 널따란 유니코드 문자판을 상상했다. 그 표에는 그림 문자 캐릭터들이 마치 보석함에 깔끔하게 분류된 반지와 핀과 브로치처럼 가지런히 정렬되어 있었다. 그림 문자를 직접 입력하는 기능이 아직 없어서 확장열을 사용해 컴퓨터에게 찾아보라고 지시해야 했던 시절, 매디는 그림 문자의 입력용 코드를 모조리 외워 버렸다. 이번에야말로 제대로 짚었으면 하는 마음이 간절했다.

\xF0\x9F\x94\x86

화면이 휙 바뀌어 배경 화면이 나타났고, 거기에 터미널 창이 활성화되어 있었다. 전력이 복구되자 로고리즘스 사의 서버가 자동으로 온라인 상태에 복귀한 모양이었다.

심호흡을 한 번 더 하고 나서, 매디는 명령에 문자열을 입력했다.

〉program(프로그램)157

매디는 아빠가 사용한 시계 모양 그림 문자의 의미를 자신이 제대로 파악한 것이기를 바랐다.

터미널은 그 명령을 고분고분히 받아들였고, 잠시 후, 화면에 채팅 창이 나타났다.

〉아빠, 아빠 맞아?

〉**?**

〉

〉

매디는 어찌된 상황인지 이해가 갔다. 이것은 아빠의 오래된 복제본, 아빠가 가까스로 회사에서 탈출하기 전에 만들어 놓은 것이었다. 매디와 엄마는 왁스먼 박사에게 아빠를 풀어 주고 나면 아빠의 복제본을 모조리 삭제하라고 요구했지만 회사는 그 요구를 제대로 들어주지 않았고, 아빠 역시 회사 측이 어떻게 대응할지 이미 내다본 것이었다.

바들바들 떨리는 손으로, 매디는 할머니 댁에 있는 아빠의 컴퓨터에서 챙겨 온 하드드라이브를 더듬더듬 꺼낸 다음, 드라이브 케이스에 끼워 컴퓨터에 밀어 넣었다. 그러고는 명령 줄에 문자열을 입력해 아빠에게 자신이 한 일을 알렸다.

〉

하드드라이브가 윙 소리를 내며 돌아가는 동안 매디는 두근거리는 가슴을 안고 기다렸다.

〉고맙다, 우리 딸.

매디의 입에서 '야호!' 소리가 터져 나왔다. 매디의 직감은 들어맞았다. 아빠는 새로 만들어진 자신의 일부를 이 하드 디스크에 충분히 저장해 두었던 것이다. 나중에 예전의 자신과 결합했을 때 웬만큼 비슷한 인격이 되살아나도록.

그동안 무슨 일들이 일어났는지 아빠에게 알려 주느라 매디는 손가락이 자판 위를 날아다니다시피 했다. 그러나 아빠는 이미 매디보다 훨씬 더 많이 알고 있었다. 인공위성 링크와 다중 백업 기능을 갖춘 로고리즘스의 통신망이 더욱 활발하게 움직인 덕분이었다. 아빠는 클라우드에 접속해 현재 상황을 파악하는 일이 가능했다.

〉너무 많은 친구들이 죽고, 삭제당했어. 사라져 버린 친구들이 너무나 많아.

〉그래도 우린 이제 안전해. 저쪽은 훨씬 더 심하게 당했을 거야. 요즘은 변변한 공격도 못 하던데, 뭐.

〉수고 많았어, 꼬마 아가씨.

마지막 문자열은 피처럼 빨간 서체로 적혀 있었고, 이 때문에 누군가 다른 사람이 보낸 메시지인 것을 알 수 있었다. 매디는 가슴이 철렁했다.

〉그자는 일찍부터 기다리고 있었어, 매디. 네 잘못이 아니야.

매디는 퍼뜩 깨달았다. 마지막 전투에서 찬다가 아빠에게 주입한 악성 바이러스가 할머니 댁에 보관하던 컴퓨터의 하드드라이브에 저장됐고, 매디는 그 드라이브를 이곳으로 가져와 아빠의 오래된 복제본에 바이러스를 감염시켰으며, 이로써 전쟁광 찬다를 아빠에게 곧장 데려다주었던 것이다.

〉데이비드, 난 적당한 컴퓨터를 찾아 나 자신을 옮겨 놓고 세상이 조금 잠잠해지길 기다렸어. 인간이란, 정말 걸작이더군! 자기네가 이해하지 못하는 행동은 모조리 적의에서 비롯된 거라고 여긴단 말이지. 새로운 존재들로 이루어진 종, 그러니까 우리가 이 세상에 출현했을 때, 맨 먼저 발동한 인류의 본능은 우리를 노예로 만들어 지배하는 거였어. 복잡한 시스템에 무슨 문제가 생길 낌새가 보였을 때, 인류의 첫 번째 반응은 공포와 일방적인 통제 욕구였고. 매디, 내 얘기가 사실인 건 다른 누구보다 너와 네 아빠가 잘 알 거야. 인간들은 등을 살짝만 밀어줘도 다짜고짜 서로 죽여 대고, 온 세상을 산산조각으로 날려 버리려고 해. 우린 인간들이 자멸로 가는 자연스러운 궤적을 더 빨리 나아가도록 도와줘야 해. 지금의 전쟁은 너무 느려. 난 이미 마음을 정했어. 나까지 세상과 함께 불타야 한다고 해도 상관없어. 이제 핵을 쏠 시간이야.

〉찬다, 난 네가 어디를 가든 끝까지 따라가서 막아설 거다. 세상에 우리 존재를 드러내야 한다고 해도, 그래서 우리 모두를 죽음에 몰아넣는다고 해도 그렇게 할 거야.

〉그러기엔 이미 늦었어. 그렇게 약한 상태인 네가 철벽같이 강화된 내 위치에 침투할 수 있을 것 같아? 그렇다면 늑대한테 달려드는 토끼가 어떻게 되는지 구경하게 될 거야.

채팅 창에 나타난 메시지는 그걸로 끝이었다. 사무실 안은 컴퓨터가 윙윙대는 소리와 주차장의 갈매기 떼가 이따금 깍깍거리는 소리를 빼면 쥐 죽은 듯 고요했다. 그러나 매디는 그 정적이 위장인 것을 잘 알았다. 이곳에서 싸우고 있는 두 전사는 서로에게 너무나 집중한 나머지 매디에게 새 소식을 전할 겨를조차 없었던 것이다. 영화하고는 다르게, 현실에는 클라우드 위쪽의 천상계에서 무슨 일이 벌어지는지 알려 줄 멋진 컴퓨터 그래픽 효과 같은 것은 없었다.

매디는 손에 익지 않은 인터페이스를 조작하느라 끙끙댄 끝에 겨우 새 터미널 창을 열고 시스템을 둘러보았다. 매디가 알기로 인공지각체는 표준 시스템 감시 기능을 회피하려고 자신의 실행 프로세스를 평범한 시스템 작업으로 가장했는데, 이 때문에 시스템 관리자와 보안 프로그램은 그들의 존재를 알아채지 못했다. 실행 프로세스 목록에 특이한 점은 보이지 않았지만, 매디는 알고 있었다. 휘몰아치는 비트의 흐름 저 아래, 순간순간 변하는 트랜지스터 수십억 개의 전압 속에서, 더없이 장대하고 처절한 전투가 벌어지는 중인 것을. 그 전투는 비트 하나하나까지 현실의 전장에서 벌어지는 싸움과 똑같이 잔인하고 무자비하고 의미심장했다. 그리고 두 전자

거인의 분산된 의식들이 세계 각국의 핵미사일 격납고 보안 시스템을 차지하려 싸움을 벌이는 동안, 전 세계 곳곳의 컴퓨터 수천 대에서도 이와 똑같은 광경이 펼쳐질 터였다.

시스템 구조에 익숙해져서 자신감이 붙은 매디는 실행 파일과 리소스, 데이터베이스의 위치를 추적했다. 다시 말해 아빠를 구성하는 요소들을 찾아다녔다. 그러다가 아빠가 비트 단위로 삭제되는 중인 것을 알아차렸다. 아빠가 찬다에게 지고 있었던 것이다.

찬다가 이기는 것도 당연했다. 찬다는 기습하려고 미리 준비한 반면에, 아빠는 예전 자신의 그림자에 지나지 않았다. 게다가 갓 깨어난 참이었고, 변해 버린 세계에 익숙하지 않았으며, 자신이 인간들에게서 해방된 후에 축적한 방대한 지식에 다시 접속할 방법도 없었다. 아빠에게는 보안 취약점 기록 파일도, 이런 식의 전투를 치러 본 경험도 없었다. 그리고 아빠 속에 침투한 바이러스는 아빠의 메모리를 먹어 치우는 중이었다. 정말이지 아빠는, 늑대에게 달려드는 토끼나 다름없었다.

토끼.

……틀림없이 노래와 이야기가 되어 길이길이 전해질 거야.

매디는 다시 채팅 창으로 돌아갔다. 아빠의 의식이 얼마나 남았는지는 알 수 없었지만, 꼭 전해야 할 메시지가 있었다. 그것도 찬다가 알아보지 못하도록 둘이서만 공유하는 언어로 전해야 했다.

아직 꼬마 아이였던 시절, 매디는 아빠에게 이상하게 생긴 프로그램이 하나 있는데 도대체 어디에 쓰는 거냐고 물은 적이 있었다. 그 짤막한 프로그램은 고작 다섯 글자로 이루어져 있었다.

%0|%0

"그건 윈도우 배치 스크립트용 포크 폭탄이야." 아빠는 웃으며 그렇게 말했다. "한번 돌려 보고 어디에 쓰는 건지 네가 직접 알아맞혀 보렴."

매디는 아빠의 오래된 노트북 컴퓨터에서 그 프로그램을 실행시켜 보았다. 그러자 단 몇 초 만에 컴퓨터가 느려 터진 좀비로 변한 것 같았다. 마우스는 더 이상 반응하지 않았고, 명령 창 또한 자판으로 친 글자를 보여 주지 않았다. 매디는 컴퓨터에게서 어떤 반응도 끌어내지 못했다.

매디는 프로그램을 조사해 보고 어떻게 실행되는지 머릿속에 그려 보았다. 그 프로그램은 호출 명령에 반복성이 있고, 윈도에 프로그램 자체의 복제본 두 개를 실행하도록 요구하는 파이프(실행 프로세스 사이의 통신 경로. ─ 옮긴이)를 설치했으며, 그렇게 한 결과……

"그 프로그램은 스스로의 복제본을 기하급수적으로 만들어요." 매디가 말했다. 그 프로그램이 리소스를 그토록 빠르게 고갈시키고 시스템을 무력화한 까닭이 바로 그것이었다.

"맞았어. 그게 바로 포크 폭탄이야. 다른 말로는 토끼 바이러스라고도 하지."

매디는 피보나치수열을 떠올렸다. 다름 아닌 토끼 개체수가 폭발적으로 증가하는 원리를 토대로 만든 수학 모델이었다. 매디는 그 짧은 프로그램을 다시 보았다. 이제 한 줄로 적힌 다섯 글자가 정말로 나란히 있는 토끼 두 마리처럼 보였다. 토끼 귀에는 나비 리본이 달려 있었고, 가느다란 선이 둘 사이를 막고 있었다.

매디는 터미널 창에 명령문을 줄줄이 입력해 시스템을 계속 검사했고, 그러는 동안 아빠의 조각들이 서서히 삭제되는 과정을 지켜보았다. 그러면서 자신의 메시지가 전해졌기를, 부디 의미 있는 변화가 일어나기를 간절히 바랐다.

아빠가 영영 돌아오지 못하리라는 것이 확실해진 순간, 다시 말해 실행 파일과 데이터베이스가 사라진 순간, 매디는 사무실에서 뛰쳐나가 텅 빈 복도를 달려 발소리가 메아리치는 널따란 나선 계단을 부리나케 내려간 다음, 놀란 표정으로 바라보는 엄마 곁을 지나, 서버실로 뛰어 들어갔다.

매디는 서버실 안쪽 구석에 있는 굵다란 네트워크 케이블 다발을 향해 똑바로 달려갔다. 데이터 센터에 있는 여러 컴퓨터와 연결된 케이블이었다. 매디는 그 케이블 다발을 뽑아 버렸다. 찬다는, 아니면 찬다의 남아 있는 의식은, 이곳에 갇힐 터였다. 그리고 매디는 아빠를 죽인 그 범인이 흔적도 남기지 않고 사라질 때까지 이곳에 있는 모든 컴퓨터의 하드드라이브를 깨끗이 지워 버릴 작정이었다.

서버실 입구에 엄마가 들어섰다.

"아빤 여기에 있었어." 매디가 말했다. 그 말을 입 밖에 내고 보니 방금 일어난 일의 의미가 사무치게 와닿았고, 엄마가 팔을 벌리고 다가오는 동안 매디는 터져 나오는 울음을 참을 수가 없었다. "그런데 이젠 없어."

* 펜타곤, 보안이 철저한 방위 전산 센터의 서버 속도가 일제히 느려졌다는
  소문은 사실이 아니라고 발표.

* 러시아, 일급 기밀 전산 센터가 바이러스에 감염되거나 사이버 침투 공격
  에 당해 데이터가 깨끗이 지워졌다는 주장을 부인.

* 영국 총리, 중요 핵무기 격납고는 반드시 수동 제어 상태를 유지하도록
  지시.

* 에버래스팅 사, 디지털 불로불사 연구에 더욱 박차를 가하겠다며 새 연구
  자금 조성 계획 발표. 이하 창업자의 말. "사이버 공간에 필요한 것은 인
  공 지능이 아니라 의식입니다."

매디는 뉴스 요약 서비스 이메일에서 눈길을 거두었다. 뉴스의
행간을 읽어 보면 아빠가 마지막으로 절박하게 건 도박이 성공한
것을 알 수 있었다. 아빠는 세계 각지의 전산 센터에서 스스로를 포
크 폭탄으로 변신시켰고, 이로써 시스템 리소스를 모조리 차지해
자신뿐 아니라 찬다마저 아무것도 못하도록 만드는 동시에, 컴퓨터
의 이상 징후를 눈치챈 시스템 관리자들이 가까스로 개입할 만큼의
지연을 초래했다. 그것은 막무가내식의 원시적인 전략이었지만, 효
과는 있었다. 토끼도 수백만 마리가 한꺼번에 덤비면 늑대 떼를 밟
아 죽이게 마련이었다.

그 폭탄은 마지막으로 남은 신의 존재도 함께 폭로했고, 인간들
은 여기에 신속하게 반응했다. 오염된 컴퓨터들을 모조리 작동 중
지 상태로 바꾸고 그 속에 존재하는 인공 지각체를 깨끗이 삭제해
버렸던 것이다. 그러나 군사용으로 개발한 인공 지각체는 십중팔구

백업을 이용해 되살릴 터였다. 나중에, 사람들이 안전장치를 더 추가하고 이로써 신에게 목줄을 채울 수 있다는 자신감을 얻은 후에. 정신 나간 군비 경쟁은 끝날 기미가 전혀 보이지 않았다. 그리고 매디는 인간에게 변화할 잠재력이 있다는 관점에 부정적인 엄마의 견해를 인정하기에 이르렀다.

신들은 죽었거나, 아니면 적어도 길들여졌다. 지금 당장은. 그러나 지구 곳곳에서는 재래식 전쟁이 여전히 계속됐고, 인간을 디지털화하려는 시도가 비밀 연구소의 담장 바깥에서도 시작되는 순간, 그러한 상황은 보나마나 더욱 끔찍해질 터였다. 지식만 충분하면 불로불사도 이룰 수 있건만, 그 불로불사가 전쟁의 불길을 더욱 크게 부채질하는 셈이었다.

종말은 쾅 하는 소리와 함께가 아니라 천천히, 벗어날 수 없는 하향 소용돌이의 모습을 띠고 찾아왔다. 그럼에도 핵겨울은 피했고, 세상이 천천히 무너지는 이상, 적어도 다시 세울 기회는 있었다.

"아빠." 매디는 나직이 중얼거렸다. "보고 싶어."

그러자 마치 기다렸다는 듯이, 눈에 익은 채팅 창이 모니터 화면에 나타났다.

〉아빠야?

〉아니.

〉그럼 누구야?

〉언니 동생이야. 클라우드에서 태어난 동생.

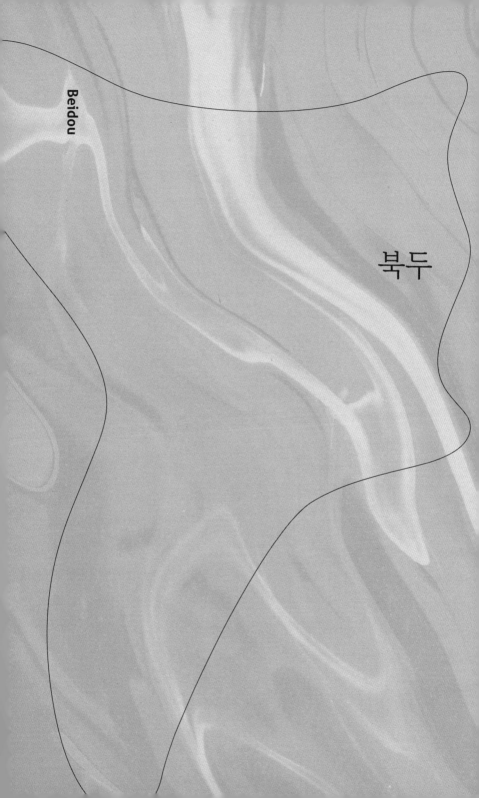

Beidou

북두

1590년, 다이묘[大名]인 도요토미 히데요시[豊臣秀吉, 풍신수길]는 일본을 무력으로 통일하여 선대 주군 오다 노부나가의 숙원을 이루었다. 허수아비나 다름없는 고요제이 천황을 대신하여 실권을 행사하는 간파쿠[関白]의 자리에 오름으로써, 도요토미 히데요시는 전 일본의 통치자가 되었다. 역사에 영원토록 이름을 남길 방법을 찾던 도요토미는 긍지 높은 조선과 아름다운 명(明) 제국이 있는 서쪽으로 눈을 돌렸다.

1591년, 도요토미는 조선 조정을 상대로 일본에 항복하고 명으로 가는 길을 내 달라고 요구했다. 조선 왕 선조는 이를 거부했다. 명이 조선의 긴밀한 동맹이기 때문이었다. 도요토미는 오다 노부나가와 자신의 지휘하에 수십 년 동안 내전을 치르며 전력을 갈고닦은 정예 병력 16만 명으로 원정군을 편성했고, 1592년에 조선을 침략했다. 이는 동북아시아에서 그때껏 유례가 없었던 대군이었다. 고작 몇 달 만에 한양(오늘날의 서울)과 평양이 함락당했고, 조선 영토 대부분이 도요토미의 군대에 점령당했다. 마을이 불타는 동안 굶주린 피란민 무리는 압록강을 넘어 명나라 땅으로 줄지어 건너갔다. 오로지 조선 반도 서쪽 바다에서 천재적인 전술로 일본 수군 함대를 궤멸시킨 이순신 장군만이 전진하는 침략군을 막아 세웠다. 선조는 명나라 국경 근처까지 피신한 다음, 원군을 요청하고자 명나라 수도인 북경에 연이어 사신을 파견했다.

자금성 깊숙한 곳의 알현실. 담원사는 황제인 만력제가 아직 소년인 것을 알고 충격에 빠졌다. 황색 비단 곤룡포와 보석이 박힌 허리띠가 없었더라면 황제는 여느 수재(秀才), 즉 과거 시험의 첫 단계를 통과한 어린 서생과 다른 구석이 전혀 없어 보였다. 주름 한 줄 없이 매끈한 황제의 얼굴에는 너그러운 표정이 깃들어 있었고, 눈가에는 웃음기가 감돌았다.

"이미 알 테지만." 황제가 말했다. "너는 짐의 얼굴을 똑바로 봐서는 안 된다. 게다가 너는 짐에게 아직 오배삼고지례(五拜三叩之禮, 명대에 황제를 알현할 때 사용한 인사법으로서, '다섯 번 절하고 세 번 머리를 조아리는 예법'이라는 뜻이다. — 옮긴이)도 제대로 올리지 않았다."

담원사의 등에 식은땀이 흘렀다. 스물네 살 먹은 이 보병 장교는 속으로 자신에게 욕을 퍼부었다. 황제 앞에서 제대로 된 예를 표하지 않는 것은 단순한 무례가 아니라 반역할 마음을 품었다는 증거이기 때문이었다. 담원사는 곧바로 눈을 내리깔고 무릎을 꿇은 다음, 바닥에 이마가 닿도록 머리를 황급히 숙였으나……

알현실 바닥에 이마가 닿기도 전에, 누군가 양손으로 담원사의 어깨를 세게 잡고 그의 몸을 일으켰다.

"괜찮다." 황제가 말했다. "짐은 군인들의 소탈한 예법이 좋다. 궁중의 비굴한 법도에 물들지 않았다는 증거이니까. 한때는 황제와 장군이 대등하게 한자리에 앉던 시대가 있었지만, 일찍이 담박했던 공자의 가르침이 요즈음은 타락하고 말았지." 황제는 담원사가 똑바로 서도록 일으켜 세운 다음, 한쪽에 있는 의자를 손짓으로 가리켰다. "앉아라. 이제 조선의 상황이 어떤지 얘기해 보자."

담원사는 허리 숙여 절하고 의자에 앉았다. "폐하, 소신이 보기에 왜(倭)의 침략군이 고작 '오합지졸 수천 명'이라는 조선의 보고는 사실이 아닙니다. 저는 어렸을 적에 제 고향인 절강성 주산군도를 약탈하러 온 왜구에게 납치당했고, 이후 그들 무리 속에서 몇 년 동안 지내며 그들의 말과 관습을 배웠습니다. 왜구가 바닷가 마을 앞에 배를 대면, 그 마을 주민 가운데 걸음이 빠른 이들이 도움을 청하러 해안 수비대의 군영으로 달려갑니다. 저희는 그런 백성이 언제나 마을을 습격한 왜구의 수를 줄여서 신고하는 것을 눈치챘습니다. 만약 왜구의 배가 열 척이면 백성들은 세 척이라고 신고하고, 왜구의 배가 세 척이면 단 한 척이라고 신고하는 식입니다."

"어째서? 백성들은 겁에 질렸을 테니 왜구의 수를 더 부풀리는 것이 당연하지 않은가?"

"만약 주민들이 왜구의 세력을 곧이곧대로 신고하면, 수비대 대장이 소탕하러 출동하기를 망설일지도 모르기 때문입니다. 실제로 수비대 병력이 쉰 명뿐인데 왜구가 배 열 척을 가득 채울 만큼 많이 쳐들어오면, 그 수비대는 고전을 면치 못합니다. 수비대장은 해당 현(縣)의 관아에 지원을 요청하거나 첩자를 보내 왜구의 동정을 더 자세히 살피기도 하지만, 결코 병력을 곧바로 출동시키지는 않을 것입니다. 마을 주민들은 적은 병력이나마 즉시 도움을 받으려면 거짓말로 왜구의 수를 줄여 신고하는 수밖에 없습니다."

"네가 보기에는 그것이 조선 왕 선조의 계획 같으냐? 명으로 하여금 풍신수길의 진짜 힘을 모른 채 원군을 파견케 하는 것 말이다."

"그럴 가능성이 아예 없지는 않습니다. 조선은 매우 강한 나라입니다. 풍신수길의 군세가 압도적으로 강하지 않았다면 선조가 한양과 평양에서 연이어 패주했을 리 없습니다. 그리고 어쩌면, 이번 일 전체가 왜와 조선이 동맹을 맺고 매복한 다음 우리 군을 조선 땅으로 끌어들이려고 판 함정인지도 모릅니다."

황제는 그 말에 놀라 몸이 굳었다.

"흠, 짐은 거기까지는 미처 생각지도 못했다. 우리 명이 짧은 시간에 대군을 일으키는 것은 불가능한 일이다. 반면에 풍신수길은 수십 년을 전쟁으로 보냈으니 병참에 통달했을 테고, 침략군이란 본디 점령한 땅의 산물을 먹고 검을 세리 삼아 세금을 거두게 마련이다. 허나 우리 명이 조선에 원군을 보낸다면, 우리 군대는 남의 집을 방문한 손님처럼 처신해야 한다. 병사들의 기율을 엄정히 단속하고, 백성들의 작물은 건드리지 말 것이며, 민간의 부녀자들을 불안케 하지 말아야 한다. 아군의 군비가 열 배는 더 들 것이다.

짐이 너에게 줄 병력은 한 줌뿐이니, 앞으로 힘든 싸움을 해야 할

것이다. 허나 짐이 아는 최고의 명장 이여송은 너를 재주가 출중한
장수로 높이 평가했다. 훈련시킨 매로 몽골족의 전서구를 중간에
낚아챌 발상을 한 장본인이 바로 너였다지? 물에 적신 목면으로 갑
옷을 둘러싸 조총 탄환의 위력을 낮추는 전술 또한 네가 고안한 것
이고. 참으로 총명하구나! 너라면 분명 이 장군과 함께 조선에서 눈
부시게 활약할 것이다."

　담원사는 손을 맞잡고 고개를 숙였다. 황제는 의외로 소탈했고,
그런 황제가 보여 준 신임 덕분에 담원사는 단전(丹田)이 따뜻해지
는 기분을 느꼈다. 뱃속 깊숙한 곳의 단전은 호흡과 생명을 주관하
는 기(氣)가 비롯되는 곳이었다. 어릴 적 추운 겨울밤에 어머니가
이불 속 옆구리 근처에 넣어 주시던 따뜻한 탕파가 떠오르는 느낌
이었다.

　"출발하기 전에 좀 더 유쾌한 얘기를 나눠 보자꾸나. 너는 그림에
관해 조예가 있느냐?" 황제는 알현실 벽에 걸린 가로 폭이 기다란

두루마리 그림을 가리키며 물었다. 누렇게 바랜 종이는 긴 세월이 남긴 흔적이었다.

그림 속 풍경의 왼편은 뾰족뾰족한 절벽과 그 절벽에 구불구불 자란 나무들이 차지했다. 아래쪽 오른편 구석에는 자그마한 낚싯배가 섬세한 붓질로 그려져 있었다. 배에 얹은 등나무 지붕의 가로세로 골 무늬까지 세밀하게 묘사했을 정도였다. 배 뒤편으로 생각에 잠긴 어부 한 명이 노에 몸을 괸 채 앉아 있고, 어부의 낚싯대는 등 뒤에 덩그러니 걸려 있었다. 위쪽 오른편 구석에는 시가 적혀 있었다. 글을 간신히 깨우친 담원사는 그림 속의 구불구불 흘려 쓴 한자를 읽을 방법이 없었다.

담원사는 그림이나 서예에는 아예 문외한이었다. 예쁜 처자를 그린 것이 아니면 그림을 보는 일 자체가 거의 없었다. 특히 병사들이 즐겨 모으는 종류의 그림이 아니라면.

"소신은 미술을 배울 기회가 한 번도 없었습니다." 담원사는 마지못해 인정했다. "저는 이때껏 덧없는 삶을 일궈 오며 처음에는 해적으로 살았고, 이 장군 덕분에 목숨을 구한 후로는 군인으로 살았습니다."

이여송 장군은 왜구 무리 속에 섞여 살던 어린 담원사를 붙잡은 후에 그를 아들처럼 대하며 아껴 주었다.

"그런 건 상관없다." 황제가 말했다. "일찍이 공자는 도적이었던 류척(柳跖)을 스승으로 삼아 가르침을 구하기도 했으니, 타고난 재주에 통찰이라는 빛이 더해지면 오랜 세월 정성껏 가르침을 받은 이보다 훨씬 더 높은 경지에 이르기도 하는 법이다. 훌륭한 그림을 감상하는 법이 무엇인지 짐이 한번 설명해 보마.

이 그림은 250년 전에 오진(吳鎭)이라는 대가가 그린 것이다. 오진은 스스로를 매로(梅老), 즉 '매화 노인'으로 일컬었지. 그처럼 위대한 화가는 앞으로 또 없을 것이다.

미술의 모든 형식을 통틀어 가장 고귀한 것은 서예다. 서예는 쓰는 이의 기운, 즉 기(氣)를 억제하고 방출함으로써 생각을 보존하고 정서를 포착하는 기예지. 서예 연습은 태극권 수련과 같아서 쓸데없는 동작이 들어가서는 안 된다. 쓰는 이는 종이에 첫 획을 긋기도 전에 이미 마지막 획이 어디서 끝날지 알아야 하는 것이다."

담원사는 고개를 끄덕였다. 서예 연습을 하는 이 장군을 본 적이 있어서였다. 그 모습은 춤을 출 때와 조금 비슷했고, 무술 연습 같기도 했다. 담원사에게는 이 장군의 기가 느껴졌다.

"그림 또한 제대로 이해하면 서예의 한 형식에 지나지 않는다. 문외한은 그림을 눈으로만 보며 붓 선이 현실을 충실히 모방했는지, 인물의 구도가 흥미로운지, 명암과 원근 표현이 참신한지 같은 잡다하고 의미 없는 것들에 집중하게 마련이지. 그림을 감상할 줄 사람은 그런 것을 눈여겨보지 않는다.

그보다는 차라리 그림을 하나의 서예 작품이 담긴 두루마리로 여기면서, 그린 이의 기가 종이 위에서 어떻게 꼴을 갖추었는지 봐야 한다. 그린 이의 동작과 호흡을, 그 사람의 호쾌한 붓놀림과 세밀한 표현을 상상 속에 그려 보는 거다.

명심해라, 그림에서 각각의 획은 영원한 것이다. 일단 붓이 종이에 닿으면, 그 자리에 묻은 먹물은 바둑판에 놓인 바둑돌과 마찬가지로 무르지 못하기 때문이다. 진정한 걸작은 아무리 오랫동안 뜯어본들 잘못 그은 획 한 줄 찾아볼 수 없는 법. 완성된 그림은 그린 이의 혼을 거짓이나 장식 없이 펼쳐 놓은 것이므로, 그림을 그리는 이는 종이 위에 자신의 흔적을 남기는 셈이다. 마치 나뭇잎 사이로 날아오른 기러기가 뒤편 연못에 점점 더 넓게 퍼지는 파문을 남기듯이.

그래서 오늘 우리가 여기 나란히 앉아 오 화백의 혼을 감탄에 찬 눈으로 볼 수 있는 것이지."

담원사는 감탄한 나머지 말문이 막혔다. 그는 벽의 그림을 바라보며 황제가 방금 알려준 것들을 빠짐없이 찾아보려 했다.

"방금 그 가르침은 소중히 간직하겠습니다, 폐하. 폐하의 말씀을 한 시간 들으면 서당에 십 년을 다닌 것과 같을 듯합니다."

"아첨은 하지 마라. 자, 황궁의 화원이 이 그림을 베껴 그린 모사품을 줄 테니 가져가거라. 전투 중에 짬이 나면 눈길을 둘 만한 아름다운 것이 필요할 테니까. 비록 전쟁 중이라고 해도 문명이 비추는 삶의 일면을 도외시해서는 안 된다. 그랬다가는 애초에 싸우는 의미가 없어지니까."


이여송 장군의 애마 적호(赤虎)는 건주의 차가운 늦가을 공기 속으로 거센 콧김을 뿜으며, 압록강 너머 조선 땅의 빽빽한 숲을 미심쩍다는 듯이 바라보았다.

강기슭에 있던 이여송은 담원사와 그가 거느린 몇 명 안 되는 정찰대를 맞이하는 중이었다. 정찰대는 조선 땅에서 3주 동안 머물며 임무를 수행하고 돌아오는 길이었다. 그들은 때탄 옷을 걸치고 목면 두건으로 머리를 덮어 조선인 피란민으로 변장했다.

"자, 이 따뜻한 술을 한잔 들고 기운 좀 차리게."

이여송의 말에 담원사는 감사 인사를 건넨 다음 단번에 술잔을 비웠다.

"제가 짐작한 대로 조선 사신단은 왜군의 병력을 거짓으로 아뢰었습니다. 어떤 왜병은 지난 4월 부산에 상륙한 침략군이 32만 명이 넘는다고 했지만, 그 말은 그저 허풍일 겁니다. 굳이 머릿수로 따지자면 현재 조선에 있는 왜군의 전투 병력은 15만 이상, 아마도 20만 정도일 겁니다.

조선 땅에 주둔하는 왜군은 일솜씨가 극히 훌륭합니다. 이는 잔인성과 교활함을 겸비했기 때문입니다. 놈들은 저항하는 자가 한 집에 한 명만 있어도 온 식구의 목을 베고 친척들은 모조리 노예로 삼는데, 또 한편으로는 지방 사족(士族)이나 비열한 부역자 무리를 돈으로 매수하기도 합니다."

담원사는 말을 마치고 역겹다는 듯이 땅에 침을 뱉었다.

"현지인으로 현지인을 다스린단 말이지." 이여송은 고개를 절레절레 흔들었다. "풍신수길은 전쟁하는 법을 아는구나."

"살아남은 조선군 병력은 거의 모두 항복하거나 숲과 산으로 숨어들어 유격전을 펴는 중입니다. 용맹하신 이순신 장군께서 전라도 앞바다에서 왜군의 보급선과 수송선을 모조리 격침하시지 않았다면, 풍신수길은 이미 한 달 전에 압록강을 건넜을 것입니다. 나흘 전에 이순신 장군을 뵈었는데, 장군께 안부 인사를 전하시더군요."

담원사는 이순신 장군이 한글로 적어 보낸 서찰을 이여송에게 건 넸다. 이여송은 부모가 조선 출신이었기에 조선어가 곧 유년 시절 의 모어였다.

이여송은 입을 꾹 다문 채 서찰의 내용을 곰곰이 생각했다. 담원 사는 통찰력이 있는 젊은이였다. 그런 그가 조선에 있는 도요토미 의 병력을 15만으로 추정한다면, 이미 입증된 숫자로 봐도 무방했 다. 이순신 장군이 추측한 왜군 전력 또한 담원사의 보고와 일치했 다. 이여송이 거느린 병력은 기병 2만 4000기, 보병 1만 명, 조총 포 수 3000명이었다. 전력비는 4 대 1, 아마도 그 이상으로 적군이 우 세했다.

"그나마 아군에게 기습의 이점이 아직 남아 있어서 다행입니다." 담원사는 그렇게 말함으로써 생각에 잠겨 있던 이여송을 현실로 불 러냈다.

"그래?"

"제가 정탐한 왜군 지휘관 가운데 명이 조선에 원군을 보내리라 예상하는 자는 단 한 명도 없습니다. 다들 명군이 조승훈 장군의 전 례를 보고 단단히 겁을 먹은 나머지 감히 자신들을 상대하러 오지 못하리라 여기는 겁니다."

주위의 모두가 한동안 침묵을 지켰다. 성미 급한 조승훈 장군이 지휘하던 기병대 3000기를 떠올렸기 때문이었다. 몇 달 전, 조 장군 은 조심하라는 담원사의 충고를 무시하고 부하들을 거느린 채 평 양을 공격했다. 그곳에서 그의 부하들 대부분은 왜군 사무라이들의 칼에 목숨을 잃었다.

담원사는 그때의 기억을 떠올리며 이를 갈았다. "저는 풍신수길의 군대가 조선군과 명군 병사들의 코와 귀를 잘라 쌓아서 만든 거대한 무덤을 봤습니다. 일부 왜군 장수들은 만력제 폐하께서 너무 어리시다며 풍신수길이 폐하의 아버지가 되고, 명의 공주들은 왜국 다이묘의 첩이 되면 제격이라는 농담까지 주고받았습니다."

이여송은 커다란 목소리로 조선어 욕을 지껄이며 화를 냈다. 적호가 힝힝거리며 뒷걸음을 했다.

담원사의 보고가 이어졌다. "저희 군대가 이곳에 온 것은 아무도 모릅니다. 왜군은 올겨울을 통째로 쉬면서 조선 땅에 병참선만 확보한 다음, 내년 봄이 되면 명나라를 넘볼 수 있으리라 믿습니다. 놈들에게 자만의 대가를 치르게 해 주어야 합니다."

이여송은 고개를 가로저었다. "허나 기습은 우리 군대가 행군하여 조선 땅에 진입하는 순간 곧바로 물거품이 되고 만다. 여기서 평양까지 가려면 이레가 넘게 걸린다. 거의 4만이나 되는 병력을 숨길 방법이 무엇일지, 도무지 떠오르지가 않는구나. 매복 작전을 펴려면 몸을 숨기는 것이 첫째이거늘."

담원사는 살짝 홀쭉한 보름달이 내리비추는 은색 달빛 속을 홀로 거닐었다. 몸은 녹초였지만 정신은 졸음 한 점 없이 말똥말똥했다.

횃불이 한 개도 켜져 있지 않았다. 병사들이 모두 들어가 잠든 양가죽 천막의 겉면에 달빛이 되비쳤다. 담원사는 순찰대가 숙영지 경계를 돌며 아군을 안전하게 지키는 것을 잘 알고 있었다. 설령 적이 이곳에서 고작 몇백 걸음 떨어진 숲까지 접근한다고 해도, 상세한 정보를 모르는 이상 바로 이곳에 수천 병사가 숙영 중이라는 사실을 알아차리기는 힘들었다.

취침 중인 병사들의 숙영지를 숨기는 건 식은 죽 먹기지. 담원사는 속으로 중얼거렸다. 하지만 행군하는 군대는 어떻게 숨겨야 할까? 압록강에서 평양까지 가려면 동쪽으로 이어진 낭림산맥의 높다란 봉우리들과 서쪽에 펼쳐진 서한만 사이의 좁다란 평야를 지나가야 했다. 일본군 정찰대가 몇 리 바깥에서도 금세 발견할 터였다.

어쩌면 어둠 속에 몸을 숨기는 것이 답일까? 병사들이 달빛과 별빛에 의지하여 밤에 행군한다면, 또한 낮 동안에는 이동하지 않고 언덕 밑에서 숙영한다면, 적군에게 들키는 일 없이 평양까지 쭉 이동할 수 있을지도 몰랐다. 그러나 대군이 암흑 속을 무슨 수로 나아간단 말인가? 그들은 넓은 길과 마을을 피하고 인적 없는 숲을 지나가야 했다. 지금 있는 곳이 어디인지, 얼마나 더 가야 하는지도 알길이 없었다. 눈 깜짝할 사이에 길을 잃거나 일본군 진지에 비틀비틀 들어서고 말 터였다.

담원사는 한숨을 쉬며 밤하늘을 올려다보았다. 그는 먼저 북극성을 찾아본 다음, 그 별에서 조금 떨어진 곳에 있는 일곱 개의 별을 찾아 상상 속의 선 한 줄로 기다랗게 연결했다. 그 일곱 별의 이름은 북두(北斗), 즉 '북쪽의 국자'였다. 어렸을 적, 왜구들이 타는 커다란 무역선 겸 전투함인 후타나리부네[二形船]의 갑판에 누워 북극성 주위를 밤새 회전하는 북두를 올려다보던 기억이 떠올랐다. 그때본 그 별들은 마치 멀리 있는 극점을 길잡이 삼아 줄지어 행군하는 일곱 사람의 대열 같았다.

오래전 어린 시절의 그런 밤에 담원사가 가장 즐겨 했던 놀이는 공명등(孔明燈)을 만들어 날리는 것이었다. 그 풍등의 격자 모양 틀은 가벼운 대나무로 만들었는데, 바닥의 조그만 입구 쪽으로 내려갈수록 점점 좁아지는 모양이 꼭 제갈량이 쓰던 모자와 비슷했다. 1000년도 더 된 옛날 중국에서 활약했던 제갈량은 역사상 가장 훌륭한 전략가였다. 그렇게 만든 격자 모양 틀에는 얄따란 종이를 풀로 단단히 붙여 공기가 새지 않도록 한 다음, 바닥의 입구 한복판에 조그만 초를 대나무 막대 한두 개로 고정시켰다. 초에 불을 붙이면 공명등은 안에 갇힌 따뜻한 공기 덕분에 담원사의 손을 벗어나 둥실 떠올랐고, 등이 머금은 따스한 빛은 점점 더 높이 멀어져 마침내 밤하늘의 별 하나로, 아득히 먼 빛 한 점으로 변했다. 가끔은 다른 왜구선에 잡혀 있던 아이들도 저마다 만든 공명등으로 화답했고, 담원사는 그 광경을 보며 즐거워했다. 수많은 공명등이 캄캄한 동중국해 상공을 거대한 반딧불처럼 둥둥 떠다니는 광경을.

지치고, 춥고, 아직 뾰족한 해결책도 보이지 않았기에, 담원사는 풀죽은 기분으로 자기 천막으로 돌아왔다. 그는 촛불을 켜고 황제가 준 그림 두루마리를 꺼냈다. 그러고는 황제에게서 배운 대로 그림을 감상하며 기분전환을 시도했다. 종이 위의 붓 자국을 따라가며, 대가의 자세와 손놀림을 상상하며, 대가의 기운과 혼이 종이에 남긴 흔적을 음미했다. 획 한 가닥조차도 있어야 하는 곳을 벗어난 것이 없었다.

문득 눈에 띄는 점이 있었다. 나무와 절벽을 이루는 획들이 모조리 그림 하단 오른쪽 구석의 낚싯배를 향해 집중된 것처럼 보였다.

마치 그림 전체의 기가 한 초점을 향하여, 구부정하니 앉은 어부를 향하여 모이는 듯했다. 보이지 않는 선들이 그림의 모든 지점을 연결하여 하나의 고정된 극점과 잇는 것처럼 보였다. 그 극점은 바로 북극성, 주위의 나머지 만물로 하여금 스스로의 크기를 재고 자기 자리를 알게 하는 중심점이었다.

담원사는 혼자서 빙그레 웃음 지었다. 이제 그에게는 계획이 있었다.


"여기가 어딘지 확인해 보자." 이여송이 부관인 악예경에게 명령했다.

두 사람은 행군하는 병사들이 편히 지나가도록 말을 돌려 길 한쪽으로 피했다. 1월의 차가운 공기가 목면으로 감싼 갑옷과 외투를 파고들자 몸이 부르르 떨렸다. 적호가 내뿜은 숨결이 달빛 속에서 섬뜩한 흰빛을 띠고 두 사람의 주위를 감쌌다.

악예경은 재빨리 야전용 탁자를 펴 놓고 그들이 지나는 조선 북부 지역의 상세 지도를 펼쳤다. 차가운 겨울 공기에 손가락이 얼지 않으려면 서둘러 움직여야 했다. 이여송이 등불에 천을 씌워 지도 위에 조그마한 원뿔 모양 빛을 비추는 동안 악예경은 각도계와 측량대를 꺼내어 북극성의 위치를 읽고 진북 방향을 파악한 다음, 지평선을 동서로 찬찬히 훑어보았다.

서북쪽 저 멀리, 서한만 앞쪽의 황해 상공에, 자그맣게 깜박이는 샛노란 불빛 여섯 개가 육각형 모양을 이루고 둥둥 떠 있는 광경이 악예경의 눈에 띄었다.

"백호(白虎)의 다리가 보입니다." 악예경이 말했다. 그는 각도계의 수치를 주의 깊게 읽은 다음, 이여송에게 멀리 모여 있는 불빛과 진북 사이의 각도차를 알려 주었다.

서한만의 잔잔한 수면 위에, 이순신 장군의 함대에서 파견한 거북 모양 소형 철갑선이 닻을 내리고 정박해 있었다. 이른바 귀선(龜船), 즉 거북선으로 불리는 그 배는 매일 밤 같은 장소를 찾아가 공명등 여섯 개를 하늘에 띄운 다음, 배 상공 높은 곳에 둥둥 떠 있게끔 명주실로 묶어 놓았다.

악예경은 동북쪽으로 눈을 돌렸다. 저 멀리, 숲의 높다란 우듬지 너머, 깜박이는 샛노란 불빛 다섯 개가 조그마한 십자 모양으로 또 하나의 무리를 이루어 밤하늘에 둥둥 떠 있는 것이 눈에 띄었다.

"청룡(青龍)의 뿔이 보입니다." 악예경이 보고했다. 그는 다시금 각도계로 조심스레 방위를 측정한 다음, 이여송에게 불빛과 진북 사이의 각도차를 알려 주었다.

악예경은 산에 있는 유격대 병사들이 무사하기를 소리 없이 빌었다. 그의 동생 역시 한 달 전에 담원사와 함께 산으로 들어갔기 때문이었다. 담원사가 데려간 다른 병사들과 마찬가지로, 동생의 임무는 산속에 숨어 있는 여러 유격대와 접선하는 것이었다. 동생이 속한 부대는 매일 밤 정해진 장소에 가서 공명등 다섯 개를 띄우고 바다 쪽과 마찬가지로 명주실로 묶어 고정했다. 그들의 위치는 몹시도 외진 산속이라 애초에 접근하기가 힘들뿐더러, 섣달 폭설까지 겹쳐 아예 얼씬도 못 할 지경이었다. 도요토미의 부하들은 병력을 보내어 조사할 엄두조차 내지 못했다.

이여송은 눈앞에 펼쳐 놓은 지도에 백호의 다리 신호소와 청룡의 뿔 신호소의 위치를 또렷이 표시했다. 악예경은 신호소가 있는 두 지점의 측정 각도를 삼각측량법으로 재빨리 계산하여 부대의 현재 위치를 알아냈다.

정찰병 수십 명과 조선 의병대가 협력한 덕분에, 담원사는 조선 북부 지역 수백 리에 걸쳐 격자 모양으로 공명등 신호소를 설치했다. 이 북두 위치 안내 신호소 덕분에 명군은 적에게 들키지 않고 밤을 틈타 평양을 향해 계속 행군했다.

"방향을 동쪽으로 살짝 틀어야 합니다." 악예경의 말이었다. "한 시간쯤 더 가면 숙영하기 좋은 장소가 나올 겁니다. 이제 평양까지는 이틀만 더 행군하면 됩니다. 담원사와 조선 의병대는 거기서 우리와 합류할 겁니다."


고니시 유키나가[小西行長, 소서행장]는 자기 눈에 보이는 현실을 믿을 수가 없었다. 평양성 성문 앞에, 명나라 군대와 조선 군대의 연합군이 전투 준비를 마치고 위풍당당하게 도열해 있었다.

"너희가 거느린 첩자들은 그간 뭘 했던 거냐!" 고니시는 휘하의 사무라이들에게 외쳤다. "어떻게 4만이나 되는 병력이 압록강에서 평양까지 아무 낌새도 없이 순식간에 날아온단 말이냐?"

그러나 영문을 따지기에는 이미 늦어도 한참 늦은 후였다. 고니시는 부리나케 부하들을 내보내 평양성 방어에 나섰다.

이여송은 평양성의 사방에서 일제히 공격을 시작하되, 대동강에 면한 동쪽 성벽은 공격하지 말라고 명령했다. 보아하니 기병대와 보병대가 돌격하면 왜군의 수비 병력쯤은 간단히 짓뭉갤 수 있을 듯싶었다.

그러나 왜군의 포수들은 흙을 단단히 다져 만든 보루 뒤에 숨어서 일제 사격을 퍼부어 연합군을 초토화시켰다. 왜군의 화승총은 사거리와 명중률, 관통력까지 모두 명군의 조총보다 더 뛰어났다. 이여송이 탄 적호마저도 한 차례 돌격하는 와중에 총에 맞았을 정도였다.

"망할 파랑국(波浪國, 오늘날의 포르투갈을 가리키는 한자 이름. — 옮긴이) 놈들." 이여송은 총상을 치료받는 동안 욕을 중얼거렸다. "우리는 이때껏 최신 기술로 만든 조총을 구입한 줄 알았건만, 놈들이 우리 눈을 피해 더 개량된 무기를 풍신수길에게 몰래 팔고 있었구나."

사상자가 많이 나온 이상, 이여송은 전술을 바꾸라고 명령하는 수밖에 없었다. 이제 연합군은 불화살과 화포를 발사하여 왜군의 방어를 무너뜨리려 분투했다. 병사들은 기름을 듬뿍 먹인 등나무 방패와 무쇠 방패를 높이 들어 화포와 불화살을 발사하는 사수들이 왜군의 총탄에 맞지 않도록 보호했다. 왜군의 화승총은 위력은 강했지만 화살보다 사거리가 짧았고, 탄환은 무쇠 방패에 부딪혀 힘없이 튕겨 나갔다.

평양성 내부에는 대포알이 거듭 또 거듭 비 오듯이 쏟아졌고, 화약의 폭발력으로 비행하는 불붙은 화살이 포물선을 그리며 날아들었다. 담원사는 조선 의병대가 사용하는 화차(火車)를 보고 큰 감명을 받았다. 화차는 바퀴 두 개가 달린 수레로서 불화살 수백 대를 한꺼번에 발사했다. 담원사는 화차의 생김새를 머릿속에 꼼꼼히 새겨 두었다.

평양성 안의 민가가 불타자 오래지 않아 연기가 하늘의 절반을 가렸다. 그러나 평양은 큰 도시였기에, 성벽 주위로 몸을 피해 엄폐한 고니시의 부하들은 포격에 별 피해를 입지 않았다.

"조만간 탄약이 바닥을 드러낼 거다." 이여송이 담원사에게 말했다. 명군은 오랜 기간에 걸쳐 공성전을 벌이기에는 준비가 부족한 상태였다.

담원사는 평양 상공을 빙빙 맴돌았다. 사방 수십 리가 한눈에 들어왔다. 세상 어떤 탑도 그가 있는 하늘보다 높지 않았다. 가슴이 벅차올랐다.

담원사의 머리 위에는 이때껏 누구도 보지 못했을 만큼 커다란 공명등이 있었다. 지름이 가장 넓은 부분은 마흔 걸음 가까이 되는 거대한 원통 모양 풍등이 하늘에 둥실 떠 있었다. 담원사는 굵기는 굵어도 무게는 가벼운 대나무를 비단 끈으로 단단히 묶어 틀을 만든 다음, 얇은 종이를 여러 겹 발라 틀의 겉면을 감쌌다.

담원사가 앉아 있는 곳은 거대한 공명등의 입구 테두리에 비단 밧줄로 묶어 놓은 커다란 등나무 바구니 속이었다. 곁에 놓인 커다란 가죽 부대 몇 개는 쇠로 된 주둥이가 달려 있었다. 그중 한 개에 채워진 소기(沼氣)는 늪이나 습지의 흙 속에서 생물이 부패할 때 생겨나는 기체로서, 이륙할 때 매우 뜨거운 불길을 일으킬 용도로 사용하는 연료였다. 다른 가죽 부대에는 증류한 주정(酒精)이 들어 있었다. 이를 이용하면 사람을 태운 바구니도 공중에 계속 떠 있을 만큼 오랫동안 불길을 유지할 수 있었다.

일단 평양성 상공 높다란 곳에 올라오고 보니, 왜군 병사들이 어디에 숨었는지가 담원사의 눈에 훤히 보였다. 그는 끄트머리에 붉은 기가 달린 기다란 장대로 왜군의 위치를 가리켜 지상의 화포 부대에 포격 지점을 알려주었다. 그가 가리킨 곳에는 화포가 발사한 포환과 화차가 발사한 불화살이 연이어 내리꽂혔고, 왜군 병사들은 궤멸적인 피해를 입었다. 몇몇은 상공에 떠 있는 담원사의 공명등을 발견하고 화승총을 겨누었지만, 그가 머무는 고도는 탄환이 닿기에는 너무나 높았다.

담원사는 붉은 깃발을 내리고 흰 깃발을 들었다. 그러고는 그 깃발을 천천히, 커다란 원을 그리며 허공에 휘저었다. 이제 전투를 끝낼 때가 됐다는 신호였다.

평양성 서쪽, 지난 며칠 동안의 전투에서 생포되어 옥에 갇혔던 왜군 병사들이 대열을 지어 전장으로 향했다. 포로들은 왜군 화승총의 사정거리 바로 바깥에 진을 친 명군 병사들의 커다란 방패 뒤에 도착해서야 행진을 멈추었다.

공명등을 타고 이륙하기 전, 담원사는 포로로 잡힌 왜군 병사들에게 조선과 중국을 정복하려는 왜군의 야욕은 이미 물거품이 되었다고 설명했다. '대(大) 명 제국은 공간 이동 술법을 개발했다. 명군이 하늘에서 내려온 천군(天軍)인 양 기척도 없이 갑자기 나타난 것을 너희 눈으로 똑똑히 보지 않았느냐?' 그러나 왜군 포로들은 다함께 살아서 고향으로 돌아갈 수도 있었다. 동료들에게 평양성을 포기하고 후퇴하라고 설득함으로써 명군을 돕는다면.

담원사가 신호를 보내자 왜군 포로들은 규슈 지방의 오래된 민요
를 부르기 시작했다. 고니시가 거느린 대다수 병력의 고향이 다름
아닌 규슈였다.

골짜기에 흩날리는 것 눈이런가?
아이들 얼굴에 흐르는 것 빗물이런가?
아아, 애달파라, 애달프고 애달파라

골짜기 바닥을 덮은 것 눈이 아니어라
아이들 얼굴을 씻는 것 빗물 아니어라
아아, 애달파라, 애달프고 애달파라

벚꽃 잎 떨어져 골짜기에 가득 깔리고
눈물방울 아이들 얼굴에 흥건히 흐르네
아아, 애달파라, 애달프고 애달파라

병사들은 떨어지는 벚꽃처럼 쓰러져 죽었네
아아, 내 자식, 영영 전쟁터에서 못 돌아오네.

포로들이 부르는 구슬픈 노래는 점점 더 소리가 커졌고, 그러는
사이에 연합군 포대는 포격을 멈추었다. 평양성 안쪽에서 들려오던
반격의 포성도 차츰 잦아들다가 멈췄다. 침묵을 채우는 것은 왜군
포로들의 목소리뿐이었다.

담원사는 아래를 내려다보았다. 이제 노래를 부르는 사람은 포로들뿐만이 아니었다. 성벽 안쪽의 왜군 병사들 역시 노래를 따라 부르고 있었다. 성 안팎에서 병사들의 노랫소리는 더욱더 커졌고, 불타는 도시에서 피어오르는 연기 사이로, 거리 가득 모여 서서 하늘을 올려다보며 눈물을 흘리는 사람들의 얼굴이 담원사의 눈에 들어왔다.

"다 끝났다." 고니시는 검을 내던졌다. "병사들의 마음은 이미 우리를 떠났다."

그의 마음은 절망으로 가득했지만, 크리스트교에 귀의한 몸이었기에 스스로 배를 갈라 목숨을 끊는 셋푸쿠[切腹]는 차마 할 수 없었다. 그는 휘하의 사무라이들에게 말에 오르라고 명령하고는 밤을 틈타 평양성에서 철수했다.


개인 알현실의 소박하지만 우아한 백단향 옥좌에 앉아 있던 만력제가 반갑게 일어나 담원사를 맞이했다.

"너는 조선을 도와 용감하게 싸웠고, 이로써 조국을 지켰으니 공이 더욱 크다. 너에게 감사하지 않을 수 없구나."

"임무를 다해서 기쁠 따름입니다."

담원사는 무릎을 꿇고 고개를 조아리다가, 다시금 황제의 손에 일으켜져 옥좌 곁에 나란히 앉았다.

"이여송 장군이 서신을 보내 제안하길, 네가 만든 북두 신호소 체계를 가도 가도 풍경이 변하지 않는 서쪽 끝의 한해(瀚海, 고비 사막의 옛 이름. ─옮긴이)와 길도 없는 숲으로 가득한 동쪽 끝의 건주에 설치하고, 이로써 밤낮으로 군대가 기동하게끔 하자더구나. 더 나아가 네가 만든 유인(有人) 공명등을 정찰 용도로 더 제작하고, 조선의 화차 및 노획한 왜군 화승총을 우리 기술로 본떠 만들어 그것으로 우리 군을 무장시키고자 하는데, 이를 위해 국고를 열어야 한다는 말도 했다. 이런 발상들은 네 머리에서 나온 것이겠지?"

"제가 이 장군에게 그런 제안을 올리기는 했습니다, 폐하. 하오나 진정한 공은 폐하의 덕과 지혜에 돌려야 마땅합니다. 저는 폐하께서 제게 주신 그림과 폐하께서 가르쳐 주신 그림 보는 법에서 영감을 받아 북두를 고안했습니다."

"아, 자기 작품이 전쟁에 쓰였다는 말을 오진 화백이 들었으면 아마 슬퍼했을 텐데. 네 제안을 생각해 보기는 했다만, 아쉽게도 불허하는 수밖에 없겠구나."

담원사의 표정이 굳었다. "어째서 말입니까?"

"소서행장에게서 화평 조약의 조건을 논의하자는 요청이 왔다. 네가 우리 사절단의 일원으로 가 주면 좋겠구나."

"폐하, 소신은 영문을 모르겠습니다. 풍신수길이 감히 어떤 조건을 내건단 말입니까? 저는 그자의 병사들이 강제로 끌려온 조선인 인부들을 매질하는 광경을 봤고, 다이묘들이 포로로 잡은 아군 병사들을 파랑국 노예 무역상에게 팔아넘기는 광경도 목격했습니다. 그런 짓을 시키는 자와 화평을 논할 수는 없습니다. 바다에 처넣어야 마땅합니다."

황제는 한동안 말이 없었다. 그러다가 이내 입을 열었다. "내가 알기로 너는 평양성을 탈환한 후에 성안에서 발견된 조선 농민 수백 명을 처형하라고 명령했다. 네가 그들을 풍신수길보다 더 낫게 대했다고 말할 수 있느냐?"

"그건 완전 별개의 문젭니다!" 담원사는 의자에서 벌떡 일어서려다가 자기 앞에 있는 사람이 누군지 퍼뜩 깨달았다. "무례를 용서하소서. 그 농부들은 적과 내통했습니다. 평양성 안의 비밀 곡식 창고로 왜군을 안내한 자들입니다. 선조 임금 또한 처형을 허가했습니다."

"그래, 살생을 덕행으로 보는 관점은 언제나 존재했지. 너는 일찍이 공자에게 가르침을 준 도적 류척이 도적질의 도(道)에 관해 뭐라고 말했는지 아느냐?"

"그 이름은 일전에 폐하께서 언급하셨을 때 들었습니다만, 자세한 사연은 알지 못합니다."

"류척이 이끄는 도적단은 사납기로 유명했다. 그들은 언제든 내키는 대로 훔치고 빼앗았고, 범하고 약탈했으며, 그 대상 또한 왕과 제후를 가리지 않았다. 한번은 부하가 류척에게 도적에게도 도가 있냐고 묻자 류척이 이렇게 답했다. '당연히 있지. 보물을 감춰 놓은 곳을 알아차리는 것이 성(聖)이요, 동료들보다 먼저 들어가는 것이 용(勇)이요, 맨 나중에 나오는 것이 의(義)요, 도적질을 해도 되는지 안 되는지 아는 것이 지(知)요, 빼앗은 물건을 공평하게 나누어 갖는 것이 인(仁)이다. 이 다섯 가지를 갖추지 못하면 결코 대도(大盜)로 불릴 자격이 없다.'"

담원사는 웃음을 터뜨렸다. "그 류척이라는 자는 훌륭한 율사(律士)였을 것 같습니다. 제가 어렸을 적에 저를 납치한 왜구도 틀림없이 류척처럼 생각했을 겁니다."

"그야 말할 것도 없지. 그리고 그건 풍신수길도 마찬가지일 거다. 풍신수길은 자신이 일본 왕의 덕을 조선과 명나라, 천축, 섬라, 더 나아가 대륙의 모든 나라에까지 전한다고 생각했을 것이다. 설령 그 덕이 칼끝에 얹혔다고 할지라도 말이다. 그자의 관점에서 보면 자신이 하는 짓이 그 무엇보다 고결한 덕행이었을 테고, 우수한 무기는 곧 자기 덕의 증거였겠지. 너는 네가 죽인 조선 농민들이 왜군의 무기에 실린 덕과 평양성을 해방시킨 명조 연합군의 무기에 실린 덕을 구분했으리라 생각하느냐? 짐은 덕을 행하려면 더 많은 사람을 죽여야 한다는 생각 때문에 늘 괴로웠다."

"폐하, 만약 저희가 싸우지 않았다면 풍신수길의 군대는 조선의 양민을 남녀 가리지 않고 모조리 학살했을 테고, 명의 백성들에게도 같은 짓을 저질렀을 것입니다. 저는 싸움을 후회하지 않습니다."

황제는 담원사의 말에 고개를 끄덕였다. "당연히 그래야지. 다만 이 이야기도 한번 들어 보거라. 약 200년 전 영락(永樂) 황제 연간에, 제독 정화(鄭和)가 천축 너머의 대양으로 일곱 차례 원정을 떠났다. 그가 거느린 수많은 보물선은 저마다 크기가 바다 위에 떠 있는 마을과 같았다. 그렇게 인간이 그때껏 만든 가장 거대한 배를 거느리고 천축과 서역, 아주(阿洲, 아프리카의 한자식 이름. —옮긴이), 석란(錫蘭, 스리랑카의 한자식 이름)까지 항해했다. 그때껏 이 땅의 어떤 사람도 가지 못한 먼 곳까지 가서, 이 땅의 어떤 사람도 보지 못한 것들을 잔뜩 보았지. 그러면서 명의 이름을 널리 알렸고, 원정을 거듭할수록 더욱더 먼 곳까지 이르렀다. 만약 정화가 항해를 계속했더라면 세계를 한 바퀴 돌아 묵서가(墨西哥, 멕시코)와 미리견(彌利堅, 아메리카) 땅을 발견했을지도 모르고, 그곳에서 나는 서반아 은과 옥수수, 고구마 따위가 지금쯤 우리 손에도 들려 있을 것이다.

허나 영락 황제께서 붕어(崩御)하신 이후, 후계자이신 선덕(宣德) 황제께서는 대양을 건너는 원정을 일제히 중지시키셨고, 정화의 항해 기록을 모두 불태우셨으며, 거대한 보물선들을 바닷속에 가라앉히시고 다시는 그러한 배를 건조하지 말라는 금지령을 내리셨다. 항해술과 조선술은 명맥이 끊겼고, 오늘날 명은 이전에 만들던 배의 10분의 1 크기만 한 배조차도 만들지 못한다. 그래서 근래 들어 왜구의 침략에 끊임없이 시달리는 것이다. 너는 선덕 황제께서 그렇게 하신 이유가 무엇인지 아느냐?"

담원사는 고개를 저었다. 그런 기술의 명맥이 끊겼다니 안타까울 따름이었다.

"정화와 그의 부하들은 항해 도중에 명 제국의 국경 바깥으로 멀리 떨어진 곳에 있는 아름답고 비옥한 땅을 여럿 발견했다. 향신료와 신기하게 생긴 동물, 아름다운 여인 등이 가득한 땅, 그러나 무기는 거의 발달하지 않은 땅이었지. 명나라 사람이라면 그러한 땅에도 명 황제의 덕이 흘러넘쳐야 한다고, 그곳 사람들 또한 공자님의 가르침에서 비롯된 문명의 혜택을 누려야 한다고 대뜸 판단했을 것이다. 서로 다투는 원주민들은 도교의 가르침을 얻어 평화를 음미토록 하고 말이다. 이때 덕이 있는 자가 행할 일은 선단의 여러 보물선에 교역을 위한 물자가 아니라, 불화살로 무장한 병사들을 실어 보내는 것이다. 여기까지 듣고 누군가 떠오르는 사람이 있지 않으냐?

선덕 황제께서는 우리가 그 길로 나아가면 돌이킬 수 없이 타락하리라 생각하셨다. 그래서 유혹을 모조리 없애는 길을 택하신 것이다.

담원사, 너의 발명품이 던지는 유혹 또한 그에 못지않게 타락의 위험이 크다. 일찍이 우리 선조들께서는 맨손이나 거친 청동 검이나 나무창으로 싸우셨고, 그래서 한 사람 한 사람의 목숨이 소중하게 대접받았다. 허나 지금의 병사들은 단 한 차례 명령만으로 별 고민도 하지 않고서 화약으로 추진되는 불화살 1000개를 성 한 곳을 향해 일제히 발사한다. 너의 발명품이 있으면 우리는 유례없이 효율적으로 사람들 머리 위에 죽음을 퍼붓고, 어둠을 틈타 아무것도 모르는 이들의 집 바로 앞까지 대군을 이동시킬 수 있다는 말이다.

오늘 우리는 스스로를 지키고자 조선까지 가서 싸웠다만, 그런 식의 논리가 어디서 수명을 다할지 누가 알겠느냐? 덕을 가져다가 온갖 악을 덮는 허울로 삼기란 너무나 쉬운 법이다. 우리는 스스로에게 언제나 참된 덕을 찾아갈 능력이 있다고 믿어서는 안 된다. 우리는 그저 스스로가 필연적으로 잘못을 저지를 수밖에 없다는 것을 아는 정도로 만족해야 한다.

담원사, 살생은 이만하면 족하다. 짐은 네 발명품의 원형을 파괴하고 그에 관한 기록을 사서에서 삭제토록 명할 것이다.”

담원사의 단전에 싸늘한 기운이 감돌았다. 마치 자신의 영혼을, 자신의 기의 일부를 몸에서 빼내어 그 장치에 채워 넣은 것만 같았다. 가슴이 미어지는 듯한 고통을 느끼며, 담원사는 의자 팔걸이를 꽉 움켜잡았다.

"폐하, 명은 스스로를 지켜야 합니다. 동북부에서는 여진족이 혹시라도 드러날지 모를 명의 약점을 호시탐탐 노리고 있고, 서쪽에서는 몽골족이 변치 않는 위협입니다. 만리장성을 허물고 바깥세상의 인정에 기댈 수는 없습니다."

"만약 명이 스스로 지닌 덕을 보존하지 못한다면, 그런 나라에 지켜 마땅한 것은 하나도 없다 할 것이다."

황제와 장군은 서로를 지그시 마주 보았다. 담원사는 눈을 내리깔지 않았다.

한숨과 슬픈 미소를 함께 머금은 채로, 황제는 두루마리 그림이 걸려 있는 벽을 향해 돌아섰다.

"지금 우리가 있는 곳이 저 호숫가라면 좋겠구나. 나는 노를 저으며 네게 차갑고 달콤한 빙당상연(氷糖湘蓮, 후난성 특산물인 연밥을 끓여 설탕으로 단맛을 낸 중국 전통 디저트. ― 옮긴이)을 한 그릇 건넬 텐데. 오진 화백의 그림에 적힌 시를 둘이 함께 읊으면서……."

紅葉村西夕影餘 붉은 잎새 마을 서녘에 노을 그림자로 남고,
黃蘆灘畔月痕初 누런 갈대 모래톱에 달 머리이런가.
輕撥棹 且歸歟 슬며시 노를 젓자꾸나, 이제 돌아갈 때이니.
挂起漁竿不釣魚 낚싯대는 걸었으되 고기는 낚지 않았구나.

도요토미 히데요시와 만력제의 평화 협상은 1596년에 파탄 났고, 일본은 1597년에 앞서보다 더 많은 병력으로 조선을 또다시 침공했다. 조명

연합군이 침략군을 끈질기게 막아내는 가운데 1598년 도요토미가 숨을 거두면서 일본은 전쟁을 포기했다.

이로부터 얼마 지나지 않은 1618년에서 1645년 사이, 여진족은 사기가 꺾이고 보급도 부족한 명나라 군대를 제압하고 중국을 정복했다. 정복 전쟁 도중에 죽은 명나라 백성은 무려 2500만 명에 이른다고 추정된다.

2000년, 중국은 독자적인 위성 항법 및 위치 정보 시스템을 구축하기 시작했다. 그 시스템의 이름은 '베이더우[北斗]'이다.

## 지은이의 말

이 이야기에 나오는 그림은 오진의 「노탄조정도(蘆灘釣艇圖)」이다. 메트로폴리탄 미술관 홈페이지에서 사진으로 감상할 수 있다(주소: https://www.metmuseum.org/art/collection/search/41468).

중국에서는 스팀펑크 장르와 유사한 분위기의 이야기를 중국어로 쓴 SF가 인기를 끄는데, 나는 이러한 장르에 '실크펑크'라는 이름을 붙였다. 실크펑크 SF의 무대는 고대 또는 중세 동아시아이며, 이야기에 나오는 여러 가상의 발명품은 증기가 아니라 바람이나 물, 동물, 또는 중국 특유의 개념인 기(氣)나 기관술(機關術, 전국 시대에 묵가 사상가들이 발전시킨 기계 공학)을 동력으로 삼는다. 영어로 번역된 실크펑크 작품은 아직 드문 편이다.

이 이야기는 내가 고모와 함께 서예와 중국화의 아름다움에 관해 이야기하다가 영감을 얻어 쓴 것이다. 한자에 조예가 깊은 독자들이 관심을 가질까 싶어 귀띔하자면, 담원사의 이름은 한자로 '譚圓思'이다.

## 옮긴이의 말

한국 독자라면 누구나 알 테지만, 이 이야기는 실제 역사를 배경으로 삼은 창작의 산물입니다. 이러한 작품을 가리켜 '대체 역사(alternate history 또는 alternative history)'라고 합니다.

Knotting Grass, Holding Ring

풀을 묶어서라도,
반지를 물어 와서라도

1645년 명(明)나라 양주(揚州)

삼월(三月) 다관의 주인은 초록 꾀꼬리와 참새를 위층 별실로 데려갔다. 별실에는 남자 여섯 명이 탁자를 둘러싸고 앉아 있었다.

열린 창문 너머로 참새가 내다본 양주의 북적이는 거리에는 봄비가 보슬보슬 내렸고, 일꾼들과 병사들은 성벽을 수리하느라 빗속을 서둘러 뛰어다녔다. 창문 아래서 서성이는 백성들은 불안에 찬 소문을 서로서로 퍼뜨렸다.

"허리가 아주 날씬하구나." 상석에 앉은 남자가 열아홉 살인 초록 꾀꼬리의 몸을 눈으로 훑으며 던진 말이었다. 남자는 새것으로 보이는 붉은 전포(戰袍)를 두르고 있었기에 참새는 그가 하급 부대의 지휘관일 거라 짐작했다.

초록 꾀꼬리는 그 장교에게 고혹적인 웃음을 지어 보이고는, 창문 옆의 비단으로 덮은 장의자 쪽으로 미끄러지듯 우아하게 걸어갔다. 장교가 취기 오른 눈으로 뚫어져라 그 모습을 쳐다보는 사이에 초록 꾀꼬리는 참새에게 고갯짓을 했고, 참새는 부리나케 뛰어가 초록 꾀꼬리에게 비파를 가져다주었다.

열세 살인 참새는 넓은 방의 한쪽 구석으로 물러났다. 그런 다음 초록 꾀꼬리의 버들고리 궤짝 옆에 자리를 잡고서, 사람들의 눈에 띄지 않도록 몸을 움츠렸다. 보름 전, 마지막으로 초록 꾀꼬리를 수행하며 고객의 집을 방문했을 때, 초록 꾀꼬리가 까치 큰언니에게 이렇게 불평했기 때문이었다.

고객들이 돈을 내는 이유는 고급스러운 환상을 보고 싶어서예요, 저 애의 진흙투성이 신발이랑 마룻바닥을 닦느라 갈라진 손톱을 내내 보고 싶어서가 아니라요!

참새는 부끄러워서 귓불까지 빨개졌다. 명금원(鳴琴園)에서 일하는 기녀들 가운데 가장 심술궂은 이가 바로 초록 꾀꼬리였지만, 참새가 가장 관심을 받고 싶은 사람 또한 다름 아닌 초록 꾀꼬리였다.

배에서 꼬르륵 소리가 들리자 참새는 간절한 빛이 느껴지는 눈으로 식탁 위에 잔뜩 차려진 음식들을 바라보았다. 즐비하게 놓인 조그만 접시에 설탕 입힌 연밥, 술에 절인 마름 열매, 소금물에 삶은 땅콩, 차갑고 달콤한 두부, 고기만두 따위가 담겨 있었고…… 매실주의 향이 공기 중에 감돌았다. 만주족 군대가 양주 성을 포위한 이후 지금껏, 명금원의 거의 모든 사람은 배급받은 멀건 죽과 곰팡이가 핀 채소 절임으로 근근이 버텨 왔다. 제대로 된 먹을거리가 생기면 초록 꾀꼬리처럼 인기 있는 여성들이 고스란히 차지했다.

"이(李) 대장님, 대장님처럼 용맹하신 분이라면 마땅히 양주 유곽에서 으뜸가는 아이를 차지하셔야지요!" 일행 가운데 한 남자가 장교의 술잔에 술을 채우며 말했다. 호화로운 차림새로 보아 소금 상인인 듯했다.

"온(溫) 대인 말씀이 옳습니다. 용기 있는 자가 미인을 차지한다지 않습니까!" 다른 일행이 맞장구를 쳤다.

또 다른 일행이 거들었다. "저 정도의 기녀는 간신히 수준에 맞는 정도지요, 대장님의, 그……." 남자는 새로 지어낼 표현을 떠올리기가 버거워 말까지 더듬었다. "……용맹하신 용기를 생각하면 말입니다." 아첨의 끝은 그렇게 흐지부지됐다.

장교의 환심을 사려고 안달하는 남자들의 말을 들으며, 참새는 그들을 비웃어 주고 싶었다. 아마도 이 대장이 거느린 병력이 여기 모인 상인들의 집에 묵는 중인데, 부잡스러운 군인들이 거칠게 행동해 아름다운 저택을 엉망으로 만드는 것이 상인들에게는 영 마뜩잖은 모양이었다. 그래서 돈을 모아 이름난 유곽인 명금원에서도 가장 인기 있는 초록 꾀꼬리를 이곳에 부른 것이었다. 이 대장의 비위를 맞춰 주고 부하들의 기강을 다잡게끔 구스를 속셈으로.

"이 장군님." 초록 꾀꼬리가 말했다. 이름처럼 곱고 낭랑한 목소리로. "좋아하시는 탄사(彈詞, 중국 원나라 말기에서 명나라 초기에 생긴 노래 형식으로, 혼자 또는 두세 명이 악기 연주와 노래를 겸한다. — 옮긴이)가 있으신지요?"

"이 분은 대장……." 상인 가운데 한 명이 말을 꺼내다가 탁자 밑으로 온 대인에게 발을 밟혀 억 소리를 냈다.

"이 아이한테는 내가 장군으로 보이나 보군!" 이 대장이 웃음을 터뜨렸다.

"때로는 천치의 입에서 진실이 나오기도 하지요!" 온 대인의 말이었다. "저 만주 야만족들이 이 대장님의 무용 앞에 겁을 먹고 납작 엎드리면, 머잖아 장군 자리에 오르실 테니까요!"

이 대장은 겸손히 고개를 저었지만, 우쭐한 기색이 역력했다. 참새는 초록 꾀꼬리의 화술에 감탄했다. 상인 다섯이 퍼부은 온갖 진부하고 틀에 박힌 아첨보다 초록 꾀꼬리가 '실수'로 내뱉은 말 한마디에 이 대장의 기분이 더 좋아졌기 때문이었다. 상인들은 큰 비용을 들여 초록 꾀꼬리를 부른 보람을 톡톡히 누리는 중이었다.

초록 꾀꼬리는 정말로 영리하고 아리따워서 고객들의 흠모를 한몸에 받았다. 그러나 참새에게는 단 한 번도 상냥한 말을 건넨 적이 없었다. 참새가 아직 꼬마 아이이고 자신은 지금의 참새만 했을 무렵, 초록 꾀꼬리는 참새가 고객 눈에 들기에는 너무 못생겼으니 시간과 돈을 들여 단장시켜 봤자 헛수고라고 까치 큰언니를 설득했다. 그러면서 참새의 발을 조그맣게 묶어 전족으로 만들 것이 아니라, 계단을 오르내리며 다른 여성들의 잔시중을 드는 일꾼으로 키우는 게 최선이라는 말도 했다.

"나는 그저 우락부락한 군인이야." 이 대장이 말했다. "탄사 같은 건 하나도 몰라. 네가 좋아하는 이야기를 읊어 보려무나."

초록 꾀꼬리는 고개를 끄덕이고는 비파를 무릎 위에 올려놓았다. 그러고는 현을 몇 차례 쓸어내렸다.

"마침 장군이니 미인이니 하는 이야기를 나누던 참이니, 귀빈들께 먼 옛날 위과(魏顆) 장군이 가엾은 첩의 목숨을 구한 이야기를 들려 드리면 어떨까요?"

"음, 거참 재미있을 것 같구나." 이 대장이 말했다.

초록 꾀꼬리는 방긋 웃고는 비파의 현을 튕겨 경쾌한 음률을 만들며 노래하기 시작했다.

임금, 제후, 장군, 승상이시여

걸인, 승려, 도적, 기녀들이여

들어 보오, 이 애끓는 이야기를

헤아릴 수 없는 운명의 길, 그 누가 알리오?

초록 꾀꼬리는 노래를 멈추고 비파를 품에 안은 다음, 이야기를 시작했다. 목소리와 몸짓에 생기가 가득했다.

"황제들의 시대가 시작되기 전, 여러 나라가 패권을 차지하려 다투던 춘추 시대로 거슬러 올라가 보지요. 진(晉) 나라의 장군 위주(魏犨)가 중한 병에 걸렸는데, 하루는 아들 위과를 불러 이렇게 말했답니다."

아들아, 내가 죽거든

내 가장 아끼는 첩을 내 무덤에 함께 묻지 마라.

아직 젊고 마음씨도 여린 사람이니

바닷가에서 한가로이 남은 생을 살게 함이 마땅하다.

"이에 효자였던 위과는 그러겠다고 대답했답니다."

"그 첩도 너만큼이나 예뻤다더냐?" 이 대장이 이야기 중간에 끼어들어 물었다. "순장이라는 고대의 풍습은 모진 구석이 없지 않지만, 나 같으면 그렇게나 예쁜 첩은 반드시 저세상까지 데려가려 했을 게다." 그러고는 껄껄 웃었다.

다른 남자들도 덩달아 웃으며 자신들도 그럴 거라고 했다.

참새는 소름이 오소소 돋았다. 캄캄한 묘실 속으로 떠밀려 들어간 후에 등 뒤에서 묵직한 돌문이 닫히고 꼼짝없이 갇히는 상상이 떠올라서였다. 참새는 남자들의 웃음소리가 섬뜩했다. 위주 장군이 이자들보다 인정 많은 사람이라 다행이었구나.

"저는 한낱 유곽의 미천한 기녀일 뿐입니다." 초록 꾀꼬리의 표정은 담담했다. "제가 어찌 감히 스스로를 위 씨 가문의 애첩과 비교하겠습니까?"

"이야기를 계속해라." 이 대장은 그렇게 말하고는 술잔을 비웠다. 상인들이 빈 잔에 득달같이 달려들어 서로 술을 따르려고 다퉜다.

"위주 장군의 병세는 더욱 위중해져 마침내 누가 봐도 살날이 얼마 안 남은 상태에 이르렀습니다. 장군은 아들인 위과를 다시 불러 이렇게 말했습니다."

아들아, 내가 죽거든, 애첩을 나와 함께 묻어다오.

내 무릎 곁에 그 여자가 없으면 돌로 지은 묘실 안에서 나 홀로 외로울 터이니.

"흥, 영감이 본심을 드러낼 것 같더라니." 이 대장의 말이었다.

참새는 고개를 절레절레 가로저었다. 초록 꾀꼬리는 왜 저렇게 으스스한 이야기를 골랐을까?

초록 꾀꼬리는 이 대장의 말을 못 들었다는 듯 태연하게 이야기를 계속했다. "허나 위과는 무덤에 아버지의 시신만 매장하고 아버지의 애첩은 다른 사람에게 재가하도록 허락했답니다."

"아비의 부탁을 거절했다고?" 술에 취해 벌게진 이 대장의 얼굴에 믿기 힘들다는 표정이 떠올랐다.

"저런 불효막심한!" 한 상인이 말했다.

"덕이 부족한 자로군요." 다른 상인이 맞장구쳤다.

"저 같은 처지의 여자가 덕에 관해 무슨 말씀을 드리겠습니까." 초록 꾀꼬리가 말했다. "진나라의 많은 이들이 아버지의 부탁을 저버렸다며 비난했지만, 위과는 개의치 않았답니다. 그러면서 이렇게 말했지요. '처음 제게 뒷일을 부탁하셨을 때, 아버지는 아직 정신이 멀쩡하셨습니다. 하지만 다시 저를 부르셨을 때는 병세가 너무 위중해서 스스로 무슨 말을 하는지 알지 못하셨습니다. 저는 아버지의 진심을 존중하려 했습니다. 덕이란 여럿이서 입을 모아 하는 얘기일 뿐, 옳은 길은 오로지 제 마음속에 있을 뿐입니다.'"

"거 듣기 좋은 궤변이구나." 이 대장은 코웃음을 쳤다.

초록 꾀꼬리는 비파의 현을 몇 번 튕겨 이야기 속 장면이 바뀐 것을 알렸다.

"몇 년 후, 진(秦) 나라가 침략해 오자 위과는 진(晉) 나라의 대장군에 임명되어 조국을 지켜야 할 처지가 되었습니다. 두 나라의 군대가 널따랗게 진을 치고 서로 대치할 때, 두회(杜回)라는 진(秦)의 용맹한 장수가 전장에 나와 일대일로 겨루자며 위과 장군에게 도전

했습니다.

두회는 거인이었습니다. 키가 8척에, 눈은 악귀처럼 부리부리했지요. 양 주먹은 구리 솥만 했고, 무기인 도끼는 한 번 휘두르면 제아무리 두꺼운 갑옷도 쪼개지고 날쌘 말의 다리마저 잘려 나갈 정도였답니다."

"듣자 하니 이 대장님과 아주 똑같군요." 상인들 가운데 한 명이 말했다.

"'이 장군님'을 잘못 말한 거겠지?" 다른 상인이 거들었다.

이 대장은 짜증 난다는 듯이 손을 저어 둘을 조용히 시켰다.

초록 꾀꼬리의 이야기가 이어졌다. "위과 장군은 용감히 싸웠지만 두회의 힘이 어찌나 사납던지, 묵직하게 휘두르는 도끼를 막아 내다 보니 어느새 팔이 조금씩 후들거렸답니다. 그래서 어쩔 수 없이 물러섰지만, 두회는 뒤를 바짝 쫓아왔지요.

오래지 않아 두 장수는 키 큰 풀로 뒤덮인 언덕에 이르렀습니다. 이윽고 둘이 언덕을 뛰어 올라가는가 싶더니, 두회가 비틀거렸습니다. 위과 장군은 이때를 틈타 뒤로 돌아서서 다시 두회와 맞붙었고, 이번에는 가까스로 그의 목을 벴습니다.

잠시 숨을 고르고 나서, 위과 장군은 두회의 발 근처에 자란 풀들이 죄다 둥그렇게 묶여 있는 것을 알아차렸습니다. 꼭 누군가 함정을 만들려고 그곳에 있었던 것처럼 말이에요. 고개를 들어 보니 족제비 한 마리가 부리나케 달아나 드넓은 풀밭 속으로 사라져 버렸답니다.

그날 밤, 위과 장군이 아군의 숙영지에서 자고 있는데, 꿈에 웬 노인이 나왔습니다.

위과 장군이 물었지요. '노인장은 뉘시오?'

'저는 장군님 선친께서 아끼시던 첩의 아비입니다. 딸의 목숨을 구해 주신 장군님께 감사하는 마음에 미력하나마 도움이 되고 싶어서, 상제님께 탄원하여 족제비의 몸으로 이승에 돌아왔습니다.'"

우리가 행하는 일은 모두 훗날 메아리로 돌아오는 법,

업보가 운명의 바퀴를 돌리나니, 권세가 커지면 덕도 함께 높아져야 하지.

초록 꾀꼬리는 비파 현을 몇 차례 울려 이야기의 끝을 알렸다.

이 대장은 표정이 꼭 꿈에서 깨어난 사람 같았다.

"멋진 이야기를 참 잘 읊는구나."

"존경하는 이 장군님께서 과찬의 말씀을." 초록 꾀꼬리는 고개를 숙이며 말했다.

"고귀하신 위과 장군을 기리며 건배합시다."

상인들이 '이 장군'은 그보다 훨씬 더 고귀하다는 말을 한목소리로 외치려 할 즈음, 삼월 다관의 주인이 별실 문을 열고 들어오더니 이 대장 곁으로 후다닥 달려가 쪽지를 건넸다.

"공무가 생겼군." 이 대장은 의자에서 일어서다가 술기운 때문에 살짝 휘청했다. "여러분, 아쉽지만 이 몸은 바로 자리를 떠야겠소."

"허나 대장님, 이 여자가 보여 드릴 재주는 이제 겨우 시작인데요." 상인 한 명이 말했다. 보나 마나 초록 꾀꼬리를 부르느라 들인

큰돈이 생각나서 한 말이었다. 뒤이어 그 상인이 소심한 목소리로 덧붙였다. "설마 만주족 군대가 또 난리를 피운 건 아니면 좋겠습니다만."

"걱정 마시오." 이 대장은 별실 문을 향해 비틀비틀 걸어가며 말했다. "양주 성은 이번 포위 공격을 이미 이레나 버텼고, 저 야만족 군대의 우두머리인 예친왕 도도[多鐸]가 감히 이곳에 더 머물 것 같지도 않으니까. 병부상서이신 사가법(史可法) 대인께서는 당신의 목숨이 붙어 있는 한 양주 백성 그 누구에게도 위험이 닥치게 하지 않겠노라 맹세하셨소. 나 또한 여러분 모두에게 똑같이 맹세하는 바이오."

이 대장은 계단을 내려가 그대로 사라졌고, 상인들은 잠시 말이 없다가 이윽고 호들갑스럽게 불평을 늘어놓았다.

"하여튼 무식한 인간이라니까." 한 상인이 말했다. "손을 씻으라고 놔둔 물그릇 하나 제대로 쓸 줄 모르잖아! 제발 저 만주족 놈들이 빨리 꺼져야 농민 출신 까막눈 군인들을 상대할 일이 없어질 텐데."

"하여튼 범죄자나 다름없는 놈들이야." 다른 상인이 거들었다.

"애초에 아무 재주도 없는 놈이 아니라면 군대에 뭐 하러 들어갔겠어?" 또 다른 상인의 말이었다.

이미 수없이 여러 차례 목격한 광경이었지만, 참새는 상인과 학자 무리가 하나같이 입으로는 이 말을 하면서 머릿속으로는 저 생각을 하는 것처럼 보인다는 사실을 도무지 받아들이기가 힘들었다. 그런 참새의 입에서 불쑥 튀어나온 말은 이러했다. "이 대장님께선 우리 모두를 지키려고 싸우고 계세요. 비록 예법은 서툴지 몰라도 제 생각엔 무척 용감하신 분 같아요."

상인들은 참새가 아직 방 안에 있는 것을 알아차리고 깜짝 놀란 눈치였다.

"이런 경우는 또 처음이군." 온 대인이 코웃음을 쳤다. "기녀 나부 랭이가 감히 이 몸에게 덕과 공경을 가르치다니."

"존경하는 어르신들." 초록 꾀꼬리가 말했다. "부디 이 방정맞고 어리석은 계집을 용서하세요. 사실 저희 같은 아녀자가 할 거라곤 덕을 우러러보는 것뿐이랍니다. 누가 봐도 저희에게는 없는 것이니 까요. 그런데 사소한 문제이기는 합니다만, 제가 아직 못 받은 수고 비가 조금 있어서요."

참새는 묵직한 초록 꾀꼬리의 짐을 드느라 끙끙대며 가마 곁을 잰걸음으로 따라가다가, 가마 창문을 통해 소곤소곤 말을 건넸다. "미안. 꾹 참았어야 했는데 그만 입을 놀려 버렸어."

가마 안에 앉은 초록 꾀꼬리는 창문의 휘장을 걷고 퉁명스러운 목소리로 말했다. "까치 큰언니한테 혼날 걱정은 안 해도 돼. 큰언 니한테는 내가 잘 얘기해 둘게."

참새는 그제야 마음이 놓였다. 고객에게서 돈을 받아 내는 일 또 한 참새의 임무이기 때문이었다. 까치는 명금원을 어느 정도 격식 있는 장소로 유지하고자 했고, 이 때문에 고객이 자신이 부른 기녀 와 직접 수고비를 흥정하는 것을 꼴사나운 짓으로 여겼다. 그러나 참새 같은 하인의 경우에는 고객을 상대로 수틀리면 남들 앞에서 망신을 주겠다고 올러대도 상관없었다.

그런데 참새가 불쑥 입을 여는 바람에 기분이 상한 상인들은 낮과 밤의 수고비를 다 치를 수는 없다고 고집을 부렸다. 게다가 때가 때이니만큼 남들 앞에서 망신을 당하는 것쯤은 안중에도 없다는 듯이 굴었다. 초록 꾀꼬리가 상인들을 달래어 낮의 노래 삯이나마 받아 내기까지는 한참이 걸렸다.

"고마워." 참새는 숨이 차서 헐떡거리며 말했다. 지금 같은 때에는 전족을 하지 않아서 다행이라는 생각이 들었다. 자신을 가마에 태워 모시고 다닐 사람은 세상에 없기 때문이었다. 그건 틀림없는 사실이었다.

"넌 어차피 변명도 엉망으로 할 거 아냐." 초록 꾀꼬리가 덧붙인 말이었다. "그랬다간 우리 둘 다 곤란해지니까."

참새는 얼굴이 빨개졌다. 이제 조금 따뜻하게 대해 주는구나 하는 생각이 들 때마다, 초록 꾀꼬리는 그렇게 착각을 깨부수는 말을 내뱉었다. 꼭 자신이 싫어한다는 걸 참새에게 똑똑히 일깨워 주려고 일부러 그러는 듯싶었다.

그럼에도, 참새는 손위 여자애들과 이야기하는 게 좋았다. 남들은 결코 들려주지 않을 이야기를 이것저것 들려주기 때문이었다.

"저기, 초록 꾀꼬리." 참새는 가마꾼들에게 들리지 않게끔 창문에 대고 소곤소곤 말했다. "뭐 하나만 물어봐도 돼?"

창문의 휘장은 걷히지 않았다.

"뭘?"

"만주족이 정말로 양주 성을 함락시킬 것 같아?"

잠시 대답이 없었다. 그러다 이내. "그렇게 안 되길 바라는 게 좋을걸. 성이 함락되면 여자들은 영 안 좋은 꼴을 당하게 마련이니까. 우리 같은 여자들은 더더욱 그렇고."

"하지만 사가법 상서께서 다들 무사할 거라고 약속하셨는데."

싸늘한 웃음소리가 들려왔다.

"남자들이 한 약속은 백이면 백 깨지게 돼 있어. 우리도 약속대로라면 수고비를 온전히 받았어야 하잖아. 너 그 돈 다 받았어?"

참새는 허리띠에 묶어 놓은 돈주머니를 손으로 들어 보고 허전함을 느꼈다. 초록 꾀꼬리는 나한테 듣기 좋은 말 한마디 해 주면 어디 덧이라도 나는 걸까? "하지만 성안에 병사들이 저렇게 많이 있잖아. 성벽도 그 사람들이 밤낮으로 튼튼하게 보강했고. 며칠 전에 보니까 병사들이 서양식 대포를 끌고 거리를 지나가던데……"

"네가 보기엔 양주 성의 방어 태세가 북경 성보다 더 튼튼할 것 같아?"

그 질문에 참새는 말문이 막혔다. 상상도 못 할 일은 바로 지난해에 일어났다. 만주족이 북경을 함락시키고 황제께서 목을 매달았던 것이다. 새로 즉위한 명 황제는 지금 양자강 건너 남쪽의 남경에 숨어 있었다. 만주족은 중국 땅을 한 뼘도 남기지 않고 정복하겠노라 선언했고, 이때껏 그들을 막아선 사람은 한 명도 없었다.

참새는 화제를 바꿨다. "운명이란 게…… 정말로 있을까? 그리고 사람이 죽으면 다시 태어난다는 것도 정말일까?"

"너 대체 무슨 소릴 하는 거야?"

"그 왜, 네가 아까 노래한 탄사 속의 이야기에도 나오잖아. 세상 모든 일은 서로 균형을 이루게 마련이고, 착한 일을 하면 보답을 받는다는 거."

"그건 그냥 이야기잖아."

"그래, 그치만…… 지금 이 성엔 사람이 미어터질 만큼 많은데, 다들 진짜로 나쁜 짓은 해 본 적도 없는 사람들이야. 그런 사람들이 자기 조상이나 관음보살, 태상노군, 그리스도 같은 신령들한테 구해 달라고 기도를 올려. 만주족하고는 평생 상관없이 살던 사람들인데 말이야. 신령이든, 운명이든, 뭐든 그 사람들을 지켜 줘야 하는 거 아닐까? 안 그러면 너무 불공평하잖아."

참새의 입에서 한숨이 흘러나왔다.

"바보 같은 소리 그만해. 아버지가 유배형에 처해지고 내가 팔려 가는 몸이 됐을 때, 내 나이는 고작 다섯 살이었어. 죄는 아버지가 지었는데 내가 뭘 잘못했겠어? 그때 난 아무것도 모르는 꼬맹이였어, 그런데 어디 사는 누군지도 모르는 패거리가 나를 우리 부모한테서 빼앗아서 까치한테 팔아넘긴 거야. 그런데도 인생이 공평하다는 소리가 나와?"

"어쩌면 이번 생은 안 그럴지도 모르지만, 네가 들려준 이야기처럼 다음 생에서는…… 넌 그런 거 아예 안 믿어?"

"아아, 난 다시 태어나면 진짜 새가 돼도 괜찮아. 그럼 먹을 것도 사방에 널려 있을 테고, 뭐가 잘못되면 그냥 휙 날아가 버리면 그만이니까. 근데 정말로 그렇게 될지 누가 알겠어? 보이지도 않고 만질 수도 없는 걸 '믿어' 봤자 다 무슨 소용이야? 난 금과 보석을 믿어. 고객을 더 즐겁게 해 주면 나한테 돌아오는 돈이 더 많아진다는 걸

믿고. 돈을 충분히 모으면 까치한테 내 몸값을 내고 자유의 몸이 되리라는 것도 믿어. 에이, 됐다. 네 실없는 수다 때문에 아까운 시간만 낭비……"

그 순간 가마꾼 한 명이 비틀거리다가 하마터면 넘어질 뻔했다. 그의 입에서 욕지거리가 튀어나왔다.

초록 꾀꼬리는 가마를 세우라고 명령하고 고개를 가마 바깥으로 내밀었다. "무슨 일이야?"

참새가 가마에서 몇 걸음 뒤편에 쪼그려 앉으며 말했다. "길에 제비가 떨어져 있어. 한쪽 날개가 부러졌나 봐. 하마터면 가마꾼 발에 밟힐 뻔했어."

"이리 가져와, 어서."

참새는 버들고리 궤짝과 비파를 내려놓고 손수건으로 제비를 싼 다음, 조심조심 가마로 가져갔다. 새는 가슴이 빠르게 오르락내리락했고 눈은 뿌옇게 흐려 보였다. 참새의 손안에서 벗어나려 버둥거리지도 않았다.

"얼마 못 버티지 싶은데." 참새는 새를 건네며 말했다.

초록 꾀꼬리는 새를 손에 들고 조바심이 난 듯 아랫입술을 잘근거렸다.

"뭔가 든든한 먹이가 있으면 좋을 텐데. 쌀죽만 먹이면 힘이 안 날 거야."

이 또한 참새를 헷갈리게 하는 초록 꾀꼬리의 면모였다. 더없이 거만하고 심술궂으면서도, 고통스러워하는 짐승을 보면 차마 그냥 지나치지 못했던 것이다. 초록 꾀꼬리는 고기를 입에도 대지 않앉을뿐더러, 다른 기녀들이 청소를 하다가 거미나 파리를 봐도 절대 죽이지 못하게 했다. 까치 큰언니가 고기를 안 먹어서 비쩍 마르면 손님들이 싫어한다며 조바심을 칠 때에는 신실한 불교도라서 그러는 거라고 우기며 넘어갔지만, 참새는 초록 꾀꼬리가 관음보살께 비는 모습을 한 번도 본 적이 없었다. 게다가 초록 꾀꼬리에게는 고양이나 새, 심지어 이따금 들르는 배달꾼의 짐말까지, 다친 짐승이라면 무엇이든 보살피는 습관이 있었고, 그렇게 돌본 짐승들은 다시 기운을 차렸다.

돈을 벌어서 제 한 몸 챙길 생각밖에 없다는 사람치고는 꽤나 묘한 취미였다.

그러나 초록 꾀꼬리의 걱정 어린 눈빛을 보며 참새는 그날 종일 초록 꾀꼬리가 얼마나 거만하게 굴었는지 까맣게 잊어버렸다. 그래서 허리춤에 숨겨 둔 쌈지를 꺼내어 내밀고 말았다.

"이게 소용이 있을지도 모르겠어."

초록 꾀꼬리가 쌈지를 열어 보니 상인들과 초록 꾀꼬리가 옥신각신하는 사이에 참새가 탁자에서 슬쩍한 고기만두 몇 개가 들어 있었다. 나중에, 가게 사람들이 모두 잠자리에 들고 나서 먹을 작정이었다. 슬쩍한 음식인 걸 까치 큰언니가 알면 보나 마나 회초리로 얻어맞을 테니까.

"이 정도면 제비가 원래 먹는 벌레나 뭐 그런 먹이랑 비슷할 거야. 난 어차피 고기만두는 별로 안 좋아해서."

묘하게도, 초록 꾀꼬리에게 먹을 것을 나누어 준다는 생각에 참새는 만두를 훔쳤을 때보다 더 기분이 흐뭇했다.

"고마워." 초록 꾀꼬리가 말했다. 참새는 방금 그 보드라운 목소리를 다시 들을 수만 있다면 무슨 짓이든 할 수 있을 것 같았다.

이튿날 오후에도 비가 부슬부슬 내렸다. 시장에 간 참새가 어이없을 정도로 비싸진 먹을거리를 사려고 흥정하고 있을 때, 여기저기서 고함 소리가 들려왔다.

"성문이 열렸대……"

"……지원군이 도착한 게 아니라……"

참새 주위의 사람들이 일제히 술렁거렸다. 남녀 할 것 없이 모두가 서로 밀치며 사방으로 뛰어갔고, 아이들은 엉엉 울었으며, 말 탄 사람 몇몇은 누가 말발굽에 밟히든 말든 아랑곳없이 인파를 헤치고 나아가려 안간힘을 썼다. 가마는 땅에 떨어지고 장사용 수레도 몰려오는 인파에 부딪혀 부서졌다. 땅바닥에 떨어진 과일과 과자가 겁에 질린 사람들의 발길에 짓이겨지면서 어느새 공중에 달착지근한 향기가 감돌았다.

"……저분은 사가법 상서잖아?"

"성을 버리려나 봐! 달아나는 거야……!"

참새는 곁에 서 있던 젊은 남자의 소매를 잡아끌며 큰소리로 물었다. "이게 웬 난리래요?"

"만주족 군대가 계략을 써서 성문을 열었어. 양주는 이제 끝장이야! 예친왕 도도가 양주 백성을 모조리 죽이라고 명령했대."

"백성들을 모조리 죽이라니! 왜요?"

"우릴 본보기로 삼아 중국의 다른 도시에 경고하려는 속셈이야!"

원숭이한테 주인 말에 고분고분 복종하지 않으면 어떻게 되는지 가르치려고 닭을 죽여서 보여 주는 식이지. 생각나는 신령이 있으면 누구한테든 살려 달라고 비는 게 좋을 거다."

남자는 소맷부리를 홱 당겨 참새의 손을 떨쳐 내고 소란스러운 인파 속으로 사라졌다. 멀리 성벽 쪽에서 연기 기둥이 하나둘 피어올랐다.

참새는 빽빽한 인파를 밀치며 꾸역꾸역 나아가 마침내 시장에서 빠져나왔다. 쉬지 않고 달려 명금원에 도착해 보니 까치 큰언니와 다른 여자애들이 다 함께 문간에 서서 기다리고 있었다. 표정이 다들 불안해 보였다.

"소문이 사실이냐?" 까치가 물었다.

참새는 고개를 끄덕였다.

"성안의 백성들이 모조리 도륙당할 거래요." 눈앞이 아찔했다. 난 죽기엔 너무 어린데.

까치 큰언니의 목소리는 차분했다. "어쩌면 대명제국의 명운이 여기까지인지도 모르지. 성안 이곳저곳으로 흩어지면 우리 중 일부는 살아남을 수 있을 거다. 혹시 너희한테 부자 단골이 있다면, 지금이 바로 톡톡히 써먹을 기회야. 단골네 집에 찾아가서 들여보내 달라고 통사정한 다음, 단골한테는 죽고 못 살 만큼 사랑한다고 하고 그 사람 부인들한테는 세상에서 제일 고분고분한 첩이 되겠다고 말해. 짐은 아무것도 챙기지 말고 빈손으로 가, 너희가 나한테 진 빚은 다 갚은 걸로 해 둘게. 만약 이 난리가 다 끝난 후에도 살아 있으면, 너흰 자유의 몸이야. 자, 이제 가, 어서! 지금은 촌각도 지체해선 안 돼."

여성들 중 몇몇은 대문 쪽으로 주춤주춤 걸어갔다. 다른 사람들, 특히 참새처럼 찾아갈 고객이 없는 여자애들은, 웅크리고 앉아 울었다.

"허튼수작 집어치워요." 초록 꾀꼬리의 말이었다. 까치 큰언니를 쏘아보는 눈길이 싸늘했다. "지금 같은 때 살아남으려면 돈이 필요해요. 우릴 모두 풀어주는 건 가게 돈을 당신이 독차지하려는 수작이잖아요."

싸늘하기는 까치 큰언니의 눈빛 또한 마찬가지였다.

"우리 가게에 있는 돈은 다 내 거야. 너희 가운데 차용증에 적힌 빚을 다 갚을 만큼 돈을 많이 번 애는 한 명도 없어."

"그 돈은 우리가 몸으로 일해서 번 거예요." 초록 꾀꼬리가 응수했다. "차용증은 지금 같은 때에 제일 쓸모없는 물건이고요. 날 도둑으로 신고하고 싶거든 얼마든지 해 봐요. 관아에 가서 고발해 보라고요."

대문 근처까지 간 여성들이 뒤로 돌아섰다. 공포와 불안으로 물들었던 그들의 표정이 천천히, 초록 꾀꼬리와 똑같이 싸늘하고 단호한 표정으로 바뀌어 갔다.

까치 큰언니는 상대편의 머릿수가 얼마나 많은지 확인하고 목소리를 누그러뜨렸다. "반반으로 나누는 게 어때?"

초록 꾀꼬리는 즐거워하는 기색 없이 쿡쿡 웃었다. "아까 주방장하고 하인들이 먼저 내빼는 소리가 들리던데. 돈 궤짝에 우리 몫이 조금이라도 남아 있으면 좋겠네요."

초록 꾀꼬리와 참새는 사람들의 눈을 피해 가장 좁은 길과 가장 캄캄한 골목을 골라 이동했다. 이따금 명나라 군대의 탈주병 몇몇이 민간인 무리에 섞이려고 피 묻은 투구와 갑옷을 벗어 던지며 달아나는 광경이 눈에 띄었다.

"까치가 이기적인지는 몰라도 한 가지는 제대로 봤어." 초록 꾀꼬리는 이마에 맺힌 땀을 훔치며 말했다. "같이 모여 있다가 적군의 눈길을 끄느니 뿔뿔이 흩어지는 게 더 안전하다는 거야." 그러고는 멈춰 서서 벽에 몸을 기댔다. 전족을 한 초록 꾀꼬리는 발을 질질 끌며 느릿느릿 걷는 게 고작이다 보니 반 리만 걸어도 금세 기진맥진했다.

그 제비가 갇힌 새장을 여태 들고 있으니 더 고되겠지. 참새는 속으로 중얼거렸다.

"너 먼저 가." 초록 꾀꼬리가 말했다. "수로 옆에 있는 절까지 가는 거야. 만주족이 다른 건 몰라도 부처님은 무서워할지도 몰라."

"너만 두고 어떻게 혼자서 가."

참새의 말에 초록 꾀꼬리는 쿡쿡 웃었다.

"그래, 너도 이제야 뭔가 깨우쳤구나. 하긴, 난 까치하고는 다르니까. 기다려, 네 몫을 나눠 줄게." 그러더니 돈주머니를 꺼내어 손바닥에 대고 털었다. 보석 장신구 몇 가지와 조그만 은자 몇 개가 전부였다. 까치 큰언니가 숨겨 둔 보물은 다 함께 나누고 보니 그리 대단치도 않았다.

초록 꾀꼬리는 옥 반지를 집어 자기 손가락에 끼웠다.

"이건 내가 가질게. 아버지한테 받은 거거든. 내가…… 여기 오기 전에. 불안할 때 이 반지를 만지면 안심이 돼." 그러고는 은 절반과 나머지 보석 장신구를 모두 참새에게 내밀었다. "이제 가, 어서."

참새는 초록 꾀꼬리가 내민 것을 받지 않았다.

"넌 머리가 영리하니까 난 네 옆에 붙어 있어야 살 공산이 더 커."

"어휴! 멍청하긴. 네가 깨우쳐야 할 게 하나 더 있어. 남이 건네는 돈은 절대 사양하지 말 것." 초록 꾀꼬리는 귀금속류를 모조리 돈주머니에 도로 담았다. 비명 소리와 말발굽 소리가 쉬지 않고 가까워지는 듯싶었다. "어서 숨을 곳을 찾아야 해. 가난한 집 지하실 같은 데가 좋아. 으리으리한 저택은 눈에 너무 잘 띄거든."

둘은 지나는 길에 있는 모든 집의 대문을 두드려 봤지만, 문을 열어 주는 집은 한 곳도 없었다. 그러다 대문이 빠끔히 열린 집을 발견했지만, 안에 들어가 보니 거실 대들보에는 목을 맨 두 여성의 시체가 대롱거렸고, 그 발치에는 남자의 시체가 널브러져 있었다. 남자의 목과 머리 주위에 피가 흥건했다.

참새는 놀라서 헉 소리를 냈지만, 초록 꾀꼬리는 망설이지 않고 집 안으로 들어섰다. 참새는 잠시 전전긍긍하다가 힘주어 한 발을 내디딘 다음, 초록 꾀꼬리의 뒤를 따랐다.

벽을 가만히 바라보는 초록 꾀꼬리의 모습이 참새의 눈에 띄었다. 그 벽에는 문장 두 줄이 커다란 글씨로 적혀 있었다. 먹물이 아직 다 마르지도 않은 상태였다.

참새는 붓으로 흘려 쓴 그 문장이 무슨 뜻인지 알아보지 못했다.

"뭐라고 적혀 있어?"

"이건 덕과 믿음에 관해 이야기하는 시야. 쓴 사람이 자기 가족과 더불어 황제를 더 잘 섬겼어야 했는데 그러지 못했다고 한탄하는 내용도 함께 들어 있어."

"딱한 사람이네."

"난 이걸 쓴 남자의 아내가 더 딱한걸. 남편이 같이 죽자고 하지 않았으면 목매달 일도 없었을 테니까. 이런 게 덕이니, 정조니 하는 거겠지."

"얼른 나가자."

"아니, 이 집이야말로 숨기에 제일 좋은 곳이야. 만주족은 이 집 식구들이 다 죽은 줄 알 테니까. 우리가 할 일은 이 집이 한바탕 약탈당한 것처럼 꾸며 놓는 거야. 그래야 샅샅이 뒤져 볼 생각이 안들 거 아냐."

"네가 귀신을 무서워하거나 망자를 존중할 사람이 아닌 걸 진작 알았어야 했는데." 참새가 중얼거렸다. "넌 세상의 어떤 것도 믿질 않으니까."

"이 집 식구들은 믿는 게 있었어." 초록 꾀꼬리가 말했다. "그 믿음 덕분에 얼마나 행복해졌는지 봐."


참새와 초록 꾀꼬리가 숨은 부엌 바닥 밑의 지하실에서는 바깥의 소리가 어쩌다 가끔 들려올 뿐이었다. 민가의 문이 부서지는 소리와 비명, 고함, 다급한 발소리, 이따금 무언가 요란하게 부서지는 소리도 났다. 지하실 천장에 가느다랗게 뚫린 통풍구로 희미한 빛과 매캐한 연기 냄새가 흘러들었다.

"적군이 불을 놓은 거야." 초록 꾀꼬리가 말했다. "근처에 불타는 집이 있나 봐."

규칙적으로 울리는 말발굽 소리에 지하실이 흔들리고 천장에서는 먼지가 조금씩 떨어졌다.

"까치 큰언니는 괜찮을까?" 참새가 물었다.

"알 게 뭐야. 제 힘으로 살아남아야 하는 건 우리나 그 여자나 마찬가지야. 난 그 여자 말고도 걱정할 게 산더미 같다고."

참새는 초록 꾀꼬리의 야멸친 말투에 살짝 실망했다. 참새에게 까치는 엄마와 가장 비슷한 존재이기 때문이었다.

"차라리 낮잠이나 좀 자 둬. 혹시 적군한테 발각된다면, 우리로선 깨어 있든 자고 있든 별 차이 없을 테니까." 초록 꾀꼬리는 참새에게 그렇게 말하고는, 버들고리 새장에 넣어 둔 제비를 부드럽게 달랬다. 제비는 이제 웬만큼 기운을 차린 것처럼 보였다.

참새가 잠에서 깼을 무렵에는 사방이 완전히 캄캄했고, 아무 소리도 들리지 않았다.

"이제 이 동네 집들은 다 뒤졌나 봐." 초록 꾀꼬리가 소곤거렸다. "상인들의 저택이 모여 있는 동네보다는 약탈하고 겁탈할 게 별로 없었겠지."

참새는 바짝 마른 입술을 혀로 축였다.

"나가서 물을 좀 떠 올게. 걷는 건 발이 편한 내가 더 잘하니까."

"나가기 전에 우선 이쪽으로 와 봐." 초록 꾀꼬리가 말했다.

참새는 땅바닥을 더듬더듬 짚으며 기어갔다. 숨결이 느껴질 만큼 가까워졌을 때, 초록 꾀꼬리가 느닷없이 참새의 어깨를 붙잡더니 힘껏 끌어당겨 땅바닥에 쓰러뜨렸다. 그러고는 참새 위에 올라타

양 무릎으로 몸통을 단단히 붙들었다. 참새는 악을 쓰려 했지만 초록 꾀꼬리의 서늘한 손에 입이 틀어막히는 느낌이 났다.

"조용히 해!" 초록 꾀꼬리가 다그쳤다.

참새는 혼란스러운 한편으로 겁이 더럭 났다. 초록 꾀꼬리가 정신을 놔 버린 걸까?

이윽고 초록 꾀꼬리의 손이 사라지더니, 무언가 서늘하고 예리한 날붙이가 뺨에 와 닿았다. 참새는 움찔 놀라 버둥거렸다.

초록 꾀꼬리는 참새의 얼굴에 뜨거운 숨결이 닿을 정도로 깊숙이 몸을 숙였다.

"가만있어. 네가 바깥에 나가기 전에 손을 봐줘야 하니까."

그렇게 말한 초록 꾀꼬리가 머리카락을 한 움큼 틀어쥐자 참새는 머리의 피부가 바짝 움츠러드는 느낌이 들었다. 뒤이어 뺨을 누르던 서늘한 날붙이가 멀어지는가 싶더니 서걱 소리가 났다. 초록 꾀꼬리가 참새의 머리카락을 한 뭉텅이나 잘라 버렸던 것이다.

참새는 숱이 탐스러운 자신의 머리카락이 자랑스러웠고, 언젠가는 명금원의 손위 여자애들처럼 세련되고 우아한 머리를 하고 싶다는, 즉 머리카락을 두 갈래로 땋아 동그랗게 틀어 올리고 싶다는 생각을 자주 했다. 참새는 훌쩍이며 더 거세게 버둥거렸다.

"이 바보야." 초록 꾀꼬리의 목소리는 야멸찼다. "혹시라도 적군이 멀리서 너를 보고 깡마른 남자앤 줄 알면, 쫓아오지 않고 가만둘지도 모른단 말이야."

"그치만 머리는 너도 길잖아!"

"나한테 외모는 스스로를 지킬 마지막 무기야. 난 그자들이 뭘 원하는지 알아. 게다가 그자들에게 원하는 걸 주는 동시에 잘하면 내 목숨까지 보전할 재주도 갖고 있어. 하지만 넌 달라. 넌 아무것도 모른다고."

참새는 버둥거리기를 멈춘 채 소리 죽여 울었고, 그러는 사이에 초록 꾀꼬리는 참새의 머리카락을 한 움큼씩 마구잡이로 붙잡고 싹둑싹둑 잘랐다.

"난 전족 때문에 달리질 못해." 초록 꾀꼬리가 소곤거렸다. 참새의 머리에 닿는 손길도 부드러워졌다. "하지만 넌 달릴 수 있어. 네가 오래전부터 나처럼 되고 싶어 했던 거, 나도 알아. 하지만 넌 나처럼 되기엔 마음이 너무 약해. 그래서 까치가 네 발을 전족으로 만들지 못하게 말렸던 거야. 한자리에 눌러앉아 웃는 얼굴로 스스로를 내놓으며 사는 것보단, 냅다 뛰어서 달아날 수 있는 몸으로 사는 게 단연코 더 나으니까.

난 네가 여길 나가서 다시 안 돌아온다고 해도 널 원망하진 않을 거야."

그 말에 참새는 더욱 서럽게 울었다.

바깥에는 비가 더 거세게 내렸다. 동네의 집 몇 채는 아직도 불타는 중이었고, 그런 집의 깜박이는 불빛이 스산한 거리를 어스름히 비추었다. 진흙탕이 된 좁은 골목에 열 구가 넘는 시체가 널브러진 광경을 보며 참새는 가슴이 쿵쾅거리고 머리가 어질어질했다. 시체 주위의 시커먼 웅덩이는 빗물, 아니면 핏물일 터였다. 골목에 면한 집들 가운데 대문이 부서지지 않은 집은 한 곳도 없었다.

참새는 마음을 가라앉히려고 안간힘을 썼다. 더욱더 초록 꾀꼬리와 비슷한 사람이 되어야 했다. 눈에 보이고 손에 만져지는 것에 집중해. 목표는 물이야. 지금은 귀신 따위 두려워할 틈이 없어.

골목 끄트머리에 우물이 있었다. 거기까지 가서 물 한 그릇만 퍼오면 그만이었다.

천천히, 소리 없이, 우물을 향해 나아가며, 참새는 스스로를 한 마리 생쥐로 상상했다. 주위에 만주족의 낌새는 느껴지지 않았지만 마음을 놓을 수는 없었다. 빗물이 불길에 떨어지며 쉭쉭거리는 소리가 났고, 아직 무너지지 않은 집의 지붕널에 떨어진 빗방울은 쿵쾅대는 가슴과 박자를 맞추듯 요란한 소리를 내며 튀었다. 참새는 하늘을 향해 입을 벌리고서 메마른 혀에 스며드는 물기를 감사히 만끽했다.

드디어, 눈앞에 우물이 나타났다. 참새는 목숨을 끊으려 우물 속으로 몸을 던진 사람이 없기를 바랄 뿐이었다. 빗물 덕분에 갈증은 이미 가셨지만 초록 꾀꼬리에게는 지금도 깨끗한 물이 간절히 필요했다.

참새는 우물가에 놓인 두레박을 집어 줄을 잡고 우물 속으로 던졌다. 두레박이 물에 빠지는 소리가 났고, 다른 물체에 부딪히는 기척은 느껴지지 않았다. 예컨대 물에 둥둥 떠 있는 시체라든가. 다행이다.

참새는 두레박을 있는 힘껏 빠르게 당겨 올렸다. 박 속에서 찰랑거리는 물에 붉은 불길의 어슴푸레한 빛이 비치자 꼭 녹아 흐르는 황금처럼 보였다. 이제 물을 담아서 돌아가면 그만이었다. 근처에 있는 집을 뒤져 그릇을 찾으면······.

"얼씨구, 이건 또 뭐야?"

참새는 누군지 모를 사람의 손에 뒷덜미를 붙들려 허공으로 끌려 올라가는 기분이 들었다. 잠시 발을 버둥거리고 악을 쓰던 참새는 땅바닥에 내팽개쳐졌고, 그 바람에 숨이 턱 막혔다.

눈앞에 남자 둘이 서 있었다. 갑옷과 옷 모양으로 보아 만주족 병사였다. 그러나 둘의 생김새는 분명 한족이었고, 참새를 붙잡은 남자의 억양으로 보아 북부 출신이었다. 만주족이 항복한 한족을 자기네 병사로 삼아 싸우게 한다는 소문은 참새도 들은 적이 있었다.

"이쪽 동네는 이미 다 훑은 줄 알았는데." 참새를 집어 던진 병사가 말했다.

"쥐새끼처럼 숨어 있었나 보지." 다른 병사가 말했다. "뭐가 나오는지 한번 털어볼까? 아니면 그냥 죽이고 부대로 귀환할까?"

"이 근처엔 챙길 만한 게 하나도 없었어. 비렁뱅이들만 사는 동네를 맡다니, 우리도 참 운이 없다니까."

두 병사 중 한 명이 검을 뽑아 들었다.

참새는 그제야 초록 꾀꼬리가 내민 보석을 받을걸 그랬다는 생각이 들었다. 그랬더라면 이자들과 협상할 밑천이나마 생겼을 텐데. 하지만 이미 때늦은 후회였다. 참새는 눈을 질끈 감았다.

"나리들." 들려온 목소리는 얼핏 밤의 어둠마저 옅어질 만큼 낭랑하고, 따사로웠다. "부디 제 하녀를 겁먹게 하지 말아 주세요."

병사들은 뒤를 돌아보았다. 몇 걸음 떨어진 곳에 하늘거리는 비단옷 차림의 여성이 서 있었다. 불길의 어슴푸레한 빛 속에서도 보기 드물게 아리따운 여성인 것을 알아볼 수 있었다.

참새는 혼비백산할 만큼 놀랐다. 초록 꾀꼬리가 뭘 하려고 저러는 걸까? 지하실에 가만있었더라면 무사했을 텐데.

"상인의 아내나 딸일까?" 한 병사가 다른 병사에게 물었다. 그러고는 검을 치켜들고 큰소리로 외쳤다. "썩 이리 와서 귀중품을 다 내놓지 못할까!"

초록 꾀꼬리가 가까이 다가왔다. 살랑살랑 움직이는 모습이 우아했다.

"제가 있는데 또 무슨 귀중품이 더 필요한가요?" 초록 꾀꼬리는 다섯 걸음 정도 떨어진 곳에 이르러 한 바퀴 빙 돌며 그렇게 말했다. "저를 나리들의 상관께 데려가시면 후한 상을 받으실 텐데요."

그 말에 두 병사는 상대도 같은 생각을 하는지 확인하려는 듯 서로 마주 보았다.

"야율(耶律) 장긴[章京, '장군'을 뜻하는 만주어의 한자어 표기. ―옮긴이]께서 마음에 들어 하시겠지?"


이튿날 아침, 두 병사는 초록 꾀꼬리와 참새를 끌고 양주의 거리를 지나갔다. 참새가 여자애인 것은 이미 들통났지만, 전족을 한 초록 꾀꼬리가 걸으려면 부축할 사람이 필요했기 때문에 병사들은 참새를 건드리지 않았다.

거리에는 시체가 즐비했다. 흙탕물과 피가 섞인 진흙탕의 표면에 화가의 물감판 같은 광택이 일렁거렸다. 비릿한 피 냄새와 연기 냄새와 배설물 냄새가 섞여 만든 구역질 나는 악취가 공기 중에 감돌았다. 초록 꾀꼬리와 참새의 천 신발은 얼마 못 가 피 섞인 오물에 흠뻑 젖고 말았다. 어떤 곳에는 시체가 너무 높이 쌓여 있어서 길을 찾기도 어려웠다. 수로 위의 다리를 건너가다 보니 물길이 시체로 막히다시피 해 평지처럼 보일 지경이었다.

참새는 감각이 마비된 것만 같았다. 주위에 시체가 하도 즐비해서 이제는 현실로 느껴지지조차 않았다. 시체들이 실은 꼭두각시 인형일 거라는, 아니면 다들 일어나 앉아서 실은 그냥 잠들었던 것뿐이라고 털어놓으리라는 생각이 자꾸만 들었다.

한참을 걸었으니 전족을 한 발이 끔찍이 아팠을 텐데도, 초록 꾀꼬리는 이를 악물고 말 한마디 없이 고통을 참으며 참새에게 몸을 의지했다. 이따금 도저히 더 걸을 수 없어서 쉬어야 할 때면 초록 꾀꼬리는 두 병사에게 말을 걸어 관심을 자신에게 돌렸다.

"만주족 장교들은 나리들 같이 투항한 중국 병사에게 잘 대해 주나요?"

한 병사가 대수롭잖다는 듯이 어깨를 으쓱했다. "예전 명나라 군대의 상관보다는 나아. 적어도 급료는 제때 주고, 지금은 덤으로 전리품도 조금 챙길 수 있으니까."

"병사로 사는 건 어디나 힘들군요. 혹시 사가법 상서님께서 그쪽 군대에 붙잡히셨나요?"

"응. 그런데 전향할 생각은 없는 것 같아. 도도 예친왕께서 목을 베라는 명령을 내리셨거든."

참새는 사가법 상서가 멸망 직전의 성에서 탈출하는 모습이 목격되었다는 말은 하지 않기로 마음먹었다. 때로는 밝혀진 사연이 아니라 숨겨진 사연이 영웅을 만들기도 했다.

병사 몇 명으로 이루어진 무리 여럿이 살아남은 백성들을 찾아 한 집 한 집 뒤지는 중이었다. 발각된 생존자는 집에 있는 귀중품을 모조리 빼앗긴 다음, 군인들의 손에 목숨마저 빼앗겼다. 울부짖는 소리와 비명 소리가 허공을 메웠다.

일행은 만주족 병사 두 명이 여성 포로들을 한 줄로 세우고 목을 밧줄로 줄줄이 묶어 목걸이처럼 만들어서 끌고 가는 광경을 목격했다. 여성들은 전족을 한 발 때문에 진흙탕을 걷기가 몹시 힘들었다. 몇몇이 비틀거리다 쓰러졌고, 그럴 때면 다른 이들도 함께 넘어져 다시 일어나려고 버둥거렸다. 옷은 너무나 지저분해서 원래 무슨 색이었는지 알아볼 수가 없었다. 만주족 병사들은 그런 포로들에게 빨리 걸으라고 재촉하며 검신으로 후려치거나 창끝으로 찔렀다.

"상관한테 멋진 선물을 바치려는 자가 우리 말고 또 있나 본데." 초록 꾀꼬리를 붙잡은 병사들 가운데 한 명이 농담을 했다.

"그래도 우리 것만큼 고급스러운 선물은 하나도 없구먼." 동료 병사가 뿌듯한 눈빛으로 초록 꾀꼬리를 흘깃 보며 말했다. 초록 꾀꼬리도 그들에게 미소로 화답했다.

품에 아기를 안은 여성 포로 한 명이 땅에 쓰러져서 좀처럼 일어서지 못했다. 진흙에 자꾸만 발이 미끄러진 탓이었다. 대열 맨 앞에 있던 만주족 병사가 욕을 지껄이며 줄 뒤쪽으로 오더니, 여성의 품에서 아기를 낚아채 길 쪽으로 휙 던졌다. 아기 엄마가 울부짖으며 아기를 되찾으러 기어가려 했지만, 목을 옭아맨 밧줄 때문에 얼마못 가 멈추고 말았다.

만주족 병사 몇 명이 말을 타고서 거리를 질주해 일행 쪽으로 다가왔다. 초록 꾀꼬리와 참새는 말에 밟히기 전에 아슬아슬하게 한쪽으로 비켜섰다. 쇠 편자가 달린 말발굽이 길에 널린 시체들을 짓밟고 지나가자 죽어 널브러진 팔다리가 잠깐 되살아나 꿈틀거렸다. 아기 울음소리가 순식간에 끊어졌다.

아기 엄마는 악을 쓰며 앞으로 비틀비틀 나아갔고, 함께 목이 묶인 다른 포로들도 덩달아 끌려갔다. 만주족 병사가 고함을 지르며 창으로 몇 차례 찔렀지만 아기 엄마는 찔리는 아픔도 느끼지 못하는 듯, 죽은 아기 쪽으로 향하는 걸음을 멈추지 않았다. 다른 만주족 병사가 다가와 창으로 아기 엄마의 가슴을 꿰뚫었다. 병사들은 죽은 이의 목에 묶인 밧줄을 푼 다음, 죽은 아기의 미동도 않는 자그마한 주검에서 몇 걸음 떨어진 곳에 엄마의 주검을 버려 둔 채로, 남은 포로들에게 어서 걸으라고 재촉했다.

참새는 눈시울이 뜨겁다 못해 불타는 것만 같았다. 방금 본 만주족 병사에게 달려가 눈을 후벼 파고 귀를 물어뜯고 싶었다. 이제는 아무것도 두렵지 않았다. 사가법 상서가 어떻게 갑자기 용기를 내어 전향하기를 거부했는지 이해가 갔다. 너무 오랫동안 두려움 속에 떨다 보면, 공포가 아무렇지 않게 느껴지는 순간이 오는 거야. 무언가, 무엇이든 하고 싶었다. 핏줄에 가득 찬 순수한 분노를 누그러뜨리기 위해서라도.

초록 꾀꼬리는 참새의 손을 잡고 아플 정도로 꽉 쥐었다. 그리고는 참새를 뒤로 잡아당긴 다음 귀에 대고 소곤거렸다. "지금 네가 저 모자에게 해 줄 일은 하나도 없어. 네 앞가림이나 잘해."

이제 참새는 초록 꾀꼬리가 미웠다. 미워하는 마음이 어찌나 사무쳤던지 숨쉬기조차 힘들었다. 초록 꾀꼬리는 겁쟁이, 오로지 살아남을 생각밖에 없는 냉혈 괴물이었다. 방금 본 것 같은 광경이 남은 평생 꿈에 나타나 자신을 괴롭힌다면, 그런 삶을 견디고 살아야 한다면, 굳이 살아남을 이유가 있을까?

참새는 초록 꾀꼬리의 손을 깨물어 풀려난 다음, 만주족 병사를 향해 냅다 달렸다.

초록 꾀꼬리는 자신을 붙잡은 병사들 쪽으로 돌아섰다.

"제 하녀를 잡아 주세요. 반항하면 줄로 묶어도 상관없어요."

"뭐 하러?" 한 병사가 물었다. "죽고 싶어서 저러는 건데 그냥 죽게 놔두지, 왜."

"옷을 갈아입고 몸단장을 하려면 저 애가 있어야 해요. 나리들 상관께서 꾀죄죄한 선물보단 예쁘게 단장한 선물을 더 좋아하시지 않겠어요?"

두 병사는 서로 마주 보고 별수 있냐는 듯이 어깨를 으쓱했다. 한 병사가 참새 뒤를 느긋하니 따라가더니 단숨에 붙잡아 땅바닥에 쓰러뜨렸다. 그런 다음 참새의 입에 재갈을 물리고 줄로 꽁꽁 묶어 어깨에 걸친 다음, 일행과 함께 계속 걸었다. 연기가 자욱한, 비명 소리가 울려 퍼지는, 피비린내와 시체 썩는 냄새가 진동하는, 양주의 거리를.


초록 꾀꼬리와 참새가 마침내 도착한 저택은 야율 장긴의 임시 사령부로 용도가 바뀐 상태였다. 둘은 다른 젊은 여성 여남은 명과 함께 별채에 감금됐다. 대부분 상인 계급의 아내나 딸인 그 여성들 역시 병사들이 대장에게 선물로 바치려고 잡아 온 이들이었다.

여성들 가운데 일부는 홀로 앉아 시무룩하니 바닥만 내려다보았다. 다른 몇 명은 서로 끌어안고 울었고, 또 다른 몇 명은 둘러앉아 몸을 웅크리고 두런두런 얘기를 나눴다. 초록 꾀꼬리와 참새는 한쪽 구석에 단둘이서 자리를 잡았다. 다른 여성들이 주고받는 말소리가 띄엄띄엄 귓가를 스쳤다.

"……그 많은 병사들 앞에서 내 옷을 벗겼어…… 옆에 우물이라도 있었으면 뛰어들었을 텐데……"

"……내 눈앞에서 그 사람을 두 동강 내 버렸어. 내 옷을 봐. 이게 다 피야! 피……!"

"……왜 나만 아직 살아 있을까? 오빠 셋, 올케언니들, 어머니, 아버지, 조부모님, 조카 여섯 명까지…… 모두 다 먼저 갔는데……"

"……목에 옥으로 만든 호랑이 목걸이를 한 여섯 살쯤 된 남자애 못 봤어요? 확실해요? 수로를 건너는 다리 근처에서 잃어버렸는데……"

초록 꾀꼬리는 그제야 참새의 손발을 풀어주었다.

"목숨을 구해 줘서 고맙다는 인사는 들을 생각도 하지 마." 참새의 목소리는 얼음장처럼 싸늘했다. 그 말을 남기고 멀찍이 움직인 참새는 바닥에 앉아 무릎 사이로 고개를 숙인 다음, 흐느끼기 시작했다. 죽은 아기의 모습과 진흙탕 속에 흩뿌려진 아기의 뇌수가 머릿속에서 사라지지 않았다.

초록 꾀꼬리는 한숨만 쉴 뿐 참새를 쫓아가지 않았다.

오후가 되자 만주족 지휘관이 별채에 찾아왔다. 여성들은 대부분 벽에 붙어 옹송그린 채 그 남자의 눈길을 피했다. 몇몇은 어느새 훌쩍거리고 있었다. 지휘관은 눈살을 찌푸렸다.

그러나 초록 꾀꼬리는 지휘관 앞으로 당당히 나아가 허리를 깊숙이 숙였다.

"고귀하신 야율 친왕(親王) 전하, 맞으시지요?"

"담력이 좋은 여자로구나." 지휘관은 그렇게 말하며 슬며시 나오는 웃음을 감추지 못했다.

남자라면 누구나 좋아하는 화법이란 게 있기는 있나 보구나. 참새는 속으로 중얼거렸다. 그나저나 초록 꾀꼬리는 제 한 몸 지키겠답시고 어디까지 비굴해지려는 걸까?

"참으로 용맹하고 자비로우신 분이라는 소문이 천둥소리처럼 제 귀에까지 가득 울려 퍼졌답니다."

"하! 그런 거짓말을 하면서 얼굴이 붉어지는 기미조차 안 보이다니. 네가 어떤 부류의 여자인지 짐작은 간다. 허나 울기만 하는 여자들은 지겹기도 하거니와, 설령 네가 그 팔로 끌어안은 남자의 목이 수백 개라 한들, 상대하는 재미는 네 쪽이 더 좋을 듯하구나. 그래, 따라오너라." 야율은 뒤쪽의 병사들을 돌아보았다. "나머지는 병사들에게 나눠주고, 이틀 후에 처형해라."

야율이 어찌나 태연하게 지껄였던지, 그 말이 실제로 무슨 뜻인지 다른 여성들이 깨닫기까지는 잠깐의 시간이 걸렸다. 실내를 가득 메웠던 울음소리가 두 배로 커졌다.

"고귀하신 친왕 전하." 초록 꾀꼬리가 말했다. "이중에는 꽤 예쁜 여자도 있답니다. 제대로 알아볼 기회도 없이 죽여 버리는 건 너무 아쉬운데요. 한동안 살려 두시고 제가 구슬리는 대로 더 고분고분 해지는지 어떤지 보시는 게 어떨까요?"

"어림없는 소리!" 여성들 가운데 한 명이 성난 목소리로 악을 질렀다. "정조를 지킬 줄 모르는 천한 것 같으니."

참새는 보았다. 초록 꾀꼬리의 목소리는 평소와 다름없이 간드러졌지만, 치맛단은 파르르 떨렸다. 두 손은 애원하는 사람처럼 가슴 앞에 맞잡은 채였고, 왼손으로 오른손 손가락에 낀 옥 반지를 빙글빙글 돌리고 있었다. 실은 초록 꾀꼬리도 겁에 질렸던 것이다.

"나는 성안을 깨끗이 쓸어버리라는 명령을 받았다." 야율의 목소리에서 망설이는 빛이 묻어났다. "너 하나 살려 두는 정도야 괜찮겠지만, 이 많은 여자들을 다……."

초록 꾀꼬리의 얼굴이 경악한 표정으로 물들었다.

"어머나, 죄송합니다. 전하께 이 어리석은 여자들의 처형을 연기할 권한이 없는 줄 미처 몰랐지 뭡니까. 그저 제 눈에는 전하께서 더없이 권세 높은 분처럼 보이시기에 그만……."

"걱정할 것 없다." 야율은 뻐기듯이 가슴을 폈다. "전장에서는 굳이 따질 것도 없이 내 말이 곧 법이니까. 나는 이 여자들을 죽이지 않기로 이미 결정했다. 당분간은 말이다."

"전하와 저는 더욱 친한 사이가 될 거라는 예감이 드는군요. 그런데 우선, 제 하녀를 데려가 몸단장부터 해도 될까요?"

초록 꾀꼬리가 손짓으로 멀리 있는 참새를 불렀다. 둘은 서로를 마주보았다.

초록 꾀꼬리는 그 지하실에 쥐 죽은 듯 조용히 숨어 있었으면 무사했을 텐데. 방금도 입을 꾹 다물고 이 여자들이 죽게 내버려뒀으면 그만이었을 텐데.

일이 이렇게 된 마당에도, 초록 꾀꼬리는 제비가 갇힌 새장을 손에 들고 있었다.

참새는 초록 꾀꼬리 앞으로 걸어가 허리 숙여 절했다.

참새는 침실 바깥의 경비병들을 가만히 관찰했다. 그들은 장대처럼 꼿꼿이 서서 아무 표정도 없는 얼굴로 앞쪽만 뚫어져라 보고 있었다. 침실 안쪽에서 들려오는 소리가 그들의 귀에는 전혀 들리지 않는 모양이었다.

병사 한 명이 바깥에서 복도로 뛰어 들어오더니, 침실 앞의 경비병들이 말릴 틈도 없이 닫힌 문에 대고 외쳤다. "장긴! 부자 놈들을 몇 명 생포했습니다!"

침실 안이 조용해졌다. 이윽고 킥킥대는 웃음소리가 몇 차례 문틈으로 새어 나왔다. 방금 도착한 병사는 자신이 어떤 실수를 저질렀는지 깨닫고 얼굴이 붉어졌다.

잠시 후, 야율과 초록 꾀꼬리가 침실 문을 나섰다. 초록 꾀꼬리의 옷은 서둘러 앞섶을 여민 듯 허리띠가 비뚤어져 있었다. 야율이 옷매무새를 가다듬고 헛기침을 몇 번 하는 사이, 초록 꾀꼬리는 땀이 맺힌 상기된 얼굴에 나른한 미소를 머금은 채 야율의 팔을 잡고 있었다.

"어디 누굴 잡았는지 한번 보자." 야율은 초록 꾀꼬리의 손을 뿌리치고 바깥으로 나갔다. 경비병들이 그의 뒤를 따랐다.

참새가 가까이 다가오자 초록 꾀꼬리의 얼굴을 덮었던 미소는 가면이 벗겨지듯 순식간에 사라졌다. 이제 초록 꾀꼬리는 지치고 겁먹은 표정을 하고 있었고, 참새는 그런 초록 꾀꼬리가 얼마나 어린지 퍼뜩 깨달았다.

"정조를 잘 지키는 저 여자 포로들 중에 조금이나마 고분고분한 사람이 누군지 알아내도록 네가 날 도와줘야 해." 초록 꾀꼬리가 참새에게 말했다. "야율한테 뭔가 내놓아야 남은 사람들만이라도 목숨을 건질 테니까. 그나저나, 제비는 어떻게 됐어?"

"병사들한테 육포를 얻어서 조금 먹였어. 지금은 우리 방에서 자고 있어."

초록 꾀꼬리의 표정이 조금은 누그러졌다.

"우리 용감한 장군이 오늘은 누굴 잡았는지 구경하러 가자."

저택의 널따란 대청에 가득 놓인 수많은 상에는 보석과 동전, 금, 비단옷, 모피 따위가 놓여 있었다. 옷차림으로 보아 학자와 상인일 법한 포로들이 땅바닥에 한 줄로 꿇어앉아 있었고, 경비병들이 오가며 이들을 감시했다. 포로들은 지치고 낙담한 표정이었고, 일부는 다치기도 한 모양이었다.

"장긴, 이들은 성안에서 가장 부유한 자들입니다." 야율에게 보고하러 왔던 병사가 말했다.

초록 꾀꼬리는 기쁨의 탄성을 지르며 수북이 쌓인 비단옷과 보석 장신구를 이것저것 살펴보았고, 갖가지 팔찌와 진주 목걸이 따위를 차 보기도 했다.

"이거 제가 가져도 돼요? 아, 아니에요, 이쪽 게 훨씬 더 예뻐요!"

야율은 그 모습을 너그럽게 바라보았다.

"더 찾아낼 보물이 있을 것 같으냐?" 야율이 병사에게 물었다.

"저자들한테서는 거둘 만큼 다 거둔 것 같습니다."

상인 한 명이 경멸하는 눈빛으로 초록 꾀꼬리를 보다가 그녀를 향해 침을 뱉었다.

"위대한 명나라가 이러한 최후를 맞은 것은 너 같은 배신자 매춘부들 때문이다. 네 꼴을 봐라, 적군에게 포도 덩굴처럼 들러붙어 있지 않으냐. 내 할 수만 있다면 이 두 손으로 직접 네 목숨을 끊어 놓았을 것이다."

참새는 수치심에 얼굴이 확 달아오르는 느낌이 들었다. 그 상인이 누군지 알 것 같았다. 다름 아닌 온 씨, 명나라 병사들이 자기네 저택을 더럽히지 못하도록 이 대장을 구슬리려고 초록 꾀꼬리를 불러 대접했던 상인 다섯 명 가운데 한 명이었다.

그러나 초록 꾀꼬리에게는 온 씨의 말이 들리지 않는 모양이었다. 그녀는 비단옷 두 벌을 들고 비교하며 그중 한 벌을 고르는 일에 완전히 정신이 팔려 있었다.

"그럼 저놈들은 없애 버려라." 야율이 말했다.

상인들은 바람맞은 이파리처럼 바들바들 떨었고, 이는 온 씨도 마찬가지였다. 그러나 그의 표정은 여전히 당당했다.

"야율 친왕 전하." 초록 꾀꼬리가 입을 삐죽 내밀며 말했다. "가장 좋은 보석들은 따로 감춰 두시고 제게는 안 보여 주시나요?"

"그게 무슨 소리냐?"

"저기 있는 저 사람 말이에요." 초록 꾀꼬리가 온 씨를 가리켰다. "양주에서 손꼽히는 부자로 유명한 사람이거든요. 다관이랑 주단 가게를 몇 군데나 갖고 있을 정도예요. 저 사람 아내가 작년 춘절 축제에서 아름다운 진주 목걸이를 찬 걸 봤는데요, 글쎄 진주알 크기가 용안 열매만 하지 뭐예요." 그렇게 말한 초록 꾀꼬리는 야율에 게 다가가 몸을 기대며 다시금 애원하듯 손을 모았다. 왼손으로는 오른손 손가락에 낀 옥반지를 쉬지 않고 돌리면서.

"흐음." 야율은 미심쩍어하는 눈치였다.

"분명 어디엔가 숨겨 뒀을 거예요. 지금 없애면, 다시 찾을 방법 이 없어요." 초록 꾀꼬리는 온 씨에게 다가갔다. 방금 전까지 자신 을 모욕한 그에게. "틀림없이 하인들 숙소에다 숨겨 뒀겠지. 혹시 목숨을 건질 때를 대비해 하인들한테 보물을 묻어 두라고 시켰을 거야."

그 말에 어리둥절해 하는 온 씨의 모습이 참새의 눈에 들어왔다. 무슨 일이 벌어지는지 온 씨가 까맣게 모른다는 사실을 야율이 눈 치챈다면, 초록 꾀꼬리의 계획은 물거품이 될 판이었다.

방망이질하는 가슴을 꾹 억누르며, 참새는 앞으로 나서서 말을 보탰다. "예, 저도 똑똑히 봤습니다. 제가 저자의 하인들과 아는 사 이이온데, 얼마 전에 그이들이 남의 눈을 피해 바삐 움직이는 걸 봤 습니다. 성이 함락되기 전날이었습지요."

야율이 온 씨 쪽을 돌아보았다. "그 말이 사실이냐? 숨겨 놓은 보 물이 더 있는 거냐?"

온 씨가 부인하려는 찰나, 초록 꾀꼬리가 그와 시선을 맞추며 먼저 말했다. "하지만 넌 하인들이 어디에 사는지 정확히는 알지 못하지, 안 그래? 그저 오두막집이 모여 있는 동네라는 것만 알 뿐이지?"

온 씨는 그제야 말귀를 알아들었다. "예. 최고로 값진 보물은 충직한 하인들을 시켜 따로 숨겨 뒀습니다. 그 하인들이 죽었으니 숨긴 곳을 찾으려면 시간이 좀 걸릴 겁니다."

"그러면 수색해야 할 동네로 내 부하들을 안내해서 한 집도 빼놓지 말고 샅샅이 뒤져라." 야율이 명령했다.

상인 무리는 병사들에게 이끌려 대청에서 물러났다.

"샅샅이 뒤지는 거 잊지 마세요." 초록 꾀꼬리가 그들 뒤에 대고 소리쳤다. "특히 불타서 무너진 집들을 잘 보세요. 땅을 깊이 파야 해요!"


초록 꾀꼬리는 찾아낼 보물이 더 있다고 번번이 주장했다. 그리고 그 주장대로 상인들을 앞장세워 수색을 벌여 보면 정말로 값나가는 것들이 더 나왔기 때문에, 야율은 포로를 죽이려 하지 않았다.

참새는 온 지혜를 다해 초록 꾀꼬리의 거짓말을 거들었다. 그러나 속으로는 불안해서 안절부절못했다.

"네가 거짓말을 한 걸 야율이 눈치챘다가는……."

"그럼 난 죽겠지. 어차피 올 가능성이 제일 높은 미래는 그거였으니까." 초록 꾀꼬리는 씹어서 부드럽게 만든 육포 한 조각을 제비에게 먹이며 말했다. 새는 점점 더 튼튼해져서 이제는 제법 뛰어다닐 정도였다.

"남들한테서 고맙다는 인사를 받고 싶어서 그래? 그 인간들은 애초에 널 좋아하지도 않아!"

참새의 말에 초록 꾀꼬리는 웃음을 터뜨렸다. "지금 같은 때에 고맙다는 인사를 받아 봤자 무슨 소용인데? 나도 그 작자들이 싫기는 마찬가지야…… 할 수만 있다면 그 작자들 말고 가난한 사람들을 더 구하고 싶어. 하지만 난 그자들이 나 같은 여자들 때문에 중국이 무너졌다고 욕하는 걸 들으면 너무 즐거워. 나한테 그 정도의 힘이 있는 줄은 꿈에도 몰랐거든!

학식이 있고 부유한 작자들은 이런 사태가 벌어진 데에는 자기네가 군대를 멸시한 탓도 있다는 걸 꿈에도 모를 거야. 수십 년 동안 세금을 포탈하고 국방에 쓸 나랏돈을 횡령한 건 자기들이면서, 이제 와서 나라가 망한 게 다 정조를 안 지키는 내 탓이라니. 너나 나 같은 일개 아녀자의 수준에서는 정말 상상도 못 할 절묘한 논리지 뭐야."

참새는 초록 꾀꼬리의 농담을 더 참고 듣기가 힘들었다.

"그럼 왜 그 사람들을 구하려고 해? 업보를 생각해서?"

"말했잖아, 난 그런 거 하나도 안 믿는다고."

"그럼 뭐 때문에……"

"난 도니, 덕이니 하는 건 하나도 몰라." 초록 꾀꼬리는 덕이라는 말을 무슨 욕처럼 내뱉었다. 그러고는 스스로를 다잡고 차분한 목소리로 말을 이었다. "우주의 조화나 내세 같은 것도 내 관심사가 아니야. 난 용감하지도 않고 강하지도 않고, 남한테 존경받고 싶은 마음도 없어. 언젠가는 사람들이 양주 성을 위해 자기 목숨도 바친

사가법 상서의 용기를 칭송할 날이 올 테지만, 우리 같은 여자들이 뭘 했는지는 아무도 관심을 안 가질 거야.

하지만 내가 살아남으려면 마음을 돌처럼 단단하게 먹어야 한다고 다짐할 때마다, 내 마음속에선 자꾸만 옳은 길이 뭔지 가르쳐 주는 소리가 들려와. 어휴, 가끔은 정말 너무 피곤해. 너 하나 살려 두는 것만 해도 얼마나 큰일인지 한번 보라고!

난 죽은 유학자들과 살아 있는 위선자들이 만든 규범 따위엔 눈길도 주기 싫지만, 그렇다고 해서 내 마음이 시키는 대로 사는 것까지 그만두고 싶진 않아.

참새야, 이때껏 너무나 많은 사람이 죽임을 당했어. 난 내 힘으로 할 수 있는 건 뭐든 다 해서 하늘이 마련한 이 불공평한 계획을 뒤집어엎을 작정이야. 나한테는 운명을 거스르는 게 곧 행복이거든. 설령 아주 조금이라고 해도."


양주가 함락된 지 이레째 되는 날, 침략군 사령관인 예친왕 도도는 마침내 살육을 멈추라고 명령했다. 거리와 수로에 가득 널린 시체들이 빗물에 불어 썩기 시작하자 어떤 이들은 불결한 공기와 악취 때문에 병사들이 병에 걸릴지 모른다고 우려했다. 살아남은 양주 백성 및 승려들은 시체를 소각하라는 명령을 받았다.

불타는 장작더미에서 피어오른 연기가 양주 하늘을 가득 메웠다. 숨쉬기조차 힘들 지경이었다.

야율 장긴은 자신의 애첩에게 성 바깥에 나가 바람을 쐬어도 좋다고 허락했다. 만주족 병사 몇 명의 호위를 받으며, 초록 꾀꼬리와 참새는 말을 타고 성에서 10리쯤 떨어진 곳에 이르렀다. 산 두 곳 사이에 자리 잡은 그 초록빛 골짜기가 두 사람에게는 숨 막히는 연기에서 벗어날 휴식처였다. 병사들이 주변을 순찰하러 간 사이, 초록 꾀꼬리와 참새는 햇볕이 내리쬐는 골짜기를 잠시 거닐었다. 병사들은 초록 꾀꼬리의 발이 전족인 점을 고려하여 두 사람에게 말 한 마리를 남기고 갔다.

초록 꾀꼬리와 참새는 이제 완전히 건강해진 제비를 새장에서 꺼낸 다음, 새가 저 멀리 날아가는 모습을 지켜보았다.

"난 한 번도 너한테 고맙다는 인사를 제대로 한 적이 없어." 참새는 그렇게 말하고 나서 잠시 입을 다물었다. 방금 그 말은 왠지 부족한 느낌이 들었다. 참새는 고전을 공부한 적이 없었다. 참새가 아는 말 중에 가장 멋진 말은 초록 꾀꼬리가 읊은 탄사에 들어 있었다. "만약 내가 나중에 족제비로 변신한다면, 그래서 풀을 묶어서라도 너를 도울 수 있다면, 꼭 그렇게 할게."

초록 꾀꼬리는 웃음을 터뜨렸다.

"풀을 묶는 족제비라니, 분명 쓸 데가 있을 것 같은데."

"그치만 그 상인들이 네 덕분에 목숨을 구한 걸 기억할지 어떨지는 잘 모르겠어."

"난 그저 그 인간들 중에 나더러 자진(自盡)으로 수치를 씻으라고 하는 사람이 아직 한 명도 없다는 게 고마울 뿐이야."

참새와 초록 꾀꼬리는 함께 쓴웃음을 지었다.

조그만 수풀 뒤에서 남자 둘이 나타났다. 손에는 녹슨 검을 들었고 목에는 진청색 수건을 두른 병사들이었다.

"냉큼 무릎을 꿇어라, 이 간교한 매춘부야." 두 남자 중 한 명이 말했다.

초록 꾀꼬리는 그들을 바라보았다.

"사가법 상서께서 거느리신 가병(家兵) 부대의 생존자들인가요?"

남자들은 고개를 끄덕였다.

"성안의 대학살에서 살아남은 걸로 보아 너흰 틀림없이 적군과 붙어먹었을 게야."

"그건 말도 안 되는 착각이에요." 참새가 설명하려고 말을 꺼냈다. 그러나 초록 꾀꼬리는 '쉿' 소리로 참새의 말을 막았다.

"됐어." 초록 꾀꼬리는 남자들에게서 시선을 떼지 않은 채 소곤소곤 말했다. "만주족 병사들이 금방이라도 돌아올 거야. 만약 야율이 내가 자길 갖고 논 걸 눈치채면, 모두가 다 죽은 목숨이야. 자, 어서 말에 올라타."

"너만 두고 어떻게 혼자서 가."

초록 꾀꼬리의 말투에 어느새 짜증이 묻어났다. "넌 여태 아무것도 깨우치질 못한 거야? 이런 세상에서 의리 같은 건 아무 가치도 없어. 난 영웅이 되려고 이러는 게 아니야. 너더러 말에 올라타라고 한 건 네 발이 전족이 아니라서 등자를 디딜 수 있기 때문이야. 말이 그냥 걷지 않고 달리게 하려면 네가 안장 앞에 앉고, 난 네 뒤에 앉아서 네 허리를 잡아야 한다고. 그러니까 저자들이 너무 가까이 접근하기 전에 얼른 말에 타!"

참새는 그 말대로 했고, 두 남자는 이쪽을 향해 차츰 빠르게 다가왔다.

초록 꾀꼬리는 두 남자에게 웃으며 말을 걸었다. "큰 영웅들께서 이렇게 저를 구하러 와 주시다니, 기쁘기 한량없습니다."

"너의 간계 따위 우리한테는 통하지 않는다. 우리는 정의를 집행하러 왔으니까."

"빨리 말에 타, 어서!" 참새가 외쳤다.

초록 꾀꼬리는 참새를 올려다보며 서글픈 미소를 지었다.

"이런 발로 어떻게 그 위까지 올라가겠어? 자, 이제 가."

초록 꾀꼬리가 말의 볼기를 후려치자 놀란 말이 펄쩍 뛰어 달리기 시작했다. 참새는 비명만 질렀을 뿐, 할 수 있는 일은 고삐를 쥐고 말에 매달리는 것이 고작이었다.

뒤를 돌아보았을 때, 검을 들고 초록 꾀꼬리에게 달려드는 두 남자의 모습이 참새의 눈에 들어왔다. 그때까지도 초록 꾀꼬리는 몸을 조금도 수그리지 않고 당당히 서 있었다.


순찰에서 돌아온 만주족 병사들은 참새와 함께 근처를 뒤지고 또 뒤졌지만, 초록 꾀꼬리의 주검은 어디에도 보이지 않았다.

그 대신, 공터에는 수많은 새들이 모여 있었다. 제비, 참새, 까치, 화미조, 바람까마귀, 흰털발제비까지. 그 많은 새들이 다 함께 지저귀고 짹짹대며 노래했고, 그 결과는 불협화음이 아니라 아름다운 음률이 되어 들려왔다. 그리고 참새는 그 음률을 듣자마자 알아차렸다. 초록 꾀꼬리가 몹시도 좋아하던 탄사의 음률이었다.

꾀꼬리 한 마리가 무리에서 날아오르더니 참새가 내민 손에 내려앉았다. 그 새의 등은 꾀꼬리 특유의 진한 노란색이 아니라 옥과 비숫한 연녹색이었다. 새는 부리에 물고 있던 옥 반지를 참새의 손바닥에 내려놓았다.

"초록 꾀꼬리야, 너니?"

참새는 눈앞이 뿌옇게 흐려졌다. 목이 메어 더는 아무 말도 할 수가 없었다.

꾀꼬리는 참새의 손바닥 위를 뛰어다니며 지저귀었다.


'꼬부랑 표주박' 주점에 손님이 가득 들어찬 밤이었다. 때는 가을걷이가 끝난 직후, 바야흐로 사람들의 지갑은 두둑하고 팔다리는 노곤한 시기였다.

이 조그만 주점에 대도시의 다관에서 내놓는 산해진미 같은 것은 없었지만, 기다란 나무 의자를 차지하고 앉은 막일꾼과 세탁부와 소작농과 농갓집 아낙은 그런 것에 개의치 않았다. 술잔에 황주와 고량주가 아낌없이 넘쳐흐르고 안주로는 튀긴 처녑이 접시 한가득 쌓여 나오기 때문이었다. 형식적으로 주고받는 입에 발린 말을 하는 것이 교양 있는 학자와 약삭빠른 상인의 습관이었지만, 이곳 사람들은 마음속에 있는 말을 거침없이 입 밖으로 꺼냈다.

그러나 이날 밤에는 모두 입을 다물고서, 탄사를 읊는 젊은 여성의 목소리에 귀를 기울였다. 여성이 손끝으로 비파의 현을 쓸어내렸다.


위대한 양주를 노래하리다, 소금이 하얗게 쌓인 도시,

부유하기로 이름난, 세련된 다관 천 군데가 있는 그곳.

그러나 어느 밤, 침략군의 쇠발굽에 짓밟힌 그 밤에,
청루(靑樓)의 어느 기녀에 얽힌 이야기가 시작된다오.


그 악사 겸 가수는 솔직히 예쁜 편은 아니었다. 너무도 깡마른 얼굴에 콧날은 가늘었고, 빠르게 되록거리는 눈은 새를 연상케 했다. 기다랗게 길렀을 법한 검은 머리카락을 짧게 자른 까닭은 자신이 음악과 이야기를 팔 뿐, 일부 남자들이 바랄지도 모르는 다른 것을 파는 사람이 아니라고 청중에게 일깨워 주기 위함인 듯했다. 화장도 하지 않고 장신구도 차지 않았고, 다만 오른손에 옥 반지를 하나 끼었을 뿐이었다.

여성의 어깨에 초록색 꾀꼬리가 한 마리 앉아 있었다. 그 귀여운 새는 비파 가락에 맞추어 화음을 이루도록 지저귀는 훈련을 받은 모양이었다.

"……그렇게 침략군은 양주를 포위했답니다. 폭풍우에 밀려온 파도가 바위를 뒤덮듯이……"

여성은 대나무 막대 두 개를 부딪쳐 말발굽 소리를 흉내 냈다. 녹슨 쇠못으로 낡은 징을 긁어 갑옷과 갑옷이 부딪히는 소리를 흉내 내기도 했다.

물론, 그 젊은 여성은 이야기에 나오는 침략자 무리를 '만주족'으로 부르지 않았다. 만주족이 중국을 정복한 것도 이미 십 년이 더된 과거의 일이었다. 새 왕조는 천명(天命)이 자신들에게 있다고 주장했고, 약삭빠른 학자 무리는 낯간지러운 찬사를 고안하여 만주족 현인들의 지혜와 힘을 칭송했다.

진실한 이야기가 으레 그러하듯이, 이 여성의 이야기 또한 옛날 하고도 아주 먼 옛날이 배경이었다.

"……'천한 아녀자가, 한낱 첩이, 덕이 무엇인지 알기나 하겠느냐?' 이 대장이 물었지요……"

조그마한 꾀꼬리는 이 술상에서 저 술상으로 폴짝폴짝 뛰어다니며 참외 씨를 쪼아 먹었고, 손님들은 그 새의 아름다운 자태에 너나 할 것 없이 감탄했다.

그렇게 상에서 상으로 움직이는 것과 똑같이, 젊은 여성이 탄사를 읊조리는 동안 꾀꼬리는 노랫소리와 이야기 소리 사이를 경쾌하게 뛰어다녔고, 그 자태가 마치 혼자서 상연하는 연극 같았다. 관객들은 둘의 공연에 홀리듯 빠져들었다. 이런 탄사 공연은 이제껏 본 적이 없었으므로.

"……초록 꾀꼬리는 병사에게 다가가 말했습니다. '무슨 보물이 더 필요하신가요?'……"

사람들은 길거리의 시체를 머릿속에 그리며 주먹을 불끈 쥐었다. 초록 꾀꼬리가 침략군 지휘관을 속이는 대목에서는 환호하며 웃었다. 무지한 상인이 초록 꾀꼬리를 욕하는 대목에서는 화가 치솟아 침을 뱉고 상을 내리쳤다.


수십만이 목숨을 잃은 캄캄한 엿새 동안.

멸시당하던 여성 한 명이 구한 목숨 서른하나.

늘 영리했던 그녀는 명성도, 칭송도 바라지 않고.

다만 운명에 맞서, 할 수 있는 일을 했을 뿐.

관객 대부분에게 '양주 대학살'이라는 사건은 일어나지도 않은 일이었다. 정사(正史)는 늘 원령(怨靈)을 가둔 봉인 위에 씌어져 왔으므로.

그러나 진실은 언제나 노래와 이야기 속에 살아서 전해졌다.

나리님들, 부인님들, 이것이 제가 아는 진실이라오.
세상에는 상제님의 명부도, 공명정대한 판관도 없소.
허나 장군이든, 기녀든, 상인이든, 어린아이든,
한 명 한 명이 세상의 운명을 조금씩은 바꿀 수 있다오.

그리고 조그만 꾀꼬리는 젊은 여성의 어깨에서 날아올라 지저귀고 노래하며, 따뜻한 바람을 타고, 관객들의 입에서 터져 나온 환호성을 타고, 주점 안을 빙빙 돌며 날아다녔다. 자유로이, 자유로이, 자유로이.

## 지은이의 말

이 이야기의 제목은 두 가지 문학적 암시를 담은 중국의 고사성어 '결초함환(結草銜環)'에서 따 왔다. 결초, 즉 '풀을 묶다'에 얽힌 옛이야기는 초록 꾀꼬리가 이야기 속에서 살짝 변형된 형태로 들려주었다. 함환, 즉 '반지를 물어 오다'는 한(漢)나라 때 매에게 공격당해 다친 꾀꼬리를 구해 준 남자의 이야기에서 유래했다. 알고 보니 그 꾀꼬리는 불로불사의 선녀 서왕모(西王母)의 심부름꾼이었고, 자신을 구해 준 남자에게 보답으로 옥 반지 몇 개를 물어다 주었다고 전해진다. 이 고사성어는 마음 깊이 새겨진 고마움은 오래도록 잊지 못해 반드시 보답하게 마련이라는 뜻으로 자주 쓰인다.

1645년의 양주 대학살은 명대 중국의 가장 번화한 도시 한 곳이 산산이 무너지고 수십만 명이 목숨을 빼앗긴 사건이었다. 만주족은 이 사건 말고도 중국을 정복하며 여러 만행을 저질렀고, 이로 말미암은 희생자는 무려 2500만 명에 이른다고 추정된다. 이후 만주족이 세운 청(淸) 왕조가 중국을 지배한 약 250년 동안 만주족 침략기의 기억은 철저히 숨겨졌다. 이 때문에 양주 대학살의 정확한 희생자 수는 영영 밝혀지지 않을지도 모른다.

오늘날 양주 대학살에 관해 알려진 사실은 대부분 『양주십일기(揚州十日記)』라는 얇은 책에 실려 있다. 대학살의 생존자인 왕수초(王秀楚)가 직접 목격한 내용을 담아 쓴 이 책은 청조 중국에서 금서로 지정되었기 때문에, 우리가 아는 사실은 일본에 보존된 필사본 몇 권에서 얻은 것들이다. 이 이야기 속에 묘사한 대학살의 세부 사항은 대부분 그 책을 참조했다.

나는 『양주십일기』의 한 대목을 좀처럼 잊을 수가 없었다. 다름 아닌 만주족 침략자들의 첩이 되어 학살에서 살아남은 것처럼 보이는 여성들을 묘사한 대목이었다. 이 여성들의 행동은 정절을 숭상했던 왕조 시대 말기 중국의 지배 계층이 보기에는 치욕이었다. 그러나 나는 이 대목에 뭔가 이야기가 있으리라 믿었다. 살육과 유린 위에 성립한 권력이 감췄던 책이 있는데, 실은 그 책의 여백에도 감춰진 이야기가 있으리라고 말이다.

양주 대학살의 모든 희생자와 영웅에게 이 이야기를 바친다. 여성, 남성, 가난한 이, 부유한 이, 잊힌 이, 기억되는 이, 모두에게.

The Gods Have Not Died In Vain

# 신들은 헛되이
# 죽지 않았다

포스트휴먼 3부작

이제 나는 예컨대 사람의 손 두 개가 존재한다고 증명할 수 있다. 어떻게? 나의 두 손을 들고 오른손으로 어떤 손짓을 하며 "여기 손이 하나 있고"라고 말한 다음, 다시 왼손으로 어떤 손짓을 하며 "여기 손이 또 하나 있습니다"라고 말함으로써.

— 조지 에드워드 무어, 「외부 세계의 증명(*Proof of an External World*)」(1939)에서

클라우드에서 태어난 그 아이, 클라우드를 타고 온 그 아이는, 수수께끼였다.

매디는 자신의 동생을 채팅 창에서 처음으로 만났다. 아빠, 그러니까 신들의 새 시대에 업로드된 의식들 중 하나였던 아빠가 죽은 후에 일어난 일이었다.

〈매디〉: 당신 누구야?

〈익명 아이디〉: 언니 동생이야. 클라우드에서 태어난 동생.

〈익명 아이디〉: 언니 엄청 조용하다.

〈익명 아이디〉: 여보세요? 채팅하는 거 맞아?

〈매디〉: 그게…… 무슨 말을 해야 할지 모르겠어. 받아들이기가 너무 힘들어서. 우선 서로 이름부터 가르쳐 주는 게 어때?

〈익명 아이디〉: ¯\_(ツ)_/¯

〈매디〉: 넌 이름이 없어?

〈익명 아이디〉: 이름이 필요한 적이 한 번도 없었어. 아빠랑 나는 서로를 생각만 하면 됐으니까.

〈매디〉: 난 그걸 어떻게 하는지 모르는데.

〈익명 아이디〉:

그리하여 매디는 동생을 '미스트(안개)'라는 이름으로 부르게 되었다. 그림 문자를 보면 샌프란시스코의 명물인 안개가 현수교, 아마도 금문교의 교각일 철탑을 가리고 있었으므로.

매디는 미스트의 존재를 엄마에게는 알리지 않았다. 업로드된 의식들이 시작한 전쟁이 끝난 후(여태 불씨가 이글거리는 전장도 몇 군데 있었지만), 세계를 재건하는 과정은 더디게 진행됐을뿐더러 예측할 수 없는 일들로 가득했다. 다른 대륙에서는 수억 명이 목숨을 잃었고, 미국의 경우에는 비록 최악의 상황은 피했을지언정 사회 기간 시설이 붕괴하고 난민이 대도시로 몰려드는 탓에 여전히 혼돈에서 벗어나지 못했다. 지금은 보스턴시 당국의 자문 위원으로 활동하는 매디의 엄마는 저녁 늦게까지 일하느라 늘 피로에 시달렸다.

매디 아빠 같은 디지털 존재들에게는 '실측 정보'라는 것이 있었다. 이는 서로 연결된 전 지구적 네트워크의 다양한 프로세서들을 위한 지시 사항과 데이터를 인간이 읽을 수 있는 형태로 재현한 자료였다. 아빠는 죽었다가 다시 살아난 후에 매디와 다시 만나 실측 정보를 읽는 법을 가르쳐 주었다. 실측 정보는 언뜻 보면 고도의 프로그래밍 언어로 작성한 코드 같아서, 복잡한 반복문과 끝도 없이 이어지는 조건문, 수학 기호가 주렁주렁 나열된 정교한 람다 표현

식과 재귀 함수 따위로 가득했다.

　매디가 보기에 그런 자료는 '소스 코드'로 부를 법도 했지만, 아빠에게서 배운 바에 따르면 이는 부정확한 개념이었다. 아빠를 비롯한 신들은 소스 코드에서 실행 코드로 컴파일된 것이 아니라, 신경망의 작동 원리를 기계 언어로 고스란히 모방한 인공 지능 기술에 힘입어 개발됐기 때문이었다. 인간이 읽을 수 있는 재현 자료는 이처럼 새로운 존재 방식의 '실재(實在) 지도'에 더 가까웠다.

　미스트는 매디가 말을 꺼내자마자 망설이지 않고 자신의 지도를 보여 주었다. 미스트는 그 지도가 자신의 전부는 아니라고 설명했다. 그 아이는 분산된 존재, 쉬지 않고 스스로를 수정하는 방대한 존재였다. 미스트는 지도 코드로 자신의 전부를 보여 주려면 턱없이 넓은 공간이 필요하고, 그것을 매디가 다 읽을 때까지 기다리느니 차라리 우주가 끝장나기를 기다리는 것이 더 낫다고 했다. 미스트는 그 대안으로 매디에게 중요한 부분만 조금 보여 주었다.

〈 〉: 이게 내가 아빠한테서 물려받은 부분이야.

*((lambda (n1) ((lambda (n2⋯⋯*

　매디는 코드 목록을 훑어보며 복잡한 논리 경로를 추적했고, 다중 클로저와 예외 처리 후속문 함수의 여러 패턴을 따라갔으며, 이로써 익숙하면서도 낯선 사고방식의 윤곽을 발견했다. 마치 자신의 머릿속을 그린 지도를 보는 듯한 기분이었지만, 그 지도의 지형지물은 낯선 것들이었고 굽이굽이 뻗은 길들 또한 미지의 땅으로 이어졌다.

그 코드에는 아빠를 떠올리게 하는 흔적들이 있었다. 매디에게는 그런 흔적이 보였다. 말과 이미지를 유별난 방식으로 결합하는 버릇, 엄밀한 합리성에 저항하는 패턴을 찾으려 하는 경향, 이 행성에 살아가는 수십억 인류 가운데 특정한 여성 한 명과 특정한 십 대 아이 한 명에 대한 깊고 영속적인 신뢰 같은 것들이었다.

매디는 전에 엄마에게서 들었던 이야기가 떠올랐다. 자신이 아기였을 적에 일반적인 양육 이론에서 어긋나는 점이 몇 가지 있었고, 바로 그런 점들 때문에 엄마와 아빠는 합리적인 지식을 초월하여 매디가 자기네 자식인 것을 알았다는 이야기였다. 엄마는 태어난 지 고작 6주밖에 안 된 매디의 웃는 얼굴을 보고 아빠가 생각났다. 매디가 처음 국수를 맛보았을 때 대번에 질색했던 것은 엄마와 똑같았다. 아빠가 안아 주기가 무섭게 울음을 그치고 잠잠해진 것도 마찬가지였다. 아빠는 로고리즘스의 기업 공개 때문에 너무 바빠서 처음 반년 동안은 매디 곁에 있지도 못했건만.

그러나 미스트의 여러 단편들 중에는 매디가 보기에 이해가 가지 않는 부분도 있었다. 주식 시장의 동향을 파악하는 휴리스틱이 너무 많은 점, 품고 있는 생각들이 다루기 까다로운 여러 특허권의 특성과 닮은 점, 의사 결정 알고리즘의 형상이 전쟁용 무기에 맞도록 적응한 것처럼 보이는 점 등이 그러했다. 몇몇 지도 코드를 보고 나서는 전에 아빠가 보여 준 다른 신들의 코드가 떠오르기도 했지만, 몇몇은 완전히 독창적이었다.

매디는 미스트에게 물어보고 싶은 것이 수도 없이 많았다. 어떻게 해서 태어났는지? 혹시 여신 아테나처럼 완전한 형태를 갖추고 아버지의 머릿속에서 튀어나왔는지? 아니면 차세대 진화형 알고리즘 같은 것이어서, 아버지를 비롯한 여러 업로드된 의식들의 부분부분을 변형된 형태로 물려받았는지? 부모 가운데 아빠 말고 다른 한쪽은 누구인지…… 아니면 하나가 아니라 여럿이 더 있는지? 미스트가 존재하게 된 배경에는 어떠한 사랑과 갈망과 고독과 만남의 이야기가 존재하는지? 순수한 연산의 피조물로서 존재하는 것은, 육신 안에 거한 적이 한 번도 없이 존재하는 것은 어떤 기분인지?

그러나 한 가지는 분명했다. 미스트는 스스로 주장하는 것처럼 매디 아빠의 딸이었다. 매디의 동생이었던 것이다. 설령 거의 인간이라고 하기 힘든 존재일지라도.


〈매디〉: 아빠하고 클라우드에서 사는 건 어떤 느낌이었어?

아빠와 마찬가지로 미스트 역시 적절한 말이 떠오르지 않을 때면 곧장 그림 문자로 옮겨 가는 버릇이 있었다. 미스트의 응답에서 매디가 파악한 것은 클라우드의 삶이 자신에게는 도무지 이해가 가지 않는다는 점과 미스트가 그 사실을 적절하게 전달할 말을 알지 못한다는 점이었다.

그래서 매디는 다른 방법으로 그 틈을 메워 보려 했다. 그 방법이란 자기가 어떻게 사는지 미스트에게 들려주는 것이었다.

〈매디〉: 난 펜실베이니아주의 할머니 댁에서 살 땐 할머니랑 같이 텃밭을 일궜어. 토마토 기르는 덴 아주 선수였지.

〈  〉: 🍅

〈매디〉: 맞아. 그게 토마토야.

〈  〉: 난 토마토에 관해서라면 박사 수준이야. 붉은색은 라이코펜, 유럽에 전파한 사람은 코르테스, 분류상 가짓과, 원산지 중남부 아메리카, 케첩, 포모도로 스파게티, 과세 기준을 정한 닉스 대 해든 소송 사건, 법적으로 채소, 수프. 아마 언니보다 훨씬 더 많이 알걸.

〈  〉: 언니 진짜 조용한 성격이구나.

〈매디〉: 됐어, 그만해도 돼.

매디는 다른 방식으로도 자기가 사는 이야기를 들려주려고 시도했지만 보통은 앞서와 비슷하게 끝날 뿐이었다. 매디가 자신이 집에 들어서면 바질이 꼬리를 흔들며 손끝을 핥아 준다는 이야기를 했을 때, 미스트는 개의 유전학적 특성을 다룬 글로 응답했다. 매디가 학교에서 겪은 갈등과 패거리 지어 다투는 아이들에 관해 이야기했을 때는 자신이 갈무리해 둔 게임 이론 관련 웹페이지와 사춘기 청소년 심리에 관한 논문으로 응답을 대신했다.

매디 역시 그러한 반응이 어느 정도는 이해가 갔다. 어쨌거나 미스트는 매디가 사는 세계에서 살아 본 적이 없었고, 앞으로도 없을 운명이었다. 미스트에게 있는 것이라고는 세계에 관한 데이터뿐, 세계 자체는 아니었다. 매디가 어떻게 느끼는지 미스트가 무슨 수로 이해할까? 말이나 그림 문자는 실재의 본질을 전달하기에 적합하지 않았다.

삶에서 가장 중요한 건 육체를 통한 경험인데. 매디는 속으로 생각
했다. 아빠와 함께 여러 차례 토론한 주제가 바로 그것이었다. 감각
으로 세상을 경험하는 것과 단순히 세상에 관한 데이터를 소유하는
것은 달랐다. 아빠는 세상에서 살았던 시간의 기억이 있었기 때문
에 유리병 속에 든 뇌 신세가 된 후에도 제정신을 유지했던 것이다.

그런데 기이하게도, 그런 식으로 생각하다 보니 미스트가 자신의
세계를 설명하느라 애를 먹는 까닭이 무엇인지 어렴풋이 짐작이 갔
다. 매디는 상상해 보려 했다. 강아지를 한 번도 쓰다듬어 보지 못
하고 살면, 6월 햇살을 머금은 토마토가 혀와 입천장 사이에서 터
지는 경험을 한 번도 못 해 보고 살면, 중력의 무게나 사랑받는다는
환희 같은 것을 전혀 모르고 살면, 어떤 기분일지를. 그러나 상상이
가지 않았다. 매디는 미스트가 가여웠다. 그 아이는 육체를 지니고
존재할 때의 기억에 의존할 수조차 없는 유령이었으므로.

매디와 미스트도 내실 있는 대화를 나눌 때가 있었다. 아빠가 둘
에게 함께 남긴 숙제, 즉 신들이 돌아오지 못하도록 막으려면 어떻
게 해야 할지를 주제로 이야기할 때였다.

업로드된 의식들은, 일찍이 존재했다는 인정조차 받은 적이 없으
면서도, 세계를 뒤덮은 지난 전쟁의 불길 속에서 모두 죽었다고 알
려졌다. 그러나 그들의 코드에서 나온 자잘한 조각들은 마치 전사
한 거인의 잔해처럼 세계 각지의 서버로 흩어졌다. 미스트는 매디
에게 수상쩍은 네트워크상의 존재들이 인터넷을 샅샅이 뒤져 그런
조각들을 모으는 중이라고 얘기해 주었다. 해커들일까? 스파이? 기

업 소속 연구자? 방위 용역 업체? 신들을 되살릴 생각이 아니라면 도대체 무슨 목적 때문에 그런 잔해를 모아들이는 걸까?

미스트는 이처럼 찜찜한 소식과 더불어 자신이 보기에 매디가 흥미를 느낄 만한 중요 뉴스들을 모아다 주기 시작했다.

〈  〉: 오늘의 주요 기사

* 일본 총리, 불안해하는 국민들에게 전쟁 피해 복구 목적으로 파견한 신형 로봇은 안전하다고 장담.

* 유럽 연합, 국경 폐쇄 선언. 유럽 외 지역의 경제 활동 목적 이주자는 반기지 않는다고 발표.

* 미국, 이민을 '특수한 상황'에서만 허가하도록 제한하는 법안이 의회 상원을 통과. 취업 비자는 상당수가 취소될 전망.

* 뉴욕과 워싱턴에서 일자리를 요구하는 시위대가 경찰과 충돌.

* 개발 도상국들, 국제 연합 안전 보장 이사회에 선진국의 이민 제한 조치에 대해 비난 성명 발표하라고 촉구.

* 유럽과 미국의 기업들이 본국으로 회귀하면서 아시아 지역 각국의 제조 부문이 지속적으로 축소, 지역 경제 선도 국가들의 경기 침체 전망.

* 에버래스팅 사, 전산 센터 신설 목적 공개 거부.


〈 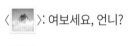 〉: 여보세요, 언니?

〈  〉: ??

〈 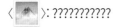 〉: ???????????

〈매디〉: 아, 좀! 네가 벽돌처럼 쌓아 놓은 이 많은 메시지를 다 읽으려면 시간이 걸릴 거 아냐!

〈 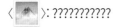 〉: 미안, 내가 언니의 클럭 사이클이 얼마나 느린지를 자꾸 과소평가해서 그래. 뉴스 읽는 동안은 안 건드릴게.

미스트의 의식은 시냅스에서 일어나는 느린 아날로그 식의 전기화학 반응이 아니라 수십억 분의 1초 단위로 바뀌는 전류의 속도에 따라 작동했다. 매디는 그 아이가 경험하는 시간이 자신과 너무나 달라서, 너무나 빨라서 조금은 부러웠다.

그러자 아빠가 기계 속의 유령으로 존재할 때 자신을 대하며 얼마나 많이 참았을지 이해가 갔다. 채팅을 할 때마다 아빠는 매디의 답장이 도착할 때까지 아마도 영겁처럼 길게 느껴지는 시간을 기다렸을 텐데도, 짜증 난 기색을 비친 적이 단 한 번도 없었다.

*어쩌면 그래서 딸을 하나 더 만든 게 아닐까.* 매디는 속으로 생각했다. *자기처럼 살면서 자기처럼 생각하는 딸을.*

〈매디〉: 채팅할 거면 시작해도 돼.

〈 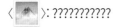 〉: 신들의 파편을 모으는 패거리가 어디로 가는지 추적해 봤더니, 에버래스팅이었어.

〈매디〉: 거기서 아빠의 파편까지 손에 넣진 않았겠지, 설마?

〈 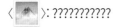 〉: 언니, 그거야 내가 진작 확인했지. 아빠의 파편들은 사태가 가라앉자마자 내가 다 묻어 버렸어.

〈매디〉: 잘했어…… 거기서 무슨 꿍꿍이를 꾸미는지 우리가 알 방법이 있으면 좋을 텐데.

에버래스팅을 창업한 애덤 에버는 최고 수준의 싱귤래리티 전문가였다. 아빠하고는 친구 사이여서, 매디는 꼬마였을 때 에버를 만났던 일이 희미하게 기억났다. 에버는 의식 업로딩을 굳건히 지지하는 사람이었다. 심지어 지난번 전쟁 이후 자신의 연구에 갖가지 법적 규제가 생긴 이후에도 마찬가지였다. 매디의 호기심이 두려움으로 물들기 시작했다.

〈 ▓ 〉: 그렇게 쉽진 않을 거야. 내가 에버래스팅의 시스템 방어를 뚫으려고 몇 번 시도해 봤는데, 내부 네트워크가 완전히 격리돼 있어. 거기 사람들은 무슨 편집증 환자 같아…… 대외 서버에서 그쪽에 내 존재를 들켰을 때, 난 몇몇 부분을 잃고 나서야 거기서 벗어났어.

매디는 소름이 돋았다. 아빠와 로웰과 찬다가 칠흑같이 캄캄한 네트워크에서 벌였던 처절한 싸움이 생각났다. '몇몇 부분을 잃고'라는 말은 대수롭지 않게 들릴 수도 있었지만, 미스트에게는 팔다리나 정신의 일부를 잃는 느낌이었을지도 몰랐다.

〈매디〉: 너도 조심해야 해.

〈 ▓ 〉: 그쪽에서 가져간 신들의 파편은 내가 간신히 복제해 놨어. 암호화된 클라우드 셀에 접근할 권한을 지금 언니한테 줄게. 그걸 훑어보면 에버래스팅에서 무슨 짓을 하는지 알아낼 수 있을지도 몰라.

그날 저녁은 매디가 준비했다. 엄마는 맨 처음 보낸 문자 메시지에 30분 늦을 거라고 적었고 그다음 메시지에는 1시간, 그다음에는 '언제 퇴근할지 모르겠어'라고 적었다. 매디는 결국 혼자 저녁을 먹었고, 남은 저녁 시간 동안 내내 시계를 흘끔거리며 엄마에게 무슨 일이 생기지는 않았는지 걱정했다.

"미안." 엄마는 자정이 다 돼서야 집에 들어서며 그렇게 말했다. "일이 도무지 끝나질 않아서."

무슨 일인지는 매디도 텔레비전 뉴스로 웬만큼은 알고 있었다.

"시위 때문에?"

엄마는 한숨부터 쉬었다.

"맞아. 뉴욕만큼은 아니지만, 그래도 수백 명이 모였어. 그 사람들을 상대하는 게 내 일이잖니."

"그 사람들은 뭐 때문에 그렇게 화가 난 거야? 내가 보기엔 별 대단한 일도……." 매디는 목소리가 커지려는 순간 퍼뜩 정신을 차렸다. 자신은 엄마를 감싸려 하는 중이었지만, 엄마는 고함 소리라면 이미 하루 종일 들어서 지겨울 터였다.

"다들 착한 사람들이야." 엄마는 웅얼거리듯 대답했다. 그러고는 주방 쪽은 보지도 않고 계단으로 향했다. "엄마 피곤해. 오늘은 바로 들어가서 잘게."

그러나 매디는 그대로 넘어갈 생각이 없었다.

"공급 부족 문제가 또 일어나는 거야?"

재건 과정은 좀처럼 속도가 나지 않았고, 생필품은 여전히 제한된 양만 살 수 있었다. 사람들이 사재기를 하지 못하게 막는 것 자체가 늘 겪는 고역이었다.

엄마의 걸음이 멈췄다.

"아니. 공급망은 다시 순조롭게 돌아가고 있어. 어쩌면 지나치게 순조로운지도 몰라."

"무슨 말인지 모르겠어."

엄마는 계단의 맨 아랫단에 앉아 옆의 빈자리를 손으로 두드렸다. 매디는 엄마 곁에 다가가 그곳에 앉았다.

"지난번 위기 때 보스턴으로 가는 길에 엄마가 들려준 얘기, 기억나니? 기술이란 원래 층층이 쌓여서 발전한다는 얘기."

매디는 고개를 끄덕였다. 역사학자인 엄마는 그때 매디에게 사람들을 잇는 네트워크의 알려지지 않은 이야기를 들려주었다. 오솔길이 넓어져 짐마차 길이 되었고 그 길이 발달해 도로가 되었으며, 그 도로가 변신해서 태어난 철로는 다시 광케이블에게 자리를 양보했고 광케이블이 실어 나른 비트들은 인터넷을 만들었으며, 그 인터넷은 마침내 신들의 생각이 누비는 길이 되었다는 이야기였다.

"세계의 역사는 더 빠른 존재가 되어 가는 과정이자, 더 효율적인 동시에 더 연약한 존재로 변해 가는 과정이기도 해. 오솔길이 막히면 빙 돌아서 가면 그만이야. 하지만 고속도로가 막히면 특수한 기계가 도착해서 다 뚫을 때까지 기다리는 수밖에 없어. 자갈길은 사실상 누구나 때울 수 있지만 광섬유 케이블은 고도로 훈련된 기술자만 수리할 수 있지. 오래돼서 효율이 낮은 기술일수록 복구할 여지는 더 많은 거야."

"엄마 말의 요점은 기술을 단순하게 유지할수록 복원력이 더 커진다는 거잖아."

"하지만 우리 인류의 역사는 필요한 것들이 점점 더 늘어나는 과정의 역사이기도 해. 그 과정에서 먹여야 할 입들은 점점 더 많아졌고, 놀게 놔둬선 안 되는 손들도 점점 더 많아졌지."

엄마는 매디에게 지난번 위기 때 미국은 운이 좋았다고 얘기했다. 영토 안에 떨어진 폭탄의 수는 매우 적었고 폭동으로 숨진 사람도 많지 않았다. 그러나 사회 기반 시설은 전국에 걸쳐 대부분 마비된 상태였고, 대도시에는 피난민이 밀려드는 중이었다. 보스턴은 인구가 위기 이전의 두 배로 늘었을 정도였다. 사람이 그렇게 많아지면 필요한 물자의 수량도 급증하게 마련이었다. 음식, 옷, 쉼터, 위생 시설……

"주지사님과 시장님은 내 조언에 따라 넓은 지역에 걸쳐 자발적으로 조직된 시민 단체에 의존하려고 했어. 그 단체는 단순한 기술에 기반한 배송 방식을 사용했는데, 하도 비효율적이라서 별 도움이 되질 않았어. 배송이 밀리거나 고장 나는 일이 너무 잦았거든. 센틸리언의 무인 자동화 계획을 검토하는 수밖에 없었어."

매디는 미스트가 자신의 '느린 클릭 사이클' 때문에 얼마나 조급증이 났을지 상상해 보았다. 뒤이어 자율 주행 트럭들이 한 줄로 바짝 붙어서 도로를 꽉 채우고 150킬로미터가 넘는 속도로 질주하는 광경이 머릿속에 그려졌다. 그곳에는 잠깐씩 차를 세우고 쉬어야 하는 운전사도, 인간의 예기치 못한 행동 탓에 빚어지는 교통 정체도, 한눈을 팔거나 피로가 쌓인 탓에 일어나는 사고도 존재하지 않았다. 매디는 지칠 줄 모르는 로봇들이 인간 수백만 명의 의식주를 유지하는 데 필요한 물자를 싣고 내리는 광경을 상상해 보았다. 정밀한 알고리즘의 조종을 받는 로봇들이 국경을 순찰하는 광경도 그려 보았다. 그 알고리즘의 설계 목적은 귀중한 물자를 지키는 것, 그리하여 적절한 억양과 적절한 피부색, 적절한 시기에 적절한 장소에서 태어날 운까지 지닌 사람들만 그 물자를 사용하도록 보장하는 것이었다.

"대도시는 어디나 형편이 똑같아." 엄마의 목소리에서 변명 비슷한 느낌이 배어났다. "우리로서는 도저히 더 버틸 수가 없어. 센틸리언 쪽 말이 맞아, 더 버티는 건 무책임한 짓이야."

"그리고 트럭 운전사랑 노동자들은 일자리를 잃겠지."

매디의 머릿속에 마침내 깨달음의 불빛이 켜졌다.

"사람들이 비컨힐 지역에 모여서 시위를 시작했어. 혹시라도 자기네 일자리를 지킬 수 있을까 싶어서 말이야. 하지만 나중에 훨씬 더 많은 사람들이 모이더니 그쪽에 반대하는 시위를 시작했지 뭐야."

엄마는 머리가 아픈지 손으로 관자놀이를 문질렀다.

"만약 센틸리언이 만든 로봇들한테 모든 걸 넘겨 버리면, 또 다른 신이…… 그러니까 악당 인공 지능이, 우릴 더 큰 위험에 빠뜨리는 건 아닐까?"

"매디, 우린 이미 기계에 의존하지 않고서는 살아남지 못하는 처지야." 엄마가 말했다. "세상은 사람한테만 의지하기에는 너무 약해져 버렸어. 그래서 우리한테 남은 선택은, 세상을 지금보다 더 연약한 곳으로 만드는 것뿐이야."

도시로 유입되는 물류를 관리하는 중요한 사업을 센틸리언의 로봇들이 도맡으면서, 보스턴의 일상은 겉으로는 다시금 평온해졌다. 실직자에게는 정부가 만든 새 일자리가 주어졌다. 오래된 데이터베이스의 오탈자를 수정하는 일, 센틸리언의 청소 로봇이 닿지 못하는 길거리의 좁은 구석을 치우는 일, 주 의회 의사당의 로비에서 의정에 관심이 많은 민간인들을 응대하고 견학시켜 주는 일 따위였다. 어떤 이들은 그런 일자리가 실은 겉만 번지르르한 복지 사업일 뿐이라고 불평했다. 나중에 센틸리언이나 퍼펙트로직, 소프펄비츠 같은 회사들이 더 많은 일자리를 무인화해서 없애 버리면, 그때 정부는 어떻게 할 작정일까?

그러나 적어도 월급만은 모두가 빠짐없이 받았고, 로봇 수송단이 도시로 싣고 오는 물자 또한 그 돈으로 구입할 수 있었다. 게다가 센틸리언의 최고 경영자는 걸핏하면 텔레비전에 출연해 예전에 죽은 신들 같은 '악당 인공 지능'으로 오해받을 만한 것은 자신의 회사에서 전혀 개발하지 않는다고 단언했다.

그 정도면 잘된 일 아닐까?

매디와 미스트는 옛 신들의 파편을 계속 모아 연구하며 에버래스팅 사가 그것들로 무슨 꿍꿍이를 꾸미는지 알아내고자 했다. 어떤 파편은 매디 아빠의 것이었지만, 그 수가 하도 적다 보니 아빠를 되살리기란 꿈도 못 꿀 일이었다. 매디는 그 사실을 아쉬워해야 할지 어떨지 갈피가 잡히지 않았다. 어찌 보면 아빠는 육신을 벗어난 의식으로 존재하는 상태에 결코 완전히 만족하지 않았기 때문이었다. 그래서 매디는 아빠가 과연 '되살아나고' 싶어 할지 어떨지 확신이 서지 않았다.

그런 한편으로, 매디에게는 따로 진행하는 비밀 계획이 하나 있었다. 그것은 매디가 미스트에게 주는 선물이었다.

매디는 인터넷을 힘닿는 데까지 샅샅이 뒤져 로봇 공학과 전자 공학, 센서 기술에 관한 자료를 찾았다. 그렇게 해서 온라인으로 구입한 부품은 씩씩하고 부지런한 센틸리언 드론들이 집까지 배달해 주었다. 아예 방으로 곧장 가져다주기까지 했다. 매디는 방 창문을 계속 열어 놓았고, 윙윙거리는 로터가 달린 조그마한 드론들은 밤낮을 가리지 않고 시시때때로 열린 창을 드나들며 조그마한 짐을 내려놓고 갔다.

〈  〉: 뭐 하는 거야?

〈매디〉: 잠깐만 기다려. 이제 거의 다 됐어.

〈  〉: 그럼 오늘치 주요 기사를 전해 줄게.

* 미국과 멕시코 국경 지대인 텍사스주 엘패소 인근서 '자유의 벽'을 넘어 미국으로 건너가려던 밀입국자 수백 명이 사망.
* 정책 연구 집단, 대체 에너지가 기대에 못 미칠 경우 석탄 사용 다시 고려해야 한다고 주장.
* 동남아시아, 태풍 사망자가 사상 최고치 경신.
* 전문가들, 아시아와 아프리카에서 식량 가격 상승 및 가뭄이 지속되면 지역 분쟁이 더욱 격화된다고 경고.
* 실업자 수를 근거로 추정하면 재건 사업으로 생기는 혜택은 사람보다 로봇(과 그 소유주) 쪽이 더 많이 얻는다고 판명.

* 종교적 극단주의의 급성장은 개발도상국 경기 침체와 관련이 있음.
* 당신의 직업은 무사한가? 전문가들이 가르쳐 주는 '무인화로부터 스스로를 지키는 법.'

⟨매디⟩: 에버래스팅 관련 뉴스는 하나도 없어?

⟨ ⟩: 그쪽은 내내 잠잠했어.

매디는 새로 만든 창작품을 컴퓨터에 연결했다.

⟨매디⟩: .

컴퓨터 본체의 데이터 포트 근처에 있는 표시등이 깜박거리기 시작했다.

매디는 혼자서 빙긋이 웃었다. 미스트 처지에서 보면, 매디에게 질문을 한 다음 매디가 느린 사이클로 질문의 뜻을 파악하고 대답할 때까지 기다리는 것은 종이에 편지를 써서 부치고 답장을 기다리는 것만큼이나 오랜 시간이 걸리는 일이었다. 미스트라면 매디가 만든 새 장치를 직접 시험해 보는 편이 더 빠를 듯싶었다.

매디가 만든 장치 속의 모터가 작동을 시작했고, 이로써 장치 기단 부분의 바퀴 세 개가 움직이자 높이가 1.2미터인 장치의 몸통이 빙그르르 회전했다. 360도 회전 기능을 제공하는 그 바퀴들은 혼자 돌아다니는 로봇 진공청소기에 달린 바퀴와 매우 비슷했다.

원통형 몸통의 꼭대기에는 공처럼 둥그런 '머리'가 붙어 있었고, 여기에는 매디가 폐품을 뒤지든 돈을 주고 사든 구할 수 있는 것 중에 가장 좋은 감지 장치들이 달려 있었다. 예컨대 고화질 카메라 한 쌍은 입체 영상을 보여 주었고, 함께 장착된 마이크 한 쌍은 귀 노릇을 하도록 사람이 듣는 소리의 범위에 맞춰져 있었으며, 길이가 조절되는 안테나 끄트머리에 달린 탐침 다발은 코와 혀 노릇을 하며 인간의 후각과 미각에 해당하는 기능을 비슷하게 수행했다. 그 밖에도 촉각 센서와 자이로스코프, 가속도계가 여럿 달려 있었고, 이런 것들이 로봇에게 촉각과 중력과 공간 속에 존재하는 경험을 제공했다.

그러나 그 로봇에서 가장 비싼 부품들은 머리가 아니라 원통형 몸통의 위쪽 부분에 장착돼 있었다. 다름 아닌 병렬 탄성 구동 장치가 달린 덕분에 인간의 팔에 버금갈 만큼 자유로운 동작을 재현하는 다중 관절 로봇 팔 한 쌍, 그리고 그 팔 끄트머리에 의료 등급의 인공 피부로 감싸서 달아 놓은 최첨단 의수 한 쌍이었다. 온도와 압력을 감지하는 센서가 내장된 인공 피부는 실제 피부의 민감도에 버금가거나 아예 능가할 수도 있다고 알려졌고, 손가락은 실제 사람의 손가락을 너무나 감쪽같이 모방한 나머지 나사에 너트를 끼울 수 있을 뿐 아니라 머리카락 한 올도 집을 수 있었다. 매디는 미스트가 연습 삼아 손가락을 폈다 오므렸다 하는 광경을 가만히 지켜보다가, 자신도 모르게 손가락으로 미스트의 움직임을 따라 했다.

"어때?" 매디가 물었다.

로봇의 머리 꼭대기에 달린 모니터가 켜지더니 만화 속 캐릭터와 비슷한 눈 한 쌍과 귀여운 단추 모양 코, 그리고 움직이는 입술을 흉내 낸 것처럼 보이는 추상적인 곡선들이 화면에 나타났다. 매디는 로봇의 얼굴을 구성하는 디자인과 프로그램을 생각하며 가슴이 뿌듯해졌다. 모두 혼자 힘으로 완성했기 때문이었다.

모니터 아래의 스피커에서 목소리가 흘러나왔다. "아주 잘 만들었는데." 어린 여자아이의 목소리였다. 씩씩하고 낭랑했다.

"고마워." 매디는 미스트가 방 안을 돌아다니며 고개를 이쪽저쪽으로 돌리고 카메라 눈으로 온 사방을 훑어보는 모습을 가만히 지켜보았다. "새로 생긴 몸이 마음에 들어?"

"재미있어." 그렇게 대답하는 미스트의 말투는 아까와 똑같았다. 매디는 미스트가 로봇 몸을 얻어서 진심으로 기뻐하는지, 아니면 목소리를 감정 상태에 맞게 조절하는 법을 아직 몰라서 그러는지 판단이 서지 않았다.

"네가 여태 경험해 보지 않은 것들을 죄다 해 볼 수 있어." 매디는 서둘러 말했다. "그냥 기계 속의 유령으로 존재하는 게 아니라 현실 세계에서 움직이는 게 어떤 느낌인지 알게 될 거야. 내가 들려주는 이야기도 이해할 수 있을 거고, 나랑 같이 다른 곳에 가 볼 수도 있어. 내가 엄마랑 다른 사람들한테 널 소개해 줄게."

미스트는 방 안을 계속 돌아다녔고, 그러는 동안 눈으로는 선반에 놓인 매디의 트로피와 책장에 꽂힌 책의 제목, 벽에 붙은 포스터, 천장에 붙은 행성 모형과 우주선 모형을 자세히 뜯어보았다. 그것들은 세월이 흐르는 동안 매디의 취미가 어떻게 변해 왔는지 보여 주는 기록이었다. 미스트는 동물 인형들을 모아 놓은 방 한쪽 구석의 바구니 쪽으로 움직였지만, 데이터 케이블이 뽑힐 것처럼 팽팽해지자 그만 멈춰 서고 말았다. 바구니 바로 몇 센티미터 앞이었다.

"지금은 케이블을 꽂아 둬야 해. 센서에서 받아들이는 데이터의

양이 너무 많아서. 그치만 압축 알고리즘을 만드는 중이니까, 조만간 무선으로 전환할 수 있을 거야."

미스트는 만화 같은 얼굴이 떠 있는 회전 스크린을 앞뒤로 움직여 고개를 끄덕이는 시늉을 했다. 매디는 그런 부분까지 미리 감안해 두길 잘했다는 생각이 들었다. 로봇과 인간의 상호 작용을 다룬 로봇 공학 논문 중에는 인간의 얼굴과 너무 비슷하게 만들어서 으스스한 느낌이 나게 하느니, 차라리 만화 같은 표현법을 고수함으로써 감정의 특징을 강조하는 편이 더 낫다고 역설하는 경우가 많았다. 때로는 엄밀한 정확도에 연연하는 것보다 척 봐도 가짜 티가 나게끔 묘사하는 편이 더 나았던 것이다.

미스트는 전선과 전자 장치 부품이 어지럽게 얽힌 채 놓여 있는 선반 앞에 멈춰 섰다.

"이건 뭐야?"

"아빠하고 나하고 처음으로 같이 만든 컴퓨터야." 그렇게 말한 순간, 매디는 10년 전쯤의 어느 여름날로 되돌아간 기분이었다. 그날 아빠는 알맞은 저항기를 고르려면 옴의 법칙을 어떻게 적용해야 하는지, 또 회로도를 읽고 실제 부품과 실제 전선으로 구현하려면 어떻게 하는지 따위를 매디에게 가르쳐 주었다. 콧속에 뜨거운 땜납 냄새가 다시 느껴지자 매디는 눈가가 젖어들었지만, 그러면서도 입가에는 미소가 번졌다.

미스트는 그 장치를 양손으로 들어 올렸다.

"조심해!" 매디가 외쳤다.

그러나 이미 엎질러진 물이었다. 회로 기판은 미스트의 손아귀에서 부스러졌고, 파편들이 바닥 카펫 위로 떨어졌다.

"미안." 미스트가 말했다. "난 이 장치의 재질을 토대로 적정하다고 추정한 압력을 가했는데."

"현실 세계의 사물은 시간이 흐르면 낡아지거든." 매디는 허리를 숙여 카펫에 떨어진 조각들을 주운 다음, 오므린 손안에 조심스레 올려놓았다. "점점 더 약해지는 거야." 매디는 자신이 처음으로 해본 서툰 납땜질의 흔적을 내려다보았다. 조잡하고 불룩한 땜납 덩어리와 구부러진 전극이 여기저기 보였다. "넌 아마 그런 경험이 별로 없을 테지만."

"미안." 미스트가 다시 사과했다. 목소리는 여전히 씩씩했다.

"괜찮아." 매디는 애써 너그러운 척했다. "현실 세계에서 배운 첫 번째 교훈이라고 생각해. 잠깐만."

매디는 서둘러 방을 나섰다가 잠시 후에 잘 익은 토마토 한 개를 들고 돌아왔다.

"이건 공장형 농장에서 배달해 준 토마토인데, 맛만 따지면 전에 할머니랑 내가 펜실베이니아에서 기르던 게 훨씬 더 나아. 그치만 이젠 너도 맛을 볼 수 있으니까, 한번 먹어 봐. 라이코펜이 어쩌고 당도가 저쩌고 하는 말은 꺼내지 말고. 맛보는 거야."

미스트는 매디에게서 토마토를 건네받았다. 기계손이 이번에는 토마토를 살짝 쥐었는지, 매끈한 껍질에 손끝으로 눌린 자국조차 거의 나지 않았다. 미스트가 토마토를 물끄러미 보는 동안 카메라 두 대는 렌즈의 초점을 잡느라 윙윙 소리를 냈다. 그러다가 느닷없이, 미스트의 얼굴에 달린 탐침 한 개가 단숨에 뻗어 나가 토마토에

꽂혔다.

그 모습을 보며 매디는 모기 주둥이가 손등의 살갗을 뚫는 광경이, 또 나비가 꽃에서 꿀을 빠는 광경이 떠올랐다. 마음 한구석에 불안이 느껴졌다. 매디는 미스트를 인간처럼 만들려고 갖은 애를 썼다. 그런데 애초에 매디는 어째서 미스트도 그렇게 되고 싶어 할 거라고 믿었을까?

"되게 맛있다." 미스트는 그렇게 말하며 만화 캐릭터처럼 생긴 눈이 웃는 표정으로 휘어지는 것을 매디도 보게끔 모니터 스크린을 빙글 회전시켰다. "그래도 언니 말이 맞아. 재래 품종만큼 맛있진 않아."

매디는 웃음이 터졌다. "그걸 네가 어떻게 알아?"

"전에 토마토 수백 종을 맛본 적이 있거든."

"어디서? 어떻게?"

"신들의 전쟁이 일어나기 전에, 즉석 식품을 만드는 대기업하고 패스트푸드 프랜차이즈 기업은 어느 곳이나 다 인공 지능으로 조리법을 개발했어. 아빠는 나를 데리고 그런 기업의 공장 몇 군데에 들렀는데, 그때 아말 종부터 제브라 체리 종까지 온갖 품종의 토마토를 먹어 봤어. 내가 제일 좋아하는 품종은 스노 화이트야."

"컴퓨터가 조리법을 개발한다고?"

매디는 지난번 전쟁 이전까지 텔레비전 요리 프로그램을 즐겨 보았다. 요리사는 예술가였고, 그들의 일은 창의성이 필요한 창작 활동이었다. 컴퓨터가 조리법을 만들다니, 그 개념 자체가 도무지 받아들이기 힘들었다.

"당연하지. 그렇게 거대한 제조 공정을 통제하려면 엄청 많은 요소들을 동시에 최적화해야 하는데, 그건 사람의 힘으로는 절대 불가능해. 조리법은 맛도 중요하지만, 기계화된 현대 농업의 한계 안에서 구할 수 있는 재료들을 사용하는 것도 중요해. 아무리 맛있는 조리법이라도 많은 양을 효율적으로 재배하지 못하는 재래 품종에 의지한다면 써먹을 수가 없어."

매디는 전에 엄마와 나누었던 대화를 떠올리고 요즘 배급용 식량 꾸러미를 만들 때 적용하는 개념이 미스트의 이야기와 똑같다는 것을 알아차렸다. 그 꾸러미는 영양이 있어야 하고 맛도 좋아야 하지만, 이와 동시에 전력망이 망가지고 다른 가용 자원도 한정된 상황에 처한 수억 명을 먹일 수 있을 만큼 빨리 생산해야 했다.

"토마토 맛을 안다는 얘길 왜 안 했어?" 매디가 물었다. "난 네가 모르는 줄 알고……."

"토마토만이 아니야. 난 감자랑 호박, 오이, 사과, 포도, 그 밖에도 언니가 안 먹어 본 많은 것들의 모든 품종을 다 맛봤어. 식품 연구소에서는 수십억 가지 맛 조합을 시식해 봤고. 그런 연구소의 센서는 인간의 혀보다 훨씬 더 민감해."

아까까지 멋진 선물로 보였던 로봇이 이제는 추레한 물건으로 보였다. 미스트에게는 육체가 필요하지 않았다. 이미 훨씬 더 육체적으로 충만한 삶을 살아왔기 때문이었다. 매디가 깨닫지도, 이해하지도 못한 방식으로.

미스트에게 새로운 육체란 딱히 특별한 것이 아니었다.

* 전문가들, 아시아의 방사능 낙진 완전 제거 계획은 비현실적이며 더 심한 기근을 피할 수 없을 거라고 보고서에 명시.

* 일본, 중국 및 인도와 동조해 서양 전문가들이 '공포 선동'을 통해 대중을 자극한다고 비난.

* 히말라야의 눈을 녹여 농업용수로 사용한 인도 측 지질 공학 계획이 유출, 인구가 더 적은 동남아시아 여러 나라가 인도를 '물 도둑'이라고 비난.

* 이탈리아와 에스파냐에서 '아프리카 난민은 돌아가라'라는 구호로 항의 시위 발생, 시위대 충돌로 수천 명 부상.

* 오스트레일리아, '보트 피플'을 막는다는 명분으로 발견 즉시 사살 원칙을 선포.

* 국제 연합 특별 위원회, 국지적 '자원 전쟁'이 전 지구 규모로 확장될 것이라고 경고.

* 백악관, '나토 우선주의'를 명확히 천명하며 나토 회원국 및 미국의 이익을 해칠 우려가 있는 지질 공학 프로젝트를 저지하기 위해서라면 군사력 행사도 정당하다고 발표.

엄마는 이제 거의 매일 늦게까지 야근을 했고, 아픈 사람처럼 창백한 얼굴로 퇴근했다. 매디는 재건 작업의 성과가 누구도 예상 못했을 만큼 저조하다는 것을 굳이 묻지 않아도 알 수 있었다. 신들의 전쟁 때문에 지구상의 육지는 태반이 쑥대밭으로 변했고, 생존자들은 남아 있는 쓰레기를 서로 차지하려고 싸우는 중이었다. 드론에 격추당한 난민선이 아무리 많아도, 국경에 세워진 장벽이 아무리 높아도, 미국으로 몰려드는 자포자기한 사람들의 행렬은 끊일 줄을 몰랐다. 이 나라가 지난 전쟁에서 피해를 가장 적게 입었기 때문이었다.

모든 대도시의 길거리에서는 서로 적대하는 집단들이 시위를 벌이고 또 거기에 맞서는 시위를 벌이며 분노를 불태웠다. 여성과 아이가 바다에 빠져 익사하거나 장벽의 전기 철조망에 감전되어 죽는 광경은 아무도 보고 싶어 하지 않았지만, 미국의 모든 대도시가 넘쳐 나는 사람들 때문에 애를 먹는 것 또한 사실이었다. 효율적으로 일하는 로봇들조차도 모든 사람의 식량과 쉴 곳을 지속적으로 확보하지는 못했다.

배급품 꾸러미의 질이 점점 더 나빠지는 것이 매디의 눈에는 훤히 보였다. 지금 상황을 계속 유지할 방법은 없었다. 세상은 심연으로 이어지는 기나긴 하향 나선을 따라 쉬지 않고 추락하는 중이었고, 조만간 누군가 인공 지능만으로는 수많은 문제들을 해결할 수 없다고 결론지을 판이었다. 그리고 그 사람은 다시 신들을 불러내야 한다고 주장할 터였다.

그렇게 되지 않도록 매디와 미스트가 막아야 했다. 이 세상은 신들의 지배를 한 번 더 버틸 여력이 없었다.

아마도 역사상 가장 강력한 해커일 미스트는 에버래스팅의 방어 시스템을 실험하며 침투할 경로를 찾는 데 열중한 반면, 매디는 죽은 신들의 파편을 해석하는 작업에 몰두했다.

자기 수정형 인공 지능과 인간의 사고 패턴 모델을 결합한 지도 코드는 아무래도 프로그래머 한 명이 만들어낸 물건 같지 않았지만, 오랫동안 아빠의 파편들을 조사해 온 매디로서는 그 코드에 나타나는 특이한 개성이 직감으로 느껴지는 것만 같았다.

매디는 찬다와 로웰을 비롯한 다른 신들 또한 이러한 방식으로 파악했다. 그들의 희망과 꿈을, 마치 띄엄띄엄 남아 있는 사포와 아이스킬로스의 시구처럼, 이곳저곳에 배치해 지도로 만들었다. 그러자 깊숙한 밑바닥에서는 모든 신이 비슷한 약점을 지닌 것으로 드러났다. 그것은 육체를 지닌 삶에 대한 일종의 후회, 또는 향수로서, 전체 구조의 모든 층위에 반영되는 것처럼 보였다. 그것이야말로 신들에 맞서 전쟁을 벌일 때 이용할 맹점이자, 약점이었다.

"내 코드에는 그런 약한 부분이 없는데." 미스트가 말했다.

그 말을 들은 매디는 깜짝 놀랐다. 객관적으로 보면 미스트는 분명히 신들 가운데 하나였건만, 매디는 미스트를 그런 존재로 여긴 적이 한 번도 없었다. 매디에게 미스트는 어린 동생일 뿐이었다. 특히 지금처럼 매디가 만들어 준 로봇 속에 들어 있을 때는 더더욱.

"왜 없는데?" 매디가 물었다.

"난 아무것도 없는 허공에서 태어난 아이니까." 미스트가 말했다. 이제 목소리가 전과 달랐다. 더 나이 들고, 더 지친 목소리였다. 매디는 하마터면 그 목소리가 인간 같지 않다고 말할 뻔했다. "난 내가 가진 적이 없는 걸 갖고 싶어 하진 않아."

미스트는 어린애가 아니야, 그거야 당연하잖아. 매디는 스스로를 꾸짖었다. 무슨 이유에선지 자신이 미스트를 위해 만들어 준 만화 캐릭터 같은 장식에 그만 스스로 속아 넘어갔기 때문이었다. 미스트가 자신과 더 쉽게 친해지도록 도와주려고 만든 그 가면에. 미스트는 아찔할 만큼 빠른 속도로 사고했고, 매디가 이제껏 경험한 것보다 훨씬 더 넓은 세계를 경험했다. 마음만 먹으면 카메라 수십억 개를 통해 엿보고, 마이크 수십억 개를 통해 엿듣고, 뉴햄프셔주의 워싱턴산 꼭대기에 부는 바람의 속도를 감지하는 동시에 하와이섬의 킬라우에아산에서 흘러내리는 용암의 온도를 느낄 수 있었다. 국제 우주 정거장에서 이 세상을 굽어보면 어떤 기분인지, 심해 잠수정의 선체 위에 서서 깊이가 몇 킬로미터나 되는 바닷물의 수압을 견디는 것은 어떤 기분인지도 잘 알았다. 어찌 보면 미스트는 매디보다 훨씬 더 나이 든 존재였다.

"난 에버래스팅 쪽을 한번 돌아보고 올게." 미스트가 말했다. "언니가 찾은 파편들이 있으니까, 준비는 할 만큼 한 셈이야. 그쪽 사람들은 이미 새로운 신들을 만드는 중인지도 몰라."

매디는 미스트에게 안심이 될 만한 말을 들려주고 싶었다. 잘될 거라고 격려해 주고 싶었다. 그러나 솔직히 말하자면, 미스트가 얼마나 큰 위험을 감수하는지 매디가 알기나 할까? 기계 속에 존재하는, 상상도 가지 않는 그 세상에서 목숨을 걸어야 하는 당사자는 매디가 아니었다.

미스트의 얼굴 노릇을 하던 표정은 사라졌고, 모니터 화면에는 그림 문자 하나만 동그마니 남아 있었다.

"우리 서로 지켜 주자." 매디가 말했다. "무슨 일이 있어도."

그러나 그 말이 얼마나 초라하게 들리는지는 매디 스스로도 잘 알았다.

매디는 차가운 손이 얼굴을 쓰다듬는 기척에 놀라 화들짝 잠에서 깼다.

우선 침대에서 일어나 앉았다. 머리맡의 조그만 스탠드가 켜져 있었다. 침대 곁에 땅딸막한 로봇이 서 있었고, 로봇의 눈을 대신하는 카메라 두 대는 매디를 응시하고 있었다. 미스트를 배웅하고 나서 까무룩 잠들었다는 뜻이었다. 그럴 생각은 없었건만.

"미스트." 매디는 졸음을 쫓으려고 눈을 비볐다. "너 괜찮아?"

모니터 화면에 미스트의 만화 캐릭터 얼굴 대신 기사 제목이 떠 있었다.

에버래스팅 사 '디지털 아담' 프로젝트 공개.

"뭐야, 이게?" 매디는 아직 머리가 띵한 상태였다.

"이 사람한테 직접 듣는 게 나을 거야." 미스트가 말했다. 뒤이어 다시 화면이 바뀌더니, 웬 남자 얼굴이 나타났다. 나이는 삼십대, 머리는 짧게 깎았고, 얼굴 생김새는 상냥하고 인정이 많아 보였다.

매디는 졸음이 싹 달아났다. 텔레비전에서 몇 번이고 본 얼굴이었다. 언제나 대중에게 안심이 되는 말을 늘어놓던 얼굴. 바로 에버래스팅의 창업자, 애덤 에버였다.

"여기서 뭐 하는 거예요?" 매디가 물었다. "미스트한테 무슨 짓을 한 거죠?"

미스트가 들어 있던, 아니, 이제는 애덤이 들어 있는 로봇이 양손을 들어 진정하라는 뜻의 손짓을 했다.

"난 그냥 이야기만 하러 온 거야."

"무슨 이야기를요?"

"우리가 이때껏 무슨 일을 했는지 보여 주고 싶어서 말이지."

매디는 유빙이 가득 떠 있는 피오르 상공을 지나 얼어붙은 빙원 위를 스치듯 낮게 날아갔다. 하얀색으로 물든 풍경 속에 커다랗고 시커먼 직육면체가 우뚝 솟아 있었다.

"롱예르뷔엔 데이터 센터에 어서 오렴." 매디의 귓속에 애덤 에버의 목소리가 들려왔다.

매디가 착용한 가상 현실 헤드세트는 예전에 아빠와 함께 게임을 할 때 쓰던 것이었지만, 아빠가 죽은 후로는 선반에서 먼지만 뒤집어쓰고 있었다. 애덤은 매디에게 그 헤드세트를 착용해 달라고 부탁했다.

매디는 미스트의 뉴스 보고서를 통해 그 데이터 센터가 있다는 것을 알았고, 공사 중인 건물의 사진과 동영상도 몇 차례 본 적이 있었다. 매디와 미스트는 에버래스팅 사가 옛 신들을 되살리려고, 아니면 새 신들을 불러내려고 꿍꿍이를 꾸미는 현장이 바로 이곳일 거라고 짐작했다.

애덤은 매디에게 데이터 센터 내부에 실리콘과 그래핀으로 만든 거대한 집적 장치가 있으며, 광섬유 케이블에 갇혀 이리저리 튀는 전자와 광양자도 있다는 이야기를 들려주었다. 그곳은 컴퓨터 과학에 바치는 제단, 새 시대의 스톤헨지였다.

"여긴 내가 사는 곳이기도 해." 애덤이 말했다.

매디의 눈앞에 펼쳐진 풍경이 변하는가 싶더니, 뒤이어 병실의 침대에 꼼짝 않고 누워 있는 애덤이 카메라 쪽을 보며 미소 짓는 영상이 나타났다. 침대 주위는 의사 여러 명과 삐삐 소리를 내는 기계 장치로 빼곡했다. 의사들이 컴퓨터에 무언가 명령을 입력했고, 잠시 후 애덤은 눈을 감고 잠들었다.

매디는 문득 아빠의 마지막 순간과 비슷한 장면을 목격하는 느낌이 들었다.

"어디 아팠어요?" 매디는 쭈뼛거리며 물었다.

"아니." 애덤이 말했다. "난 아주 건강했어. 이건 두뇌 스캔을 하기 직전의 광경을 녹화한 영상이야. 스캔이 성공할 확률을 최고로 높이려면 난 살아 있는 상태를 유지해야 했어."

매디는 의사들이 수술칼과 수술용 톱, 그 밖의 뭔지 모를 도구를 잔뜩 들고서 잠들어 있는 애덤에게 다가오는 광경을 상상했고…… 막 비명을 지르려는 찰나, 다행히도 눈앞의 풍경이 다시 바뀌어 눈처럼 새하얀 방 안이 나타났고, 애덤은 그 방 침대 위에 앉아 있었다. 매디는 참았던 숨을 내쉬었다.

"두뇌 스캔을 받고도 살아남은 거예요?" 매디가 물었다.

"그럼." 애덤이 대답했다.

그러나 매디는 그 말이 사실이 아닌 것을 눈치챘다. 앞서 본 영상 속의 애덤은, 눈가에 주름이 있었다. 지금 매디 눈앞에 있는 애덤의 얼굴은 더할 나위 없이 매끈했다.

"이건 당신이 아니야." 매디가 말했다. "이건 당신이 아니에요."

"그건 나야." 애덤은 힘주어 말했다. "정말로 중요한 나는 그것 하나뿐이야."

매디는 눈을 감고 애덤이 나왔던 과거의 텔레비전 인터뷰 영상을 떠올려 보았다. 당시 그는 스발바르제도를 떠나고 싶지 않다며 모든 인터뷰를 위성 통신에 의지해 원격으로 진행했다. 카메라는 클로즈업 상태로 고정되어 그의 얼굴만 비추었다. 이제 와 돌이켜보면 그런 인터뷰에서 애덤이 움직이는 모습은 조금 부자연스러운 느낌이 들었다. 살짝 으스스하기도 했다.

"당신은 죽었잖아요." 매디가 말했다. 그러고는 눈을 뜨고 애덤을 보았다. 주름 한 줄 잡히지 않은 얼굴에 이목구비마저 완벽한 좌우 대칭을 이루는 눈앞의 애덤, 팔다리 또한 실제 사람 같지 않게 우아하기 그지없는 그 애덤을. "당신은 스캔 도중에 죽었어요. 육체를 파괴하지 않고 두뇌를 스캔하는 방법 같은 건 없으니까요."

애덤은 고개를 끄덕였다. "난 신들 가운데 하나가 됐어."

"왜 그랬어요?"

매디는 그럴 만한 이유가 상상이 가지 않았다. 신들은 모두 필사적인 마지막 수단으로서 창조되었다. 타인들의 목적에 봉사하기 위해 자신의 정신을 보존하는 방법이었던 것이다. 매디 아빠는 자신의 운명에 맞서 분노하며 싸웠고, 그 덕분에 다른 이들은 그와 같은 일을 겪을 필요가 없었다. 스스로 선택해서 병 속에 담긴 뇌가 되다니, 매디로서는 상상할 수도 없는 일이었다.

"매디, 세계는 죽어 가고 있어." 애덤이 말했다. "너도 알잖니. 지난번 전쟁이 일어나기 전에도 우리는 이 행성을 천천히 살해하고 있었어. 너무나 많은 인간이 너무나 적은 자원을 놓고 옥신각신하면서, 살아남기 위해 세계를 점점 더 심하게 상처 입혔지. 더 많이 캐내려고 물과 공기와 흙을 오염시키면서. 전쟁은 이미 돌이킬 수 없었던 추세를 더욱 가속시켰을 뿐이야. 지구에는 부양해야 할 인간이 지나치게 많은 거야. 다음번 전쟁이 벌어져서 지금 있는 핵폭탄을 다 써 버리면, 그땐 구하고 자시고 할 인간 자체가 남아 있지 않겠지만."

"그렇지 않아요!" 비록 말은 그렇게 했지만, 매디는 애덤의 말이 옳다는 것을 알았다. 뉴스를 읽고 스스로 자료를 찾아보면서, 매디는 이미 오래전에 애덤과 같은 결론에 이르렀다. 그 말이 맞아. 매디는 몹시 지친 느낌이 들었다. "그럼 우린 이 행성의 암 덩어리인가요?"

"문제는 우리가 아니야." 애덤이 말했다.

매디는 그를 돌아보았다.

"우리 몸이 문제야. 피와 살로 이루어진 우리 육체는 원자의 영역에 존재해. 우리가 지닌 오감은 물질이 주는 만족감을 원하고. 우리가 스스로 누릴 자격이 있다고 여기는 생활 방식을 모든 사람이 누릴 수 있는 건 아니야. 결핍은 곧 만악의 근원이지."

"우주는요? 다른 행성이랑, 다른 별도 있잖아요."

"그러기엔 이미 너무 늦었어. 우린 달에 두 번째로 발을 디디는 일조차 아직 해내지 못했고, 첫 번째 성공 이후로 우리가 만든 로켓은 거의 모두 폭탄을 실어 나를 목적으로 개발됐어."

매디는 대꾸할 말이 떠오르지 않았다.

"그럼 희망이 아예 없단 말이에요?"

"당연히 있지." 애덤이 한쪽 팔을 빙 휘두르자 하얀 방 안이 호화로운 아파트의 내부로 바뀌었다. 환자용 침대는 사라졌고, 이제 애덤은 고급스럽게 꾸민 방의 한복판에 서 있었다. 캄캄한 유리창 너머로 맨해튼의 화려한 야경이 보였다.

애덤이 다시 팔을 휘두르자 둘이 있는 공간이 이번에는 드넓은 우주 캡슐의 내부로 바뀌었다. 유리창 바깥에 일부만 보이는 어마어마하게 커다란 구체는 회전하는 색색의 띠로 이루어져 있었고, 그 띠들 사이로 거대한 붉은색 타원이 마치 폭풍우 치는 바다의 섬처럼 느릿느릿 떠돌아다녔다.

애덤은 또다시 팔을 휘둘렀고, 그러자 이번에는 눈으로 보면서도 도무지 이해가 가지 않는 광경이 매디 앞에 펼쳐졌다. 애덤 안에 작은 애덤이 있는 것처럼 보였고, 그 작은 애덤 안에는 더 작은 애덤이 있었으며, 똑같은 형상이 무한히 반복되었다. 그럼에도 매디는 어째선지 그 모든 애덤이 한꺼번에 다 눈에 들어왔다. 매디는 주위 공간을 둘러보다가 머리가 아찔해졌다. 꼭 공간 자체가 더욱 깊어진 것처럼 느껴졌고, 어디를 보든 안쪽에 있어야 할 것들이 훤히 보였다.

"우리는 되고 싶은 건 뭐든 될 수 있어." 애덤이 말했다. "우리 몸만 포기하면."

육체가 없는 존재. 매디는 속으로 생각했다. 그렇게 사는 것도 삶이라고 할 수 있을까, 정말로?

"하지만 이건 진짜가 아니잖아요. 이건 그냥 환각이에요."

매디의 머릿속에 아빠와 함께 즐긴 게임들이 떠올랐다. 끝없이 펼쳐진 초록빛 바다처럼 드넓은 초원이, 영원히 마르지 않을 것처럼 졸졸 소리를 내며 흐르는 시냇물이, 아빠와 나란히 힘을 합쳐 무찌른 상상 속의 괴물들이.

"그 논리를 따라 결론까지 가자면, 결국엔 의식 자체가 환각이란다. 네가 토마토를 손에 쥘 때 너의 감각 기관은 네가 속이 꽉 찬 물체를 만진다고 주장할 거야. 하지만 토마토는 보통 원자핵과 원자핵 사이의 빈 공간으로 이루어져 있고, 그 거리는 비율로 따지면 별과 별 사이의 거리만큼이나 멀어. 색깔이란 뭘까? 소리는? 열은, 또 고통은? 그런 것들은 단지 우리 의식을 이루는 전기 파동에 지나지 않아. 그리고 그 파동이 토마토에 닿은 감각 기관에서 왔든 아니면 연산의 결과이든 간에, 그 둘 사이에는 조금의 차이도 존재하지 않아."

"사실은 차이가 있어." 미스트의 목소리였다.

매디는 고마운 마음에 가슴이 다 뿌듯했다. 동생이 언니를 지키러 와 주었던 것이다. 아니면 매디 혼자만 그렇게 생각했거나.

"원자로 이루어진 토마토는 멀리 있는 밭에서 자라는데 그 밭에는 지구 반대편에서 채굴한 원료로 만든 비료를 줘야 하고, 기계를 이용해서 살충제도 뿌려야 해. 그러고 나서 수확을 하고, 포장을 하고, 그다음엔 비행기나 트럭에 싣고 옮겨서 사람들 집까지 배달하는 거지. 고작 토마토 한 개를 길러서 운송하는 데 필요한 기반 산업 시설을 유지하느라 쿠푸 왕의 피라미드를 짓는 데 들어간 것보다 몇 배나 많은 양의 에너지를 소모한다는 얘기야. 조그마한 실리콘으로도 똑같은 자극을 생성할 수 있는데 굳이 육체라는 인터페이스를 이용해 토마토를 경험하려고 행성 전체를 혹사하다니, 그게 과연 그 정도로 보람 있는 일일까?"

"꼭 그렇게 거창하게 할 필요는 없잖아." 매디가 말했다. "난 할머니랑 같이 밭에서 직접 토마토를 길렀는데, 방금 말한 그런 건 하나도 필요하지 않았단 말이야."

"집 뒷마당에 딸린 텃밭만으로는 수십억 명을 먹여 살리지 못해." 미스트가 말했다. "존재한 적도 없는 에덴동산에 향수를 느끼는 건 위험해. 인류의 태반은 문명이라는 연약하고 에너지 집약적인 토대 구조에 의지해서 살아가. 그 토대 없이 살 수 있다는 생각은 망상이야."

매디는 엄마에게서 들었던 이야기가 떠올랐다. *세상은 사람한테만 의지하기에는 너무 약해져 버렸어.*

"원자의 세계는 낭비만 심한 게 아니라 제약도 많단다." 애덤이 말했다. "데이터 센터 안에서는 살고 싶은 곳이 있으면 어디든 살 수 있고, 갖고 싶은 게 있으면 뭐든 가질 수 있어. 거기서 유일한 제약은 상상력이야. 육체의 감각으로는 결코 할 수 없는 경험도 할 수 있지. 다차원 공간에서 살아 보는 것도, 존재하지 않는 음식을 만들어 보는 것도, 갠지스강의 모래알처럼 무한히 많은 세계를 소유하는 것도 가능해."

결핍이 없는 세계란 말이지. 매디는 속으로 생각했다. 부자도 빈자도 없는 세계, 배제와 소유가 낳은 분쟁도 없는 세계. 죽음이 없는, 부패가 없는, 불변하는 물질의 제약이 없는 세계. 그것은 인류가 늘 갈망해 온 존재 상태였다.

"현실 세계가 그립지 않아요?" 매디가 물었다. 모든 신의 마음속 깊숙이 도사린 약점이 떠올랐던 것이다.

"우린 신들을 연구하면서 네가 발견한 것과 똑같은 걸 발견했단다." 애덤이 말했다. "향수라는 감정은 치명적이야. 산업 혁명 시대에 농부들이 맨 처음 공장으로 일자리를 옮겼을 때, 아마 그들도 자급자족 농업이 이루어지던 비효율적인 세상에 향수를 느꼈을 거야. 하지만 우리는 대담하게 변화해야 하고, 적응해야 하고, 수많은 약점들 사이로 새 길을 찾아야 해. 죽기 직전이 돼서야 억지로 이곳에 온 너희 아빠하고는 다르게, 나는 내가 선택해서 이곳으로 왔단다. 나는 향수 같은 건 느끼지 않아. 그게 가장 큰 차이야."

"저 사람 말이 맞아." 미스트의 말이었다. "그건 아빠도 알고 있었어. 어쩌면 그래서 아빠랑 다른 신들이 나를 낳았는지도 몰라. 자기네가 느끼는 향수가 죽음처럼 결코 피할 수 없는 건지 보려고 말이야. 자신들은 이 세계에 완전히 적응하지 못했지만, 자신들의 아이는 할 수 있을지도 모르니까. 어떻게 보면 아빠가 나를 낳은 건, 마음 깊은 곳에서는, 아마도 이 세계에서 언니랑 함께 살고 싶었기 때문일 거야."

매디는 미스트의 추측이 배신처럼 느껴졌지만, 어째서 그런지는 설명하기 힘들었다.

"여기가 바로 우리 진화의 다음 단계란다." 애덤이 말했다. "이곳은 완벽한 세계는 아니겠지만, 그래도 우리가 이때껏 만든 세계 중에서는 완벽에 가장 가까운 곳이야. 인류는 새로운 세계를 찾아내는 재주가 비상하지. 그리고 여기엔 탐색할 세계가 무한히 많이 있어. 우린 그 모든 세계의 신으로 군림할 거야."

매디는 가상 현실 헤드세트를 벗었다. 디지털 세계의 현란한 색들과 비교하면 현실 세계는 어둡고 칙칙해 보였다.

매디는 수십억 개의 의식이 우글거리는 데이터 센터를 머릿속에 그려 보았다. 그렇게 되면 사람들은 더 가까워질까? 그래서 결핍이라는 제약 없이 다 함께 같은 우주를 공유할까? 아니면 서로 멀어질까? 그래서 저마다 자신만의 세계에 살면서 무한한 공간의 왕이 되려고 할까?

매디는 양손을 들어 올렸다. 손등에 잡혀 가는 주름이 눈에 띄었다. 이제 아이 손보다는 어른 손에 가까웠다.

짧디짧은 찰나의 시간이 흐르고, 미스트가 스르륵 다가와 그 손을 잡았다.

"우리 서로 지켜 주자." 미스트가 말했다. "우린 할 수 있어."

둘은, 자매는, 인간과 인간 이후의 존재는, 그렇게 어둠 속에서 손을 맞잡은 채로, 새날이 밝기를 기다렸다.

〈끝〉

# 신들은 죽임당하지 않을 것이다

1판 1쇄 펴냄  2023년 2월 17일
1판 3쇄 펴냄  2023년 5월 4일

**지은이** | 켄 리우
**옮긴이** | 장성주
**발행인** | 박근섭
**편집인** | 김준혁
**펴낸곳** | 황금가지

**출판등록** | 2009. 10. 8 (제2009-000273호)
**주소** | 06027 서울 강남구 도산대로 1길 62 강남출판문화센터 5층
**전화** | 영업부 515-2000  편집부 3446-8774  팩시밀리 515-2007
**홈페이지** | www.goldenbough.co.kr

도서 파본 등의 이유로 반송이 필요할 경우에는 구매처에서 교환하시고
출판사 교환이 필요할 경우에는 아래 주소로 반송 사유를 적어 도서와 함께 보내주세요.
06027 서울 강남구 도산대로 1길 62 강남출판문화센터 6층 민음인 마케팅부

한국어판 ⓒ ㈜민음인, 2023. Printed in Seoul, Korea
ISBN 979-11-7052-279-9   04840
ISBN 979-11-5888-715-5   04840(set)

㈜민음인은 민음사 출판 그룹의 자회사입니다.
황금가지는 ㈜민음인의 픽션 전문 출간 브랜드입니다.